BASTEI
LÜBBE

Katherine Sutcliffe

Insel der Leidenschaft

Aus dem Amerikanischen
übertragen von Friedrich A. Hofschuster

BASTEI
LÜBBE

BASTEI-LÜBBE-TASCHENBUCH
Band 11 672

Deutsche Erstveröffentlichung
Titel der Originalausgabe: Windstorm

Published by Arrangement with Avon Books

Printed in France Februar 1991
Einbandgestaltung: Franz Wöllzenmüller
Titelfoto: F. ACCORNO, Thomas Schlück
Satz: MPM Wasserburg
Druck und Bindung: Brodard & Taupin
ISBN 3-404-11672-0

Der Preis dieses Bandes versteht sich einschließlich
der gesetzlichen Mehrwertsteuer

1

CHARLESTON, SOUTH CAROLINA

Angst. Autumn Sinclair fühlte sie in dieser feuchtwarmen Hütte mit dem Fußboden aus festgetretener Erde wie in der Kirche, in der Hitze des Sommers, wenn der Pfarrer von Gott und der Verdammnis predigte und die Fäuste zum Himmel reckte, dabei beschwor, daß jede schwitzende, zitternde Seele in diesem Kirchenraum ihrer Sünden wegen in der Hölle vergehen würde. Dann starrte Autumn aus dem Fenster, wie sie es auch jetzt tat — aber sie konnte nicht denken, nicht jetzt, da das nahende Unwetter die Luft aus den halbverfallenen Quartieren der Schwarzen sog, ihre Nase vom Laugengeruch brannte und ihr Hals bebte vor Bedürfnis, laut zu schreien. Einen Schrei auszustoßen, der die Luft zerreißen würde, und einen kurzen Augenblick wünschte sie sich den rotgesichtigen Pfarrer und seine bibelfürchtige Fürbitte um die verlorenen Seelen hierher.

Millie Tims hätte ihn gut gebrauchen können.

»Tut doch etwas«, bettelte Autumn und wischte sich mit der geballten Faust über die feuchte Wange. Sie wandte sich dem Bett zu, ein hilfloses Gesicht unter dem halben Dutzend Gesichter, die um die offenbar verlorene schwarze Frau weinten und für sie beteten. Millie kannte und akzeptierte ihr Ende. Es machte ihr nichts aus, wenn sie nur das Baby retten konnten.

Die Augen der Hebamme wurden groß und rund vor

Kummer. »Es gibt nichts, was ich tun könnte, Miss Autumn!«

»Miss Autumn, verschwinden Sie von hier, jetzt gleich.«

Autumn richtete den Blick auf das besorgte schwarze Gesicht von Millie Tims' Bruder. »Gehen Sie weg!« redete er ihr zu.

»Aber es ist meine Pflicht, zu helfen. Ich *will* helfen. Bitte, ich —«

»Das gehört sich nicht. Mr. Mitchell würde es nicht dulden, daß Sie das hier sehen. Kommen Sie jetzt, sofort!«

Seine schwieligen Hände schlossen sich um Autumns Schultern, doch ein weiterer Schrei ließ ihre Knie weich werden, und sie sank zu Boden.

Millie zog die Schultern hoch. Sie entblößte ihre weißen Zähne, sie preßte und preßte, und ihre knochigen Finger knackten, als sie sie in das schmutzige Laken unter sich krallte. Ihr Mann, ein stummer Schatten in der schwach erhellten Ecke des Raums, sprang hoch, als sich die Hebamme auf die Knie warf und das Kind an den Füßen hielt. Die frischgebackene Mutter sank zurück auf das Lager. Die Zuschauer warteten.

Klatsch, klatsch!

Nichts.

Sie sahen zu, warteten auf das erste, erstickte Husten, den ersten Atemzug.

Als das Baby zu weinen begann, breitete sich über den Gesichtern der Zuschauer Freude aus — auf allen, ausgenommen auf dem von Autumn. Sie betrachtete traurig Millies reglose Züge.

»Millie ist tot.«

Alle wandten sich Autumn zu. Sie hatten es gar nicht bemerkt.

Autumn erhob sich mühsam, dann richtete sie einen

anklagenden Blick auf Millies Mann. Wo war der Zorn, der Schmerz oder auch die Scham darüber, einem anderen menschlichen Wesen solche Schmerzen, einen solchen Tod verursacht zu haben? In seinem Gesicht war nur Stolz zu erkennen, der Stolz auf seinen Sohn.

Langsam ging sie zur Tür. »Geht heim!« fuhr sie die neugierigen Zuschauer an. Die Männer, Frauen und Kinder, die alle noch zu jung waren, um ihr Schicksal zu begreifen, wandten sich ab und verteilten sich auf der Straße zwischen den Hütten — mit ernsten, düsteren Gesichtern.

Autumn, die Hände in den Taschen ihrer Breeches, sah zu, wie eine junge Frau kokett die Hüften schwenkte und dabei einem Mann zulächelte, der ihr folgte. Verrückt! Millie Tims lag bewegungslos auf dem Bett ihrer Niederkunft — ihrem Todeslager! —, weil sie einmal geglaubt hatte, ein Mann sei wichtiger als ihr Leben. War ein Mann ein solches Opfer wert? Auch Autumns Mutter hatte das gleiche gedacht, fand, daß ihr Mann es verdient hatte, sich zu verewigen, also schenkte sie ihm Kinder. Nicht eines, nein, drei: je mehr, desto besser. Bei der Geburt des dritten Kindes kam sie ums Leben, und Claude Sinclair heiratete noch im selben Jahr wieder. Auch die zweite Frau starb im Kindbett. Autumn erinnerte sich noch gut an ihre quälenden Schmerzen — ihre Strafe dafür, daß sie schön und begehrenswert, daß sie als Frau geboren war.

Autumn lief zu ihrem Pferd, schwang sich in den Sattel und galoppierte davon. Sie setzte über einen hohen Zaun; der Schritt des starken Hengstes brachte sie weg vom Tod.

Sie mußte der düsteren Szene entkommen. Auch auf ihr lastete der Fluch: als Frau geboren, eine schöne Frau — aber sie war nicht bereit, das Schicksal ihrer Mutter anzunehmen. Niemals ... Niemals!

Die Wolken zogen sich drohend zusammen, aufgewühlte, breite Bänder von Dunkelheit und Licht, die sich durch den Streifen niedriger Pinien am Rand des Atlantiks woben. Auf der Klippe über der Bachus Bay zügelte Autumn das Pferd und sprang auf den Boden, noch bevor es endgültig stillstand. Ihr Körper zitterte; sie schloß die Augen und versuchte, den sinnlosen Verlust aus ihren Gedanken zu verscheuchen. Millie Tims war so alt gewesen wie Autumn selbst: gerade zwanzig. Das schwarze Mädchen hatte jedes Recht gehabt, am Leben zu bleiben!

Ein Mann trat aus dem Wald. »Autumn!«

Die volle, tiefe Stimme riß Autumn aus ihren trüben Gedanken. Obwohl sie den Mann erst vor drei Tagen kennengelernt hatte, wußte sie augenblicklich, wer er war. Roy Donovan. Erst an diesem Vormittag hatte sie seinen Heiratsantrag abgewiesen. Für sie sollte es kein ›und sie lebten danach in Glück und Zufriedenheit‹ geben.

Donovan kam zu Fuß den Pfad herauf, die Stiefel schmutzverkrustet, das Leinenhemd feucht; es klebte ihm an der Haut. »Ich hatte gehofft, daß Sie hier sein würden«, sagte er.

Autumn schaute mit starrem Blick auf die Wellen mit den weißen Schaumkronen und dachte an Millie.

Roy zog die Stirn in Falten. »Was ist passiert?«

»Ich ... Ich habe gerade einer Frau beim Sterben zugesehen, Mr. Donovan.« Ihre Stimme klang schmerzhaft gepreßt. Autumn wandte sich jetzt dem sie aufmerksam beobachtenden Mann zu und erklärte einfach: »Ich war nicht sicher, ob ich Sie noch einmal wiedersehen würde.«

»Ich lasse mich selten mit einem Nein abspeisen. Nicht, wenn ich etwas unbedingt haben möchte.«

»Und Sie möchten mich haben.«

»Ist das so schwer zu begreifen?«

»Ich habe es Ihnen bereits gesagt: Ich hasse es, mich aufzuputzen und dann vor den Männern Parade zu gehen wie die Vollblüter meines Bruders. Ich möchte meinem Ehemann ein gleichberechtigter Partner sein, falls ich mich überhaupt entscheide, zu heiraten, und nicht ein Schmuckstück, das er sich an den Arm hängen kann.«

»Die Hinfälligkeit gewisser allzu zarter Frauen mag für manche Männer reizvoll sein. Ich finde sie langweilig. Sie, meine liebe Miss Sinclair, sind alles andere als das.«

Autumns Lippen verzogen sich zu einem Lächeln. »Und es stört Sie nicht, daß ich Breeches trage?«

»Auf der Ile de Cayemite würden sie jedenfalls besser zu Ihnen passen als ein eher hinderlicher, langer Rock.«

Autumn wandte sich wieder dem Wasser zu, dankbar, ein Thema gefunden zu haben, das sie von den vergangenen, schrecklichen Stunden ablenkte. Sie war wieder einmal dabei, davonzulaufen. Sie wußte es, aber seit jenen längst vergangenen Jahren, nachdem ihre Mutter im Kindbett gestorben war, blieb ihr nichts anderes übrig. Jetzt ging es einzig und allein darum, einem ähnlichen Schicksal zu entrinnen. »Erzählen Sie mir noch einmal von Hunnington Hall.« Überzeuge mich! flehte sie innerlich.

»Es ist das größere von zwei Besitztümern auf Cayemite.«

»In der Karibik.«

»Ja. Mein Vater hat es vor mehr als dreißig Jahren einem Franzosen abgekauft.«

»Und Sie sind dort geboren?«

»Als der jüngere von zwei Söhnen.«

»Ihre Eltern sind tot?« Als er nickte, fragte sie: »Warum ging der Besitz an Sie über und nicht an Ihren älteren Bruder?«

Eine plötzliche Röte erhitzte Roys Gesicht. Er schaute auf das wütende Wasser und sprach mit gepreßter Stimme. »Mein Bruder ... Er ist eine Art Streuner, einer, der es mit dem Spiel und den Frauen hält.« Er drehte Autumn so, daß sie ihm in die Augen schauen mußte, wobei sich seine langen, kräftigen Finger in ihre Schultern gruben. »Das Leben auf Cayemite ist kein müßiges Leben. Es gibt kaum Zeit für Stickereien und Teegesellschaften. Außer den Hausmädchen gibt es nur wenige Frauen, und die Frau, die ich heirate, wird sich mit mir zufriedengeben müssen und damit, eine Art eigenes Reich aufzubauen. Dazu ist eine ganz besondere junge Lady nötig, eine, die in der Lage ist, mit unvorhergesehenen Problemen fertig zu werden, Probleme, die auch während meiner Abwesenheit entstehen können. *Sie* sind diese Frau.«

Autumn zog die Stirn in Falten. »Aber ich weiß nicht, ob ich Sie überhaupt —«

»Ob Sie mich lieben können?« Er zog sie näher an sich. »Das kommt schon — mit der Zeit.«

Das Trommeln von Hufschlägen schreckte die beiden auf. Sie sahen zu, wie Jethro, der schwarze Stalljunge ihres Bruders, auf sie zu galoppierte.

»Miss Autumn, ich suche schon überall nach Ihnen. Mr. Sinclair ist furchtbar wütend; es kommt mehr Rauch aus seinen Ohren als aus dem Backhaus meiner Tante Lollie.«

»Und warum ist er diesmal so in Zorn geraten?« Sie machte sich von Roys Händen frei.

»Warum!« Jethro schaute sie an, als könne er nicht glauben, was er hörte. »Miss Autumn, haben Sie die Party vergessen, die die Frau von Mr. Sinclair heute abend für Sie gibt?«

Die Party! Autumn schloß die Augen.

»Das hab' ich mir gedacht!« rief Jethro.

Autumn ließ Roy einfach stehen und lief auf ihr Pferd zu. »Kommen denn die Gäste schon an?« rief sie Jethro über die Schulter zu.

»Ja, Ma'am. Die Allens sind schon da. Und die Carlisles, und . . .« Er zögerte.

Autumn erstarrte. »Und — wer?«

Jethro senkte den Blick. »Mr. Chandler und Miss Anita.«

Gregory Chandler! Dieser Verräter! Er war ihr engster Freund und Vertrauter gewesen, und er hatte einen Pakt mit ihr geschlossen, daß er niemals heiraten und sie verlassen würde, und ihn sogar mit Blut besiegelt. Und jetzt war er im Begriff, sie zu verlassen. Gestern hatte er angekündigt, er würde Anita Cunningham heiraten. Anita Cunningham, mit ihren bläßlichblonden Löckchen und der Stupsnase — alles, was er nach seinem eigenen Schwur an einer Frau haßte!

Autumn rümpfte die Nase. Ohne noch ein Wort mit Roy zu wechseln, ritt sie zum Haus ihres Bruders.

»Sie hat es schon wieder getan, Mary.«

»Beruhige dich doch, Mitchell. Die Gäste können dich hören.«

Die Arme verschränkt, schaute Mitchell Sinclair zur Zimmerdecke und fragte: »Was hab' ich bloß falsch gemacht? Bevor mein Vater gestorben ist, habe ich ihm geschworen, daß ich Autumn wie meine eigene Tochter lieben und erziehen würde. Ich habe ihr alles gegeben: Kleider, eine gute Ausbildung — aber sie rümpft die Nase über die Gesellschaft, rebelliert gegen den Besitz und macht mich wütend, so oft sie dazu Gelegenheit bekommt.«

Mary lächelte ihren Mann an. »Autumn ist . . . sie ist eben etwas anders, Lieber.«

»Anders! O ja, das kann man sagen. Sie ist sehr anders. Welche Frau in ihrem Alter — oder in jedem Alter, was das angeht — würde in Breeches und im Herrensitz über das Land reiten? Sie schwingt sich in den Bäumen von einem Ast zum anderen, Mary!«

»Ich bin überzeugt, daß Autumn seit einigen Jahren auf keinen Baum mehr geklettert ist.«

»Aber erst vor zwei Monaten hat man sie angetroffen, wie sie nackt geschwommen ist —«

»Ich bitte dich, leiser, mein Lieber.«

»— unten im Fluß.« Er ließ sich in einen Sessel fallen. Mary lächelte verständnisvoll, als ihr Mann den Kopf in den Händen begrub. »Autumn ist eine ganz besondere junge Frau, Mitchell. Sie ist stark, unabhängig —«

»Großer Gott, und du verteidigst sie auch noch!« Mitchell sprang wieder auf. »Wenn ich dich nicht so gut kennen würde, wäre ich bereit, zu behaupten, daß du sie beneidest.«

»Bitte, Lieber. Sei nicht allzu schnell bereit, deine Schwester zu verurteilen. Versuche erst einmal, den Grund für ihre Verspätung zu erfahren.«

»Da muß sie aber einen verdammt guten Grund anführen — zu spät zu kommen auf ihre eigene Geburtstagsparty!«

»Ich bin sicher, daß sie eine Erklärung hat.« Vom Rascheln ihrer pulverblauen Seidenrobe begleitet verließ Mary den Raum.

Palmyras großer Ballsaal funkelte unter unzähligen flackernden Kerzenflammen. Die weiche Musik der Geigen und der süße Duft der Gardenien mischte sich mit der hohen Luftfeuchtigkeit des herannahenden Gewitters. An der gegenüberliegenden Wand versammelten sich junge Frauen und ihre Begleiter an Tischen, die mit moussierenden Bowlen und verführerischen Kanapees beladen waren. Autumns Freunde unterhielten sich leise und warfen gelegentlich neugierige Blicke auf die Gastgeberin im blauen Seidenkleid, die ankommende Gäste begrüßte.

»Ich wette, Autumn heckt wieder einmal einen ihrer bekannten Streiche aus«, sagte William DeRosa. »Es würde mich nicht überraschen, wenn sie das Treppengeländer herunterrutschte und vor Mitchells Füßen landete.«

Anita Cunningham zog die Stirn in Falten und schnalzte mit der Zunge. »Pst! Du bist wirklich ein unangenehmer Kerl, William.«

»Vermutlich hat deine kleine Ankündigung von gestern das Geburtstagskind etwas verwirrt«, bemerkte DeRosa zu Gregory Chandler. »Ich hatte immer den Verdacht, daß Autumn sich in dich verliebt hat . . .«

»Unsinn«, konterte Gregory. »Wir sind wie Bruder und Schwester.«

William lachte. »Wie Bruder und Bruder, meinst du wohl. Wenn sie sich nicht so verzweifelt bemühte, einer von uns Männern zu sein, hätte sie sich schon längst einen Ehemann geangelt. Hübsch genug ist sie ja. Aber es ist schwer, sich eine romantische Szene vorzustellen mit einer Frau, die Breeches trägt.«

»Heiraten und Kinderkriegen kommt für Autumn überhaupt nicht in Frage.« Gregory hätte sich am liebsten auf die Zunge gebissen und schalt sich, daß er seine Enttäuschung so deutlich gezeigt hatte; daher versuchte er es mit einem beruhigenden Lächeln für seine Verlobte. Er schaute sich um. Mary Sinclair, die Dame des Hauses, war verschwunden.

Autumn, noch fröstelnd von der feuchten Luft, stand am Fuß der Treppe vor der Tür zu Mitchells Bibliothek. »Wo ist mein Bruder?« fragte sie ihre Schwägerin.

»Oben — er versucht, sich von seiner Aufregung zu erholen — ihn hätte beinahe der Schlag getroffen. O Autumn, wie konntest du nur die Party vergessen!«

»Es tut mir leid. Ich habe mich schrecklich aufgeregt über Millie, und —« Sie senkte den Blick. »Ja, ich habe sie vergessen.«

Mary berührte sachte die gerötete Wange der jüngeren Frau. »Lauf jetzt nach oben und mach dich bereit. Lollie hat dein Bad fertig und dein Kleid herausgelegt. Ich werde versuchen, Mitchell zu beruhigen.«

»Wie willst du das machen?«

Mary schien nachzudenken, dann räumte sie ein: »Ich werde lügen müssen. Etwas Besseres fällt mir nicht ein.«

Autumn nahm immer zwei Stufen auf einmal und verschwand in ihrem Zimmer im ersten Stock. Lollie wartete auf sie, tippte mit der Fußspitze auf den Boden und schaute sie mißbilligend an.

»Du hättest schon vor Stunden hier sein sollen«, tadelte die Schwarze.

»Es tut mir leid.«

»Es tut dir leid, sagst du? Du schmollst nur wegen Gregory Chandler, das ist alles.«

»Ich schmolle überhaupt nicht, Lollie.« Autumn zog sich ihre Bluse über den Kopf. Lollie nahm sie ihr aus der Hand. »Millie Tims ist heute gestorben«, sagte sie leise.

»Ich weiß.«

»Es beweist nur, daß ich recht habe —«

»Wir wissen alle, was du vom Heiraten und Kinderkriegen hältst. Und es gibt niemanden, der es besser wüßte als dein Bruder.«

Die Hände in die schlanken Hüften gestemmt, fragte sie: »Hat er vielleicht vor, mir im Verlauf dieser Soiree seine für ihn als Schwager in Frage kommenden Freunde vorzuführen? Wenn ja — da mache ich nicht mit.«

Lollie grinste spöttisch, zeigte mit einem ihrer knotigen Finger auf Autumn und erwiderte: »Eines Tages wird ein Mann in dein Leben treten, dich übers Knie legen und dir auf deinen Breeches-Hintern eine Tracht Prügel verpassen. Ich hoffe nur, ich lebe lange genug, um das zu sehen.«

»Zuvor friert die Hölle ein«, sagte Autumn mit solcher Heftigkeit, daß Lollie einen Schmollmund machte. »Ich habe nicht die Absicht, mein Leben in Schmerzen zu beenden — oder in fortwährender Langeweile.«

Lollie räusperte sich und schüttelte den Kopf.

»Ja, wenn mir ein Mann nur aus Liebe die Ehe anbieten würde und nicht, weil er in eine Familie mit Geld und gutem Namen einheiraten möchte, könnte ich mich vielleicht mit dem heiligen Stand der Ehe anfreunden.« Nach kurzer Überlegung fügte Autumn hinzu: »Aber dann müßte er außerdem der schönste Mann auf Erden sein.«

Sie zog ihre Breeches aus und stieg in die Wanne, wo sie bis zur Schulter im dampfenden Wasser versank. Sie wußte, daß Lollie sie anschaute. Als die Schwarze wütend mit der Zunge schnalzte, hob Autumn den Kopf ein wenig und zog fragend die Stirn in Falten.

»Du hast dich wieder ohne Hut in der Sonne aufgehalten. Schau bloß die Sommersprossen auf deiner Nase an. Die vermehren sich wie Mr. Mitchells Kaninchen.«

»Gregory Chandler findet, daß sie meinem Gesicht Charakter verleihen.«

»Charakter! Du liebe Zeit, du ›charakterst‹ den armen Mr. Mitchell noch zu Tode! Und schau dir dein Haar an.« Sie hob eine Handvoll der rostroten Locken hoch. »Wir hätten eigentlich schon vor Stunden anfangen sollen, dieses Durcheinander in Ordnung zu bringen. Jetzt können wir gar nichts mehr tun.«

»Aber natürlich. Mach doch einfach einen kleinen Knoten auf dem Kopf, so, wie Anita Cunningham ihr Haar trägt.«

»Anita Cunningham hat nicht so dichtes Haar. Keine von den anderen hat so fülliges Haar wie du.«

Dabei war das Haar noch die geringste von Lollies Sorgen. Mitchell Sinclair würde so oder so nicht mit seiner Schwester zufrieden sein, also kam es jetzt vor allem darauf an, daß sie sich wusch und dann schnell anzog. Sobald Autumn aus der Wanne stieg, begann Lollie sie mit Tüchern abzureiben, bis ihre Haut gerötet war und beinahe strahlte. Dann massierte sie so viel Eau de Cologne in die aprikosenfarbene Haut, daß Autumn niesen mußte, zwang sie in seidene Unterwäsche, in Lagen von Petticoats und ein Spitzenhemd, zog dann über alles eine der Figur schmeichelnde Kreation aus Seide, die Autumns üppigen Busen ebenso betonte wie ihre schmale Taille.

Autumn lief die Treppe hinunter. Entfernte Musik lud sie ein, am Tanz ihrer Freunde teilzunehmen, aber das leise Timbre von Gregory Chandlers Stimme zog sie in die Richtung der Bibliothek. Zu ihrem Schrecken erkannte sie, als sie näher kam, die Stimme von Mitchell, die ihm antwortete.

Gregory Chandler starrte seinen Gastgeber offensichtlich schockiert an. »Es tut mir leid, Mr. Sinclair, aber eine Heirat mit Autumn kommt ganz und gar nicht in Frage. Wie Sie wissen, Sir, habe ich bereits um die Hand von Anita angehalten —«

»Aber ich dachte, daß Sie etwas für meine Schwester übrighaben.«

»Das ist richtig, Sir . . . Eine Art brüderlicher Zuneigung.«

Mitchell zögerte, sagte dann: »Ich bin ein sehr reicher Mann, Greg. Ich könnte dafür sorgen —«

»Wie kannst du es wagen!« Autumn stürmte in den Raum, und Gregory und ihr Bruder wandten sich ihr zu.

»Entschuldige uns«, sagte sie zu Gregory. »Ich muß ein paar Worte mit Mitchell sprechen — unter vier Augen.«

Chandler, das Gesicht eine erstarrte Maske, verbeugte sich steif und verließ den Raum.

»Wie konntest du mich in dieser Weise erniedrigen, Mitchell!« fuhr ihn Autumn an. »Falls ich die Absicht habe, zu heiraten, bin ich durchaus in der Lage, mir selbst einen Ehemann zu suchen!«

»Bisher habe ich davon noch kein Anzeichen bemerkt.« Mitchell ging zum offenen Fenster. »Du hast viel zuviel damit zu tun, deine Nase in den Betrieb meiner Plantage zu stecken. Die Hälfte der männlichen Bevölkerung von Charleston redet schon über meine altjüngferliche Schwester, die sich eher für einen Mann hält als für eine Frau.«

»Von ›alter‹ Jungfer kann ja wohl keine Rede sein.«

»Um alles in der Welt, Autumn, du reitest in Breeches übers Land, im Herrensitz, und du erzählst Witze, bei denen ein Seemann erröten würde. Das ist nicht anständig, das kann ich dir sagen.«

»Wo steht denn geschrieben —«

»Hör auf damit!« Mitchell schlug mit der Faust gegen die Wand und brüllte: »Verdammt, Autumn, ich will nicht mehr hören, daß Gott, wenn er die Frauen zum Gebären wie die Kaninchen bestimmt hätte, ihnen lange Ohren und ein weißes Schwänzchen gegeben hätte. Das war ganz komisch, solange du noch ein Kind warst, aber bei Gott, jetzt bist du zwanzig, und es ist an der Zeit, daß du zur Vernunft kommst und deine Pflichten als Frau erfüllst.«

»Zum Beispiel wie Mama? Oder wie Millie Tims?«

»Wo wärst du heute, wenn Mutter sich nicht entschlossen hätte, dieses Risiko einzugehen?«

Sie hob das Kinn an. Das Funkeln in ihren Augen wurde durch die Tränen nur ein wenig gedämpft.

»Es ist höchste Zeit, daß man dich verheiratet«, fuhr Mitchell fort. »Und wenn ich selbst es arrangieren müßte.«

Sie raffte die Röcke und verließ die Bibliothek. Applaus begrüßte Autumn, als sie den Ballsaal betrat.

Sie lachte, aber Mitchells Drohung hatte sie zu sehr erschüttert. Autumn Dae Sinclair kümmerte sich nun einmal nicht darum, daß die Krinoline in Kürze *der* Unterrock für die moderne Frau sein würde. Ihr ging es mehr um das Pflügen der Baumwollfelder.

»Tanzt du mit mir, Autumn?«

Autumn blickte in Gregory Chandlers lächelndes Gesicht.

»Bist du sicher, daß das nicht anstößig ist? Was ist mit deiner Verlobten?«

»Es macht Anita nichts aus.«

»Dann habe ich wohl keine andere Wahl.« Sie nahm Gregorys Arm.

Sie glitten ein paar Sekunden lang zur Musik übers Parkett, doch dann konnte sie die Spannung nicht länger ertragen und beschwor ihn: »Du mußt Mitchell verzeihen. Er meint es ja gut.«

»Das habe ich längst vergessen, Autumn.« Dann fügte er besorgt hinzu: »Bist du mir noch böse?«

»Wir haben uns versprochen, nie zu heiraten.«

»Vermutlich ist einer von uns beiden inzwischen erwachsen geworden.«

Autumn blieb stehen. Gregory errötete. In seiner Miene lagen Sorge, Zorn und — noch etwas anderes. »Aber wir haben uns geschworen —«

»Das sind die Schwüre von Kindern«, unterbrach er sie. »Ich bin ein Mann und habe meine Bedürfnisse, Autumn. Ich brauche eine Frau, die mich umarmt, wenn ich erschöpft bin —«

»Mit anderen Worten: du brauchst eine Mutter.«

»Ich möchte Kinder haben! Jemanden, zu dem man am Ende des Tages heimkommt, jemanden, mit dem ich über vieles reden kann, nicht nur über die Ernte und den

Gewinn des vergangenen Jahres. Ich will vor dem offenen Kamin sitzen, während meine Frau mir Shakespeare und Rousseau vorliest. Ich will mich von amüsantem Klatsch unterhalten lassen, verdammt noch mal!«

Sie wandte sich ab und zwang sich ein Lächeln auf die Lippen.

Er fuhr mit gepreßter Stimme fort. »Du warst immer meine beste Freundin. Meine Vertraute. Mit dir habe ich mehr Zeit und mehr Geheimnisse meines Lebens geteilt als mit jedem anderen Menschen. Ich möchte nicht, daß das jetzt zu Ende geht.«

»Aber nun hast du doch eine Frau, mit der du diese Dinge teilen kannst«, sagte sie mit schwankender Stimme.

»Muß ich einem guten Freund wie dir Lebewohl sagen, nur weil ich heirate? Du bist in unserem Haus immer willkommen.« Er hatte den Arm um ihre schmale Taille gelegt und steuerte sie jetzt auf das zierliche blonde Mädchen am anderen Ende der Tanzfläche zu.

»Autumn, wie zauberhaft du aussiehst!« begann Anita liebenswürdig. Ihr Lächeln wurde ein wenig gequält, als sie das starre Gesicht ihres Verlobten bemerkte, doch dann wandte sie sich wieder an Autumn.

»Danke«, erwiderte Autumn und betrachtete den bläßlich-blonden Knoten auf Anitas Kopf.

Plötzlich erschütterte heftiger Donner das Haus. Der Wind rüttelte an den Terrassentüren, schleuderte sie gegen die Mauer und zurück, und der Boden war im nächsten Augenblick mit Glassplittern und Regentropfen übersät. Der Raum schien zu kippen, als alle drei Lüster in gleichem Rhythmus hin und her schwangen, aber gleich danach fegte ein weiterer Windstoß durch die Fenster und löschte alle Kerzen aus.

Die Frauen schrien und klammerten sich an ihre Begleiter, während die Dienerschaft sich beeilte, die Sturmläden und die Türen zu schließen. »Keine Panik!« brüllte jemand. »Bleibt, wo ihr seid!«

»Autumn?« Die Stimme klang rauh in der Dunkelheit. Autumn wirbelte herum und starrte in das dunkle Gesicht des Mannes. Er roch nach Regen, nach Tabak und nach Rum. Sein plötzliches, mysteriöses Auftauchen ließ Autumns Herz schneller schlagen. »Komm mit mir«, flüsterte er. Er nahm sie in seine Arme, hob sie hoch und trug sie durch die Türen auf die Veranda.

»Roy Donovan!« rief sie, als er sie losließ. »Was machen Sie denn hier?«

»Ich will deine Antwort. Und ich will sie *jetzt.*«

»Antwort — worauf?«

»Heirate mich.«

Der Donner ließ die Wand hinter ihr erzittern. »Aber ich kenne Sie ja gar nicht!«

»Wirst du warten, bis dein Bruder einen anderen Mann dafür bezahlt, daß er um deine Hand bittet?« Roy lachte darüber, daß sie ihn so erstaunt und mit offenem Mund anstarrte. »Ich habe gelegentlich die Gewohnheit, an offenen Fenstern zu lauschen.«

Ein Blitz erhellte die klaren Flächen von Roy Donovans Gesicht. Er war ein gutaussehender Mann mit einem wilden, spontanen Wesen, das dem ihren entsprach. »Aber ich kenne Sie ja gar nicht!« wiederholte Autumn und versuchte dabei, sich selbst und auch Roy zu überzeugen. Jetzt zitterte sie, nicht nur vom Regen und vom Sturm, sondern auch aus nervöser Erwartung.

»Du sagst, du willst deinem Mann Partner sein, nicht nur ein Schmuckstück für seinen Arm! Du sagst, daß du die Schönste und beste Plantage auf Gottes Erdboden besitzen möchtest. Das kannst du beides haben.«

Autumn wandte ihr vom Regen nasses Gesicht Roy zu und schrie gegen den Sturm: »Auf Cayemite?«

»Ja! An die hunderttausend Hektar feinsten Zuckerrohrs, das jemals wuchs, und ein Herrenhaus mit fünfzig Zimmern über dem schönsten Streifen einer türkisblauen See, den man sich denken kann. Das alles wartet auf dich!«

Autumn schloß die Augen. Das war die Art von Freiheit, von der sie geträumt hatte. Roy wollte einen Partner, einen Kumpel. Er verlangte nicht mehr von ihr. Mitchell wollte sie verheiratet sehen — und schwanger. Er würde sie hart tadeln, wenn sie nicht innerhalb von Jahresfrist ein Kind zur Welt brachte.

Mein Gott.

»Nun?« fragte Roy noch einmal.

Autumn hielt den Atem an, stammelte schließlich: »J — ja«.

Er lachte schallend in die Turbulenzen des Himmels, bevor er sagte: »Ich melde mich wieder, sobald alles arrangiert ist.« Dann küßte er sie und war verschwunden.

Der durchdringende Geruch von Whisky hing ebenso im Raum wie die blaugraue Rauchwolke. Die Männer, die am Tisch saßen, sahen erwartungsvoll zu, wie sich Roys Finger über die Münzen bewegten.

»Entweder du spielst, oder du paßt, Donovan. Wir warten nicht den ganzen Tag.«

Roy Donovan, den Mund ausgetrocknet, warf eine Handvoll Geld auf den Tisch. »Ich setze fünfhundert.«

Hugh Tyler mit seiner breiten Brust und Beinen wie Baumstämme ergriff seinen Arbeitgeber an der Schulter. Er beugte sich hinunter zu seinem Ohr und sagte leise: »Wir müssen miteinander reden, Mr. Donovan.«

»Später.«

»Nicht später«, beharrte er. »Jetzt, Sir, oder diese Männer nagen Ihnen die Knochen ab, bevor das Spiel zu Ende ist.«

Donovan warf einen Blick auf die Spieler. Er legte seine Karten auf den Tisch, trat zu seinem Vormann, und die beiden verschwanden in den Schatten des Raums.

»Was, zum Teufel, haben Sie vor?« fuhr der Ire seinen Chef an, »Sie haben gerade das bißchen Gewinn verspielt, das wir mit der Ernte des letzten Jahres gemacht haben. Unter diesen Voraussetzungen wäre es ratsam, jetzt gleich das Ticket für die Überfahrt nach Cayemite zu kaufen.«

Donovan musterte den Mann mit den kleinen, zusammengekniffenen Augen, der ihn dazu getrieben hatte, höher zu setzen, als er es sich leisten konnte. »Er blufft«, sagte er leichthin zu Hugh Tyler.

»Und wenn nicht? Sie haben schon genug Schuldscheine in dieser Stadt unterschrieben. Noch ein paar mehr, und Sie verlieren Hunnington ganz und gar.«

»Ich bekomme schon das Geld.«

»Ja, Sie bekommen das Geld. Wenn Sie Autumn Sinclair heiraten. Aber das ist nicht recht, Chef.«

»Dir geht es ja nur darum, daß du die Vorbereitungen treffen mußt.«

»Die verdammten Vorbereitungen sind getroffen!« Der Ire senkte die Stimme und fuhr fort: »Es war nicht leicht, einen Pfarrer zu finden, der sich bestechen ließ, aber ich habe einen gefunden. Morgen um zehn werden Sie mit Miss Sinclair getraut.«

Ein zufriedenes Lächeln spielte um Donovans Mund.

Hugh Tyler zog die Stirn in Falten. »Ich an Ihrer Stelle würde mir das Grinsen für später aufsparen. Zuvor müssen Sie noch mit Mitchell Sinclair fertig werden.«

»Mit Mitchell komme ich zurecht.«

»Mir gefällt nicht, was Sie da tun. Es ist nicht recht, Sie nützen das Mädchen nur aus.«

»Autumn hat mir da nichts vorzuwerfen. Sie benützt

mich, um von ihrem tyrannischen Bruder loszukommen. Ich tu' ihr einen Gefallen, Tyler. Dafür wird sie Mitchell um so viel Geld bitten, daß die Schulden, die auf Hunnington lasten, bezahlt werden können.«

»Und wenn sie sich weigert?«

»Dann verliert sie die Chance, Partner zu sein auf einer Plantage statt eine Zuchtstute für irgendeinen fetten, glatzköpfigen, älteren Geschäftsmann. Sie will nicht eine Schar von rotznäsigen Gören an den Beinen hängen haben, und ich will das auch nicht. Ich bin sicher, sie weigert sich nicht.« Nach kurzer Überlegung fügte Roy hinzu: »Autumn gefällt mir; ich mag sie recht gern. Und ich wette, daß sie mir auf nette Weise die Zeit vertreibt...«

»Für eine Weile. Aber Sie werden sie genauso schnell leid wie die anderen. Wir beide wissen, daß es nur eine Frau gibt, die Ihr Interesse halten kann, und auch nur deshalb, weil sie vom Teufel abstammt — genau wie Sie.«

Roys Kopf fuhr herum. Sein Gesicht wurde weiß, und er zitterte am ganzen Leib, bevor er befahl: »Sag Autumn, daß ich sie morgen früh um zehn treffen möchte.«

Am nächsten Morgen fluchte Hugh Tyler leise vor sich hin. Verdammt sei Patrick Donovan, weil er gegenüber einem Angestellten vor zwanzig Jahren Gnade vor Recht hatte ergehen lassen. Besser, er hätte ihn seine Gefängnisstrafe absitzen lassen als ihn seinem Sohn Roy und dessen Mätzchen auszuliefern. Wenn er gewußt hätte, daß der junge Teufelsbraten nichts im Kopfe hatte, als das Vermögen seines Vaters bei Spiel und Suff zu verschleudern, er hätte schon vor Jahren Cayemite den Rücken gekehrt.

»Mit anderen Worten, Sie haben den gesamten Gewinn des letzten Jahres verloren — so gering der auch gewesen sein mag.« Traurig schüttelte Hugh den Kopf und schaute auf den Mann, der halb bewußtlos vor ihm lag. »Heilige

Mutter Gottes, Sie sind wirklich ein Haufen Dreck«, fuhr der Ire fort. »Und Ihr Bruder tritt mich in den Arsch, weil ich es nicht verhindert habe, daß Sie wieder in diesen Zustand geraten sind.« Hugh stieß die leere Whiskyflasche zur Seite und zerrte Roy an die Bettkante. »Sie werden sich jetzt anziehen«, sagte er atemlos. »Um zehn Uhr wartet der Pfarrer. Haben Sie vergessen, Mr. Donovan, daß Sie vorhaben, heute vormittag zu heiraten?«

Roy lachte betrunken. »Das ist richtig. Ich werde Autumn heiraten ...«

»Autumn Sinclair. Mitchell Sinclairs kleine Schwester. Die Schwester des Mannes, der Ihre finanziellen Probleme beheben soll.«

Donovan machte die Augen ganz auf. »Diese Männer ...«

»Ich habe ihnen geschworen, daß sie bis Mittag ihr Geld bekommen. Sie haben gerade noch genügend Zeit, um Autumn zu heiraten und mit ihrem Bruder zu reden.« Er nahm einen von Roys beiden Anzügen und warf ihn auf das Bett. »Ziehen Sie sich das über Ihren pockennarbigen Leib, und ich kümmere mich um unseren Wagen.« Er drehte sich noch einmal um und flüsterte: »Gott sei unseren Seelen gnädig für den Betrug an dieser Frau.«

Autumn las den kurzen Brief noch einmal, bevor sie zur Kirche in der Ferne schaute. Sie war eine Stunde geritten, um diese Straßenkreuzung zu erreichen. Jetzt gab es kein Umkehren mehr.

Der Pfarrer blickte auf, als sie bis zur Kirchentür ritt. Er schien besorgt zu sein, aber bei weitem nicht so besorgt wie der Mann, der nervös an Roy Donovans Krawatte herumzupfte.

»Tut mir leid, ich habe mich verspätet.« Autumn trat zögernd in das Halbdunkel der Kirche.

Nachdem er mit den Bemühungen um Roys Krawatte fertig war, half ihm Hugh aus dem Kirchengestühl. »Schauen Sie, wer da ist, Boss. Ihre Verlobte.«

Donovan, das Gesicht aschfahl, die Lippen eine starre, blasse Linie, stolperte ein paar Schritte vorwärts.

»Sind Sie krank?« fragte Autumn.

»Nur ein Kater«, antwortete Tyler an seiner Stelle. »Er hat gestern abend ein bißchen viel getrunken. Sie wissen schon, die Feier, und so weiter. Stimmt's, Mr. Donovan?«

Roy nickte. »Ich bin froh, daß du gekommen bist.« Er streckte ihr seine zitternde Hand entgegen und lächelte.

Zögernd hob Autumn die Hand, um sie in die seine zu legen.

Die Berührung riß Donovan aus seiner Lethargie. Er zog sie an sich. »Kleines, ich dachte schon, du kommst nicht mehr.«

»Es gab einiges zu überlegen.«

»Was gibt es viel zu überlegen? Cayemite braucht dich.«

Autumn schaute in Roys düsteres, ernstes Gesicht. »Aber wozu die Eile, Donovan? Wenn Sie zuvor mit meinem Bruder gesprochen hätten, wie es sich gehört, dann wäre sein Widerstand bestimmt gering gewesen.«

»Ich habe keine Zeit mehr, Autumn. Ich bin jetzt schon zu lange fort von Cayemite. Außerdem fährt mein Schiff heute nachmittag.«

»Heute nachmittag! Ich hatte keine Ahnung . . .«

Donovan schloß die Augen. »Ich habe keine Zeit zu vergeuden, Autumn. Entweder du heiratest mich jetzt, in diesem Augenblick, oder wir vergessen die ganze Sache. Wie entscheidest du dich?«

Er hatte recht. Die letzten vier Tage hatten Autumn genügend Zeit gegeben, ihre Meinung zu ändern. Vielleicht blieb sie bei ihrer Entscheidung, damit Mitchell nicht seine Drohung wahrmachen und ihr weitere in Frage kommende Ehemänner vorstellen konnte. Aber im Inneren verfluchte sie dennoch das Los der Frau. Wäre sie ein Mann gewesen, hätte es all diese Sorgen nicht gegeben.

Die Zeremonie war schnell vorüber. Autumn schloß die Augen, als ihr Mann ihr einen Kuß auf die Lippen gab. Dann wandte er sich ab, um die Formalitäten mit dem Standesbeamten zu regeln. Mittelgroß, mit kräftigen, breiten Schultern und einer schmalen Taille, das Haar weder blond noch braun, sondern eine gut aussehende Mischung zwischen beiden Farben, konnte man Roy Donovan durchaus als einen attraktiven Mann bezeichnen. Seine Augen waren haselnußbraun, mit Wimpern und Brauen, die etwas heller waren als sein Haar. Seine Haut war blaß.

Autumns Blicke schweiften neugierig über seine Kleidung. Obwohl das zimtbraune Sakko perfekt geschnitten war für seine breiten Schultern, merkte man, daß es nicht mehr das Neueste war. Die beigefarbenen Breeches zeigten ebenfalls abgetragene Stellen, und die Absätze seiner kniehohen Stiefel waren abgetreten.

Hugh Tyler entfernte sich von der ihm unangenehmen Szene. So mutig sich dieses Mädchen zeigte, es lag auch viel Verletzlichkeit in der Art, wie es seinen Arbeitgeber betrachtete. Verdammt, ihm war der ganze Plan von Anfang an nicht recht gewesen. Tyler blieb unter dem Kirchenportal stehen und bemerkte die sich nähernden Reiter erst, als sie um die nächste Kurve der Straße kamen. Er fluchte leise und drehte sich auf dem Absatz um.

Autumn sprang zur Seite, als der untersetzte Ire durch den Mittelgang donnerte. Er ergriff Donovan am Arm und überraschte sie und den Pfarrer aufs äußerste mit seiner Eile. »Mrs. Donovan«, sagte er, »Ihr Mann bittet um

Verzeihung für diesen abrupten Abschied. Gehen Sie nach Hause, und warten Sie auf seine Nachricht.«

»Aber —«

Die Tür des hinteren Ausgangs fiel ins Schloß. Autumn Sinclair Donovan sank auf einen Betstuhl.

2

»Jeder von uns hat seine bestimmten Möglichkeiten, Autumn. Du bist eine sehr gebildete junge Frau — und meine Schwester, die ich wie meine eigene Tochter großzuziehen und in der ich eine gewisse Verantwortung gegenüber der Menschheit und, ja, gegenüber mir zu wecken versuchte.« Mitchell Sinclair, der bis dahin auf und ab gegangen war, blieb jetzt stehen. »Hörst du mir überhaupt zu, Autumn?«

»Ja, Mitchell.« Autumn wartete, bis ihr Bruder seinen Gang durchs Zimmer wieder aufgenommen hatte, bevor sie einen Blick auf den Brief warf, der auf ihrer Kommode lag.

»Ich habe deine Breeches verbrannt, und solltest du dir eine neue besorgen, werde ich sie wieder verbrennen. Haben wir uns verstanden?«

Sie schaute auf den Garderobenschrank und dachte daran, daß noch einige weitere Exemplare drinnen hingen. Doch sie sagte pflichtschuldigst: »Ja, Mitchell.«

»Gut. Du wirst es beweisen können, indem du eines der Kleider trägst, die sich jetzt in deinem Schrank befinden. Du wirst heute abend die Rolle der Hausfrau übernehmen.«

»Ach — haben wir Gäste?«

»Ja. Jay Michaels.«

»Schon wieder.«

»Ja. Es gibt geschäftliche Angelegenheiten zu besprechen.«

Autumn unterdrückte einen Seufzer und nickte. Mitchell verließ das Zimmer.

Schon wieder Jay Michaels — einer in einer langen Reihe von ›in Frage‹ kommenden Ehemännern, die ihr Bruder für sie ausgesucht hatte, als ›gute Partie‹ für ein ›störrisches und schwer lenkbares, jungenhaftes Mädchen‹.

Immerhin war Michaels der einzige, der sich nach der ersten Konfrontation mit ihrem scharfen Witz und ihrer noch schärferen Zunge ein zweites Mal sehen ließ. »Mach ihr ein Kind«, hatte sie Mitchell zu ihm sagen hören, »dann taut sie schnell genug auf.« Mitchell hatte zur Tür geschaut, wo sie gestanden hatte, die Hände in die Hüften gestemmt und mit den Fußspitzen auf den Boden klopfend. Seine schuldbewußte Miene hatte sie an ein Kind erinnert, das man mit der Hand im Bonbonglas erwischt.

Aber Michaels wurde allmählich zudringlich. Genau wie ihr Bruder. Etwas mußte geschehen, und zwar bald. Während Autumn auf ihre Kommode zuging, fand sie, daß es keinen Anlaß gab, den gegenwärtigen Zustand als angenehm zu empfinden.

Autumn nahm sich den Brief und starrte mit brennenden Augen auf die gekritzelten Worte ihres Ehemannes. Wie konnte Roy Donovan es wagen, sein Bedauern darüber auszudrücken, daß er sie am Altar hatte stehenlassen müssen, und im gleichen Absatz davon zu schreiben, daß er dringend Geld brauchte!

Es war also Geld, was Roy Donovan von ihr wollte. Geld, sonst nichts. Er hatte sie offenbar vergessen, bis seine Gläubiger an die Tür klopften. Sie schloß die Augen und sah noch einmal den Augenblick vor sich, als bei ihrer Trauung vor vier Monaten mehrere Männer in die Kirche platzten, in der Hoffnung, daß sie Roy zur Bezahlung seiner Spielschulden zwingen konnten. Damals war ihr schon klargeworden, daß Roys Märchen von großem Reichtum und Besitz nichts als Lügen waren. Sie hätte gleich zu Beginn ihrem Bruder die Wahrheit eingestehen müssen, aber sie brachte es einfach nicht fertig. Es hatte schließlich immer noch die Hoffnung gegeben, daß Roy eines Tages wieder auftauchen und sie mitnehmen würde. Bis zu diesem Brief . . .

Autumn ging zu ihrem Schrank und sah ihre Kleider durch. Sie schob das kanariengelbe beiseite und entschied sich für das muskatbraune Musselinkleid, das ihr Mary zum neunzehnten Geburtstag geschenkt hatte.

Autumn traf Mary in der Halle. Sie versuchte verzweifelt, den nervösen Ton aus ihrer Stimme zu verbannen, und fragte mit seltsamer, hoher Stimme: »Komme ich damit durch die Inspektion?«

Mary strich liebevoll eine lose Haarsträhne über Autumns Schulter. »Du bist wunderschön, Liebes. Ich bin sicher, dein Bruder wird sehr zufrieden mit dir sein.«

Aber nicht lange, dachte sie.

»Und was hältst du von Jay Michaels?« fragte Mary.

»Zu alt.«

Mary riß die Augen weit auf. »Dreiundvierzig, das ist doch nicht alt!«

Autumn dachte an die vierschrötige Figur des Mannes und sagte halb im Spaß: »Er sieht aus wie eine Kröte.«

»Oh!« Mary kicherte und räumte dann ein: »Ja, das könnte sein. Ein bißchen.«

Autumn schaute gedankenverloren zur Decke des hohen Raums, dann rümpfte sie die Nase und erklärte wie nebenbei: »Ich werde ihn natürlich keinesfalls heiraten, das ist dir vermutlich klar.«

»Damit habe ich auch gar nicht gerechnet«, erwiderte Mary. Sie drehte sich um, genau wie Autumn, und beide schauten in die andere Richtung der Halle. »Ich habe Mitchell gesagt, daß du ganz genau weißt, was er da tut. Es wundert mich, daß du seine Einmischung so lange ertragen hast.«

»Ach, ich habe nur versucht, ihn bei Laune zu halten.« Autumn betrachtete ihre Begleiterin mit einem liebevollen Lächeln. »Es bereitet Mitchell offenbar unendliches Vergnügen, sich um meine Angelegenheiten zu kümmern.«

»Er meint es ja gut«, bemerkte Mary in einem liebevollen Ton, der Autumns Herz schwermachte, weil sie daran dachte, wieviel Kummer sie den beiden in Kürze bereiten mußte.

Am Fuß der Treppe blieb Autumn stehen und schaute ihrer Schwägerin in die Augen. »Ich bete darum, daß Mitchell mir verzeihen wird«, sagte sie leise. Und sie betete auch darum, daß die Frau, die ihr in all den Jahren Mutter, Schwester und Freundin zugleich gewesen war, ihre Beweggründe verstehen konnte.

Sie ließ Mary an der Tür stehen, zog die Schultern mit einem Ruck nach vorn und betrat den Raum, in dem ihr Bruder und Jay Michaels schon auf sie warteten.

Ein köstliches Festmahl aus Reis, gedünsteten Hühnchen und Schinkenscheiben füllte Marys feinstes Porzellanschüsseln, die auf der mit Leinen- und Spitzendecken gezierten Tafel standen. Autumn freilich zeigte nur wenig Appetit. Sie saß steif da und vermied es, sich in die Konversation zwischen Michaels und ihrem Bruder hineinziehen zu lassen. Sie fürchtete die auf sie zukommende Konfrontation mit jeder Minute mehr.

Michaels wischte sich mit der Leinenserviette über den

Mund, bevor er feststellte: »Es scheint, Miss Sinclair, als ob Sie keinen Appetit auf Schinken hätten.«

Ohne zu blinzeln richteten sich Autumns Augen auf die fleischigen Wangen des Mannes, sein Doppelkinn und seinen geröteten Teint. Seine kühnen Blicke hatten sich im Verlauf des Abends nur selten von ihrem Busen abgewendet.

Mitchell räusperte sich. »Autumn, wie du weißt, ist Mr. Michaels nun schon eine ganze Weile Witwer.«

»Zwei Jahre«, unterbrach Michaels, »ohne weibliche Gesellschaft.«

Mitchell trank einen großen Schluck Wein.

Als Autumn noch immer keine Reaktion zeigte, wurde Michaels unruhig auf seinem Stuhl. »Meine verstorbene Frau, Gott sei ihrer Seele gnädig, hat mir keine Kinder geschenkt. Sie werden verstehen, wie einsam es in Rivertree ist.«

Dabei tauchte vor Autumns geistigem Auge das Gesicht ihres Vaters auf. Claude Sinclair war so alt gewesen wie Michaels jetzt, als er seine zweite Frau nahm — ein siebzehnjähriges Mädchen. »Wollen Sie damit andeuten«, erwiderte Autumn und stocherte wütend nach ihrem Hühnchen, »daß Sie eine Frau haben möchten, die eine ganze Schar von Kindern zur Welt bringt?«

»Ja, also, ich —«

»Und daß *ich* eine solche Frau bin?« Sie zog eine Augenbraue hoch und fragte: »Nun?«

»Ich —«

»Wollen Sie mir auf diese Weise einen Antrag machen, Mr. Michaels?« Autumn beugte sich über ihren Teller und hielt die Gabel wie eine Waffe in der zitternden Hand.

»Ja, ich —« Michaels zögerte, ehe er wiederholte: »Ja, das möchte ich.«

Autumn ließ sich auf ihren Stuhl zurücksinken. »Ausgeschlossen.«

»Autumn, du bist schrecklich unhöflich zu deinem Gast«, bemerkte Mitchell.

»Es ist *dein* Gast«, betonte sie. Dann wandte sie sich wieder an Michaels. »Es ist nicht persönlich gemeint, Mr. Michaels, aber es gibt Umstände, die eine Heirat zwischen uns ausschließen.«

»Und was wären das für Umstände?!« brüllte ihr Bruder und erhob sich.

Autumn schloß die Augen und atmete tief ein. »Die Tatsache, daß ich schon verheiratet bin.«

Stille.

Autumn blinzelte durch ihre Wimpern ihren Bruder an. Mitchell stand am Kopfende der Tafel und hielt sich mit beiden Händen am Rand des Tisches fest.

»Verheiratet«, sagte er. Schließlich hob er den Kopf. Erst jetzt antwortete Autumn.

»Ja, Mitchell. Ich bin seit etwa vier Monaten verheiratet.«

Nach einem unangenehmen Augenblick stieß Mary ein nervöses Lachen aus. »Ich bitte dich, Autumn, halte doch Mr. Michaels nicht zum Narren. Und schau deinen armen Bruder an. Es fehlte nicht viel, und er wäre ohnmächtig geworden.«

»Ich halte niemanden zum Narren, Mary. Ich ... ich habe im vergangenen März Roy Donovan geheiratet.«

»Nun ja!« Jay Michaels hatte Mühe, auf die Beine zu kommen. »Sinclair, ich wünsche dir viel Glück mit dieser jungen — jungen — Lady. Guten Abend Ihnen allen.«

Mary erhob sich mit sorgenvollem Gesicht.

»Wer, zum Teufel, ist Roy Donovan?« Mitchells Stimme erschütterte die Tafel.

»Mein Mann«, erklärte Autumn.

»Es wäre doch besser«, schlug Mary vor, »wenn wir uns in die Bibliothek zurückziehen. Ich bin sicher, sobald wir uns erst alle einmal beruhigt haben —«

»Du hast mich zum Gespött des ganzen Landes gemacht!« brüllte Mitchell.

Autumn zitterte. Sie hatte in all diesen langen Wochen gehofft, daß Roy eines Tages an ihrer Schwelle stehen und ihrem Bruder die Mitteilung von ihrer heimlichen Ehe machen würde. Aber mit der Ankunft von Roys Brief waren ihre Träume in Rauch aufgegangen.

Wie töricht von ihr! Zum erstenmal in ihrem Leben hatte sie um einen Mann gespielt — und prompt verloren!

Ihr Stuhl fiel um, als sie in die Höhe schoß. »Hört auf damit! Sobald Roy seine Angelegenheiten geregelt hat, kommt er hierher zurück und führt mich heim nach Hunnington Hall.«

»Und wo ist dieses Hunnington Hall?«

»Auf der Insel Cayemite in der Karibik.«

»Großer Gott!«

Autumn warf sich an die Brust ihres Bruders; die Tränen, die sie in den letzten, schrecklichen Monaten tapfer zurückgehalten hatte, flossen jetzt über ihre Wangen. »Er hat mir geschworen, daß er kommen und mich holen wird, und das wird er auch!«

Mitchell nahm Autumn in die Arme. Seit dem Tod ihrer Mutter hatte er seine Schwester niemals so weinen sehen. Er schaute seine Frau hilflos an. »Bring Autumn nach oben. Vielleicht kann sie von deinem Pulver nehmen, damit sie sich wieder beruhigt.«

Sie begrub ihr Gesicht in Mitchells Jacke und sagte mit erstickter Stimme: »Ich brauche kein Pulver zur Beruhigung!«

»Still«, versuchte er zu besänftigen. »Autumn, es tut mir leid. Es tut mir schrecklich leid, daß ich dich dazu getrieben habe.«

»Er hat es mir versprochen!«

»Ja, sicher hat er das.« Er warf einen beschwörenden

Blick auf Mary, dann übergab er Autumn den ausgestreckten Armen seiner Frau.

»Donovan? Klar kenne ich den Namen. Was wollen Sie wissen?«

»Wer ist der Mann?« Mitchell Sinclair trat zurück, als der Schauermann ein Faß auf die Seite kippte und über das Dock rollte.

»Kommt drauf an. Es gibt zwei.«

»Ich meine Roy Donovan.«

Der Mann wischte sich die Stirn mit einem rotweiß gestreiften Taschentuch, dann bellte er mehreren Schauerleuten einen Befehl zu. »Roy Donovan. Den hab' ich hier schon lang nicht mehr gesehen. Hab' gehört, daß es mit seiner Plantage nicht gut steht. Wundert mich nicht. Der verrückte Kerl verspielt jedes Jahr seinen Gewinn.«

»Wovon kommt der Gewinn?«

»Zuckerrohr. Er besitzt den größten Teil der Insel — dort baut er das Zeug an.«

»Cayemite.«

»Ja, so ähnlich muß sie heißen.«

Mitchell wandte sich um. Es gab nur eines, was er tun konnte.

Die Insel Cayemite tauchte am Horizont aus dem türkisfarbenen Wasser auf wie ein polierter Edelstein. Vor dem saphirblauen Himmel erhoben sich beim Näherkommen baumbewachsene Berge mit üppiger Vegetation, gekrönt von weißen Kumuluswolken. Schon aus der Entfernung sah man die weißen Sandstrände, die sich in der Sonne ausbreiteten.

Nach wenigen Minuten kam der kleine Hafen von Bovier in Sicht. Die Docks waren leer bis auf ein paar verwitterte Ruderboote, die man an den verrotteten Holzpfählen befestigt hatte. Die Straßen zwischen den geduckten, strohgedeckten Hütten sahen verlassen aus. Man hatte den Eindruck, als ob der Ort ohne Leben wäre. Und dennoch erfaßte Autumn ein Prickeln der Erregung. Turmhohe Palmen und einsame Strände gehörten in die Abenteuerbücher und in das Seemannsgarn pensionierter Kapitäne. Aber das, was sie hier sah, war echt. Roy Donovan hatte nicht gelogen, was die Schönheit von Cayemite betraf.

Mitchell sprach mit dem Kapitän, als sich seine Frau und seine Schwester zum Aussteigen bereitmachten. »Wir werden sie bei unserer Rückreise wieder in Anspruch nehmen, Kapitän.«

»Sie alle?«

»Das wird sich zeigen.« Mitchell senkte die Stimme, als er fragte: »Sind Sie sicher, daß es mehr gibt auf dieser Insel als diese armselige, von allen guten Geistern verlassene Imitation einer Kleinstadt?«

»Ich kenne die Donovans, Mr. Sinclair. Hunnington Hall ist ungefähr fünf Meilen außerhalb von Bovier.«

Außer den Sinclairs verließen keine weiteren Passagiere das Schiff. Als der Wind die Segel der draußen vor dem Hafenbecken liegenden *America* füllte und sie schnell weiter aufs offene Meer trieb, verklang auch die Stimme des Kapitäns und wurde ersetzt durch das Klatschen der Palmwedel und dem Rauschen der Wellen auf dem Sand.

»Mir gefällt das nicht, Mary.« Der Sand knirschte unter den Schuhen von Mitchell, als er sich der ersten der Hütten näherte. »Wo, zum Teufel, sind sie bloß alle?«

»Wir werden nicht erwartet«, erinnerte ihn Autumn. Ein Hund bellte. Irgendwo hörte man Trommeln in einem rhythmischen Signal klopfen.

»Moins dit, monsieur!«

Die drei fuhren herum. *»Bonjour!«* rief der sich nähernde Mann.

»Gott sei Dank. Hallo«, erwiderte Mitchell.

»Willkommen auf Cayemite. Was kann ich für Sie tun?«

»Wir wollen Donovan besuchen.«

Der Mann trat zurück und schaute sie argwöhnisch an. Mit gefurchter Stirn schüttelte er den Kopf. »Niemand kann ihn besuchen.«

»Aber ich bin seine Frau!« sagte Autumn.

»Tonnerre!« rief er. *»Non point taureau?* Ist das kein Scherz?«

Sie hob das Kinn. »Gewiß nicht.«

Mitchell öffnete sein Sakko mit einem Ausdruck von Bedeutung. »Wir möchten einen Wagen zum Herrenhaus von Hunnington Hall mieten.«

»Ca va reglé!« Den Blick auf die Münzen in Mitchells Hand gerichtet, stieß der Mann einen Pfiff aus. Auf der Straße erschienen Männer, Frauen und Kinder wie aus dem Nichts.

Es war zu früh, sich erleichtert zu fühlen, doch als der Eselskarren aus einem Schuppen gezogen wurde, kicherte Autumn und wandte den Kopf zu ihrer Schwägerin.

Sie fuhren durch eine so dichte Vegetation, daß die Insassen des holpernden Vehikels mitunter glaubten, der Kutscher hätte den Pfad verlassen und sich im Dschungel verirrt. Autumn lehnte den Kopf gegen die Seite des Wagens und schaute nach oben auf das grüne schützende Dach. Ein Paradies aus Obstbäumen, Lagunen und Wasserfällen umgab sie, Vögel krächzten und schüttelten ihr Gefieder. Bunte Blumen erfüllten die Luft mit ihrem schweren Duft.

Als der Wagen den Wald hinter sich gelassen hatte, schauten die Sinclairs ungläubig auf das Land, das sich ihrem Blick bot. So weit das Auge sehen konnte, wellte sich die Erde mit schier endlosen, im Wind schwankenden Zuckerrohrfeldern.

»Das Haus der Donovans!« verkündete der Kutscher des Eselkarrens.

Das Haupthaus thronte auf einem Hügel, und das steile Schindeldach bildete eine deutliche Silhouette gegen den Himmel. Aus der Ferne wirkten die grauen Steinmauern durchaus imposant, aber als der Karren näher kam, konnte man erkennen, daß die Fassade schon zerbröckelte. Mitchell und Mary tauschten einen bedeutungsvollen Blick. Autumn dagegen schien nichts zu bemerken — sie war von der verwitterten Großzügigkeit des Herrenhauses beeindruckt.

»Es — es ist wunderschön!« Autumn lief auf die breite Steintreppe zu. Die Arme weit ausgebreitet, das Gesicht der Sonne zugekehrt, rief sie: »Habt ihr schon einmal etwas so Schönes gesehen?«

»Das verdammte Haus ist am Einstürzen«, knurrte Mitchell.

Autumn blieb vor den Säulen der Vorhalle mit dem geschwungenen Dach stehen, drehte sich um und schaute auf einen Garten voller Hibiskus, Bougainvilleas und riesigen Mahagonibäumen. Sie hätte sich am liebsten ihre Erleichterung und Freude von der Seele gebrüllt.

»Ich bin Autumn Sinclair Donovan«, erklärte sie der Frau mit dem mürrischen Gesicht, die an die Tür kam. »Roy Donovans Frau«, fügte sie mit etwas geringerer Begeisterung hinzu.

Die schwarzen Augen der Dienerin richteten sich auf die Gesichter der drei Fremden. Aber sie blieb stumm.

»Ist . . . ist Monsieur Donovan hier?«

»Nein.« Die Frau war dabei, die Tür zu schließen.

Mitchell war mit einem Satz bei ihr und drückte mit der Schulter gegen die Tür. »Hören Sie, junge Frau, ich bin nicht Hunderte von Meilen gereist, damit man mir diese verdammte Tür vor der Nase zuschlägt. Ich will Roy

Donovan sprechen — und zwar jetzt, in diesem Augenblick!«

Die Dienerin schüttelte den Kopf. »Das nicht möglich. Gehen jetzt!«

»Den Teufel werden wir. Ich sagte —«

»Moin dit, assé-a!« hörte man ein donnerndes Kommando. Die Frau sprang zur Seite und riß die Tür weit auf. In der tiefen Eingangshalle stand eine Schwarze von so ungeheuren Ausmaßen, daß Mitchell und Mary unwillkürlich einen Schritt zurücktraten und Autumn allein und wie betäubt unter der Tür stehenließen. »Wer sind Sie?« fuhr die Frau sie an.

Unbeeindruckt von der Größe und der dröhnenden Stimme straffte Autumn die Schultern und trat einen Schritt vor. »Ich bin Donovans Frau.«

»Tonnerre!« sagte sie. »Donovans Frau.« Und die Hände in die Hüften gestemmt, erklärte sie: »Als Donovans Frau sind Sie willkommen. Ich bin Celie.«

Autumn holte tief Luft und ging ins Haus. »Ist Monsieur Donovan hier?«

»Nein.«

»Hat er mich überhaupt erwähnt?«

Celies Kopf, dessen Haar von einem Kopftuch verhüllt war, bewegte sich auf und ab.

Erleichtert fragte Autumn: »Kommt Monsieur Donovan bald zurück?«

»Kann sein.«

Die Sinclairs folgten Celie durch die Halle und betraten den ersten Raum auf der rechten Seite. Die Möbel waren mit weißen Laken bedeckt. Verfall lag in der Luft, die feucht und muffig roch, dazu war eine Spur von Rauch zu erkennen. Celie zog die Bezüge von der Sitzgruppe und wirbelte dabei Staub auf, der in den einzelnen Lichtstrahlen, die durch die halb geschlossenen Jalousien sickerten, besonders deutlich zu erkennen war. Dann verließ sie den Raum.

Eine Stunde später ging Mitchell immer noch in dem ungemütlichen Raum auf und ab. »Der ganze Besitz ist heruntergekommen.« Er funkelte seine Schwester an. »Hier kann man nicht leben.«

»Da bin ich anderer Meinung.« Autumn stand auf und blieb in der Mitte des Raums stehen. »Bis wir die Böden überholt und repariert haben, können wir Teppiche darüberlegen.«

»Großer Gott, du glaubst doch nicht im Ernst, daß ich dir erlaube hierzubleiben!«

Sie fuhr herum. »Ich glaube, daß du mir in dieser Sache nichts zu verbieten hast.«

»Unsinn! Sobald ich diesen Roy Donovan vor mir habe, wird nicht mehr viel übrigbleiben von dem, was du deinen Ehemann nennst.«

»Bist du gekommen, um ihm etwas anzutun?«

»Ich konnte ihm ja nicht den betrügerischen Hals von Charleston aus umdrehen.«

»Aber mir gefällt es hier, Mitchell. Ich *möchte* bleiben.«

»Du meine Güte, Autumn, was kann einem hier gefallen? Die Hitze ist unerträglich. Die Hausangestellten sind grob und ungebildet, diese verdammten Trommeln fallen einem unablässig auf die Nerven, und das Dach kann jeden Augenblick einstürzen. Nein. Es kommt überhaupt nicht in Frage, daß du bleibst.«

»Aber —«

»Das ist mein letztes Wort in dieser Sache.«

Wütender als Mary oder Mitchell sie je gesehen hatten, wirbelte Autumn herum und schaute ihrem Bruder ins Gesicht. »Nur einer kann entscheiden, ob ich bleibe oder gehe: Donovan!«

»Ich möchte wetten, er wird dich wegschicken; schließlich hat er dich ja auch nicht hierhaben wollen.«

»Mitchell!« Jetzt sprang auch Mary auf.

Mit hoch erhobenem Kopf, in ihren Augen sprühte goldbraunes Feuer, erklärte Autumn mutig: »Bevor mein Mann hier eintrifft und über meine Zukunft entscheidet, befindest du dich hier in *meinem* Haus, als *mein* Gast, und du wirst deine Meinung für dich behalten.«

»Verdammt!«

Autumn riß die Tür auf. Celie stand dahinter. »Führ uns jetzt in unsere Zimmer«, befahl Autumn.

Autumn lag auf dem Bett ihres Mannes und beobachtete, eine flatternde Ecke des hauchdünnen Moskitonetzes, das von einer kleinen Windbö durch das offene Fenster bewegt wurde. Es erinnerte sie an die Schmetterlinge, die sie als Kind gejagt hatte.

Sie hoffte, daß es auf Cayemite Schmetterlinge gab.

Zunächst hatte sie sich geweigert, Donovans Zimmer zu bewohnen, und gab sich erst zufrieden damit, als man ihr klarmachte, daß außer diesem nur ein weiteres Schlafzimmer zur Verfügung stand. Als sie im ersten Stock des Hauses ankam, merkte sie, warum. Ihre Sinne hatten sie vorhin nicht betrogen, als sie Rauchgeruch wahrgenommen zu haben glaubte. Der größte Teil der Räume in der oberen Etage war erst vor kurzem ausgebrannt.

Zwei Stunden nach Mitternacht erkannte Autumn, daß ihr Wiedersehen mit Donovan wohl doch noch aufgeschoben werden mußte. Auch gut, sagte sie sich. Autumn freute sich nicht gerade auf die Auseinandersetzung zwischen Mitchell und ihrem Mann. Sie hatte ihrem Bruder hoch und heilig versichert, daß Roy zurückkehren würde, sobald er seine wichtigen geschäftlichen Angelegenheiten erledigt hatte. Und obwohl sie den Verdacht nicht loswurde, daß Donovan sie nur wegen des Reichtums ihres Bruders geheiratet hatte, wußte Mitchell nichts über diesen Verdacht.

Sie wollte einfach nicht glauben, daß Roy sie um des Geldes wegen zu seiner Frau gemacht hatte; im Gegenteil, sie war sicher, daß sie so etwas wie Zuneigung gespürt hatte, als er sie nach der Trauung geküßt hatte.

Als sie in seinem Zimmer auf und ab ging, raubte ihr das Bedürfnis, ihren Mann besser kennen zu lernen, den Schlaf. Sein Zimmer war geräumig und großzügig eingerichtet, die Decke hoch, die Möbel freilich ohne den köstlichen französischen und englischen Stil, der in North Carolina so beliebt war. Leder und Mahagoni ließen jedoch ein Bild von Sicherheit, Kraft und persönlicher Gegenwart entstehen.

Ohne auf ihre Unruhe zu achten, öffnete Autumn die Tür zum Schrank. Ein angenehmer Geruch von moschusartigem Cologne füllte ihre Nase. Sie achtete nicht auf ihr Herzklopfen und strich mit den Fingern über die Reihe von Jacketts: dunkelblaues, weiches Tuch, waldgrün, zimtbraun und weiß. Eine Samtjacke mit Seidenweste und einer passenden Hose, aber auch Arbeiterbreeches aus beigefarbener Nanking-Baumwolle und Wildleder. Alle Sachen waren erstklassig geschnitten und verarbeitet, teuer und in sehr gutem Zustand. Hatte sie sich vielleicht doch geirrt, was die finanzielle Situation von Roy Donovan betraf?

Sie schloß die Tür des Garderobenschranks, die leise knarrte. Ihre Finger glitten über hölzernes Schnitzwerk ... Der Buchstabe D — D wie Donovan.

Durch die Jalousie fiel Mondlicht in den Raum und erhellte einen Teil des Bodens. Autumn trat ins Licht und schaute zum Himmel. Der Wind preßte die kühle Seide ihres Nachthemds an ihren Körper, und plötzlich lief eine

Flutwelle der Freiheit über ihren Körper und ihre Seele. Mit dem Wind im Gesicht und der Weite, die sich vor ihr auftat, bis ans Ende des Horizonts, wurde ihr klar, daß hier ihre Zukunft lag. Autumn Sinclair Donovan war endlich nach Hause gekommen!

Eine Bewegung draußen irritierte sie. Sie beobachtete die Schatten, wurde sich bewußt, daß die Lampe hinter ihr jedem Voyeur ihre Kurven, ja ihren ganzen Körper enthüllen mußte. Sie war mit ein paar Sätzen am anderen Ende des Raums und löschte die Flamme. Dann ging sie zurück zum Fenster und schaute auf die Reihe von Bäumen unterhalb der steinernen Mauer.

An der Baumgrenze war ein orangefarbenes Licht zu sehen, das einen Bogen beschrieb, dann auf das nach oben gerichtete Gesicht eines Mannes fiel. Autumn hielt den Atem an, als seine Züge einen Moment ins Licht der Lampe gerieten, dann wieder verschwanden.

Kindisch, ihr Verhalten, schalt sie sich. Auf einer Plantage wie dieser waren immer Männer unterwegs. Sie legte sich aufs Bett und versuchte zu schlafen.

Und träumte ... Von dem Schatten im orangefarbenen Licht, einem Schatten, der sich im Rhythmus der Trommeln bewegte. Dann spürte sie Rauch in der Nase, den erstickenden Geruch von Rauch — und plötzlich saß sie steif im Bett. Nein. Nichts. Auch das war ein Traum, aber der Mann aus dem Schatten war in ihr Zimmer gekommen. Er beobachtete sie, kam auf ihr Bett zu ...

»Madam, s'il vous plaît!«

Unter rasendem Herzklopfen öffnete Autumn die Augen. Das Gesicht einer Frau, milchkaffeefarben und mit dichtem, schwarzem Haar auf dem Kopf, schaute auf sie hinunter.

»Ich bin Jeanette«, sagte die Fremde leise. »Sie haben geträumt, *oui?*«

»Ja.« Gott sei Dank.

»Ich bringe das Frühstück.« Mit einer geschmeidigen Bewegung langte sie nach dem Tablett auf Autumns Nachttisch mit dem silbernen Service darauf. »An die Trommeln muß man sich erst gewöhnen. Tagsüber benutzt man sie, um die Arbeit auf der Plantage zu erleichtern — für die Männer und Frauen auf den Feldern. Und nachts dienen sie der Unterhaltung und den Feiern. Eine Gewohnheit meines Volkes.«

Autumn blickte hoch. »Ihres Volkes?«

»Wir sind die Nachkommen derjenigen, die diese Inseln bewohnten, bevor Kolumbus hier angekommen ist.«

»Sie sind indianisch?«

»Meine Mutter war es.« Jeanette schenkte den Kaffee ein. »Stören Sie die Trommeln? Dann müßte man sie zum Schweigen bringen.«

»Aber nein«, log Autumn. Mit zitternden Händen nahm sie die Tasse mit dem dampfenden Kaffee entgegen. »Ist mein Bruder schon auf?«

Jeanette nickte. »Er und seine Frau sprechen gerade mit Donovan.«

»Donovan!« Porzellan klapperte, als Autumn aus dem Bett sprang. »Mein Mann ist zu Hause?«

»Ihr Mann? Donovan ist mit Ihnen verheiratet?«

Autumn lief zu dem Kleid, das Jeanette für sie über eine Stuhllehne gelegt hatte. »Ich habe Roy im vergangenen Frühjahr geheiratet«, erklärte sie über die Schulter hinweg.

»Roy?«

Autumn warf einen Blick auf die Spitzenunterwäsche, dann warf sie alles zur Seite, lief zu ihrem Koffer, durchwühlte die so sorgfältig zusammengelegte Kleidung und zog die Breeches heraus.

Mary Sinclair saß auf der Kante eines Sessels und bewegte sich nicht, blinzelte nicht einmal, als sie erst auf ihren Mann und dann auf den Mann blickte, dessen Silhouette vor dem offenen Fenster zu sehen war. Niemals, nicht in ihren wildesten Träumen hätte sie sich vorgestellt, daß Autumns Mann so attraktiv war.

»Bei Gott, Donovan, wenn ich einer wäre, der auf Duelle aus ist, würde ich Sie fordern. Sie haben ein unerfahrenes Mädchen ausgenützt, das töricht genug war, Ihren Lügen Glauben zu schenken.«

»Und was waren das für Lügen?«

Mitchell stützte sich mit beiden Armen auf den Schreibtisch. »Daß Sie sie unwiderstehlich fanden, zum Beispiel. Jetzt natürlich ist mir klar, warum Sie diese Lüge für notwendig hielten.« Als Donovan nicht antwortete, brüllte er: »Weil Sie auf mein Geld aus sind!«

»Bin ich das?«

»Zweifellos. Sie haben Ihren Ernteertrag verspielt, und Sie dachten, die Ehe mit Autumn könnte Ihre Gläubiger besänftigen. Also gut, Donovan. Nennen Sie Ihren Preis. Was kostet mich die Freiheit meiner Schwester?«

Donovans setzte sich und stützte sich ebenfalls auf die Schreibtischplatte. Sein Gesicht war jetzt nur noch Zentimeter von Mitchells Gesicht entfernt. Er lächelte böse und sagte: »Seit dem Augenblick, als Sie über meine Schwelle getreten sind, haben Sie nichts getan, als Ihre Schwester und mich in den Schmutz zu ziehen. Nennen Sie mir einen einzigen Grund, Sinclair, weshalb ich Sie nicht hinauswerfen sollte.«

In diesem Moment flog die Tür auf. Mary fuhr aus ihrem Sessel hoch. Mitchell wirbelte herum. Autumn — das offene Haar fiel ihr in rotbraunen Wellen bis auf die Brust —, das Gesicht lebhaft bewegt und die Augen goldbraun und blitzend, kam so überraschend in den Raum wie die erste kühle Brise, die an einem bis dahin erstickend heißen Sommertag den Herbst in Erinnerung rief.

»Ich habe verschlafen«, keuchte sie. »Tut mir aufrichtig leid. Ich —« Mary erkannte den konsternierten Ausdruck ihres Gesichts.

Aber bevor sie zu Ende sprechen konnte, kam Donovan um den Schreibtisch herum. In drei pantherartigen Sätzen war er bei ihr, schlang einen Arm um ihre Taille und zog ihren scheinbar schwerelosen Körper an den seinen. Dann schaute er in ihre braunen Augen.

»Autumn.«

Sie blinzelte rasch.

»Gott, Darling, wie habe ich dich vermißt.« Ein langsames, unverschämtes Grinsen verzog einen seiner Mundwinkel, als er fragte: »Haben Sie keinen Kuß zur Begrüßung Ihres Ehemannes, Madam Donovan?«

Bevor Autumn antworten konnte, hatten seine Lippen mit überwältigender Heftigkeit die ihren gefunden. Mary riß die Augen weit auf angesichts dieser Szene. Einen Moment lang dachte sie, daß dieser Mann ihre Schwägerin auf der Stelle mit Haut und Haar auffressen würde. »Mitchell, vielleicht sollten wir Autumn und Mr. Donovan erst einmal ein bißchen allein lassen«, sagte sie leise.

Bevor sich Autumns Bruder von seinem Schock erholen konnte, wandte sich Donovan an ihn. »Ihre Frau hat sehr viel Takt, Monsieur Sinclair. Ich möchte in der Tat gern ein paar Worte mit Autumn allein sprechen.«

Mitchell warf einen Blick auf seine Schwester und den großen Kerl, der seinen Arm schützend um ihre Taille gelegt hatte. Dann zog er die Schultern nach hinten und war einverstanden. »Aber nur einen Augenblick«, fügte er hinzu. »Sie werden mir eine ganze Menge erklären müssen, Mr. Donovan.«

Autumn öffnete den Mund, um ihm zu widersprechen,

aber als Donovan sie aus tiefliegenden, grüngrauen Augen anschaute, schien sie weder die Lust noch die Kraft zum Reden zu haben.

Mitchell begleitete Mary zur Tür. Sie schaute von Autumn auf Donovan und wieder auf Autumn. Dann verließen die beiden den Raum.

Donovan ging mit beherrschten, geschmeidigen Schritten zur Tür. Er schloß sie ab, drehte sich langsam um und schaute das wie gebannt dastehende Mädchen an. Die Falten um seinen Mund vertieften sich vor Vergnügen, als er jetzt lächelnd sagte:

»Madam Donovan — wie ich vermute.«

3

Seine Augen ließen sie an das Meer denken. Nicht an die türkisfarbene Bläue der herrlichen Karibik, vielmehr an die schäumenden, schmutziggrünen Wasser der Bachus Bay zu Hause — trübe, tief, ruhig an der Oberfläche, aber mit gefährlichen Tiefenströmungen. Sie konnten einen Schwimmer innerhalb von Sekunden nach unten saugen, genau wie diese graugrünem Augen, in denen sie zu ertrinken drohte...

Langsam ging er auf sie zu. Er ließ ihr Zeit, daß sie ihn betrachten konnte. Von seinem braunschwarzen Haar bis zu den Spitzen seiner glänzenden, kniehohen Stiefel. Ihre Blicke glitten über die hellbeigen Breeches, die unschicklich eng saßen, dann waren sie mit einem Satz bei den breiten Schultern, die mit Leinen und Leder bekleidet waren, und wieder bei den Augen. Augen, die zurückhaltend waren, die verdammen konnten. Sie hatte Mühe, genügend Luft zu bekommen.

Er hockte sich auf die Schreibtischkante, verschränkte die Arme vor der Brust und wartete.

Autumn war sprachlos.

»Hast du überhaupt nichts zu sagen?« fragte er. »Nach dem Brief meines Bruders zu urteilen, bist du eher gesprächig.«

»Bruder?«

»Dein Mann«, sagte er. »Du erinnerst dich doch an deinen Mann.«

»Aber . . .« Autumn schloß die Augen, um ihre Verwirrung loszuwerden. Dann erwiderte sie seinen kalten Blick und erklärte förmlich: »Roy Donovan ist mein Mann. *Sie* sind nicht Roy Donovan.«

»Sag mir, *chérie*, würdest du meinen Bruder überhaupt erkennen, wenn du ihm begegnest?«

Die Frage war kühl gestellt, die Stimme klang brüchig. Autumn fühlte, daß seine vorherige, liebenswürdige Haltung nur die Fassade einer dahinterliegenden Feindseligkeit war. »Natürlich würde ich ihn erkennen. Sagen Sie mir jetzt, wo er ist und warum Sie es auf sich genommen haben, als eine Art Vermittler zwischen ihm und Mitchell aufzutreten.«

Donovans Augen verengten sich zu zwei grünen Lichtpunkten. »Hast du Roy denn geliebt?« Er streckte eine Hand aus, strich mit dem Daumen über ihre Wange und trieb sie damit von sich weg.

»Wo ist er?« Sie zitterte am ganzen Körper. »Und warum diese Komödie mit meinem Bruder?«

Er betrachtete ihr Gesicht. »Kommt es denn darauf an?«

»Wie meinen Sie das?«

»Ich glaube, jeder Mann wäre recht für dich.«

Sie riß empört den Mund auf.

»Du willst doch nur deinem dominierenden Bruder entkommen, der die Absicht hatte, dich zu verheiraten.«

Autumn wollte vor diesen Augen weglaufen. Sie waren so grün und so scharf wie zerbrochenes Glas, der Blick war so voller Verachtung wie seine Worte. Sie wich noch etwas zurück. Diese Begegnung verzehrte ihre Kraft und ihre Energie, und sie hatte die erschreckende Vorstellung, daß sie, wenn er auch nur einen Schritt auf sie zukäme, schreien würde. »Wo ist Roy?« fragte sie.

»Tot.«

Sie drehte sich um die eigene Achse, als ob jemand sie geschlagen hätte. Sie konnte nicht atmen, stand danach wie angewurzelt da und wäre zu Boden gefallen, wenn er sie nicht gehalten hätte. Sie sank in die Polster eines Sessels. Ein kristallenes Klimpern drang durch ihren Schock, dann wurde ihr ein Glas in die Hand gedrückt.

Brice Donovan betrachtete das halb bewußtlose Mädchen vor sich. Autumn. Sie erinnerte an den Herbst, bei Gott, mit ihren goldbraunen Augen und den Kaskaden ihres rostroten Haars. Er verfluchte sich, weil er unwillkürlich so stark auf sie reagierte. Aber sein Gleichgewicht war dahin, seit Autumn Sinclair Donovan diesen Raum betreten hatte. Ihr Bruder hatte in seinem Brief angedeutet, daß sie schön war, und sein Besuch in ihrem Zimmer hatte das bestätigt. Doch in der Zwischenzeit, vom Morgen bis zu dem Augenblick, als Mitchell Sinclair in die Bibliothek gestürmt kam, hatte er sich immer wieder eingeredet, daß seine frischgebackene Schwägerin ein geldhungriger kleiner Weibsteufel war und daß es ihr einzig und allein darauf ankam, ihre Position im Leben zu verbessern.

Doch dann war sie durch diese Tür gewirbelt, ihr Haar, ihr Gesicht und ihre Augen waren wie lodernde Herbstfeuer gewesen, und das hatte ihn aus der Fassung gebracht.

»Tot.« Autumn kippte den Alkohol hinunter, den er ihr

eingeschenkt hatte. »Roy ist tot. Ich verstehe das nicht. Wie? Wann?«

»Vor zwei Monaten. Es hat einen Unfall gegeben ...«

Ihre Augen blickten direkt in seine — große, klare, goldene Teiche, in denen ein Mann ohne weiteres ertrinken konnte. Brice erinnerte sich, wie ihre langen Wimpern über seine Wangen gestrichen waren, als er sie küßte, erinnerte sich an den Geschmack ihres Mundes ... Er räusperte sich. »Roy hat getrunken und geraucht im Bett. Er muß eingeschlafen sein.«

»Mein Gott, dann ist er also verbrannt!« Autumn bedeckte das Gesicht mit den Händen. »Armer Mensch«, erklärte sie mit schwankender Stimme. »Wie entsetzlich, auf diese Weise umkommen zu müssen!«

Brice entfernte sich ein paar Schritte. Er hatte mit einem Ausbruch von Hysterie gerechnet. Dann hätte er sie der Heuchelei anklagen können. Ja, er hatte geglaubt, daß sie sich an seiner Brust ausweinen, ihn um Verständnis, vielleicht auch um Hilfe bitten würde. Doch sie saß nur da, blaß und ein bißchen benommen und versuchte keineswegs, ihre Gefühle zu verbergen. Sicher regte sie sich über Roys Tod auf, aber es zerstörte sie nicht, und Brice kam auf den Gedanken, daß die Kraft, die in diesem kleinen Mädchen steckte, Roy vielleicht in den Stürmen und Tumulten auf Cayemite einen Hafen der Ruhe geboten hätte. Und was, fragte sich Brice, konnte sie ihm bieten?

»Donovan! Donovan! *S'il vous plaît*, Donovan!«

Brice und Autumn schauten zur Tür.

Ein magerer Junge mit schwarzem Lockenschopf schaute in den Raum. Seine großen, grünen Augen blitzten vor Aufregung; sein Mund war offen, bereit zu seinem Schrei, der das Blut erstarren ließ. Hinter ihm kam Jeanette.

»Non!« rief sie. Jeanette hielt inne, als sich ihr Sohn in die Arme von Brice warf. Sie schaute Autumn schuldbewußt an. »Es tut mir leid, Madam Donovan. Verzeihen Sie meinem Pierre. Er ist nur ein Kind, und —«

»Ich habe es dir oft genug gesagt«, unterbrach sie Brice. »Du und Pierre, ihr habt die Freiheit, euch überall im Haus zu bewegen, wie es euch paßt.« Er richtete den Blick auf das Kind. »Aber du mußt mir sagen, warum du so aufgeregt bist.«

Eine Locke fiel in die glatte Stirn des Jungen, als er den Kopf in Richtung auf Autumn bewegte. *»Azeto.«*

Jeanette riß den Mund auf. *»Non!«*

Autumn blickte auf und sah, wie Donovan sie musterte, wobei in seinen Augen ein amüsiertes Funkeln zu erkennen war. Mann und Kind waren einander verblüffend ähnlich; beide schauten sie durch dichte, schwarze Wimpern an, und wenn sie lächelten, zeigten beide eine sehr ähnliche Mimik. *»Azeto?«* fragte sie.

»Hexe.«

Ihr Gesicht erstarrte.

Brice wandte sich wieder an das Kind. »Sieht Madam Donovan wirklich aus wie eine Hexe?«

Pierre überlegte einen Moment. »*Non.* Sie ist sehr hübsch.«

Jetzt erwärmte sich Autumns Gesicht wieder, wurde heiß und rot, als Donovans grüne Augen sich auf sie richteten. *»Oui«*, sagte er leise, »sie ist sehr hübsch. Jetzt lauf und sag den anderen, was du herausgefunden hast.«

Das Kind rannte aus dem Raum. Scheltend folgte ihm Jeanette.

Autumn lehnte sich in dem Sessel zurück. »Ich bin schon alles mögliche genannt worden — aber als Hexe hat man mich noch nie bezeichnet.«

Die Morgensonne, die durch das Fenster kam, ließ

Autumns Haar in Rot und Gold wie Feuer schimmern. Und ihre bernsteinfarbenen Augen waren bezaubernd schön und durchaus in der Lage, einen Mann zu verhexen.

Autumn stand auf und ging ans offene Fenster. Vor ihr erstreckten sich die bunten Gärten, und durch die Bäume schimmerte das Blau des Ozeans. Gestern hatte sie davon geträumt, barfuß über den Strand zu laufen ... Zum Teufel mit dem Selbstmitleid, das da in ihr entstand. Roy Donovan war tot, und damit starben auch die Träume vom Leben auf einer tropischen Insel.

»Warum haben Sie meinen Bruder belogen?« fragte sie ohne große Leidenschaft.

»Er hat mir wenig Gelegenheit gegeben, ihn über den Sachverhalt aufzuklären.«

»Das ist eine schwache Ausrede.« Sie wandte sich um. »Sie hätten Ihre Identität spätestens in dem Augenblick preisgeben können, als ich hereingekommen bin.«

Donovan zuckte mit den Schultern und war nicht bereit, zuzugeben, daß sein Bedürfnis nach der Gesellschaft von Autumn vielleicht noch stärker war als das seines Bruders. »Vielleicht hielt ich es für besser, dir die Nachricht von Roys Tod unter vier Augen beizubringen.«

»Das ist sehr gütig.«

Er zog eine Augenbraue hoch.

»Aber jetzt sollten wir über die Konsequenzen nachdenken. Mein Bruder hält Sie für meinen Ehemann.«

»Das tut er.«

Er nahm eine dünne, schwarze Zigarre aus seiner Westentasche und steckte sie sich zwischen die Lippen. Orangefarbenes Licht verstärkte das dunkle Grübchen zwischen seinen hervorstehenden, kräftigen Kieferknochen und dem gemeißelten Kinn, als er den Zigarillo anzündete und den Rauch inhalierte. Autumn versteifte sich, als sie sich erinnerte. Natürlich war er es gewesen. Er hatte sie in der vergangenen Nacht vom Garten aus beobachtet!

Es klopfte, und Hugh Tyler kam herein. Der Ire riß die Augen auf, wobei er ungeniert auf Donovan zuging, ehe er sich ihr zuwandte. Autumn hatte die Hände in die Hüften gestemmt und den Kopf nach hinten geworfen, während sie Tyler ins überraschte Gesicht schaute.

»*Tonnere!* Madam Donovan! Ihr Anblick ist Labsal für wunde Augen — willkommen auf Cayemite.«

»Schwindler!«

»Ich entnehme daraus, daß Sie sich bereits kennen«, sagte Donovan.

Autumn achtete nicht auf die Bemerkung und fuhr Hugh Tyler an: »Haben Sie in den letzten Monaten gut geschlafen, Mr. Tyler? Ich kann Ihnen versichern; mir ist das nicht gelungen. Wie viele leichtgläubige junge Frauen haben Sie in ähnlicher Weise betrogen, seit wir uns zuletzt in Charleston gesehen haben?«

Er bewegte seinen breitkrempigen Hut in den Händen und machte ein sehr schuldbewußtes Gesicht. »Sie sind die einzige, Madam.«

»Wie beruhigend.«

Er räusperte sich, ging um die wütende junge Frau herum und trat neben Brice Donovan. »Ich will nicht stören, *Maître*, aber es gibt Ärger bei den Erntearbeitern.«

»Was für Ärger?« Donovan drückte seinen Zigarillo aus.

»Ein wilder Keiler.«

Brice riß die Schreibtischschublade auf, nahm einen Schlüsselbund heraus, ging zu einer der Türen und schloß sie auf. Dahinter befand sich ein Waffenarsenal.

Autumns Augen wurden größer, als Donovan einen Bogen und Pfeile herausholte. Sie trat zur Seite, während er sich einen Köcher über die Schulter hängte, runzelte die Stirn und fragte: »Haben Sie nicht etwas vergessen?«

Sein Blick streifte ihr Gesicht. »Wohl kaum«, erwiderte er nach kurzem Nachdenken. »Aber es wird einige Zeit dauern, bis der Keiler gefunden und erlegt worden ist.«

»Darf ich mitkommen?«

»Nein.«

»Und was soll ich meinem Bruder sagen?«

Donovan blieb an der Tür stehen. Seine Hand lag auf dem Mahagonirahmen, und er schaute in die Halle des riesigen Hauses, bevor er sagte: »Das ist ganz Ihre Sache, Mrs. Donovan.« Damit verließen er und der Ire den Raum.

Es war ein langer Ritt auf die andere Seite der Insel, aber er gab Brice Zeit zum Nachdenken. Er wußte, der Hauptgrund für Roys Heirat mit Autumn Sinclair lag darin, daß er dringend Geld gebraucht hatte — das Geld ihres Bruders. Mitchell Sinclair war das sofort nach seiner Ankunft auf der Insel klar gewesen. Das Haus befand sich in beklagenswertem, reparaturbedürftigem Zustand, der größte Teil des Zuckerrohrs konnte nicht so schnell geerntet werden, und das hieß, daß es keine Erträge gab, die den Besitz über das kommende Jahr bringen konnten.

Als er durch das niedrige Wäldchen gekommen war, hielt Brice das Pferd an. Vor ihm breitete sich eines der Felder aus, das mit verfallenden Gräben durchzogen und hohen Gräsern überwuchert war. An einem Baumstamm am Rand des Feldes hing ein Pferdeschädel, darunter ein hölzernes Kreuz und die verschrumpelten Schalen getrockneter Limonen.

In der einsamen Lichtung standen die Männer in kleinen Gruppen beisammen. Als sich Donovan und Tyler näherten, rannten die Arbeiter auf Brice zu. »*Maître* Donovan, *Maître* Donovan; *baka!*« riefen sie.

Brice glitt von seinem Pferd und ging durch die Menge

auf eine einzelne Gestalt zu, deren Kopf über die anderen hinausragte. »Wer, zum Teufel, hat mit diesem *baka*-Blödsinn angefangen?« fragte er den großen, gut gebauten Einheimischen, der der Aufseher über diese Arbeitsgruppe war.

Jonas zog die Stirn in Falten und zeigte auf die Anhöhe in der Ferne. »Maîtresse Rose sagt ihnen allen: Hütet euch vor dem *baka*. Sie hat ihn mit eigenen Augen gesehen.«

Tyler legte seinem Arbeitgeber eine Hand auf die Schulter. »Ich habe Sie gewarnt, Donovan. Diese Frau wird alles tun, um die Leute von der Arbeit auf der Plantage fernzuhalten. Sie weiß, daß ihr das am besten gelingt, wenn sie ihren Aberglauben ausnützt und sie abschreckt. Was wäre einfacher, als das Gerücht zu verbreiten, daß einer der Arbeiter sich gegen seinen Gott auflehnt? Der Gott hat ihn dafür in einen *baka* verwandelt, der die Gestalt eines wilden Ebers angenommen hat.«

»Und Sie haben es zugelassen, daß sie diesen lächerlichen Plan in die Tat umsetzt?«

»Was hätte ich tun können? Ich kämpfe gegen einen Aberglauben an, der fünfhundert Jahre alt ist, und wenn es eine Frau gibt, die die Absicht hat, jede Seele auf dieser Insel unter ihre Gewalt zu bringen, dann ist sie es . . .«

Hugh hatte recht. Donovan ging auf sein Pferd zu. »Tyler, schicken Sie die Leute nach Hause. Heute können wir sowieso nicht mehr viel von ihnen erwarten.«

»Kommen Sie mit?« Hughs sonnengebräuntes Gesicht zeigte Sorgenfalten, als er seinen Arbeitgeber anschaute.

»Ich muß erst noch einen wilden Eber töten«, sagte Brice. Dann nahm er die Zügel und ritt auf die Bäume zu.

Die Spur des wilden Ebers war zunächst gut zu erkennen, aber als Brice tiefer in den dichten Wald eindrang, verschwanden sie völlig. Er ritt auf eine Lichtung zu. Die senkrecht darüberstehende Sonne ließ die Bäume in der Hitze schmoren, und in ihrem Schatten, im Schutz ihre verkrüppelten und gewundenen Äste roch die Luft so tot und abgestanden, als könnte man sie unmöglich einatmen. Brice stieg von seinem Wallach und strengte sich an, um das Gebüsch zu durchforschen. Nach ein paar Schritten nahm er den Gestank eines wilden Ebers wahr. Dann —

»Jesus Christus!«

Er tauchte wie aus dem Nichts auf. Stand auf einmal mit gesenktem Kopf vor Brice — zum Angriff bereit. Zu spät, um nach Pfeil und Bogen zu greifen; der Eber machte einen Satz in Richtung auf das Pferd. Der Wallach scheute und wieherte vor Schreck, und einen schlimmen Augenblick lang kämpften Mann und Pferd darum, den wütenden Eber zurückzudrängen.

Die Ohren angelegt, schoß das Pferd in den Wald. Brice machte ein paar Schritte, und mit einer kurzen, heftigen Kopfbewegung rammte der *baka* einen seiner gelben Stoßzähne in Brices Schenkel. Brice fiel mit einem dumpfen Laut zu Boden, und die Pfeile wurden durch die Luft geschleudert. Der Bogen zerbrach unter seinem Gewicht. Das Tier war über ihm, bevor er sich aufrappeln konnte, grunzte und blies ihm seinen säuerlichen, heißen Atem ins Gesicht.

Brice stürzte auf den Rücken und schloß die Augen. Er fühlte kaum Schmerzen. Die Wunde an seinem Schenkel brannte, aber die kleineren an seinen Armen waren nicht viel mehr als ärgerliche Stiche. Es kam ihm so vor, als hätte ihn die Bestie nur einschüchtern wollen.

Stille. Die Welt war eine grüne Schüssel. Aber selbst als Brice hier auf dem Rücken lag, die Finger zu Fäusten geballt, wußte er, daß der Schrecken, der ihm einen trockenen Mund und schwitzende Hände bereitet hatte, nichts mit einem *baka* zu tun hatte.

»Donovan.«

Brice rollte herum.

Am Rand der Lichtung stand ein Mann, die Haut war schwarz wie Ebenholz, eine großartige, muskulöse Gestalt. *»Baka!«* zischte er, dann verschwand er zwischen den Bäumen.

Donovan starrte ungläubig auf die Stelle, an der der Mann gestanden hatte, und bemühte sich — halb belustigt —, seine Gedanken zu ordnen. Es war nur ein *Mensch*, ein *Mann*, sagte er sich immer wieder.

Fluchend rappelte er sich hoch. Es gab nur eine Person, die hinter diesem Schauspiel stehen konnte. Verdammt, er würde diesem Spiel nicht länger zusehen!

Barrett Hall war nur halb so groß wie Hunnington Hall, aber viel luxuriöser. Bevor Donovan seinen schäumenden Wallach zum Stehen bringen konnte, kamen drei Diener aus dem Haus gelaufen, einer, um das sich bäumende Pferd zu halten, einer, um Brice herunterzuhelfen, und einer, um ihn zum stattlichen Vordereingang zu begleiten.

Er ignorierte sie alle und schubste den letzten der drei Schwarzen zur Seite, während er in das Haus stürmte. Sobald er in der Halle mit dem Marmorboden stand und die elegant geschwungene Wendeltreppe hinaufschaute, brüllte er: »Gott verdamme dich, Annee Rose!«

»Du ruinierst den Boden mit deinem Blut, mein lieber Donovan.«

Er drehte sich auf dem Absatz um. Unter der Tür zu einem der angrenzenden Räume stand eine Gestalt, so statuenhaft, als wäre sie aus Porzellan geformt. Das glatte, blauschwarze Haar hing ihr bis zu den mit einem Seidentuch drapierten Hüften hinunter.

Annee Rose lächelte. »Aber du bist so wütend.«

»Das kannst du mit Recht behaupten. Warum, zum

Teufel, versuchst du, meine Arbeiter so zu Tode zu erschrecken?«

Ihr Blick aus den Veilchenaugen richtete sich auf seinen Schenkel.

»Was hat das alles mit deiner Verletzung zu tun?« Sie kam auf ihn zu.

Brice wich zurück. »Komm mir nicht zu nahe. Ich bin geschäftlich hier.«

»Und so zornig!« Ihre langen, weißen Finger zupften an dem Seidentuch, das sie sich um die Hüfte geschlungen hatte und den größten Teil von Brust und Beinen sehen ließ. Sie ließ sich vor Donovan auf die Knie sinken. »Du scheinst mein *traîtement* sehr nötig zu haben, Liebster«, schnurrte sie. »Laß mich dich verbinden, Donovan.«

Er schwitzte und fluchte. »Rühr mich nicht an, Annee.« Der Befehl kam wie ein trockenes Krächzen, und Brice zuckte zusammen. Keine Frau hatte ihn jemals so unterwürfig gemacht wie Annee.

»Donovan, Donovan, du mußt lernen, dich zu entspannen.« Sie preßte ihre Lippen gegen seine Wunde.

Sein Gesicht war auf einmal blutleer.

Sie leckte sich die Lippen, dann schlang sie das rote Tuch um seinen Schenkel und knotete es, um die Blutung zu stillen. Dabei bewegten sich ihre Finger immer wieder wie zufällig über die Ausbuchtung zwischen seinen Beinen.

»Hör auf damit«, fuhr er sie an, packte sie roh an den Handgelenken und riß sie so heftig an sich, daß er ihren warmen Atem durch den rauhen Stoff seiner Breeches fühlen konnte. »Ich bin hier, um dich zu warnen. Wenn du mit diesem Spiel weitermachst, werde ich dafür sorgen, daß ihr, du und deine Kohorte, für immer von dieser Insel verschwindet. Mein Vater und mein Bruder waren vielleicht töricht genug, um auf diese lächerlichen Mätzchen hereinzufallen, aber ich nicht, das kannst du mir glauben.«

Ihr Kopf fiel nach hinten, und das rabenschwarze Haar ergoß sich auf den Boden. Mit ihrer freien Hand strich und massierte sie ihn, bis sein ganzer Körper hart wie Stein war. Er verfluchte sie und schrie ihr jeden gemeinen Namen, den er kannte, ins Gesicht.

Sie lachte nur.

Donovan fuhr mit der Hand in ihr Haar und verfluchte den Tag vor dreizehn Jahren, als er Annee Rose die Jungfernschaft genommen hatte.

Autumn war den ganzen Vormittag über ihrem Bruder Mitchell erfolgreich aus dem Weg gegangen, hatte Kopfschmerzen und Übelkeit vorgeschützt und war danach einfach nicht mehr zur Tür gegangen, wenn er anklopfte. Aber sie konnte dem Unausweichlichen nicht entgehen. Sie war auf die Ile de Cayemite gekommen und hatte dort weder einen Ehemann noch ein Heim vorgefunden. Es gab keinen Grund mehr für sie, hierzubleiben.

Sie klopfte an die Tür der Bibliothek. Keine Antwort. Also betrat sie den imposanten Raum und blieb einen Moment am Rand des orientalischen Teppichs stehen. Der Raum war der Vernachlässigung des übrigen Hauses entgangen. Die schimmernden, holzgetäfelten Wände rochen nach Wachs, und die Möbel schienen regelmäßig abgestaubt zu werden.

Autumn ließ sich in den Ledersessel hinter dem Schreibtisch sinken. Vielleicht war es das beste, wenn sie dem anderen Donovan eine Notiz hinterließ, bevor er noch einmal mit Mitchell sprach und alles zu Ende war.

Sie sah Federhalter und Tintenfaß; alles, was sie jetzt brauchte, war ein Zettel. Sie zog die mittlere Schublade auf.

Die Papiere, die ganz oben auf einem Stapel lagen, schienen eilends hineingesteckt worden zu sein. Sie hätte nicht darauf geachtet, wenn ihr nicht Roys krakelige Unterschrift auf einem davon aufgefallen wäre. Nachdem sie einen Blick auf die Tür geworfen hatte, zog sie das oberste Blatt heraus.

Erst überflog sie die mit der Feder geschriebenen Worte mit geringem Interesse, dann las sie langsamer und sprach die Worte laut aus, Silbe für Silbe. Erst wurde ihr kalt, dann heiß. Sie zitterte, konnte es nicht glauben, wurde wütend und schließlich nervös. Es war bestimmt eine Täuschung, ein Trick ... Aber nein. Sie las noch einmal, was da geschrieben stand. Kein Zweifel, daß es sich um Roys Testament handelte.

Ich hinterlasse die Hälfte von Hunnington Hall und den dazugehörigen Besitztümern meinem Bruder Brice Donovan. Die andere Hälfte geht an meine Frau: Autumn Sinclair Donovan, wohnhaft in Charleston, South Carolina.

Die Hälfte von Hunnington Hall gehörte ihr?

Mühsam erhob sich Autumn.

Brice Donovan hatte nicht die geringste Absicht gezeigt, ihr dieses Testament bekanntzugeben. Dieser Mann war im Grunde ein ganz gemeiner Dieb!

Und wieso sollte sie das wundern? Roy Donovan hatte sie durch Betrug an den Altar geschleift, hatte seinen Namen verkauft in der Hoffnung, dafür den Topf voll Gold zu bekommen, mit dem er seine finanziellen Nöte beheben konnte. Warum sollte sein Bruder anders sein?

Das Hufgetrappel auf der kopfsteingepflasterten Auffahrt verkündete Donovans Ankunft. Autumn wappnete sich für die Konfrontation. Auf die drastische Veränderung im Aussehen des Mannes war sie freilich nicht vorbereitet gewesen.

Die Weste aufgerissen, das Hemd zerfetzt, stürmte Brice ins Haus, und sein dunkles Gesicht war eine Studie von Zorn und Frustration. Er humpelte leicht, aber er schob die Gedanken an körperliche Schmerzen beiseite. Er hatte dringendere Probleme zu lösen. Sie hatten freilich nichts mit Autumn Sinclair Donovan zu tun. An die hatte er überhaupt nicht mehr gedacht.

Sie stand am offenen Fenster, ihr Haar eine Explosion in Kupferrot, und war zunächst nur als Silhouette zu erkennen. Erst als sich seine Augen an das schwache Licht gewöhnt hatten, warf er einen Blick auf das Fenster — und erstarrte.

»Was, zum Teufel, machst du da?« fuhr er sie an.

Langsam kam Autumn näher, und ihre Blicke richteten sich etwas verwirrt und fragend auf seinen ramponierten Zustand. Sie hatte ein Blatt Papier in der Hand. »Haben Sie mir nicht etwas mitzuteilen?«

»Wer hat dir das Recht gegeben —«

»Ich habe jedes Recht«, unterbrach sie ihn. »Alles und jedes, seitdem ich weiß, daß die Hälfte der Plantage mir gehört.«

»Aha.« Seine Lippen verzogen sich zu einem bitteren Lächeln. Jetzt ging Brice mit steifen Schritten auf die Kristallkaraffe mit Whisky zu, die auf einer Kommode am anderen Ende des Raums stand. Er schenkte sich ein, bevor er sich wieder an Autumn wandte. »Wenigstens das ist wahr. Du bist hergekommen, in der Hoffnung auf einen überraschenden Gewinn. Jetzt hast du ihn.«

»Sie sind ein Betrüger, Brice Donovan.« Autumn wedelte mit dem Blatt zwischen ihnen beiden, dann ließ sie den Arm sinken. »Der Betrug scheint den Donovans im Blut zu liegen.«

»Und du kennst uns ja so genau.«

Seine Andeutung ließ sie erröten. »So genau, wie Roy mich gekannt hat. Er wußte, was er wollte, wußte, was ich ihm zu bieten hatte — und ich hatte nichts als die Hoffnung, daß er ehrlich zu mir ist.«

Brice hob sein Glas. »Nun«, sagte er, »es sieht so aus, Madam Sinclair, als ob Sie dabei besser weggekommen seien als mein armer, toter Bruder.«

»Mein Name ist *Donovan*«, erinnerte sie ihn mit kalter Stimme.

Er zuckte vor Schmerz zusammen, stoppte aber ihre in dem Namen steckende Frage dadurch, daß er ihn wiederholte. »Donovan.« Er hielt sich das Glas an die Lippen und nahm einen tiefen Zug. Als er wieder sprach, war seine Stimme tiefer und ein wenig schleppend. »Wenn es dir nur darum geht, deinen Bruder loszuwerden — das kann arrangiert werden. Ich kaufe deine Hälfte von Hunnington Hall, und du bist frei und kannst dich niederlassen, wo auch immer du willst.« Seine Augen waren auf einmal groß und rund. »Du hast nichts auf dieser verdammten Insel zu suchen«, murmelte er und wandte sich dann ab. Als er auf den nächststehenden Sessel zuging, stolperte er.

Sie war in einer Sekunde bei ihm, hielt seinen Arm und stützte ihn. So schmale Schultern — und wie groß war die Last, die sie tragen konnten?

Ihr Gesicht war dem seinen ganz nah, ihre Haut seidig-weich wie die Haut von Aprikosen. In ihren bernsteinfarbenen Augen sah er sich selbst gespiegelt — das Gesicht eines Verdammten, der vor dreizehn Jahren seine Seele verloren hatte. Wenn jemals ein Mann der Rettung bedurfte, dann war es Brice Donovan.

Sie blinzelte, und das Bild war fort, der bernsteinfarbene Schein ausgelöscht vom Schwarz, als sich ihre Augen weiteten. »Was ist mit Ihnen geschehen?« Ihre Stimme schwankte.

»Das tut nichts zur Sache.« Er ließ sich in einen Sessel sinken und entließ sie mit einer Handbewegung. »Cayemite braucht Sie nicht, Madam Donovan. Es gibt genügend Münder in diesem stinkenden Nest, die es zu füttern gilt.«

»Wenn Sie die Insel so sehr hassen, warum bleiben Sie dann?«

Er schmiegte den Kopf an die Sessellehne. »Ich bin hier geboren«, begann er mit knirschender Stimme. »Das erste Geräusch, das ich hörte, waren diese Trommeln. Während andere Kinder mit ihren Kameraden spielten, war ich zufrieden, wenn ich zu meinen guten Geistern beten konnte. Es steckt mir im Blut. Egal, wohin oder wie weit ich von hier fliehe, wenn ich nachts die Augen schließe, sind die Trommeln immer noch da.« Er senkte die Stimme. »Lauf weg, solange du noch kannst, Liebes, solange du noch keine schweren Träume hast, und kümmere dich um deine eigenen Angelegenheiten.«

Mit nachdenklichem Gesicht setzte sich Autumn auf die Schreibtischkante. »Ich brauche Cayemite, Mr. Donovan.«

»Unsinn.«

»Ich will es haben.«

»Du bist verrückt.«

»War Ihr Vater auch verrückt?«

Brice wandte sich ab. »Halte meinen Vater da raus.«

»Das hier war sein Traum«, erklärte Autumn. »Hunnington Hall muß früher einmal reichen Gewinn abgeworfen haben.«

»Auf Kosten von allem, was Vater liebte.«

»Was meinen Sie damit?«

Wütend fuhr sich Brice mit beiden Händen durch sein

feuchtes Haar und verfluchte sich selbst. Autumn Donovan riß alte Wunden auf, auch wenn sie es nicht wußte. »Es stimmt, Hunnington war ein reicher Besitz, aber das forderte auch Opfer. Patrick Donovan hat alles, was er liebte, aufgegeben für das Geld und den Ruhm, der Herr von Hunnington Hall zu sein. Und nun sagen Sie mir, Lady Donovan, wohin es ihn gebracht hat.«

Sie wich nicht zurück. »Wenn es mir um Geld ginge, bräuchte ich nur Ihr Angebot anzunehmen.«

»Die ganze verdammte Zuckerrohrplantage ist verrottet!« brüllte er. Sie erschrak und glitt vom Schreibtisch.

»Man kann die Felder neu bepflanzen.«

»Das Haus verfällt.«

»Es kann restauriert werden, mit etwas Mühe.«

»Die Arbeiter werden dich nicht akzeptieren.«

»Wenn es nicht mehr braucht als eine harte Hand —«

Donovans schallendes Gelächter warf Echos in dem großen Raum. Er kam etwas schwankend auf das Mädchen zu, das sich in der Mitte der Bibliothek aufgepflanzt hatte. Sie wich nicht zurück, hob statt dessen das Kinn in Gegenwehr.

»Du bist ein kleiner Widerspruchsgeist, nicht wahr?« knurrte er etwas leiser als zuvor. Dann hielt er ihr Kinn mit einem seiner Finger hoch. »Ich verstehe, warum Roy so von dir fasziniert war, Schwägerin. Als er mir schrieb, er hätte einen weiblichen Gauner mit kupferfarbenem Haar und brandyfarbenen Augen geheiratet, der in Männerbreeches übers Land reitet, dachte ich, er hätte zuviel Whisky intus gehabt. Du wirst es mir nicht glauben, meine feurige Süße, aber mein Bruder war tatsächlich völlig hingerissen von dir.«

»Sie tun mir weh«, stieß Autumn zwischen geschlossenen Zähnen hervor, doch sie zuckte nicht zurück.

Jetzt war sein Gesicht wieder näher an dem ihren, und

er lächelte. »Du weißt noch nicht, was Wehtun heißt, bis du dich erst einmal auf dieser Insel niedergelassen hast, mein Liebes.«

»Lassen Sie mich das lieber selbst beurteilen.«

Er ließ die Arme sinken, drehte sich um und stützte sich mit gesenktem Kopf auf die Schreibtischplatte.

Autumn schaute ihn an und wartete. Sie erschrak, als die große Standuhr draußen in der Halle die Stunde schlug.

Brice drehte sich wieder um und stellte seine langen Beine weit gespreizt auf den Boden. »Was willst du?« In der Frage lag ein Ton von Kapitulation.

»Zwei Monate.« Autumn bemühte sich, standhaft zu bleiben und keine Schwäche zu zeigen. Es waren wieder diese Augen, die durch die dunklen Wimpern auf sie starrten. »Wenn — wenn ich in diesen zwei Monaten nicht in der Lage sein sollte, meine Pflichten als Herrin dieses Hauses und der Plantage auszufüllen, erkläre ich meine Rechte als verfallen.«

Er brauchte ein paar Sekunden, bis er verstanden hatte, was sie meinte. »Sehr gut«, sagte er dann. »Zwei Monate. Und sollte ich innerhalb dieser Zeit zu der Ansicht gelangen, daß es zu Ihrem Besten wäre, wenn Sie diese Insel verlassen — würden Sie mir dann gehorchen, Mrs. Donovan?«

Autumns Gesicht begann zu strahlen. Sie streckte ihm die Hand entgegen.

»Ist das jetzt das, was man ein Gentlemans Agreement nennt?« Er lächelte mit den Lippen, nicht mit den Augen.

»Wollen Sie es schriftlich haben?«

»Das wird nicht nötig sein.«

Er legte sachte seine Hand die ihre, und die Wärme aus seiner Handfläche schoß wie ein Blitz ihren Arm hinauf. Sie verbarg ihre Verwirrung durch ein Lachen. »Ist sonst noch etwas zu regeln?« fragte sie.

»Man soll einen Kauf nie besiegeln, ohne das Kleingedruckte zu lesen. Es gibt sicher Klauseln, die zu beachten sind.«

»Zum Beispiel?«

»Ihr Bruder Mitchell, unter anderem.«

Sie zog ihre Hand zurück. »Ich wette, er ist nicht begeistert über die Aussicht, daß seine kleine Schwester bei einem Felsblock von Mann bleibt, der obendrein nicht einmal mit ihr verheiratet ist.«

Seine Brauen zogen sich zusammen, während er nachdachte. Sein Gesicht wirkte jetzt schmaler und dunkler. Das Lächeln war nur noch eine schmale, blasse Linie. Dann fuhr er fort: »Vielleicht sehe ich mich gezwungen, diese kleine Farce weiterzuspielen, zum Preis für —«

»Wofür?« Ihre Frage klang hohl.

»Was ist Ihnen die Freiheit wert, *ma chérie?*«

Ein wütender Blick trat auf Autumns Gesicht, doch sie brachte mit gelassenem Ton heraus: »Die Donovans haben also obendrein auch noch die Erpressung im Blut. Wenn Sie denken, daß ich mich selbst verkaufe —«

»Sie haben es schon einmal getan.«

»Du Teufel!«

Er lachte, ein kehliger Laut, in dem sich Schmerz und entwaffnender Charme mischten. »Liebling«, sagte er wieder schleppend, »du hast ja die wahre Hölle noch gar nicht kennengelernt.«

4

Das Rascheln von Papieren unterbrach die Stille. Mitchell Sinclair zog den Kerzenleuchter näher zum aufgeschlagenen Rechnungsbuch und prüfte die Eintragungen sehr genau.

»Interessant«, sagte er.

Autumn hatte den Kopf ebenfalls über die Zahlenreihen gebeugt. »Gewinne. Und zwar beträchtliche, wie es aussieht.« Sie konnte ihre Zufriedenheit kaum verbergen.

Mitchell hob den Blick und schaute sie an. »Vielleicht ist es ein bißchen zu früh, um zufrieden zu sein. Die Eintragungen könnten ohne besondere Mühe gefälscht worden sein.«

»Und warum hätte ich sie fälschen sollen?« Donovan trat aus dem Halbdunkel des Raums. Er hatte bis dahin geschwiegen. »Wenn ich Ihr Geld wollte, würde es mir nicht viel nützen, diese Zahlen zu verändern.«

Mary kam mit einem Tablett herein, auf dem Tee und Kekse bereitstanden. »Ich dachte, daß ihr eine Pause verdient habt.«

»Das ist richtig«, erwiderte Mitchell und stand auf.

Autumn blieb sitzen und studierte weiter das Rechnungsbuch. Donovan trat hinter sie. »Bist du zufrieden?« fragte er leise.

Sie hob den Kopf.

»Eines verstehe ich nicht«, warf Mitchell ein. »Der Besitz macht einen heruntergekommenen Eindruck, und dabei scheint genügend Geld für eine Renovierung vorhanden zu sein.«

Brice lächelte und nahm die Teetasse entgegen, die ihm Mary anbot. »Ich kann nicht leugnen, daß Hunnington früher verschuldet war. Vielleicht reicht es, wenn ich Ihnen sage, daß ich versucht habe, schädliche Entwicklungen zu unterbinden.«

»Und wie?«

Brice Zuckte mit den Schultern. »Durch eine glückliche Hand.«

»Spielgewinne?«

»Nein. Investitionen.«

»Bei dem Ruf, der Sie umgibt, Mr. Donovan, müssen Sie verstehen, daß ich Ihre Zuverlässigkeit in Frage stelle. Wenn Hunnington in seine frühere Insolvenz —«

»Keine Sorge. Die Tage, an denen Roy Donovan seinen Besitz verspielt hat, sind vorüber. Begraben, sozusagen.«

Mary umarmte Autumn glücklich. »Wie wundervoll, Liebste. Jetzt, da du die Frau des Hauses bist« — sie neigte den Kopf in Richtung auf Brice —, »wirst du dich sicher bemühen, den früheren Zustand des Hauses wiederherzustellen. O Autumn, du könntest mit uns nach Montego Bay kommen, wenn wir abreisen. Wir haben dort zwei Tage Aufenthalt, und wir könnten die Zeit damit verbringen, schöne Dinge für dein Haus einzukaufen.«

»Meinst du?«

Wieder warf Mary Donovan einen Blick zu. »Roy — ich meine, Sie sind doch Roy . . .?«

Sie wußte es. Mary Sinclair stand da, und ihr Lachen war wie fröhliches Glockenläuten, und doch wußte sie, daß er nicht Roy Donovan war.

Jetzt nickte er, und Mary strahlte. »Wundervoll.«

Autumn richtete den Blick auf das Rechnungsbuch und rührte sich nicht.

»Donovan?«

Die weiche Stimme war vertraut. Brice drehte sich um und lächelte, als Jeanette geräuschlos auf ihn zukam.

»Sch-schläft der Junge?« Er sprach schleppend. Er hatte getrunken, während er allein war.

»*Oui.*« Sie setzte sich neben sein Bett auf den Boden. »Es kommt ein Gewitter. Er wird Angst haben.«

»Ich bin hier, wenn er mich braucht.«

Ihre weichen Lippen zeigten ein Lächeln. »Ich bin froh, daß du zu Hause bist.«

»Es freut mich, daß du froh darüber bist.«

Jeanette lachte. »Das Haus war leer ohne dich.«

»Ich hätte dich mitnehmen sollen. Vielleicht wäre dann das alles —«

»Nicht.« Sie strich ihm mit den Fingern über die sorgenvoll zusammengezogenen Brauen.

Eine Diele knarrte. Sie sahen beide auf. Dann lachte Brice.

»Schickst du sie weg?« fragte Jeanette.

»Das kann ich nicht.«

»Du *willst* es nicht. Warum?«

»Weißt du«, wich er ihrer Frage aus und schaute zu dem Lüster am Plafonds, »daß ich mir als Kind immer vorgestellt habe, diese Putten seien meine Schutzengel?«

Sie schaute ebenfalls nach oben.

Leiser Donner rumpelte von fern. Die Kristallprismen des Lüsters bewegten sich von der Vibration.

»Geh weg von hier«, beschwor sie ihn. »Annee will dich haben. Um meinet- und um Pierres willen, geh weg von hier, bevor es zu spät ist.«

»Ich kann nicht.« Es war eine trockene, eine müde Antwort. »Ich kann nicht noch einmal davonlaufen.«

Jeanette begrub ihr Gesicht in seinem Schoß und weinte. Ihr Schluchzen zerriß ihm das Herz. »Hör auf«, flehte er sie an und strich ihr übers Haar. »Ach, verdammt, ich kann es nicht leiden, wenn du weinst.«

Brice und Autumn betrachteten sich schweigend im Halbdunkel. Sie war dabei gewesen, zu Bett zu gehen, und trug das Nachthemd aus goldgelber Seide, das ihr Mary Sinclair geschenkt hatte. Am liebsten hätte sie sich versteckt. Sie wußte und fühlte, wie er sie betrachtete, und sich jedes Detail einprägte.

»Sehr hübsch«, sagte er und kam ganz ins Zimmer. Sie

wich zurück zum Bett. »Bleib mir vom Leib«, sagte sie. »Wie — wie kannst du es wagen, hier hereinzukommen, ohne anzuklopfen?«

»Es ist schließlich mein Zimmer, in meinem Haus.« Dann, im Befehlston: »Setz dich.« Sein Gesicht näherte sich dem ihren, mit glasigen Augen und einem schleppenden Lächeln, und sie dachte, daß sie im nächsten Augenblick schreien würde. Er wiederholte den Befehl, und Autumn gehorchte. Sie setzte sich auf das zweisitzige Sofa neben ihn, ein Zugeständnis, das für sie höchst ungewöhnlich war.

Brice betrachtete sie wieder eingehend. Sie sah aus wie eine junge Löwin mit ihrer Mähne kupferroten Haars und den goldbraunen Katzenaugen. Ihre kleine Nase war mit Sommersprossen übersät. Die Lippen waren zu einem Schmollmund verzogen, und in dem einen Mundwinkel stand noch eine einzelne Sommersprosse auf der Unterlippe. Wie beherzt sie sich auch gab, das kleine Kinn herausfordernd nach vorn gestreckt, war sie doch zur Flucht bereit. »Entspann dich«, sagte er.

Sie zuckte nicht mit der Wimper.

Er griff nach dem Glas, das er auf den niedrigen Couchtisch gestellt hatte, und füllte es mit Champagner. Dann reichte er es ihr. Er selbst nahm die Flasche und stieß damit am Rand ihres Champagnerkelches an. »Auf eine lang andauernde, erfolgreiche Partnerschaft, Autumn Donovan.«

Brice beobachtete, wie sie den Champagner trank. Ihre dunklen Wimpern flatterten ein wenig, als die kühle Flüssigkeit durch ihre Kehle rann. Ihre Wangen begannen noch mehr zu glühen. »Noch einen Schluck?« fragte er. Sie nickte und trank. Es dauerte nicht lange, bis sie sich entspannt zurücklehnte. Ihr Gesicht hatte die aufgesetzte Maske der Indignation abgelegt. Statt dessen wirkte sie etwas verwirrt und besorgt, und irgendwie freudig erregt.

Autumn hob ihr leeres Glas. »Mehr, bitte.«

»Ich glaube nicht, daß das eine gute Idee wäre.«

Sie riß die Augen auf. »Werden Sie jetzt versuchen, mich zu verführen?«

Brice nahm ihr das Glas ab und vermied eine Berührung ihrer Finger. »Sehe ich aus wie ein Mann, der den betrunkenen Zustand einer Frau ausnützen würde?«

»Ja«, antwortete sie nach kurzem Nachdenken. »Ja, genauso sehen Sie aus, Mr. Donovan.«

Ein Blitz erhellte den Raum. Plötzlich waren Donovans Arme um Autumn geschlungen; er hob sie hoch, drehte sich herum, aber als sie den Kopf zurücksinken ließ in Erwartung das Kusses, der jetzt folgen würde, stellte er sie ohne großes Zeremoniell auf die Füße und ließ sie los.

Brice schloß die Jalousie ganz, bevor er sich wieder Autumn zuwandte. »Bleib um alles in der Welt vom Fenster weg, solange das Gewitter tobt«, befahl er. Dann drehte er sich um und ging so lässig wie möglich auf das Bett zu.

»Was machst du?« fragte Autumn. Die Wirkung des Champagners ließ sie schwanken, als ob sie das Gleichgewicht verloren hätte.

»Ich gehe zu Bett.«

»Da?« Sie lehnte sich an einem der vier Pfosten und deutete mit der freien Hand auf die dicken, weißen Kissen.

Donovan ließ sich auf das Bett fallen. Seine Kopfschmerzen hatten sich kaum gebessert. »Komm zu Bett«, sagte er müde.

Schweigen.

Er schaute über die Schulter. »Komm zu Bett«, wiederholte er. »Ich rühre dich nicht an.«

»Das kann ich mir denken.«

Ein Stiefel polterte auf die Dielen, dann der zweite, Brice lag auf einem der Kissen, den linken Arm über dem Gesicht, um seine Augen vor dem Licht zu schützen. »Mein Gott«, stöhnte er, »so komm schon endlich zu Bett.«

»Ich habe nachgedacht«, sagte sie mit leiser Stimme. »Ich glaube, das wäre nun wirklich keine gute Idee, Mr. Donovan.«

»Ich werde dich nicht berühren«, wiederholte er mit mehr Nachdruck. »Solange du auf *deiner* Seite bleibst und deine Hände bei dir behältst, bist du vor mir sicher — zumindest für heute nacht.«

Autumn war mit zwei Schritten beim Bett und legte sich hin. »Versprochen?«

»Versprochen. Gute Nacht, Autumn.«

Sie schwieg eine Weile. »Hörst du mich noch?« flüsterte sie schließlich.

Brice stöhnte.

»Roy hat mich vor dir gewarnt«, sagte sie, »davor, daß du ein Weiberheld und ein Spieler bist. Nun, Mister Donovan, ich glaub' ihm jedes Wort. Und wage es nicht mehr, mich so zu küssen, wie du es vor meinem Bruder getan hast. Das ist widerlich, Mister Donovan, und wenn es noch einmal versuchst...« Sie strich sachte über das schwarze Haar an seinen Schläfen.

Autumns Finger berührten das Haar auf seiner Brust. Ihre Wangen brannten, und sie war plötzlich sehr wütend — auf sich und auf ihn. »Wenn du dich so sehr nach deiner Freundin sehnst, Mr. Donovan, dann weiß ich nicht, warum du nicht bei ihr bist.«

Sein Kopf lag an ihrer Schulter. »Freundin?«

»Weiß Jeanette von Annee? Wie gelingt es dir, die beiden voneinander fernzuhalten?«

»Jeanette?«

Sein Haar kitzelte ihre Nase. Sein Kopf lag an ihrem

Hals und schmiegte sich in die Beuge wie in ein Nest. »Hast du mit Annee auch einen Sohn? Oder vielleicht eine Tochter?«

»Wieso — einen Sohn?«

»Pierre.«

Jetzt lachte er. »Die Lady ist jetzt schon eifersüchtig.«

»Eifersüchtig!« zischte sie wütend. Dieser Mann war der eingebildetste, frechste Mistkerl, den sie je im Leben kennengelernt hatte. »Weg«, fauchte sie atemlos. »Mach, daß du wegkommst.«

»Aber mir gefällt es hier«, flüsterte er.

Sie starrten sich einander an, Nase an Nase, und hörten nichts als das ständige Tropfen des Regens auf die Veranda. Autumns Welt war ein Karussell; der Champagner und die Erinnerung an den Kuß hatten ihr die Sinne verwirrt. »Ich sage dir, tu das nie wieder«, erklärte sie, längst nicht mehr so wütend wie zuvor.

»Was soll ich nie wieder tun?«

»Mich so küssen.«

»Wie denn?«

»Mit offenem Mund.« Er drehte sich auf ihre Seite und preßte seine Hüften an ihre Beine. »So etwas gehört sich nicht. Es ist unanständig.« Sie konnte den Blick nicht von seinen Lippen abwenden.

»Was ist daran unanständig?«

»Deine Zunge.«

»Ich wüßte noch viel unanständigere Dinge damit anzufangen.« Er grinste und schaute sie aus zusammengekniffenen Augen an.

Dann drückte er seine Schenkel fester an die ihren, an die Stelle zwischen ihren Beinen. »Magst du das?« fragte er mit belegter Stimme.

»Nein.« Ihr schneller Atem an seinen Lippen war wie die Luftbewegung von Schmetterlingsflügeln.

»Aber ich mag es.« Er berührte ihre Stirn mit seinen Lippen. »Soll ich dir zeigen, was ich noch alles mit der Zunge tun kann?«

»Nein!«

Er hielt ihren Kopf mit beiden Händen fest. »Mach den Mund auf.«

Autumn drehte sich weg. Er steckte die Zungenspitze in ihr Ohr und lachte leise, als sie unterdrückt keuchte. »Macht das keinen Spaß?« fragte er.

Autumns Kopf fuhr herum. »Das ist doch alles nur ein Spiel für dich, Mr. Donovan. Wie eine Katze, die mit einem Vogel spielt —«

»Mit einer Maus, heißt es im Sprichwort«, verbesserte er sie.

»Bevor sie sie verschlingt!«

Donovan drückte das Gesicht an Autumns Hals, und sie selbst stellte mit Entsetzen fest, daß sie unwillkürlich zu schnurren begonnen hatte. »Nein, nicht, bitte!« Ihre Finger klammerten sich an sein Hemd, alle Nervenenden ihres Körpers schienen zu vibrieren, und die heiße Luft seines Atems, die an ihr Ohr schlug, schien von Sekunde zu Sekunde unangenehmer zu sein. »Bitte!« versuchte sie es noch einmal. »Du hast es versprochen!«

Plötzlich fühlte Autumn, wie sich Donovans Körper versteifte. Sie starrte in sein dunkles Gesicht und hielt den Atem an. Ein Schweißtropfen lief ihm von der Stirn über die Wange, tropfte auf ihre Wange. Er fing ihn mit der Zunge und leckte ihn weg. Die feuchte, seidig-weiche Berührung war der Funke, der die Hitze in ihrem Körper zur Explosion brachte, und bevor sie wußte, was sie tat, gruben sich ihre Fingern in sein volles Haar und zogen seinen Kopf herunter, bis die Lippen ihren nach hinten gebogenen Hals erreicht hatten.

Seine Reaktion war überwältigend. Er preßte sich gegen ihre Beine, und sie fühlte die harte Schwellung unter dem Stoff seine Hose. Jetzt hatte es keinen Sinn mehr, zu leugnen, daß Brice Donovan mit seinem Kuß etwas in ihr geweckt hatte. Etwas, das ihr angst machte.

Die Erkenntnis, daß sie solches Verlangen nach einem Mann empfinden konnte, war ungeheuerlich für sie. Sie mußte dem Einhalt gebieten — jetzt. Bevor diese überwältigenden Gefühle die Oberhand gewannen.

»Sind denn Annee und Jeanette nicht genug für dich?« fragte sie und war wütend auf sich selbst, als sie es sagte. »Oder ist es ein besonderes Vergnügen für dich, die Frau deines toten Bruders zu besitzen?«

Er erstarrte in der Bewegung. »Miststück«, glaubte sie ihn sagen zu hören, und Autumn schloß die Augen. Bestimmt hatte sie sich den Schmerz in seiner Stimme nur eingebildet, als er sich jetzt auf die andere Seite rollte, genau wie sie es sich nur eingebildet hatte, daß er gemurmelt hatte: ›Ich brauche dich‹, kurz bevor sie mit ihrer Bemerkung alles zunichte gemacht hatte.

»Es tut mir leid«, wollte sie sagen, doch sie schwieg. Statt dessen lag sie steif da und fühlte sich so leer und einsam wie nie zuvor in ihrem Leben.

5

Kein Mann war bisher in der Lage gewesen, die Zurückhaltung von Autumn Sinclair zu brechen, obwohl es nicht wenige versucht hatten. Es war geradezu ein Spiel in der Gesellschaft rund um Charleston gewesen. Wem würde es gelingen, als erster den Eispanzer der Lady zum Schmelzen zu bringen? Dabei sehnte sie sich in Wahrheit danach, einen Mann zu lieben. Sie war schließlich eine Frau und ein Mensch wie jeder andere. Andererseits wußte sie, daß es nur Komplikationen brachte, wenn man einen Mann liebte, und Verantwortungen, die sie sich selbst nicht zumuten konnte. Zur Liebe gehörte die Ehe, dann das Kinderkriegen — und mit der Schwangerschaft kam der Tod. Welcher Mann konnte eine Frau lieben, die Angst davor hatte, Kinder zu bekommen?

Die Dämmerung war gekommen und hatte den Himmel und das Meer mit zartrosa und goldenen Tupfen geschmückt. Sie saß nun schon eine Weile am Fenster, doch es war ihr nicht aufgefallen. Ihre Blicke waren auf die Straße gerichtet, wo sie nach der Rückkehr ihres — nun ja, ihres Partners Ausschau hielt. Wie konnte sie ihrem Bruder erklären, daß ihr *Ehemann* vor dem Morgengrauen in einer wichtigen Sache aus ihrem gemeinsamen Schlafzimmer gerufen worden war?

Ein leises Klopfen an ihrer Tür ließ sie herumfahren. »Ja?«

»Darf ich reinkommen?« Mitchell, wie befürchtet.

»Sicher«, erwiderte sie.

Mit gestrafften Schultern betrat Mitchell den Raum. »Fühlst du dich nicht wohl?« fragte er bedrückt.

Sie errötete, als sie bemerkte, daß er erst auf das Bett, dann auf sie schaute. »O doch, es geht mir gut«, erwiderte sie und wünschte, er würde gehen, bevor sie die Tränen nicht mehr zurückhalten konnte.

»Wo ist dein Mann?«

»Mein Mann? Ach, so. Ja. Roy. Er ist . . .« Sie überlegte einen Moment. »Ausgeritten.«

»Er wollte uns heute die Plantage zeigen.«

»Er ist bald zurück. Es hat da irgendein Problem gegeben; Mr. Tyler mußte ihn schon früh wecken.«

»Aha.« Mitchell steckte die Hände in die Hosentaschen und schaute auf seine Stiefelspitzen. »Mr. Donovan hat wirklich sehr seltsame Arbeitszeiten.«

Autumn wandte sich wieder zum Fenster um. Sie fröstelte.

Die Sonne war heiß. Autumn konnte sich gerade noch zurückhalten, ihren Kopf an die muskulöse Schulter neben sich zu lehnen und zu dösen. Aber sie tat es nicht. Der Arm, den er um ihre Schulter gelegt hatte, war störend genug. Ab und zu schaute sie Brice an und bemerkte, daß er einmal zu ihr herüberlächelte, gerade als Mary und Mitchell die Szene beobachteten. Sie erwiderte das Lächeln und wünschte, er würde auch einen freundlichen Blick für sie übrighaben, wenn Mary und Mitchell einmal nicht herschauten.

Die ausgeschlagenen Wagenspuren verschwanden in einem Durcheinander aus abgeknicktem und zu Boden gefallenem Zuckerrohr. Der Kutscher hielt den Buggy an. »Das ist die Plantage«, sagte Donovan. »Es ist überall so.«

Mitchell schüttelte den Kopf. »Eine Schande. Eine verdammte Schande. Sie lassen ein Vermögen einfach verrotten und verfaulen.«

Brice warf einen Blick auf Autumn. Es amüsierte ihn, wie mühelos sie ihr betrügerisches Spiel bis dahin gemeistert hatte. Vielleicht änderte sie ihre Ansicht, sobald sie die Umstände voll und ganz begriffen hatte. Doch die Lebhaftigkeit, die aus ihren Augen sprach, sagte ihm etwas anderes. »Noch immer so scharf darauf, das alles in Ordnung zu bringen?« fragte er sie und kannte ihre Antwort, bevor sie den hübschen, kleinen Mund öffnete.

»Natürlich.« Sie sprang vom Buggy mit der Geschmeidigkeit einer Akrobatin. Er schaute ihr nach, wie sie auf das Zuckerrohr zuging, die schmalen Schultern so entschieden nach hinten gezogen, daß er fast damit rechnete, ihre Ellbogen würden auf dem Rücken zusammenstoßen.

Dann stieg auch Mitchell aus dem Buggy und ließ Brice und Mary zurück. Die Minuten vergingen, während Brice darauf wartete, daß Mary Sinclair das Gespräch eröffnete, vielleicht einen Kommentar darüber abgab, daß er Autumn um halb drei Uhr morgens verlassen hatte. Und er überlegte sich schon eine Ausrede.

»Meine Güte«, sagte sie plötzlich.

Brice wartete.

»Es ist zweifellos schön hier, Mr. Donovan.«

»Ja, Madam.«

»Ich nehme an, Autumn wird sehr glücklich sein auf Cayemite.«

Sein Blick wanderte zu dem Mädchen in der Ferne. Sie stand kniehoch in einem Brombeergestrüpp. »Vorsichtig!« rief er hinüber. Als Autumn den Kopf in seine Richtung wandte, warnte er sie: »Es gibt Schlangen hier.« Sie riß das Kinn hoch und watete noch weiter in das Gebüsch.

»Sie ist ein bißchen starrsinnig«, kommentierte Mary.

Brice betrachtete die schmutzige Spitze seines Stiefels, bevor er nickte.

»Ich habe immer vermutet, daß nur ein besonderer Mann in der Lage ist, sie etwas aufzutauen.«

Oder eine besondere Aufgabe, dachte er. »Zweifellos, Mrs. Sinclair.«

»Bitte, nennen Sie mich Mary. — Und, natürlich hat Autumn ihren eigenen Kopf, wenn es darum geht, ihre Überzeugungen in die Tat umzusetzen. Manchmal finde ich das sogar bewundernswert.«

Er hob den Kopf und lächelte. »Es gibt eine sehr schmale Grenze zwischen Mut und Sturheit. Ich fürchte, die junge Lady tendiert einmal auf die eine und ein andermal auf die andere Seite.«

Mary mußte laut lachen, woraufhin Autumn und Mitchell neugierige Blicke zu dem Buggy warfen.

»Meine Güte.« Mary Sinclair gestattete sich noch ein abschließendes Kichern. »Sie gefallen mir, Mr. Donovan.«

»Das kommt nur daher«, dröhnte er mit seiner vollen, schönen Stimme, die sie erröten ließ, »daß Sie mich nicht genauer kennen, Mrs. Sinclair.«

»Ich halte mich für eine gute Menschenkennerin. Doch, ich bin ziemlich sicher mit meinem Urteil über Sie.«

Brice fischte in seiner Hemdtasche und brachte einen schwarzen Zigarillo zum Vorschein. Er rollte ihn zwischen Daumen und Zeigefinger, bevor er sagte: »Aber ich bin ein Spieler, Mrs. Sinclair.«

»Bestimmt nicht mit Karten, Sir.«

»Ich habe für jeden Wochentag eine andere Geliebte.«

Daraufhin zog sie die Stirn in Falten. »Schon möglich«, sagte sie. »Aber es ist bekannt, daß die Liebe schon manchen Luftikus zum guten Ehemann gemacht hat.«

Donovan lehnte sich zurück. »Die Liebe hat mit alledem gar nichts zu tun.«

»Wirklich nicht?«

Jetzt war er zum erstenmal sprachlos.

Mary lächelte wieder. »Ich glaube doch.« Sie warf einen Blick zu Autumn. »O ja. Ich glaube, die Liebe hat sogar sehr viel damit zu tun.«

»Du hast nicht die geringste Ahnung von Zuckerrohr, Autumn.« Mitchell folgte seiner Schwester und nahm sich viel mehr in acht vor den Bromberranken als sie; dabei bemerkte er mit Abscheu den ranzigen Geruch faulenden Zuckerrohrs, der in der Luft hing.

»Ich weiß immerhin, daß das Zuckerrohr schon vor Monaten hätte geerntet werden müssen.« Sie versuchte, die Enttäuschung aus ihrer Stimme zu verbannen. »Außerdem, Mitchell, ein Anbau ist mehr oder weniger wie der andere. Wir werden einfach die Felder abräumen und neu beginnen.«

»Und wie, glaubst du, werden *wir* das tun?«

Autumn blieb stehen. Sie hatte nicht gemerkt, daß Donovan auf sie zugekommen war, doch da war er, einen Kopf größer als sein Zuckerrohr, die Hände in die Hüften gestemmt und die Beine in den Stiefeln herausfordernd gespreizt.

Sie schaute sich um, betrachtete die Zickzackreihe der vergilbten Rohre und klopfte sich den Staub von den Händen. »Wir . . . wir verbrennen die verfaulten Rohre.«

Er zog die Stirn in Falten, legte den Kopf auf die Seite und eine Hand um sein rechtes Ohr, als hätte er nicht recht gehört. »Wie bitte?«

Autumn errötete und warf einen Blick auf Mitchell, der sich für andere Dinge zu interessieren schien: »Wir verbrennen sie, Mr. Donovan.«

»Au contraire, mon amie.« Er schüttelte den Kopf, bevor er zu lächeln begann. »Wenn wir so viel Zuckerrohr verbrennen, regnet es hier Sirup.« Er trat auf einen verfaulten Strunk. »Wir schneiden die Pflanzen zurück und hoffen, daß sie neu austreiben. Hast du eine Ahnung, wie lange es dauern würde, dieses Land zu roden?« Bevor sie antworten konnte, sagte er: »Monate, wenn nicht Jahre.«

Lach nur über mich, dachte sie, drehte sich um und ging so lässig wie möglich die Furchen entlang. Sie hörte seinen Schritt hinter sich, schaute aber nicht nach hinten.

»Fahr nach Hause«, sagte er leise. »Du hast wirklich nicht die leiseste Ahnung von Zuckerrohr. Sag deinen Bekannten, daß ich ein Lügner und ein Betrüger bin. Ich kauf' dir deine Hälfte des Besitzes ab, und —«

»Nein.«

»Ich bitte dich, Autumn!«

»Mrs. Donovan für Sie, Sir.«

»Würde dein Bruder das nicht ein bißchen seltsam finden?«

»Nicht seltsamer, als daß du dich mitten in der Nacht aus meinem Bett schleichst, um in das einer anderen Frau zu kriechen.« Jetzt drehte sie sich um, trat sogar einen Schritt zurück, damit sie sein Gesicht besser sehen konnte. »Und wohin sind Sie denn nun wirklich geritten, Mr. Donovan? Zu dieser ... Annee?«

»Das geht dich nichts an.« Sein Gesicht war jetzt hart wie Stein.

»Ach, wirklich? Und wie soll ich meinem Bruder Ihren derangierten Zustand erklären? Erinnern Sie sich, *Sir*, für wen man Sie hier hält.«

»Ich bin zufrieden, wenn du dich daran erinnerst, wer du *nicht* bist, nämlich meine Frau. Ich weiß nicht, ob es mir paßt, daß eine Frau meine Breeches trägt, nebenbei«, fügte er schnell hinzu.

Unerträglicher Schuft, dachte sie. In diesem Moment spürte sie die ersten, dicken Regentropfen.

Es dauerte nur Sekunden, bis daraus ein Platzregen wurde.

Keiner der beiden hatte an Mitchell gedacht, aber als Autumn jetzt Donovans regennasses Gesicht anschaute, tauchte ihr Bruder zwischen einer der Zuckerrohrreihen auf. Seine Jacke war tropfnaß, und das braune Haar hing ihm in Strähnen über die Stirn bis in die Brauen. Er war sehr blaß. Sie fragte sich, wieviel er von ihrem Gespräch mitbekommen haben mochte.

»Ist etwas nicht in Ordnung?« fragte ihn Autumn.

»Ah!« Mitchell zog ein nasses Taschentuch aus der Westentasche und wischte sich damit übers Gesicht. »Ja«, sagte er dann.

»Und was?« bellte Donovan, worauf Autumn ihn überrascht anschaute, zur Seite stieß und sich neben ihren Bruder stellte.

»Ein ... ein Toter.«

»Oh.« Sie blieb abrupt stehen.

Donovan schoß wie der Blitz an ihr vorbei und baute sich neben ihrem Bruder auf. »Sind Sie sicher?« Donovan starrte in das aschfahle Gesicht des kleineren Mannes.

»Natürlich. Es war — ah.« Er deutete in Richtung Zuckerrohrfeld.

»Dort unten?«

Mitchell nickte. »Dort irgendwo.«

»Zeigen Sie es mir.«

Autumns Bruder schien zu schrumpfen. »Muß ich? Es ist ein — ein ganz schrecklicher Anblick.«

»Autumn«, befahl Donovan, »geh zurück zum Buggy.« Seine Miene war eine Mischung aus Sorge und Zorn. Er nahm Mitchells Arm, dann verschwanden beide im Zuckerrohrdickicht.

Der Regen hörte so plötzlich auf, wie er begonnen hatte. Autumn stand in der Lichtung, und ihr feuchtes Hemd begann zu dampfen. Die heiße Sonne durchdrang ihre Kleidung und ihre Haut, drang durch das Haar in ihren Schädel ein und rief dort heftiges Pochen hervor.

Ein Toter. Aber nein, Mitchell mußte sich geirrt haben. Als sie den Wagen erreichte, waren ihre Stiefel schmutzverklebt und ihre Breeches zeigte lehmige Spritzer. Mary hockte auf der Kante ihres Sitzes, ihr Sonnenschirm verbarg die obere Hälfte ihres Gesichts, und die Röcke klebten an ihren Knien. Sie hob ihre Hand, als Autumn näher kam, und deutete auf den Kutscher.

»Der Mann ist anscheinend ... Er ist sehr aufgeregt, würde ich sagen, meine Liebe.«

Autumn schaute ihre Schwägerin unverwandt an und fragte sich, ob sie von der schrecklichen Entdeckung sprechen sollte, die Mitchell gemacht hatte, entschied sich aber dagegen und musterte den Kutscher.

»Ist etwas nicht in Ordnung?« fragte sie ihn.

Er hatte die Augen weit aufgerissen, deutete auf das Feld und redete Unverständliches.

»Ich kann Sie nicht verstehen.«

Er nahm die Zügel und wendete den Buggy. »Nicht hier bleiben, Ma'am. Das kein Platz für Tullius.«

»Lassen Sie die Zügel los!« befahl Autumn.

Tullius hatte das Pferd und den Wagen umgedreht; seine Schultern waren eingezogen, als er dem Tier die Peitsche gab. Das große Pferd stolperte in die Fahrspur. Mary wurde auf ihrem Platz hin und her geschleudert, und ihr Sonnenschirm fiel auf der anderen Seite aus dem Wagen in den Morast. Autumn packte das Pferd am Geschirr, doch das Tier ließ sich nicht halten. »Halt!« schrie sie Pferd und Kutscher zu. »Genug!«

Plötzlich stand Brice vor ihnen, die Peitsche gezückt.

»Gnade, *Maître* Donovan. Tullius nichts Schlechtes getan.«

»Er hat nur vor irgend etwas Angst«, erklärte Autumn.

Donovan biß die Zähne zusammen und ging auf die Sinclairs zu, die gemeinsam zurückwichen. »Sagen Sie ihr, Sinclair, wovor Tullius Angst hat.«

Mitchell krächzte etwas, räusperte sich dann und unternahm einen zweiten Versuch.

»Ein Mann ist ermordet worden.«

Autumn sog scharf den Atem ein.

Die Finger von Brice umklammerten Autumns Arm, und er zog sie an sich, bis sie Nase an Nase waren und Autumn seinen heißen, nach Tabak riechenden Atem an ihrem Mund spürte. »Möchtest du es vielleicht selbst sehen, Mrs. Donovan?«

»Ich . . . ich glaube dir nicht«, sagte sie schwach.

»Also gut.« Er begann sie in Richtung auf das Feld zu zerren. »Dann werde ich dir zeigen, Liebste, was du auf dieser Insel alles erleben kannst.«

Nein. Nein. Sie wollte es nicht sehen.

»Donovan, lassen Sie sie los«, sagte Mitchell in etwas schwankendem Kommandoton. Dann fügte er, etwas heftiger, hinzu: »Verdammt, Sir, ich habe gesagt, Sie sollen meine Schwester loslassen.«

Die Hand an Donovans Schulter war bemerkenswert kräftig. Donovan zögerte, aber bevor er zurücktreten konnte, hatte ihm Mitchell einen Kinnhaken verpaßt, mit einer Wucht, die ihn zu Boden schleuderte.

»O mein Gott!« schrie Mary.

Autumn riß den Mund auf, als sich ihr Bruder vor Donovan aufbaute und erklärte: »Hölle und Verdammnis, das wollte ich schon tun, seit ich weiß, wie Sie meine Schwester ausgenützt und betrogen haben. Stehen Sie auf, Donovan, und treten Sie mir entgegen wie ein Mann.«

»Hör sofort auf!« befahl Autumn ihrem Bruder. »Wenn du noch einmal die Hand gegen ihn hebst, werde ich nie mehr ein Wort mit dir sprechen.« Sie warf sich schützend vor Brice und fragte besorgt: »Ist dir etwas passiert?«

Nein, dachte er.

Oder doch.

Sie war ihm so nahe, daß er die Sommersprossen auf ihrer Nase zählen konnte. Sie zog die Stirn in Falten und strich sachte über seine Wangen. »... So schön«, flüsterte er.

»Was?« Ihre Mundwinkel zuckten. Autumn wußte nicht, ob sie lachen oder ihn schelten sollte wegen seines ungeheuerlichen Benehmens.

»Du bist so schön«, wiederholte er, und ihre Wangen liefen feuerrot an. Dann schlang er seine Arme um sie, drückte sie an seine Brust und dachte: Verlaß mich nicht. Niemals, niemals.

6

Die Hütte stand auf Pfählen dicht über dem Marilius-Sumpf, schief und zerbrechlich, aber nicht besser und nicht schlechter als vor zwölf Jahren. Brice warf einen Blick in die Umgebung, sah den *humfort* mit seinem Strohdach und dem *poteau-mitan* — dem kleinen Haus mit seinem ›Treffpunkt‹-Pfahl, der in leuchtendem Rot, Blau und Weiß bemalt war. »Hallo!« rief er. Die volle Stimme dröhnte über den Sumpf.

Brice sprang aus dem Wagen, blieb einen Moment stehen, dann ließ er sich auf die Knie sinken. Vielleicht stimme ich ihn damit gnädig, dachte er und lächelte.

»Atibo-Legba, l'uvri baye pu mwe, agoe.«

»Es ist offen. Du bist willkommen.«

Jetzt klopfte sich Brice den Staub von den Knien und fragte sich, wo sich der *hangan* Tousainnt diesmal versteckt hatte. Komm heraus, wo immer du bist, dachte er.

Die Hütte war leer. Donovan stand unter der Tür und sah das Strohlager, einen Tisch voller Kokosnußschalen mit gekochtem Mais, in Öl aufgeweichtem Brot, *afibas* — Stückchen von Innereien, die, in ihrem eigenen Fett, in einer Eisenpfanne lagen — Schalen mit braunem Zucker und *clairin:* alles Nahrung für Zaka, den *loa* der Ernte. Er sah auch das Arbeitszeug für Tousainnts Beruf: ein *paquett* voller Heilkräuter und Pülverchen.

Der alte Köter lag faul unter der Hütte, doch jetzt erhob er sich, rekelte sich und stand auf. Brice streckte ihm die Hand entgegen. Das Tier schnüffelte daran, verdrehte die gelben Augen und hob die Rute zu einem freundlichen Gruß. Danach ließ er sich wieder auf die Seite fallen und brummte wohlig.

»Er ist so alt wie ich«, kam die schwankende Stimme.

»Und wie alt bist du?« fragte Brice, ohne sich umzudrehen. Er erinnerte sich an das Spiel.

»Alt. Ist das nicht genug?«

»Das Meer ist alt. Im Vergleich zum Meer bist du ein Säugling.«

Der alte Mann räusperte sich und sagte: »Komm her.«

Brice drehte sich um und wußte, sobald er ihn sah, daß Henri die ganze Zeit über hiergewesen war und ihn beobachtet hatte. Er hätte Legba sein können, der Hüter der Tore, der Beschützer der Häuser. In Lumpen gekleidet, eine Pfeife zwischen den Zähnen, den mageren Körper ausgemergelt von der Zeit, unterschied sich sein Aussehen nicht von dem vor dreißig Jahren.

»Komm her«, wiederholte Henri.

Brice folgte der Aufforderung.

Das dunkle, faltige Gesicht richtete sich auf das seine. Schwarze Knopfaugen betrachteten und musterten ihn eingehend. »Ich habe gewußt, daß du kommst«, erklärte Tousainnt am Mundstück seiner Pfeife vorbei.

Richtig.

»Sag mir, mein Kleiner, bist du denn glücklich in ...« Er schaute Brice hilfesuchend an.

»In Virginia«, ergänzte dieser.

»Achtest du auch auf deinen *loa* in Virginia?«

Brice steckte die Hände in die Taschen und stieß einen Kieselstein mit seiner Schuhspitze fort, gab aber keine Antwort.

»Hast du vergessen, was ich dich gelehrt habe?« fragte Henri. »Alles, was ich dich gelehrt habe?«

Brice wandte sich ab.

»Warum bist du gekommen?« fragte der Alte und zog die Stirn in Falten. Seine gichtig verkrüppelten Finger waren damit beschäftigt, pulverisierte Asche zu noch feinerem, zu ganz feinem Puder zu verarbeiten. Dabei verließen seine Blicke keinen Moment das Gesicht von Brice.

»Ich habe etwas für dich.«

»Bring es mir her.« Tamp, tamp, tamp machte der Stein auf dem Boden der Flasche.

»Das geht nicht.« Brice atmete tief ein. »Es besteht aus zu vielen Stücken.«

Es überraschte Brice keineswegs, daß Henri nach einer Krücke langte. Legba bewegte sich schließlich auch mit einem solchen Hilfsmittel. Sie näherten sich dem Wagen, doch bevor sie ihn erreichten, blieb Brice ein paar Schritte zurück und wartete.

Henri hob die Leinwand an. Seine Zähne bissen fester auf das Mundstück der Pfeife.

»Kennst du ihn?« fragte Brice.

Henri schüttelte den Kopf.

»Du lügst, Henri.«

Henri öffnete die Augen weiter. Er taumelte zurück, breitete weit die Arme aus und richtete sie gen Himmel. »Hast du gehört?« lamentierte die hohe, schwankende Stimme. »Er stellt meine Ehre in Frage, o Legba, was soll ich tun?« Jetzt wandte er sich wieder Brice zu und schaute ihn aus dem Augenwinkel an. »He, was soll ich tun?« wiederholte er.

»Es tut mir leid.« Brice seufzte.

»Was?«

»Ich entschuldige mich«, sagte Brice lauter. Henri schien damit zufrieden zu sein.

Brice folgte dem Alten zurück zu dessen Stuhl. »Erinnerst du dich an die Zeiten, als du zu mir gekommen bist?« fragte Henri. »Ich habe dich alles gelehrt, was ich weiß.«

»Ja«, antwortete Brice.

»Und du hast allem den Rücken zugekehrt.«

»Es tut mir leid«, wiederholte Brice und wollte damit das Schuldgefühl in seiner Brust ersticken. Aber es war da und plagte ihn. Wie in den vergangenen zwölf Jahren.

»Du hast gedacht, wenn du zurückkommst, stirbt das Schuldgefühl, ja?« Henri wandte ihm sein altes Gesicht zu, und Brice hätte ihn am liebsten geschlagen.

»Nein.«

»Du bist hergekommen, um deinem Bruder zu helfen.«

»Er hat mich um Hilfe gebeten.«

»Und hast du ihm geholfen?«

Die Hände geballt, schluckte Brice seinen Zorn hinunter.

»Hast du?«

»Nein!« explodierte er.

»Nein. Du warst sicher, da drüben in . . .«

»Virginia — ach, verdammt!«

»Ah, ja. Virginia. Weit, weit weg von hier.«

Brice sank wieder auf die Knie. Die Handflächen in die Hüften gestemmt, schaute er zu Boden und bemühte sich, das Gefühl einer aufsteigenden Übelkeit zu bekämpfen. Aber der Zorn steigerte sich noch — wie immer. Er hätte ihn vielleicht beherrschen können, bis —

»Du hast deinem Vater das Herz gebrochen, als du von hier weggegangen bist.«

Henri war wie ein Sperling in Brices Händen. Er hob den Mann hoch, hielt ihn dann vor sich und schrie ihm ins Gesicht: »Verdammt sollst du sein, verdammt!« Henris Adamsapfel bewegte sich, daß Brice es an den Händen fühlte, und die Tatsache, daß der Alte lachte, ließ ihn noch wütender werden.

»Mach ruhig weiter.« Henri Tousainnts breites Grinsen traf Brice wie ein Keulenschlag. »Schlag mich, wenn du glaubst, daß du dann nachts besser schlafen kannst.«

Ja, er wollte ihn schlagen, wollte alle Erinnerungen an

seine Verantwortung als Patrick Donovans ältester Sohn auslöschen. Aber das gelang ihm nicht. Sie umgaben ihn von allen Seiten, in jedem verfaulten Zuckerrohrstengel, in jeder verfallenen Hütte und im Zustand von Hunnington Hall.

»Ich will nur, daß du mir hilfst«, flehte ihn Brice an, und seine Hände zitterten. »Sag mir, wer meine Familie ermordet hat und diesen armen Teufel, der da auf dem Wagen liegt.«

»Ich weiß es nicht.«

Brice nahm das ledrige Gesicht des Alten in beide Hände. »Warum nicht? Du weißt alles, was auf dieser stinkenden Insel geschieht. War es Annee? Sie war es, nicht wahr?« Er schüttelte ihn. »Hat Annee Rose meinen Bruder umgebracht?«

»Ist das wirklich so wichtig?« erwiderte Henri.

»Ich muß es wissen. Um meiner eigenen —«

»— geistigen Sicherheit willen?« Henri blinzelte mit seinen wäßrigen Augen und fragte: »Hast du vielleicht Angst, mein Kleiner? Angst, dein Vater und dein Bruder könnten dir ihren Wahnsinn vererbt haben?« Und Brice wurde ganz kalt, als er Henri sagen hörte: »Der Irrsinn beginnt mit der Angst.«

Tousainnts Kopf fiel nach hinten, als Brice ihn wieder schüttelte. »Ich bin nicht verrückt«, sagte Brice Donovan mit rauher Stimme.

»Das hat dein Vater auch behauptet — kurz bevor er sich das Leben nahm.«

O Gott.

»Und dein Bruder, bevor er verbrannt ist.«

Donovan hatte die Finger in das zerrissene Hemd des Alten gekrallt. »Sie hat es getan«, zischte er. »Ich bin hier, um zu beweisen, daß Annee Rose sie beide umgebracht hat. Und du wirst mir helfen dabei, alter Mann, sonst schicke ich deine Seele zu *Guede*, ich schwöre es bei Gott!«

Henris Gesicht war eine Maske der Angst, als er die Augen auf das Kinn von Brice richtete. »Zu spät«, sagte er schlicht.

Jetzt hob Brice den Blick über die Schulter des Alten und über die Stelle hinaus, wo der Hund lag und Speichel aus dem Maul tropfen lief, zu den Bäumen jenseits des Sumpfes.

Annee stand dort und beobachtete ihn.

Sie war sehr wütend.

Oben am Ende der Treppe zögerte Autumn. Sie hätte Celie nach Donovan schicken können, aber sie brauchte die paar Minuten des Alleinseins, um ihre Gedanken in Ordnung zu bringen. Ihr Bruder war wütend, er schimpfte über die verdorbene Ernte und über den Mord. Autumn würde noch sein Tod sein, hatte er verkündet.

Sie vergaß, anzuklopfen — ein Fehler, wie ihr klar wurde, sobald sie das Schlafzimmer betrat. Da stand er, nackt, den Rücken ihr zugewandt, in einer großen Messingwanne voll Seifenwasser. Die Sonne, die durch die offenen Jalousien drang, ließ die Seifenblasen auf dem Boden in allen Regenbogenfarben aufleuchten, aber auch die Seifenblasen auf der Rückseite seiner Schenkel und ...

Sie schlug sich die Hand vor den Mund. Lollie hatte ihr einmal gesagt, daß sie auf der Stelle blind werden würde, wenn sie einen nackten Mann sähe. Aber Lollie war zum Glück nicht hier.

Er schrubbte sich die Arme mit einer ziemlich rauhen Bürste, von den Händen zu den Schultern, über die Brust, hinunter zum Magen, weiter nach unten. Aber ihre Blicke ruhten nicht auf seinen Händen, sondern auf seinem

Rücken. Sie starrte entgeistert auf die Wunden, die dort zu sehen waren.

Er mußte gefühlt haben, daß sie im Raum war. Hörte auf mit dem Schrubben und drehte sich um. »Machen Sie die Tür zu«, befahl er. Als sie unsicher einen Schritt zurückwich, wiederholte er: »Kommen Sie herein und machen Sie die Tür zu!« Er streckte den Arm nach einem Handtuch aus und schlang es sich um die Hüften. Sie schloß die Tür. »Ich brauche Ihre Hilfe«, sagte Brice in etwas gepreßtem Ton.

»Ich kann Celie rufen —«

»Nein!« Er drehte sich nicht um, stieg aber aus der Wanne und ging durchs Zimmer bis ans Fenster. Dort stützte er sich gegen den Rahmen und senkte den Kopf. »Ich möchte, daß Sie es tun.«

»Die eine Frau, die die Verletzungen der anderen Frau behandelt... Befriedigt Sie diese Vorstellung, Mr. Donovan?«

»Bitte«, murmelte er mit schmerzerfüllter Stimme und schaute dabei zu Boden.

»Es tut mir leid...«

Er hämmerte mit der Faust gegen die Wand. »Ich bitte nicht um Ihr Mitleid, Madam. Ich brauche Ihre Hilfe!«

Sie lief auf die Tür zu. »Fabelhaft! Sie gehen zu der einen Frau, die Ihnen den Rücken zerkratzt, und kommen dann zu mir, damit ich Ihnen die Wunden lecke.«

Sein Kopf fuhr herum. »Ich hätte nie geahnt, daß es Ihnen etwas ausmacht.«

Ihre braunen Augen verengten sich, als sie mit tiefer Stimme sagte: »Tut es auch nicht.«

Sie funkelten sich eine Weile an, dann zischte Brice: »Verdammt, Weib, du kannst einen Heiligen zur Raserei bringen.«

»Einen Heiligen — vielleicht«, gab sie zurück. »Aber bestimmt nicht einen wie Sie.«

Der Versuch, sich aufzurichten, raubte ihm fast den Atem.

»Und was soll ich tun?« fragte sie leise.

»Nehmen Sie die Bürste.«

»Damit soll ich doch wohl nicht den Rücken massieren, oder?«

»Die Bürste«, wiederholte er.

Sie folgte seinem Befehl.

Brice nahm seine vorherige Position wieder ein. Diesmal allerdings kniff er die Beine zusammen, und sein Körper hatte sich in dem Maße versteift, als sich die Spannung zwischen ihnen aufgebaut hatte. »Machen Sie schon, Mrs. Donovan.« Kratz mir mit der Bürste jede Spur von diesem Miststück fort, dachte er. Das war seine Buße. Ja, Autumn Sinclair Donovan würde ihn erlösen von Annee Rose, von ihrem und von seinem Wahnsinn. Er hatte es gewußt, als sie zum erstenmal diesen Raum betreten hatte.

Sie starrte auf seinen Rücken und sagte: »Vielleicht sagen Sie ihr, daß sie sich die Fingernägel schneiden soll.«

»Es wird kein nächstes Mal geben«, sagte er und wandte sich ab.

Sie rührte sich nicht. Schließlich schaute sich Brice über die Schulter.

»Es macht mir nichts aus, daß Sie sich mit ihr treffen.« Sie erwiderte seinen Blick.

»Das weiß ich.«

»Es geht mich außerdem nichts an.«

»Da haben Sie vollkommen recht.«

Sie hob die Bürste. »Ich . . .« Das Eingeständnis ließ ihre Lippen zittern. »Ich will Ihnen nicht weh tun, Brice . . . Mr. Donovan«, verbesserte sie sich. Die Bürste wanderte weiter nach oben. Immer noch zögerte sie. »Sie muß sehr schön sein«, erklärte sie und hoffte, daß er es abstreiten würde.

Donovan schaute zum Fenster hinaus. »Nicht schöner als Sie. Sie weiß ihre Schönheit höchstens besser zur Geltung zu bringen.«

Autumn konnte ihren Blick nicht von den Narben auf Donovans Rücken abwenden und fragte sich, was für ein Grund hinter dieser Grausamkeit stehen mochte.

»Also, was ist?« drängte Brice.

Autumn ließ die Bürste ins Wasser fallen. »Ich nehme an, Mr. Donovan, daß Sie es nicht anders verdient haben.« Damit ging sie zur Tür, blieb stehen und drehte sich noch einmal um. Er schaute immer noch aus dem Fenster, und der Wind zerzauste sein dichtes, schwarzes Haar. Einen Augenblick, in dem ihr Herz beinahe stillstand, wünschte sie, daß sie mit ihren Fingern seine Haar glätten könnte.

Brice saß in den Trümmern der Besessenheit seines Vaters Patrick Donovan, haßte sich selbst und das Haus, das seine Mutter die Jugend und das Leben gekostet, aber auch das Leben seines Vaters und seines Bruders gefordert hatte. Und jetzt würde er sein eigenes opfern müssen. Damals, als er den Brief von Roy erhalten hatte, war er töricht genug gewesen, zu glauben, daß er eine kleine Chance hatte, den Zustand hier zu ändern, ja, daß er seine egoistische und feige Flucht von Cayemite vor zwölf Jahren auf diese Weise wiedergutmachen konnte.

Aber er war zu spät gekommen.

Jetzt konnte er nur noch eines tun: Er mußte dem Ganzen ein Ende bereiten, und dazu brauchte er allen Mut, den er aufbringen konnte. Selbstmord war keine leichte Sache. Aber er würde ja nicht allein gehen, sondern Annee mitnehmen.

Hugh Tyler kam an die Tür. »Ach, da sind Sie. Hätte ich mir eigentlich denken können, an die Flasche gekuschelt, als ob es die Mutterbrust wäre. Verdammt, Sie werden Ihrem elenden Bruder von Tag zu Tag ähnlicher.«

Donovan ließ sich zurücksinken. »Wenn das eine Predigt wird, scheint heute Sonntag zu sein.«

Der Ire kam durch den Wohnraum auf ihn zu. »Ich habe keinen Anlaß, zu predigen — wenn man meinen Hintergrund betrachtet.«

»Das ist richtig.«

»Aber ich habe Ihrem Vater versprochen, alles zu tun, damit sein Traum doch noch in Erfüllung geht. Sie machen es mir nicht gerade leicht, Brice.«

Donovan starrte in Hughs vom Wetter gebräuntes Gesicht. Seine Brauen, gebleicht von den vielen Jahren in der Sonne, wölbten sich über Augen, die so blau waren wie das Meer in den Buchten von Cayemite. Patrick Donovan war nun schon fast sieben Jahre tot, aber Tyler war den Erinnerungen an ihn so treu geblieben, wie er es dem Mann gewesen war. »Du bist ziemlich spät noch unterwegs, wie?« fragte Brice und wollte auf diese Weise jeder Diskussion über Patrick Donovan aus dem Wege gehen.

Der große Ire ignorierte die Frage. »Die *America* legt morgen an. Fährt das Mädchen nach Hause oder nicht?«

»Nur bis Montego Bay.«

Hugh steckte die Hände in die Taschen und erwiderte den Blick von Brice. Donovan zuckte mit den Schultern und starrte wieder auf seine Rumflasche. »Ich hab' alles versucht. Sie will ihren Anteil nicht verkaufen.«

»Haben Sie ihr alles erklärt?«

»Was denn erklärt? Daß ihr Leben in Gefahr ist, weil auf dieser Insel eine Wahnsinnige lebt, die mich und diese Plantage haben will und vor nichts haltmacht, um beides zu bekommen?« Brice lachte, dann fragte er: »Würdest du so etwas glauben?«

Tyler wandte sich dem Fenster zu und schaute mit düsterer Miene auf die vom Mond erhellte Wasserfläche der Ravel Bay. »Ich frage mich«, sagte er nachdenklich, »wieviel Sie selbst davon glauben.«

Brice schaute auf seine Rumflasche, als Hugh sich wieder dem Schreibtisch zuwandte. »Donovan? Begleiten Sie Autumn nach Montego Bay?«

»Sie wird Geld brauchen, um dort einiges einzukaufen.«

»Klar. Es wäre schön, wenn etwas von dem alten Glanz zurückkehren würde.«

»So weit wollen wir nicht gehen.« Brice trank noch einen Schluck. »Ich denke nicht daran, meinen gesamten Besitz dafür aufs Spiel zu setzen.«

Jetzt lächelte Hugh. »Die Hälfte von dem, was hier in den Truhen liegt, gehört ihr.«

»Die Hälfte von Nichts ist Nichts.«

»So sieht sie es aber nicht, nachdem sie und ihr Bruder einen Blick in die Bücher geworfen haben. Zum Glück haben Sie sie gerade noch rechtzeitig berichtigen können.«

»Ich rede mit ihr, sobald Sinclair weg ist. In zwei Tagen kann sie nicht allzu viel anstellen.«

»Gib einer Frau zwei Tage Zeit zum Geldverschwenden, und sie macht ihren Mann bis ans Lebensende zum Bettler. Für diese kleine Nachsichtigkeit werden Sie viele gute Zigarren verkaufen müssen. Ist sie es denn wenigstens wert?«

Brice richtete die grünen Augen auf die von Tyler. »Roy muß der Meinung gewesen sein.«

»Also tun Sie das alles für Roy und seine Witwe?« Hugh schüttelte den Kopf. »Sie versuchen immer noch, Ihren Weggang gutzumachen. Dabei haben Sie genau das richtige getan, Brice. Wann wachen Sie endlich auf und erkennen das? Kein Mensch außer Roy hat Schuld daran, daß dieser Besitz nach dem Tod Ihres Vaters so heruntergekommen ist. Niemand hat den Jungen gezwungen, sich mit Alkohol zu ruinieren.« Er deutete nachdrücklich auf die Rumflasche, die neben Brices Ellbogen stand.

»Aber er ist nicht am Rum gestorben, Hugh, nicht wahr?« Die Frage hing zwischen ihnen, so deutlich wie das ferne Donnern der Brandung.

»Das wissen wir nicht«, erwiderte der Ire zuletzt.

»Aber *ich* weiß es.« Die Bitterkeit kehrte in Brices Stimme zurück. Er schaute zur Decke. »Ich weiß, wer ihn umgebracht hat, und warum — sie hat meinen Vater aus demselben Grund ermordet — und den armen, zerstückelten Kerl, den wir heute vormittag in der Plantage gefunden haben.«

Hugh stieß einen mürrischen Laut aus und erhob sich. »Nehmen Sie meinen Rat an: Verkaufen Sie an Clarence Dillman und machen Sie, daß Sie von hier wegkommen.«

»Roy hat mir das ein bißchen schwergemacht.«

»Dillman wird Ihre Hälfte kaufen. Ihm jucken die Finger seit Jahren nach dieser Insel.«

»Hast du sonst nichts mehr zu tun?« Brice schaute wieder den grinsenden Iren an und mußte dabei an das Mädchen denken, das hier in der vergangenen Nacht vor ihm gestanden hatte, eingehüllt in goldene Seide ... Kichernd schenkte er das Glas voll.

Tyler ging mit lässigen Bewegungen zur Tür und rief ihm über die Schulter zu: »Ich hätte nie gedacht, einen Donovan zu erleben, der sich erst einen ansaufen muß, bevor er es wagt, zu einer Frau zu gehen.«

»Kommt ganz auf die Frau an, vermutlich.« Brice lachte.

Hugh blieb stehen, drehte sich aber nicht mehr um. »Ich hoffe nur, es ist die dort oben ... Donovan?«

»Gute Nacht, Tyler.«

»Gehen Sie nicht mehr zu Annee, Junge.«

Nachdem der Rum ausgetrunken war, stülpte Brice das Glas über den Flaschenhals, schaute dabei nach oben zu dem Bronzeengel des Kandelabers, der jetzt Wachs weinte, und legte schließlich den Kopf müde auf die Hand. »Gute Nacht, mein Freund.«

7

Die Stadt brodelte vor Erregung. Hausierer bellten ihre Preise den Schauerleuten zu, die in Gruppen über die grauen, ausgebleichten Docks wanderten. Möwen kreisten über den hochmastigen Schiffen, die scharfen Augen spähten nach Fischernetzen, die mit ihrem Inhalt auf den Karren des nächsten Händlers gehievt wurden.

Der Leichter, der die Passagiere der *America* zum Dock von Montego transportiert hatte, schwankte und schabte an den Tauen, mit denen er festgemacht war. Am Ende des Docks standen Mary und Mitchell und kontrollierten das Gepäck, das von Pferdewagen in die nächstgelegene Herberge transportiert werden sollte. Autumn blieb nichts anderes übrig, als auf ihren ›Ehemann‹ zu warten, der sich allerdings mehr für ein Gespräch mit dem Kapitän der *America* interessierte, statt sich um sie zu kümmern.

Man hatte sie vor der Ankunft in Montego Bay gewarnt, daß es keine Reservierungen in den Herbergen gab, sondern nur derjenige ein Zimmer bekam, der früher da war als die anderen. Und da bereits mehrere Schiffe angelegt hatten, befürchtete Autumn, daß sie wieder mit einem primitiven Ersatz eines Betts vorliebnehmen mußten, wie in der Nacht zuvor. Immerhin hatte

Brice kurz nach Mitternacht die gemeinsame Kabine verlassen und war erst kurz vor dem Morgengrauen zurückgekehrt.

»Donovan! Brice Donovan! Verdammt, ich traue meinen Augen nicht.«

Autumn und Brice richteten erstaunte Blicke auf den Mann, der vom anderen Ende des Piers auf sie zukam. Mary und Mitchell waren zu sehr mit dem Gepäck beschäftigt, und Autumn war froh, daß sie den Neuankömmling, der Brice so stürmisch begrüßte, nicht bemerkt hatten.

Der Fremde war ein schlanker, langbeiniger und geschmackvoll gekleideter Mann. Er hatte ein jugendliches Gesicht, das seinen kahl werdenden Schädel Lügen strafte, und ein hinreißendes Lächeln, das Grübchen entstehen ließ. Er trug Koteletten, die fast bis hinunter zum Kieferknochen verliefen. Die Schöße seiner Jacke flatterten ihm um die Schenkel, was noch zu der Jovialität seiner Erscheinung beizutragen schien. Autumn konnte ihn auf Anhieb gut leiden.

Brice trat neben sie und kam ihr bei der Begrüßung seines alten Freundes zuvor. Die Männer schüttelten sich erst die Hände, dann umarmten sie sich herzlich.

Der Fremde trat einen Schritt zurück und lächelte seinem Freund zu. »Es ist Jahre her, Brice; was, zum Teufel, machst du in Montego Bay?«

»Ich bin in erster Linie geschäftlich hier.«

»Und wie ist das Leben auf der Südseite?«

Brice lachte, bevor er bescheiden zugab: »Ganz komfortabel.«

Die buschigen Brauen des Fremden gingen nach oben. »Tatsächlich? Dann können wir ja vielleicht sogar miteinander ins Geschäft kommen, solange du hier bist.« Sein Blick landete auf Autumn. »Sag, Donovan, alter Gauner, bist du vielleicht im Hafen der Ehe gelandet, ohne daß du etwas hast verlauten lassen?«

Bevor Brice etwas erwidern konnte, war der Fremde zur Seite getreten und streckte nun Autumn die Hand entgegen. »Da mein Freund offenbar seine Manieren völlig vergessen hat, werde ich mich selbst vorstellen, Madam. Mein Name ist Laurence Nelson — kurz Loz — und wer sind Sie?« Seine blauen Augen richteten sich auf ihre Beine, die wie fast immer in einer Hose steckten, dann kehrte sein Blick wieder auf ihr Gesicht zurück.

»Ich heiße Autumn«, erwiderte sie und konnte sich das Lachen kaum verkneifen. Die Gutmütigkeit dieses Mannes war geradezu ansteckend.

»Autumn! Jesses, was für ein entzückender Name. Mal sehen ...« Er warf einen Blick zum Himmel, sein Zeigefinger legte sich in einer nachdenklichen Geste an die Nase, dann sagte er: »Sie sind sicher an einem kühlen, frischen Tag im November geboren —«

»Im März.« Wieder lächelte sie.

Loz zog die Stirn in Falten. »Was Sie nicht sagen.«

Autumn nickte. »Und mein mittlerer Name ist Dae.«

»Tatsächlich? Autumn Dae — hinreißend!«

»Ja, nicht wahr?«

In diesem Augenblick kam Mitchell das Dock entlanggestürmt, und seine Miene sprach von unnachgiebiger Entschlossenheit. Hatte Mitchell gehört, wie Mr. Nelson Donovan begrüßt hatte? War ihr Bruder endlich hinter den Betrug gekommen, so würden die Folgen für sie ebenso schrecklich sein wie für Brice. Und Donovan konnte sicher einen weiteren Streit, vielleicht sogar mit Tätlichkeiten, nicht mehr hinnehmen ...

»Autumn, kommst du jetzt mit uns oder nicht?« fragte ihr Bruder atemlos. Er achtete nicht auf Donovan.

Mary zog die Stirn in Falten, während sie versuchte, ihr

Hütchen zurechtzurücken. »Mitchell, ich bin sicher, Roy wird sich um sie kümmern. Bitte, Darling, der Wagen mit unserem Gepäck ist dabei abzufahren.«

»Roy!« rief Loz überrascht aus.

Alle Augen richteten sich auf Nelson. Er blickte von einen zum anderen, aber Donovans nachdrückliche Miene brachten ihn wieder ins Gleis. »Ich meinte ... natürlich wohnt *Roy* bei mir. In meinem Haus. Und seine — und Autumn ebenfalls.«

Sie warteten, bis sich die Spannung ein wenig gelegt hatte, bevor Mitchell sich wieder an Autumn wandte. »Ich möchte mit dir sprechen.«

»Dein Wagen fährt ab.« Autumn deutete auf das Pier.

Mary zupfte Mitchell an seinem Rockschoß.

Brice nahm einen Zigarillo aus seiner Jackentasche, knabberte das Ende ab und spuckte es ins Wasser. »Ich melde mich bei dir«, sagte er zu Autumn.

Doch die hakte sich bei Donovan unter und erwiderte so ungerührt wie möglich: »Es wäre schrecklich pflichtvergessen, wenn ich nicht bei meinem Mann bliebe, Mitchell!«

Mitchells Gesicht verfärbte sich purpurrot. Autumn bemerkte es kaum. Brice hatte seine Hand über der ihren geschlossen, und sie war darüber unendlich glücklich, ohne daß sie hätte sagen können, warum.

Schweigend fuhren sie zum Haus; Autumn hatte die Augen geschlossen und war ein wenig eingedöst. Als sie erwachte, sah sie die Gesichter der beiden Männer über sich, die sie nachdrücklich anschauten.

»Ich habe es Brice gerade mitgeteilt«, sagte Loz; »ihr hättet zu keiner aufregenderen Zeit kommen können. Meine Frau erwartet ein Baby, und es kann praktisch jeden Tag soweit sein.«

Autumn versuchte es mit einem Lächeln, doch sie wußte, daß sie kalkweiß geworden war. »Wie schön für Sie«, brachte sie schließlich heraus.

»Es ist unser erstes, müssen Sie wissen. Nach einer zehnjährigen Ehe hatten wir die Hoffnung schon fast aufgegeben.«

Sie schaute Brice an. »Vielleicht hätten wir lieber in der Stadt bleiben sollen«, meinte sie.

»Aber nein, Autumn, ich bitte Sie! Es könnte nur sein, daß meine Frau ein bißchen überdreht ist — aber ich glaube, Sie können das am besten verstehen.«

Shelley Nelson war so lebhaft wie ihr Mann. Sie hatte ihr honigblondes Haar in einem Chignon auf dem Hinterkopf zusammengesteckt, hatte das zarte Gesicht einer Fee, Lippen wie Rosenknospen und Wangen von natürlich gesunder Farbe. Sie saß auf einer Stuhlkante, die Beine gespreizt und die Ellbogen auf die Knie gestemmt, damit ihr Bauch genügend Platz hatte. Ihre Augen strahlten vor freudiger Erregung, als Autumn ihre Erklärung beendet hatte, wie sie Brice Donovans Partner geworden war.

»Wenn man sich das vorstellt«, rief sie begeistert. »Eine eigene Plantage!«

»Nicht ganz«, betonte Autumn. »Die Hälfte gehört Donovan.«

8

»Du hast Sorgen, Donovan — worum geht's?«

»Sie macht mich noch ganz wahnsinnig mit ihrer ›Komm her zu mir — rühr mich nicht an‹ — Methode.«

Nelson lachte herzhaft. »Aha, mein guter Freund hat

jemanden gefunden, der ihn mit seinen eigenen Waffen besiegt. Entschuldige, mein Lieber, aber ich erinnere mich noch sehr gut, daß es dir riesigen Spaß machte, den Ladies die Köpfe zu verdrehen. Du hast mancher besorgten Mama die Aufgabe überlassen, das gebrochene Herz ihrer Tochter zu pflegen.«

»Aber nie absichtlich«, antwortete Brice. »Ich habe niemals jemandem meine Liebe gestanden, wenn ich nicht auch bereit war, dafür einzutreten.«

»Und — hat es viele solche Fälle gegeben?«

Donovan schaute in seinen Cognacschwenker ohne zu antworten.

»Ich hab' mir immer gedacht, du hättest Virginia inzwischen mit mindestens einem halben Dutzend kleiner Donovans bevölkert.«

»Aber ich habe niemandem die Heirat versprochen, solange ich meiner zukünftigen Frau nicht mehr anbieten konnte als ein paar Tabakfelder und ein Haus mit einem einzigen, brauchbaren Wohnraum.«

»Ich würde einen Besitz von über dreitausend Hektar nicht gerade als ›ein paar Tabakfelder‹ ansehen. Und, entschuldige bitte, meines Wissens hat das Haus auf diesem Besitz mehr als zwanzig Zimmer. Wenn du dich ein bißchen bemühst, kannst du darin vermutlich ohne weiteres eine Frau und ein oder zwei Kinder unterbringen.«

»Willow Bend ist ein einsam gelegener Besitz. Die meisten Frauen würden es dort — sagen wir — sehr langweilig finden.«

»Die meisten vielleicht, aber es gibt Ausnahmen. Nimm zum Beispiel Autumn.«

»Nichts lieber als das.« Er stieß sich von seinem Stuhl hoch, ließ den Kopf kreisen und versuchte auf diese Weise, die verspannten Nackenmuskeln etwas zu lockern. Dann schaute er zur Decke und sagte: »Ich habe mit eigenen Augen gesehen, was diese verdammte Isolation aus einer Ehe machen kann.«

»Du kannst das Scheitern der Beziehung deiner Eltern nicht allein auf die Isolation von Cayemite schieben.«

»Aber natürlich. Diese Insel ist ein Miststück, Nelson, eine Hure, die meinem Vater aufgelauert hat — ihm und all den anderen Männern, die zuvor dorthin gekommen sind. Sie verspricht alles, und sie hält nichts.«

»Du mußt Patrick immerhin zubilligen, daß er es versucht hat«, erwiderte Loz. Er erhob sich und trat neben Brice, der inzwischen am Fenster stand.

»Ich weiß.« Donovan schaute in sein Glas, und die Erinnerungen verdeutlichten sich vor seinen müden Augen. »Patrick war ein Mann, dem man Respekt zubilligen mußte — zumindest am Beginn seiner Bemühungen. Aber wie kann ich einen Mann achten, der danach von seiner eigenen Gier in den Wahnsinn getrieben worden ist?«

»Du kannst natürlich versuchen, die Schuld auf die Cayemite-Legende zu schieben«, scherzte Loz und wollte damit die Stimmung seines Freundes aufhellen.

»Wenn ich das tue«, flüsterte Brice, »muß ich davon ausgehen, daß ich der nächste in der Reihe bin, der vom Wahnsinn befallen wird.«

»Dann verlasse die Insel«, bedrängte ihn Nelson.

»Wenn es so einfach wäre.« Brice ließ den Kopf sinken, der schwer geworden war. Seine Schläfen pochten und der Brandy hatte ihn benebelt. »Fünf Jahre lang habe ich mich bemüht, Cayemite und meinen Vater zu vergessen. Dann erhielt ich Roys Briefe: Patrick war krank. Er hatte die Tatsache, daß ich Hunnington verlassen hatte, nicht verwunden. Die Ernte verrottete — als ob ich schuld gewesen wäre an dem verdammten Regen, der die Insel heimsuchte. Jeder Nagel, den ich in Willow Bend ins Holz schlug, war Betrug an Roy und an meinem Vater.«

Brice hielt sich das Glas an die Lippen, trank aber nicht, sondern schaute seinem Freund direkt in die Augen. »An dem Tag, an dem ich meine erste Ernte verkaufte, erfuhr ich vom Tod meines Vaters. Er soll sich das Leben genommen haben, sagte man mir.«

»Das glaube ich nicht. Ich habe Patrick in Kingston gesehen, wenige Tage vor seinem angeblichen Selbstmord. Er hat Verhandlungen über ein größeres Darlehen geführt und wollte die alte Zuckerfabrik am Trempe Mountain neu aufbauen. Er hat übrigens in sehr freundlichem Ton von dir gesprochen, Brice, und fragte mich, ob ich in letzter Zeit von dir gehört hätte. Außerdem hat er sich bei meinem Vater für die Hilfe bedankt, die er dir gegeben hat, als du Cayemite verlassen hast — nein, er hat sich bestimmt nicht wie ein Mann benommen, der sich wenige Tage später das Leben nehmen würde.«

Wie sehr er das glauben wollte! Donovan schaute Loz scharf an und fürchtete, daß dieser die Hoffnung in seiner eigenen Miene erkennen würde. »Wenn ich wüßte, daß er mir verziehen hat, könnte ich vielleicht nachts wieder schlafen«, sagte er und starrte in sein leeres Glas.

»Er hat dir verziehen, Brice.«

»Aber Roy —«

»— war verrückt.«

Donovan fuhr herum.

»Roy war verrückt«, wiederholte Loz. »Vom Wahnsinn befallen, seit dem Tag seiner Geburt. Schieb die Sache auf Legenden oder mysteriöse Flüche, wenn du willst, aber er hat systematisch alles zerstört, was ihr, du und dein Vater, getan habt. Er war krank, mein Freund, also glaub nicht an irgend etwas, was er in einem Augenblick dieses Wahnsinns an dich geschrieben haben mag.« Nelson trat näher und legte eine tröstende Hand auf Brices Schulter. »Geh jetzt zu Bett«, sagte er mit gütiger Stimme, »und schlaf endlich einmal. Vergiß die Geister und Legenden und Flüche, die in Wirklichkeit völlig bedeutungslos sind. Wenn dich irgend etwas verrückt macht, dann sind es dein Schuldgefühl und deine Einsamkeit — aber wir sind da und bereit, dir durch diesen schwierigen Abschnitt deines Lebens zu helfen.«

Shelley Nelson kam an die Tür. »Laurence?« rief sie leise.

Brice beobachtete, wie Nelson an die Seite seiner Frau trat. »Geht es dir gut, Liebling?« hörte er seinen Freund fragen.

»Sicher. Du hast mir nur gefehlt.«

»Ich war schon auf dem Weg nach oben.« Loz drehte sich um und lächelte Brice an. »Gute Nacht.«

Brice schaute seinen Freunden nach, die Arm im Arm zum Fußende der Treppe gingen. Dann hob Loz seine hochschwangere Frau mühelos hoch und trug sie hinauf, bis sie nicht mehr zu sehen waren. Aber ihr Lachen unterstrich die Leere und die Einsamkeit, die Brice in diesem Augenblick empfand.

Er nahm die Karaffe mit Brandy und ging dann ebenfalls die Treppe hinauf.

Die Sonne war gerade aufgegangen, als Autumn das Herrenhaus in Begleitung von Laurence Nelson verließ, um sich von ihm zeigen zu lassen, was sie tun konnte, um ihre Plantage wieder in Ordnung zu bringen.

Danach fuhren sie zum Haus zurück. An der Tür trat Loz ein junges Mädchen entgegen, und er fragte: »Wie geht es meiner Frau?«

»Sie ruht sich aus«, antwortete das Mädchen mit klarer, geschmeidiger Stimme.

»Sie ist doch nicht krank?« Nelson erbleichte deutlich.

»Nur müde, Mr. Nelson, nichts weiter.«

Nelson drehte sich zu Autumn um und sagte mit betretenem Lächeln auf dem Gesicht: »Sie ist mein Leben — was soll ich sagen? Ohne Shelley würde mir das alles gar nichts bedeuten.«

Autumn mußte auf der ganzen Fahrt in die Stadt an diesen Satz denken. Sie dachte noch daran, als sie Mary vor ihrer Herberge traf. Die Schwägerin empfing Autumn mit offenen Armen. »Hattest du einen einigermaßen erträglichen Aufenthalt mit Mr. Donovan?« fragte Mary und gab Autumn einen flüchtigen Kuß auf die Wange.

»Erträglich ist vielleicht das passende Wort«, antwortete Autumn mit halbem Lächeln. Sie hakte sich bei Mary unter, und die beiden Frauen gingen über den Gehsteig.

»Wo ist Mitchell?«

»Er schläft noch. Gestern abend hat man ihn zu einem dieser schrecklichen Kartenspiele gezwungen, und er kam erst gegen Morgen nach Hause. Er wird uns beim Lunch im ›Wyndham's‹ treffen, zusammen mit Mr. Donovan.«

Die Bank of Jamaica war klein verglichen mit den Bankpalästen, die Autumn aus Charleston kannte. Sie hatte einen Einführungsbrief an einen Mr. Amos Edwards bei sich, den ihr Laurence Nelson gegeben hatte. Edwards war der Leiter der Kreditabteilung. Sie warf einen Blick auf den Brief, zerknüllte ihn und ließ ihn in einen der Abfallkörbe fallen, die am Rand des Gehsteigs standen. Noch nie hatte sie sich bereit gefunden, Gefälligkeiten von anderen entgegenzunehmen, und sie dachte nicht daran, gerade jetzt damit anzufangen.

Autumn betrat die Halle der Bank und warf einen Blick auf die drei geschlossenen Türen am anderen Ende des Raums. Nach einer Weile schaute ein gebückter Mann mit einer Nickelbrille aus seinem käfigartigen Schalter und fragte: »Kann ich den Ladies behilflich sein?«

Mary mußte ihr erst einen Rippenstoß versetzen, ehe Autumn sich in Bewegung setzte.

»Ist — ist Mr. Amos Edwards hier?«

Der Bankangestellte kniff die Lider zusammen, um die beiden Frauen im Gegenlicht besser sehen zu können. »Erwartet er Sie?«

»Nein.« Autumn schüttelte den Kopf.

In diesem Moment öffnete sich eine Tür. Ein großer Mann mit grauem Haar kam aus einem Büro, und sein Blick fiel direkt auf Autumn und Mary. »Eine junge Lady, die Sie sprechen möchte, Sir«, verkündete der Mann mit der Nickelbrille.

»Was Sie nicht sagen.« Edwards strahlendes Lächeln erleichterte Autumn sehr. »Und wer sind Sie?«

»Donovan.« Autumn legte Nachdruck auf den Namen. »Autumn Donovan. Roy Donovans Gattin.«

Ein Ausdruck der Überraschung zeigte sich auf den Zügen des Bankiers, bevor er »Ich verstehe« sagte. Dann veränderte er seine Miene ein wenig, kam näher und streckte Autumn die Hand entgegen. »Mein herzliches Beileid, Mrs. Donovan, angesichts des Verlustes Ihres Mannes. Ich gebe zu ... Ich habe nicht gewußt, daß Roy verheiratet war.«

Als Edward Roys Tod erwähnte, warf Autumn einen Blick auf Mary. Sie hatte immer vermutet, daß ihre Schwägerin wußte, wer Brice in Wirklichkeit war, konnte aber nicht sicher sein. Mary dagegen lächelte wissend, ehe sie sich wieder dem Fremden zuwandte. Erleichtert stieß Autumn den Atem aus.

»Bitte, Mrs. Donovan, kommen Sie doch in mein Büro.« Er führte Autumn und Mary in einen bequem eingerichteten, großen Raum. Es roch nach Bohnerwachs und Leder. Das Fenster hinter dem Schreibtisch ging auf die Bay hinaus. Autumn ließ sich in einen der Sessel mit den hohen Lehnen sinken, von denen man einen schönen Ausblick auf die Bay hatte. »Wie kann ich Ihnen helfen?« fragte Edwards und ließ sich auf dem Sessel hinter seinem Schreibtisch nieder.

Autumn schaute auf seine klobigen Hände, die manikürten Nägel der Finger, die er jetzt gefaltet hatte, und wünschte, sie hätte Nelsons Empfehlungsbrief nicht weggeworfen. »Ich — ich brauche Geld, Mr. Edwards.«

Die Finger öffneten sich, dann wurden sie vielleicht etwas fester zusammengepreßt. »Ich verstehe«, sagte der Bankier.

»Ich habe die Absicht, den Besitz Hunnington Hall zu renovieren«, fügte Autumn mutig hinzu.

Edwards' Brauen gingen nach oben und wieder zurück, erst vor Überraschung, dann mit Sorge in der Miene, bevor er mit tonloser Stimme folgerte: »Dann sind Sie also hier, um ein Darlehen zu beantragen, Mrs. Donovan.« Zum erstenmal schien er festzustellen, daß sie Breeches trug.

»Ja.« Autumn preßte die Knie fester zusammen und fand, daß es unangenehm warm geworden war in dem großen Raum.

»Dazu bräuchten Sie aber ein ziemlich beträchtliches Darlehen. Können Sie uns entsprechende Sicherheiten bieten?« fragte er sie.

»Sicherheiten?«

»Etwas von annähernd gleichem Wert —«

»Ach so, natürlich«, unterbrach sie ihn lächelnd. »Hunnington Hall.«

Edwards lehnte sich abrupt in seinem Sessel zurück. »Hunnington Hall ... Meine liebe Lady, Sie wären bereit, Hunnington Hall aufs Spiel zu setzen für ein so gewagtes Unternehmen?«

»Ich werde Hunnington Hall nicht verlieren. Im Gegenteil: Ich habe die Absicht, den Besitz wieder zu einer gewinnbringenden Plantage zu machen.«

»Ist Ihnen bewußt, wie groß das Darlehen sein müßte, über das wir sprechen, Mrs. Donovan?«

»Ich nehme an, es handelt sich um eine beträchtliche Summe.«

Der Bankier beugte sich vor und fragte: »Können Sie denn voll und ganz über Hunnington Hall verfügen?«

Autumn schluckte hart. »Der Besitz gehört meines Wissens den Donovans.«

»Den Donovans?«

»Ich besitze die eine Hälfte davon, Mr. Edwards. Die andere Hälfte befindet sich im Besitz von Brice Donovan.«

»Und weiß er, daß Sie hier sind?«

»Nein.« Autumn schaute zum Fenster hinaus.

»Tut mir leid, Mrs. Donovan, aber in einem solchen Fall kann ich nichts tun ohne die Übereinstimmung der beiden Besitzer. Wenn Ihr Experiment scheitern würde, könnte Mr. Donovan seine Hälfte des Besitzes ebenfalls verlieren. Es geht nicht ohne seine Zustimmung.« Edwards lächelte so herablassend, daß Autumn das Bedürfnis hatte, ihm ins Gesicht zu spucken. »Ich meine, Sie sollten sich den Gedanken, Hunnington Hall zu verpfänden, lieber noch einmal überlegen. Vielleicht gelingt es uns, ein kleineres Darlehen zu arrangieren, etwas, das Ihnen hilft, das eine oder andere für das Haus anzuschaffen —«

»Ich habe die Absicht, Rohrpressen und *taches* zu kaufen, Mr. Edwards, keine Kinkerlitzchen für das Haus. Ich brauche das Geld, um die Arbeiter bezahlen zu können, bis das Zuckerrohr geschnitten, gemahlen und verkauft ist.«

Edwards setzte sich ein wenig gerader hin.

»Hunnington Hall ist ein Gut in einem Trockengebiet

und dürfte schätzungsweise zweieinhalb Tonnen Zuckerrohr auf den halben Hektar einbringen. Während meiner letzten Inspektion habe ich festgestellt, daß derzeit fünfzig Hektar erntefähig sind, vorausgesetzt, ich habe die Arbeiter dazu. Aber um sie zu engagieren und ihren Lohn zu bezahlen, brauche ich Geld.«

»Das ist außerordentlich ungewöhnlich, Mrs. Donovan.«

Autumn stand auf und straffte die Schultern. »Heißt das, Sie verweigern mir das Darlehen, Mr. Edwards?«

»Es tut mir leid, ich kann Hunnington Hall nicht mit einer Hypothek belasten — jedenfalls nicht ohne Mr. Donovans Zustimmung. Vielleicht können wir eine geringere Summe auszahlen, wenn es Ihnen gelingt, einen Bürgen für das Darlehen aufzubringen . . .«

»Einen Bürgen?«

»Jemand, der bereit wäre, Ihre finanziellen Verpflichtungen zu übernehmen, falls Ihnen selbst das nicht gelingt.«

»Aber ich verstehe nicht —«

»Oh!« Autumn und Edwards wandten sich beide Mary zu, deren kleine, behandschuhte Hand durch die Luft flatterte und um Aufmerksamkeit bat. »Ich würde mit Freuden für ein solches Darlehen bürgen«, rief Mary, und dabei liefen ihre Wangen vor Erregung rot an.

Edwards zog eine Braue hoch. »Sie, Madam?«

»Oh, natürlich. Ich bin Mrs. Donovans Schwägerin, müssen Sie wissen.« Sie schaute Autumn an.

»Ich verstehe. Und Sie, Madam, sind finanziell in der Lage, das Darlehen zu übernehmen, falls es an Sie übergeht?«

»Selbstverständlich. Mein Mann ist der Besitzer einer der größten und produktivsten Baumwollplantagen in Charleston. Das ist in South Carolina, wie Sie wohl wissen.«

Jetzt zeigte Edwards wieder das Lächeln, das Autumn zuvor so aufgeregt hatte. »Ihre Haltung ist sicher sehr großzügig, meine liebe Lady, aber ich nehme an, Ihr Mann wird die Bürgschaft unterschreiben müssen.«

»Aber das ist ausgeschlossen!«

»Ich unterschreibe die Bürgschaft«, hörte man eine kräftige, dröhnende Stimme hinter ihnen. Autumn fuhr herum, und Mary sprang auf. Sie schauten beide in das lächelnde Gesicht von Brice. »Meine Verehrung, die Damen«, begrüßte er sie.

Autumn kniff ärgerlich die Lider zusammen und fragte: »Haben Sie die Angewohnheit, fremden Gesprächen zu lauschen, Mr. Donovan, oder handelt es sich nur um ein zufälliges, schlechtes Benehmen?«

Sein Lächeln wurde breiter. »Ich habe nicht gelauscht, Mrs. Donovan. Ich bin nur aus Mr. Thompsons Büro gekommen, und dabei habe ich Ihre Stimme vernommen.« Dann tippte er, zu Mary gewandt, grüßend an die Hutkrempe und sagte freundlich: »Sie sehen heute wieder reizend aus, Madam.«

»Oh, ich danke Ihnen.« Mary errötete und neigte den Kopf.

Auch Autumn errötete, als sich die grünen Augen von Brice auf sie richteten. »Hatten Sie hier etwas zu tun?« fragte sie ihn.

»Das ist richtig. Aber jetzt bin ich fertig damit.«

Edwards räusperte sich und stand auf. »Mr. Donovan, gerade haben wir über Sie gesprochen.«

»Tatsächlich?«

»Mrs. Donovan hat mich besucht, um ein Darlehen zu beantragen.«

»Das habe ich gehört.«

»Es gab eine Diskussion über die Verpfändung von Hunnington Hall.«

»Nein.« Seine Blicke wurden weicher; er schaute Autumn in die Augen und schüttelte den Kopf. »Ich lasse es nicht zu, daß du Hunnington Hall verpfändest.« Sie hob das Kinn an, und er hätte am liebsten diese köstlichen, schmalen Schultern gepackt und ihr den Stolz aus dem Gesicht geschüttelt. »Aber ich bin bereit, für ein Darlehen zu bürgen«, fügte er hinzu und rechnete mit der Reaktion, wie sie dann auch prompt folgte.

»Ich brauche Ihre Hilfe nicht, Mr. Donovan. Und ich will sie auch gar nicht haben.«

»Aha. Dann, nehme ich an, müssen Sie Ihren Bruder um Unterstützung bitten.«

In diesem Augenblick kam Richard Thompson aus seinem Büro. »Amos, Mr. Donovan hat eben für Hunnington Hall ein Kreditkonto eröffnet. Wir sind bereit, ihm und seinem Partner alle finanziellen Hilfen zu gewähren, die zur Wiederherstellung von Plantage und Herrenhaus Hunnington Hall nötig sind.« Er blieb abrupt stehen, als er Autumn sah.

»Mein Partner«, murmelte Brice mit einer Stimme, die vor Amüsement triefte.

Autumn starrte Brice an. »Ich weiß nicht, was ich sagen soll«, brachte sie nach längerem Bemühen hervor.

»Ich würde zum Beispiel ein ›Danke schön‹ vorschlagen.«

Erleichterung ließ den sturen Ausdruck auf Autumns Gesicht schmelzen. Niemals hätte sie es fertiggebracht, zu Brice Donovan zu gehen und ihn um seine Hilfe zu bitten, aber er war von selbst bereit, ihr nicht nur seine Mittel zur Verfügung zu stellen, sondern auch noch einen Darlehensvertrag mit zu unterzeichnen, so daß sie über eigenes Geld verfügen konnte. »Danke«, sagte Autumn und lächelte.

›Wyndham's‹ war übervoll mit Lunchpublikum. Donovan hatte mit Mühe den Weg zu Mitchells Tisch gefunden, ebenso Loz Nelson. Autumn hoffte, daß Nelson nicht den Empfehlungsbrief erwähnen würde, aber er kannte ihre Haltung gegenüber Mitchell, und sie hatte eigentlich nichts zu befürchten. Die drei Männer erhoben sich, als sie und Mary an den Tisch traten.

Mitchell war sofort zur Stelle, um seiner Frau den Stuhl zurechtzurücken. »Du siehst hinreißend aus wie immer, meine Liebe. Hattest du einen angenehmen Vormittag?«

Donovan kam um den Tisch herum, um auch Autumn den Stuhl herauszuziehen. Sie war jedoch schon dabei, sich zu setzen, so daß er nicht mehr die Möglichkeit bekam, ihr behilflich zu sein.

Sie begannen die Mahlzeit mit einer Suppe. Eine Hammelpastete mit Süßkartoffeln folgte. Mary war zu aller Leidwesen von den zwei Glas Planters Punch, die sie vor der Suppe getrunken hatte, bereits ziemlich beschwipst und quasselte freundlich, aber ziemlich sinnlos über den miserablen Zustand der Wirtschaft im allgemeinen. Im Raum fanden überall lebhafte Gespräche statt, das Klirren von Kristall vermischte sich mit dem tieferen Klang der Weinkühler, die neben fast allen Tischen standen. Hier und da regte ein kurzes Lachen die anderen zur Erhöhung des Geräuschpegels an.

Es wurde allmählich leiser, und niemand am Tisch von Autumn bemerkte, wie seltsam still es in dem Raum geworden war. Nur noch Marys beschwipstes Gebrabbel war zu hören. Die Augen aller anderen waren auf den Eingang gerichtet.

Autumn wußte in dem Augenblick, als sie die Frau sah, wer sie war, obwohl sie das Gesicht nur aus ihrer Phantasie kannte. Aber seit Brice Donovan ihren Namen im Schlaf gerufen hatte, war ihr klar, daß sie die schönste Frau sein mußte, der sie jemals begegnet war.

Langsam ging die Frau quer durch den Speisesaal. Ihre perfekt geformten Hüften unter der dicht anliegenden, smaragdgrünen Seide schwangen elegant von der einen zur anderen Seite. Ihr Dekolleté war viel zu freizügig, um auch nur im Entferntesten akzeptabel zu sein, dennoch gab es keinen Mann und keine Frau im ganzen Restaurant, die Annee Rose nicht mit Ehrfurcht betrachtet hätten. Sie ging langsam zwischen den Tischen hindurch, wo Männer mit offenen Mündern aufsprangen, sich gelegentlich sogar verbeugten, als grüßten sie eine regierende Hoheit. Dennoch hatte sie keinen Blick ihrer brillanten, violettblauen Augen für sie übrig.

Sie ging an Kellnern vorbei, welche ihre Tabletts, die sie auf den Händen balancierten, vergessen zu haben schienen. Das Rascheln der Seide und das leichte Tippen des Sonnenschirms auf dem Boden war das einzige Geräusch im Raum. Sie steuerte direkt auf Donovan zu.

Er hatte sich nicht bewegt. Selbst als Nelson und Mitchell sich erhoben, blieb er sitzen und schaute in sein Glas mit Rum Punch, das Gesicht versteinert, die Fingerspitzen weiß bis zum zweiten Glied, während er den Stiel seines Glases umspannt hielt. Auf seiner Braue standen Schweißtröpfchen. Das Lächeln, das er zeigte, war alles andere als freundlich: eine grimmige Grimasse, die seine stumme Wut ausdrückte. Autumn war nicht sicher, was sie mehr beunruhigte: Annee selbst — oder die Wirkung, die sie auf Brice ausübte.

Schließlich, mit großer Mühe, riß Brice seinen Blick von dem Glas los und schaute Autumn an. Nicht Annee, sondern *sie!* Er flehte sie mit Blicken an; seine Augen, diese grünen Teiche, waren voller Fragen und Verwirrung, voller Zorn und Verzweiflung, und sie schienen zu sagen: »Hilf mir.«

Autumn streckte den Arm aus und nahm seine Hand.

Das Rauschen der Seide und das Pochen von Annees Sonnenschirm hielt inne. Immer noch starrten sie einander an: Autumn hatte Brice im Blick und Brice wandte sich nicht von Autumn ab, während rings um sie die Gäste vor Gespanntheit und Neugier zu murmeln begannen.

Donovan blickte auf Autumns Hände, schien daraus ein wenig Kraft zu schöpfen, und atmete tief ein. Erst dann richtete er den Blick auf Annee.

9

»Hallo, Donovan.«

Er stand sehr langsam auf und vergaß die Serviette, die er sich auf den Schoß gelegt hatte und die in einem zerknüllten Haufen auf seiner Stiefelspitze liegenblieb. Seine Knie zitterten, und er dachte, während er nervös schluckte, daß er sich noch mehr blamieren würde, wenn er mit krächzender Stimme antwortete. Also gab er gar keine Antwort.

Annee zeigte ein etwas spöttisches Lächeln, während sie Donovans Begleiter musterte, die sie entgeistert anstarrten. »Meine Herren«, begrüßte sie Mitchell und Loz. Dann, nur an Nelson gewandt: »Geht es Ihrer Frau wieder besser?«

Loz strich sich nervös übers Haar, bevor er in verblüfftem Ton antwortete: »Wieso besser?«

»Nun, heute morgen fühlte sie sich meines Wissens nicht ganz wohl. Erschöpft, nicht wahr?«

»Aber wie . . .« Er blinzelte, zog die Stirn in Falten und nahm ihre Hand, die sie ihm entgegenstreckte. »Reizend«, war alles, was er hervorbrachte.

Jetzt wandte sie sich an Mitchell. »Sinclair«, schnurrte

sie wie eine Katze — ein Ton, der ihn erröten ließ —, »Sie sehen genauso gut aus, wie ich mir vorgestellt habe.«

»Ach, wirklich?«

»Ganz bestimmt.« Sie machte eine Kopfbewegung auf Donovan und schnurrte: »Möchtest du uns nicht miteinander bekanntmachen, Darling?«

Brice wartete in erstarrter Stille, während Annee ihre Finger buchstäblich an Sinclairs Lippen legte. Mitchell drückte seinen Mund gegen ihre behandschuhte Rechte, bevor Brice mit gepreßter Stimme erklärte: »Annee Rose. Von der Barrett-Plantage.« Er wartete und beobachtete, wie sie sich Mary zuwandte, deren bewundernden Blick sie mit tolerantem Lächeln zur Kenntnis nahm, und dann mit offensichtlicher Herzlichkeit Autumn in Augenschein nahm.

»So«, sagte Annee weich, »jetzt lernen wir uns also endlich kennen.«

Autumn erwiderte nichts.

»Sie ist zauberhaft, Donovan. Einfach zauberhaft. Und so hübsch, wie du gesagt hast. Kein Wunder, daß du von ihr ganz hin und her gerissen warst — damals in Charleston. Ich weiß, wir beide werden schnell gute Freundinnen werden. Ich sehne mich so sehr nach weiblicher Gesellschaft auf Cayemite. Die Insel kann ein sehr einsamer Ort sein, wie Sie bald herausfinden werden, Autumn. Ich darf Sie doch Autumn nennen?«

»Sicher«, erwiderte Autumn trocken.

»Wundervoll. Sobald wir nach Cayemite zurückkommen, müssen wir uns treffen. Ich hätte so viele unglaubliche Geschichten zu erzählen, vor allem über diesen skandalösen Mann, den Sie geheiratet haben. Wir kannten uns ja seit unserer Kinderzeit ... Genau wie Donovan — er ist mein *bester* Freund seit vielen Jahren, müssen Sie wissen. Ist es nicht so, Darling?« Sie schaute Brice an und lächelte.

Brice kam einen Schritt nach vorn und ignorierte die Bemerkung. Er betrachtete Autumn und schien dabei alles andere zu vergessen, zeigte ihr den Hauch eines Lächelns und sagte: »Ich muß mich entschuldigen, aber ich habe eine Verabredung, die ich nicht versäumen darf. Sehen wir uns heute abend bei den Nelsons?«

Autumns Gesicht war blaß, aber sie nickte kurz.

Jetzt wandte er sich an Annee. Sein ausgestreckter Arm machte eine Bewegung zur Tür, und er lud sie mit triefend spöttischer Höflichkeit ein: »Gestatte mir die Ehre, dich hinausbegleiten zu dürfen ... meine Liebe.«

»Aber natürlich«, erwiderte sie mit leiser, mädchenhaft hoher Stimme, die ganz unpassend war für eine Frau, die noch vor Minuten den ganzen Speisesaal mit Hochmut und aufreizender Eleganz in ihren Bann geschlagen hatte. Sie warf noch einen kurzen Blick auf Autumn und fügte, wieder in normalem Ton, hinzu: »Gleich morgen sollten wir uns treffen, Liebste. Ich führe Sie ein bißchen in Montego Bay herum; es gibt hier ein entzückendes kleines Geschäft, das die neuesten Modelle aus Paris führt. Adieu!«

Mitchell strich sich mit der Hand durchs Haar, bevor er sich vom Fenster seines Hotelzimmers abwandte. »Um Himmels willen, Mary, ich habe diese Frau nicht angeglotzt!«

Marys Antwort war ein leises Wimmern. Den Unterarm vor den Augen, lag sie auf dem Bett und schluchzte. »Du hast sie praktisch mit den Augen — geliebt. Ich — ich fühle mich so erniedrigt.«

»Sag es ihr!« beschwor er Autumn. »Sag ihr, daß das nicht wahr ist.«

Autumn schaute auf ihre Fingernägel und seufzte.

Er erstickte fast an einem Hustenanfall, und die Augen

traten ihm aus den Höhlen. »Du auch? Nun, immerhin habe ich nicht wie Donovan das Lokal mit ihr verlassen.«

Mary jammerte noch lauter.

Autumn stand auf. »Halte Donovan da heraus.« Sie brauchte niemanden, der sie an Brices Benehmen erinnerte.

Mitchell drehte sich um, warf sich auf das Bett und versuchte ein letztes Mal, seine Frau zur Vernunft zu bringen. »Es ist dieser verdammte Planters Punch, Schatz. Durch ihn siehst du alle möglichen, scheußlichen Dinge.«

»Du hast den Blick nicht von ihrem Dekolleté abwenden können.«

»Es war — es war so —«

»Schön?«

»Nun . . . Ja.«

»Also doch!«

Mitchell schaute Autumn ungläubig an, die langsam zur Tür ging. »Du kannst mich jetzt nicht mit Mary allein lassen. Bitte, rede mit deiner Schwägerin, Autumn, und mach ihr klar, daß ich auch nur ein Mensch bin. Wenn eine so schöne Frau —«

Mary erhob sich. »Willst du damit sagen, daß ich nicht so schön bin?«

»Um alles in der Welt, Mary, sei doch vernünftig!«

»Meine Brüste hast du noch nie so angestarrt.«

»Du hast keine solchen Brüste. Ich will damit sagen . . .«

Autumn öffnete die Tür.

»Was willst du damit sagen, Mitchell?«

»Ich meine . . .« Er schaute in Marys glasige Augen und stotterte. »Du . . . du hast keine . . . keine solchen Brüste. Die deinen sind . . . Ach, du meine Güte!«

Autumn schloß leise die Tür hinter sich.

Die Straße draußen war belebt. Autumn stand vor der

Herberge und beobachtete die Leute, die hin und her eilten, vermutlich, um wichtige Geschäfte zu erledigen. Der Geruch von Rum lag über der ganzen Stadt. Zusammen mit dem Gestank des Mülls und des Abfalls, der in der Hitze auf den Straßen verrottete, war es ein Geruch, der Autumn den Magen umdrehte. Sie überlegte, ob sie wieder hinaufgehen und sich um Mary kümmern sollte, entschied sich aber dagegen. Sie dachte an einen Einkaufsbummel, doch die kleinen, primitiven Läden an den staubigen Straßen schienen nicht viel zu bieten, womit sie sich diesen Nachmittag aufhellen konnte. Dennoch blieb sie vor einem Laden stehen und schaute lange durch das Fenster auf die bunten Figürchen dahinter.

»Lady, sehen Sie etwas, was Ihnen gefällt?« ertönte eine lispelnde Stimme hinter ihr.

Autumn betrachtete das Spiegelbild im Schaufenster. Das dunkle Gesicht der Frau brach in ein Lächeln aus. Bevor Autumn antworten konnte, hatte die Schwarze bereits ihren Arm genommen und sie in den Laden geführt.

Drinnen war es eng; das einzige Licht drang in blaßgelben, breiten Strahlen durch das Schaufenster. Die Besitzerin des Ladens ging ohne Hast um die Tische herum, auf denen Stoffe und aller mögliche Kleinkram aufgebaut waren. Sie blieb hinter einer Theke stehen, auf der bunte Federn in Vasen steckten, nahm eine frischgepflückte, blutrote Blume aus einer der Vasen und reichte sie Autumn.

»Sehen Sie etwas, was Ihnen gefällt?« fragte sie wieder.

In einer Ecke, zwischen Einwickelpapier und Samt, lagen mehrere Räder Käse, und von der Decke hing ein luftgetrockneter Schinken. Blechdosen mit Tee und Weinflaschen standen auf dem Boden, dahinter Herrenstiefel. Auf einem Tisch nahe dem Fenster befanden sich Damenhandschuhe und Bänder in allen erdenklichen Farben.

Aber was Autumn interessierte, war eine kleine Figur aus gebranntem Lehm, die einem Frau darstellte.

»Was ist das?« Sie nahm das zerbrechliche Stück vorsichtig in die Hand und ließ die Finger über die Rundungen der nackten Frau gleiten.

»Zemi«, antwortete die Frau. »Mögen Sie die Figur?«

»Zemi?«

»Gott der Indianer.« Die Frau deutete auf eine zweite Figur, die etwas weiter hinten aufgebaut war. »Das anderer Zemi. Beides gute Geister und bringen viel Glück.«

»Sie sind sehr schön.« Autumn lächelte und fragte sich, warum ein so einfacher Gegenstand sie so sehr zu rühren vermochte.

Die Schwarze lachte heiser. »Sie sieht fast aus wie Sie«, erklärte sie. Sie deutete auf Autumns Haar und auf die großen Augen und sagte: »Sie bringt guten Zauber. Sie brauchen guten Zauber im Leben. Das weiß ich.«

»Wirklich?« Autumn lachte, blickte aber nicht hoch dabei.

»Hinter Ihnen ist ein Schatten«, sagte die Frau, und diesmal hob Autumn den Blick. Sie schaute sich um, hatte die Bemerkung der Schwarzen offenbar mißverstanden. »Schatten von Bösem«, erklärte die Frau.

Ein kalter Schauer lief Autumn über den Rücken und ließ sie frösteln. Sie sah sich um, um festzustellen, ob plötzlich in dem Laden Zugluft entstanden war.

Die Besitzern des Ladens beugte ihren umfangreichen Busen über die Theke, nahm das Figürchen und hielt es in einen Lichtstrahl. »Dieser hier schafft Sicherheit«, erklärte sie. »Und der andere« — sie zeigte auf das Figürchen in Autumns Hand, »macht glücklich. Sie nehmen besser alle zwei.«

Autumn schüttelte den Kopf. »Ich kann leider nicht.«

»Aber Sie müssen sie nehmen.«

»Ich habe kein Geld bei mir.«

»Bringen Sie das Geld ein andermal. Nehmen Sie alle zwei Zemis. Sie müssen die Zemis jeden Tag füttern, dann sie schützen Sie vor dem Bösen. Eines Tages« — und ihr Gesicht strahlte Autumn an —, »eines Tages kommen Sie und danken mir. Sie werden sehen.«

10

Sie sah die Staubwolke vor sich, bevor sie den Reiter erkannte. Autumn hielt ihr Pferd an und wartete.

Billy Boyd, der Stallbursche der Nelsons, tauchte aus dem Staub auf und zügelte sein Pferd neben Autumn. »Es ist wegen Mrs. Shelley!« rief er. »Ich suche nach dem Maître.«

»Er ist in der Stadt. Geht es Shelley nicht gut?«

»Das Baby kommt, ja, Madam. Wissen Sie, wo ich Mr. Nelson finde?«

Autumn schüttelte den Kopf, und zugleich drehte sich ihr das Herz um.

»Lieber Gott, lieber Gott«, stöhnte er. Dann grub er die Fersen seiner nackten Füße in die Flanken des Pferdes und ritt weiter in Richtung Stadt, während Autumn mit einer schlimmen Vorahnung noch ein paar Sekunden lang stehenblieb, bevor sie ihren Ritt zum Haus der Nelsons fortsetzte.

Türen und Fenster standen weit offen, um jedes noch so leichte Lüftchen einzulassen, das das Haus kühlen konnte. Autumn war gerade vom Pferd gestiegen, als Dani auf der Vordertreppe erschien, mit einem ihrer mageren Arme winkte und schrie: »Mrs. Shelley ruft schon den ganzen Morgen nach Ihnen, Madam. Schnell, kommen Sie!«

Autumn erstarrte.

»Kommen Sie«, drängte sie Dani.

Autumn nahm den Baumwollbeutel von ihrer Schulter, warf einen Blick auf die Zemis und holte tief Luft.

Shelley blickte hoch, als Autumn das Zimmer betrat. »O Autumn, du bist zurück.« Shelleys Gesicht war hochrot von der Anstrengung. Ihr honigblondes Haar klebte ihr an der Stirn und war stumpf geworden. Sie lag auf dem Rücken in der Mitte ihres Betts, hatte die Knie angezogen, die Beine gespreizt und mit einem Laken bedeckt. Jetzt lächelte sie unsicher und fragte: »Bleibst du eine Weile bei mir — ich meine, bis mein Mann da ist?«

Autumn stand unter der Tür, unfähig, sich zu bewegen.

»Hattest du einen angenehmen Tag?« Shelley starrte zur Zimmerdecke.

»Ich habe Rumpunsch getrunken, bei Wyndham's.« Es war das einzig Angenehme dieses Tages, an das sie sich erinnerte.

»Wirklich!« Shelley drehte den Kopf zur Tür, lachte fröhlich, blinzelte sich den Schweiß aus den Augen und scherzte: »Wir machen schon noch eine Inselbewohnerin aus dir. Hast du Brice gesehen?«

»Ja. Er ist jetzt in Gesellschaft von Annee.«

»Oh.« Shelley lud Autumn mit einer Handbewegung ein, hereinzukommen. »Du mußt mir alles darüber erzählen.«

Nachdem sie sich versichert hatte, daß es Shelley im Augenblick relativ gutging, näherte sich Autumn behutsam dem Bett.

»Setz dich doch.« Shelley deutete auf einen Stuhl, der neben dem Bett stand. Autumn setzte sich.

»Was hast du denn da?« Sie meinte den Beutel, den Autumn, ohne sich dessen bewußt zu sein, immer noch in der Hand hatte.

»Zemis.«

»Tatsächlich? Zeigst du sie mir?«

»Bist du sicher, daß es dich nicht aufregt?«

»Natürlich bin ich sicher. Zeig mir deine Zemis.«

Shelley riß die Augen weit auf, als Autumn die erste der kleinen Figuren herausnahm. »Aber, Autumn, sie sieht genauso aus wie du!«

»Meinst du?«

»Und die andere?« Als Autumn die Figur hochhielt, lachte Shelley und fragte: »Was willst du damit machen?«

»Die Schwarze hat gesagt, daß sie mich glücklich machen wird.«

»Das bestimmt. Es ist ein Zemi der Fruchtbarkeit.«

Plötzlich krallten sich Shelleys Hände in das Bettzeug, und sie vergrub den Kopf in den Kissen. Autumn sprang hoch. Shelley keuchte und rang nach Luft, dann bettelte sie: »Gib mir deine Hand, Autumn!«

Autumn schaute auf die feuchte Handfläche, die Shelley ihr flehend entgegenstreckte. Sie ergriff sie und ließ sich wieder auf den Stuhl sinken.

»So ist es besser. O mein Gott, es ist heiß heute, nicht wahr?« Shelley schlang ihre Finger um die von Autumn, lächelte matt und sagte: »Es ist gut, daß du hier bist. Ich treffe nicht oft junge Frauen. Ich weiß, wir werden ganz gute Freundinnen, du und ich. Ich habe es in dem Augenblick gewußt, in dem Loz und Brice dich hierhergebracht haben. Wir werden uns gegenseitig besuchen. Du kommst eine Woche hierher, und wir besuchen euch eine Woche auf Cayemite. Sagtest du nicht, daß du mit Brice gesprochen hast?«

»Er ist bei Annee.«

»Ach, ja. Wir müssen etwas gegen sie tun, nicht wahr?«

Autumn schloß die Augen — sie war zutiefst beschämt. Sie wollte nur eines: weglaufen, aus diesem Zimmer, aus diesem Haus, von dieser Insel und von der schweren Prüfung, die ihrer neuen Freundin bevorstand.

»Ist etwas nicht in Ordnung?« fragte Shelley leise.

Autumn musterte Shelley mit forschendem Blick und fragte: »Sind die Schmerzen unerträglich?«

»Machst du dir deswegen Sorgen?« Shelley drückte die Finger ihrer Freundin. »Bitte, mach dir keine Sorgen. Unerträglich sind die Schmerzen nur einen Moment lang. Sie sind es aber wert.«

Nicht, wenn man danach tot ist, dachte Autumn. Und: bitte, bleib am Leben, bitte!

»Wir haben so lange auf dieses Baby gewartet. Ich bin sicher, daß Loz sich mit dem Kleinen zum Narren machen wird.« Sie umfaßte Autumns Hand fester und fragte wieder: »Hast du meinen Mann gesehen?«

»In der Stadt.« Autumn erwiderte den Druck und beugte sich zu ihr hin. »Er verkauft mir die Förderbänder, damit ich bald mit der Ernte beginnen kann.«

»Das habe ich mir fast gedacht. Er hält große Stücke auf dich. Und Brice — sie — sie sind wie Brüder. Sie stehen sich sogar noch näher als Brüder.« Sie schaute zur Decke. »Hast du gewußt, daß Brice fast zwei Jahre hier gewohnt hat?«

»Auf Jamaica?« Autumn umspannte Shelleys Finger mit beiden Händen.

»Hier, in diesem Haus. Damals hat es noch dem Vater von Loz gehört. Patrick Donovan — er hatte Brice verstoßen ... O Autumn, hilf mir!«

»Ich bin ja da.«

»Bin ich nicht albern? Ein törichtes Weib.«

»Natürlich nicht. Die Schmerzen müssen unerträglich sein.«

»Ja. Ja, das sind sie. Aber — aber sie sind es doch wert, oder?«

»Möchtest du einen Schluck Wasser?«

»Ja, ich glaube. Wenn die Schmerzen nachlassen. Entschuldige, daß ich dich hier festhalte. Möchtest du lieber weggehen?«

»Nein.«

»Bist du sicher? Ich könnte es verstehen, weißt du. Du kannst gern weggehen, wenn du willst.«

»Nein«, beharrte Autumn fest und fühlte sich stärker.

Dani kam herein. Sie schlug das Laken zurück. Autumn starrte auf den nackten Unterleib ihrer Freundin, und ihr wurde schwindlig. »Machen weit auf, Mrs. Shelley, dann ich kann sagen, wie es steht.« Autumn schaute ungläubig zu, wie Dani sich eine Hand einfettete und dann ihre Freundin von innen abtastete. »Es dauert noch eine Weile«, stellte Dani fest.

Shelley lächelte Autumn zu. »Jetzt möchte ich gern einen Schluck Wasser.«

Autumn holte die Karaffe und das Glas, die beide am Fenster standen. Als sie zum Bett zurückkam, hob sie Shelleys Kopf ein wenig an und hielt ihr das Glas an den Mund. Dani ging hinaus und kam wieder mit einer großen Schüssel voll kaltem Wasser und einem Tuch. Autumn nahm beides, tunkte das Tuch ein und wusch damit Shelleys Gesicht.

Shelley schaute benommen zu, wie Autumn das nasse Tuch über der Wasserschüssel auswrang. »Hast du Roy geliebt?« fragte sie plötzlich.

Die beiden Frauen schauten sich in die Augen.

»Nein.«

»Dann kannst du es nicht verstehen. Nicht wirklich.«

Autumn betrachtete das Tuch, legte es zusammen, faltete es wieder auf und legte es erneut zusammen.

»Dann kommt es dir sicher albern vor, daß ich diese Schmerzen ertrage.«

»Davon kann überhaupt keine Rede sein.«

»Autumn Donovan, du bist eine schlechte Lügnerin. Du fragst dich, warum eine Frau diese Prüfungen erträgt — für einen Mann. Habe ich recht?«

Autumn verschränkte die Arme über der Brust und schaute zum Fenster hinaus. »Ich meine, du hast dich nicht selbst entscheiden können, oder?« Und sie fuhr herum, als sie Shelley lachen hörte.

»Niemand hat mich gezwungen, daß ich dieses Baby bekomme. Nebenbei, Loz hat es nicht gewollt, weil er mich nicht den Schmerzen und der Gefahr aussetzen wollte. Ich habe es gewollt, aber ich hätte auch vorsichtig sein können. Wir sind nicht gezwungen, Babys zu bekommen, wenn wir nicht wollen.«

Autumn schaute Shelley ungläubig an. »Warum dann also?«

»Weil ich ihn liebe.«

»Kann man denn nicht einen Mann lieben, ohne ihm ein Kind zu gebären?«

Shelley blickte ihre neue Freundin überrascht an. »Nein, das kann ich mir nicht vorstellen. Zu leben mit dieser Sehnsucht, die geradezu schmerzhaft wird . . .«

»Eine Sehnsucht?«

»Dieses Kind zu haben, ja. Ich kann es nicht erklären. Genausowenig kann ich beschreiben, wie es ist, wenn man sich verliebt. Aber es ist ein Gefühl, eine Sehnsucht, die im Herzen beginnt und dann den ganzen Körper erfaßt. Es ist in dem Herzschlag, der einmal aussetzt, wenn der Geliebte den Raum betritt, in dem Stich, der dir durch die Brust fährt, wenn er dich mit seinen Blicken berührt.« Vertraulich senkte sie die Stimme und gestand: »Immer, wenn Loz den Raum betritt, werden meine Brüste fest.«

Autumn fühlte, wie sie errötete.

»Ach, du meine Güte. Ist es dir peinlich, das zu hören?«

»Nein, nein. Ich dachte nur...« An meine Zehen, dachte sie, die zu Prickeln beginnen, wenn Brice den Raum betritt.

Sie drehten sich beide zur Tür, als Loz dann tatsächlich hereinkam. Sein Gesicht war kalkweiß, und er warf sich vor dem Bett auf die Knie und griff nach Shelleys Hand, brachte dabei keinen Ton heraus.

»Hast du einen angenehmen Tag gehabt?« fragte sie ihn.

Er schüttelte den Kopf und drückte ihre Hand an sein Gesicht.

»Ich habe es vorhin zu Autumn gesagt: Es ist unerträglich heiß, nicht wahr?«

Loz nickte.

Sie hob den Kopf ein wenig vom Kissen und fragte: »Möchtest du einen kalten Punsch, Darling? Nein? Oder vielleicht ein Pulver gegen Kopfschmerzen?«

»Ich...« Er räusperte sich und begann von neuem. »Ich wollte, ich könnte dir das alles abnehmen.«

Autumn wich einen Schritt zurück.

»Dummer Junge«, neckte Shelley. »Du möchtest mir etwas abnehmen, wonach ich mich gesehnt habe, seit ich dich zum erstenmal sah?«

»Ich meine, ich wünschte, ich könnte dir die Schmerzen ersparen. Ich kann den Gedanken nicht ertragen, daß du das alles allein aushalten mußt.«

»Ich bin doch nicht allein. Autumn ist bei mir. Und Dani. Ist es nicht wundervoll, daß Brice auch hier ist?« Jetzt ließ sie den Kopf sinken, und ihre Finger klammerten sich um die seinen.

»Shelley!« rief er. »Oh, helft ihr doch, ich bitte euch!«

Autumn hatte der Szene den Rücken zugekehrt und schaute durchs Fenster; dabei drängten sich in ihren Gedanken die Erinnerungen: das Gesicht ihrer Mutter, ihrer Stiefmutter und das von Millie Tim. Dazu die Gesichter von Millies Mann, von Autumns Vater — der eine müde und ausgezehrt und unbeeindruckt, der andere nur oberflächlich betrübt, eher enttäuscht. Es gab noch mehr Frauen, die ihnen Babys gebären konnten. Diese Sorge, die Anteilnahme, die Liebe, die Autumn hier erlebte, war etwas Neues für sie. Etwas, was sie erschütterte und die Basis dessen ins Wanken brachte, worauf sie ihr Leben und ihre Ansichten gebaut hatte.

»O Gott!«

Das Gejammer von Loz ließ Autumn besorgt herumwirbeln. »Ich glaube, Sie sollten jetzt gehen«, sagte sie zu ihm. Er schaute sich um, biß sich auf die Unterlippe. »Sie sollten hinausgehen«, wiederholte sie.

»Autumn hat recht.« Als sich der Krampf lockerte, schaute Shelley ihren Mann an und lächelte. »Du regst dich nur auf, und ich habe das Gefühl, ich müßte mich zusammennehmen, Lieber.«

Nelson blinzelte Autumn an. »Aber Sie bleiben doch bei ihr.«

»Ja.«

Zögernd erhob sich Loz. »Bist du sicher?« fragte er seine Frau.

Autumn, die fühlte, wie sehr sich Shelley danach sehnte, von ihm allein gelassen zu werden, ergriff seinen Arm und führte ihn zur Tür. »Es ist wirklich für alle besser«, versicherte sie ihm.

Als die nächsten Wehen sie überfielen, preßte Shelley, bis ihr Gesicht feuerrot war. Dann sank sie keuchend in die Kissen und schaute zur Decke. »Danke«, konnte sie nach ein paar Sekunden zu Autumn sagen. »Ich dachte schon, er bleibt hier.« Als sie keine Antwort erhielt, schaute sie zur Tür. »Du siehst nicht besonders gut aus, Autumn. Möchtest du auch lieber gehen?«

»Ja.«

»Aber du gehst nicht?«

»Nein.«

»Wirklich nicht?«

»Nein.«

Shelley schloß die Augen und lachte. »Ich bin froh, daß du hier bist«, sagte sie. »Wahnsinnig froh, daß du uns gerade in dieser Zeit besuchst.«

Sie war ein paar Minuten hinausgegangen, um sich etwas zu Trinken zu besorgen. Im Parterre stieß sie auf Donovan, den sie nicht so früh hier erwartet hatte. Brice warf einen Blick auf ihr tränennasses Gesicht und fragte: »Ist etwas geschehen?«

»Geschehen? O mein Gott, wie können Sie es vergessen haben! Aber ja, Sie sind ausgewesen mit ihrer Maîtresse, kein Wunder, daß man dabei alles andere vergißt. Die Lady des Hauses liegt oben in den Wehen, und das schon seit, ich weiß nicht, wie vielen Stunden.«

»Das ist mir bekannt.«

»Ach, wirklich?«

»Ja«, versicherte er ihr.

Sie sah erst jetzt, daß sein Gesicht blaß war. Der Kragen seines weißen Hemdes war aufgeknöpft und zerdrückt. Seine Krawatte fehlte ganz.

»Aber die Frau da oben ist keine Zuchtstute, Mr. Donovan. Die Geburt eines Kindes ist für sie keine einfache Sache, kein Niederlegen in einem Kleeacker und —«

»Das habe ich nie behauptet.« Brice schaute in ihr Kindergesicht mit den auseinanderstehenden Augen und den Sommersprossen und verstand plötzlich, warum sie nach Cayemite geflohen war. Er verstand jetzt auch, warum sie so gern Breeches trug.

»Keine Angst, Shelley wird nicht daran sterben«, beruhigte er sie mit leiser Stimme.

Autumn packte sein Hemd und krallte ihre Finger in den weichen Stoff. »Den Männern ist es egal. Können Sie das denn nicht verstehen? Es ist ihnen egal, ob ihre Frauen sterben dabei, Hauptsache, sie gebären ihnen Kinder, die die Linie ihres Geschlechts fortsetzen. Aber ich denke nicht daran. Haben Sie verstanden?«

»Klar. Du willst keine Kinder kriegen. Also werden wir auch keine bekommen.«

Sie blinzelte.

Er grinste.

Sie dachte, sie hätte ihn nicht richtig verstanden.

Er hörte auf zu grinsen und fragte sich selbst, ob er den Verstand verloren hatte.

Der Schrei kam von oben. »Au-u-ut-u-umn!«, und mit einem Satz hatte sie ihn zur Seite geschubst und war auf der Treppe. Sie kam Loz um zwei Schritte voraus, erreichte das Zimmer und schlug ihm die Tür vor der Nase zu.

Dani kniete zwischen Shelleys Beinen. »Es kommt!« rief Dani, ohne sich umzudrehen. »Pressen, Mrs. Shelley, hören Sie jetzt nicht auf damit.«

»Ich — ich kann nicht.«

»Natürlich kannst du!« erwiderte Autumn. Sie war in einer Sekunde hinter dem Bett, hob die Schultern ihrer Freundin vom Kissen und zog ihre Knie hoch bis zu den Schulterblättern, so daß Shelley fast aufrecht dasaß. Shelley faßte nach hinten und ergriff Autumns Hand.

»Jetzt pressen!« kommandierte Autumn.

Shelleys Fingernägel gruben sich in Autumns Fleisch. Sie preßte.

Genau wie Autumn.

Ihre Kräfte vereinten sich.

»Einatmen!« war das nächste Kommando.

Shelley atmete und schwitzte und versuchte es noch ein bißchen mehr.

»Pressen!« Es war ein Heulen und Schreien zugleich.

Sie alle preßten: die Frauen — und die Männer, die irgendwie hereingekommen waren. Einen Moment lang herrschte atemlose Stille, dann ...

»Es ist ein Mädchen«, verkündete Dani aufgeregt.

Autumn brach ohnmächtig auf dem Bett zusammen.

Loz wirbelte herum, packte Brice um die Taille und hob ihn hoch.

Shelley schaute zur Zimmerdecke und lachte.

Das Neugeborene schrie.

Autumn lag auf der Seite in ihrem Himmelbett und fragte sich laut: »Wir? — Nein, das war nicht möglich. *Du* wirst keine Babys bekommen.« Aber *du* und *wir* klang nicht einmal ähnlich. Sie mußte das Ganze mißverstanden haben, Sie hatte geweint und war wütend gewesen. Und mit Shelley, die oben in den Wehen lag, hatte sie einfach seine Worte nicht richtig gehört.

Sich vorzustellen, daß Brice Donovan auch nur daran dachte, sie zu heiraten! Sie war für ihn doch nur eine Last. Er hatte ihr das Tag für Tag klargemacht, seit ihrer Ankunft auf Cayemite. Warum sollte ein Mann wie er auch nur im Entferntesten an ihr interessiert sein? Sie war nicht übermäßig hübsch. Die meisten Männer scherzten über ihre Sommersprossen. Ihre Augen standen ein bißchen zu weit auseinander, ihre Schritte waren zu lang. Und obwohl sie besser lesen und rechnen konnte als die meisten jungen Frauen, interessierte sie sich keineswegs dafür, die Männer mit Geschwätz über Shakespeare zu unterhalten oder Einladungen zu Gartenfesten zu arrangieren.

Da konnte sie sich Donovan eher mit einer Frau wie —

ja, wie Annee vorstellen. Sie war sicherlich schön genug. Ja, sie ergänzte Donovan geradezu ideal, mit ihrer schlanken, großen Gestalt, ihrem zarten Gesicht und den hinreißenden Formen.

Die Vorstellung, Annee könnte Brice ein Kind gebären, ließ einen eiskalten Klumpen in ihrem Magen entstehen.

11

Donovan stand am Fuß der Treppe, in einem rehbraunen Jackett aus Nankingseide, einem weißen Hemd, das am Kragen offen war, einer Wildleder-Breeches und schwarzen, kniehohen Stiefeln. Er hatte die Beine gespreizt und die Hände in die Hüften gestemmt. Jetzt hob er den Blick über den Kopf von Dani, die ihm einen Keramikbecher mit eisgekühltem Punsch anbot, und sah Autumn am oberen Ende der Treppe stehen, halb im Sonnenlicht, halb im Schatten. Er starrte an die dreißig Sekunden zu ihr hinauf, bevor er sie erkannte.

Loz betrat die Halle hinter ihm, lief die Treppe hinauf, blieb neben Autumn stehen und stieß einen leisen Pfiff aus, der ihr die Röte auf die Wangen trieb. »Meine Güte, Mrs. Donovan, Sie sehen in dem Kleid genauso schön aus wie meine Frau. Fabelhaft!«

Das Kompliment erreichte die erwünschte Wirkung. Autumn legte den Kopf zur Seite und lächelte.

»Ich habe die Kutsche vorfahren lassen.« Dann entschuldigte sich Nelson und lief in Shelleys Zimmer; sein fröhliches Pfeifen sagte mehr als alle Worte.

Sie ging die Treppe hinunter, blieb auf der vorletzten Stufe stehen und schaute Donovan in die Augen; dabei hoffte sie, er würde das Gespräch in Gang setzen.

Nachdem er sie ausführlich genug gemustert hatte, sagte er: »Hübsches Kleid.«

»Es gehört Shelley.«

»Es sieht trotzdem hübsch aus.«

»Danke.« Sie schaute auf seine Lippen, die sich fast unmerklich zu einem Lächeln verzogen. Autumn mußte sich beherrschen, um nicht wie ein albernes Mädchen zu kichern. Das sind die Nerven, sagte sie sich.

»Das ist dann also vermutlich der große Tag.«

Sie nickte. »Fahren Sie auch in die Stadt?«

»Als dein Ehemann sollte ich dich ja wohl begleiten, wenn dein Bruder Mitchell abreist.«

»Ach so.« Sie schien überrascht zu sein.

»Weshalb sollte ich sonst in die Stadt fahren?«

»Um Annee zu treffen.«

Sein Gesicht wurde ausdruckslos. Dann errötete er sogar. »Nein — nein, ich treffe mich nicht mit Annee.«

Ihr Herz hüpfte vor Freude. Aber es macht mir überhaupt nichts aus, belog sie sich. »Jetzt, da Mitchell abreist — ich meine . . .«

»Was denn?«

»Sie können tun und lassen, was Sie wollen.«

»Kann ich das?«

»Zweifellos.« Sie schluckte und umfaßte ihr kleines Ziertäschchen mit beiden Händen. »Wenn Mitchell weg ist, können wir unsere eigenen Wege gehen. Wir brauchen uns kaum zu sehen, außer zu den Mahlzeiten natürlich und zu geschäftlichen Besprechungen. Ich werde Ihr Privatleben in keiner Weise mehr behindern.« Sie schaute auf ihre Schuhspitzen und fügte hinzu: »Ich werde meine Sachen aus Ihrem Schlafzimmer holen lassen, sobald wir wieder in Cayemite sind.«

»Das ist nicht notwendig.«

Ihr Kopf fuhr hoch. »Ach?«

»Sie können das Schlafzimmer haben.«

O nein, dachte sie, er zieht zu Annee! O nein!

»Ich nehme das andere.«

»Ach so. Na gut ...« Ihre Finger berührten nervös die Perlenstickerei ihrer Tasche, und dazu schüttelte sie den Kopf. »Nein, das wäre nicht recht. Ich ziehe aus. Wenn die Renovierungsarbeiten beendet sind, ziehe ich vielleicht sogar in den anderen Flügel.«

»Autumn.«

Ihr Mund war auf einmal trocken. Das Blut dröhnte in ihren Ohren; es war wie die Kirchenglocken am Ostersonntag.

»Schau mich an«, forderte er.

Sie gehorchte.

Er betrachtete ihr Gesicht mit einer Intensität, die aus seinen Worten warmen Sirup machte und das Blut langsamer durch die Adern fließen ließ. »Wegen gestern abend ...«

»Gestern abend?«

»Wir waren beide aufgeregt und nervös.«

»Ja, und?«

Brice atmete tief ein. »Ich wollte nur, daß du es weißt.«

»Mach weiter.«

»Was wir gesagt haben, was du gesagt hast ... Du sollst wissen, daß ich deine Gefühle durchaus verstehen kann.«

»Ach.« Ihr Hals war wie zugeschnürt, so sehr, daß sie kaum schlucken konnte. Sie sagte sich, daß es nur davon kam, weil ihr Bruder in ein paar Stunden abfuhr.

Brice betrachtete ihre Lippen und fragte sich, warum er es einfach nicht fertigbrachte, zu sagen, was er sagen wollte. Aber die Worte: *Autumn, was ich gestern über Kinder gesagt habe, war Unsinn, und du bist von allen Frauen auf der Welt diejenige, die ich zu allerletzt heiraten würde*, kamen ihm einfach nicht über die Lippen.

Statt dessen folgte sein Blick der aprikosenfarbenen Kurve ihres Nackens, und richtete sich auf den flatternden Puls an ihrem Hals. Die Rede, die er sich ausgedacht hatte, um ihr klarzumachen, warum er sie nicht heiraten konnte, war verschwunden, seit er sie dort oben am Ende der Treppe gesehen hatte. Autumn Sinclair Donovan war eine der schönsten Frauen, denen er jemals begegnet war.

Sie sprachen wenig miteinander auf der Fahrt in die Stadt. Brice überlegte sich, ob er ihr alles gestehen sollte: daß die Zahlen im Kontobuch von Hunnington gefälscht waren, daß er auf diese Weise versucht hatte, ihren Bruder hinters Licht zu führen, und daß er für die Wiedereröffnung des Bankkontos für Hunnington knapp dreißigtausend Pfund aus seinem Besitz von Willow Bend bezahlt hatte. Er wollte ihr gestehen, daß ihr Leben in Gefahr war: Annee Rose war gefährlich, und sie wollte Hunnington ebenso haben, wie sie Brice haben wollte und würde erst Ruhe geben, wenn sie beides besaß. Er wollte ihr klarmachen, daß die Einsamkeit und die Sehnsucht nach anderen Menschen seine Mutter getötet und seinen Vater zerstört hatte. Die Sehnsucht nach einer zarten Schulter, an die man sich in einer stürmischen Nacht kuscheln konnte, hatte selbst ihn, Brice, beinahe in die Arme einer Wahnsinnigen getrieben. Und er wollte ihr gestehen, daß sie, Autumn Sinclair Donovan, in seinen Augen die Rettung vor seiner Einsamkeit und vor Annee gewesen war, seit dem Augenblick, als sie auf dieser gottverdammten Insel angekommen war.

Aber er schwieg.

Der Kutscher hielt vor der Herberge der Sinclairs an.

»Kommen Sie mit hinauf in Mitchells Zimmer?« Autumn trat einen kurzen Schritt zurück, als Brice sich ihr zuwandte.

»Ich habe eine Verabredung«, sagte er.

»Ich verstehe.«

»Ich dachte, du wolltest noch ein bißchen allein sein mit deiner Familie, bevor sie abreist.«

»Und da Sie mein Ehemann sind —«

»Aber ich bin es ja nicht.« Er ließ die Hände sinken. »Oder bin ich es?«

»Nein«, zischte sie ihn an. Sie warf einen Blick die Straße entlang. »Da kommt übrigens Ihre Verabredung, Mr. Brice Donovan«, sagte sie in falsch-liebenswürdigem Ton.

»Darling!«

Brice erstarrte.

Ein Traum in Weiß näherte sich mit der Anmut einer Feenkönigin; Annee Roses dichte Röcke und Unterröcke schützten sie vor dem Staub, den sie mit den Füßen aufwirbelte und ein Seidenschirm mit Spitzenbesatz bewahrte ihre köstlichen Züge vor der Sonne. Sie verlangsamte ihre Schritte, als sie Autumn erkannte.

Annee zeigte den beiden Donovans ein strahlendes Lächeln, doch dann wandte sie sich an Brice. »Du siehst prächtig aus, wie immer.« Sie stellte sich auf die Zehenspitzen und drückte ihm einen Kuß auf die Wange. Dann, an Autumn gewandt, erklärte sie: »Aber Sie, meine Liebe, müssen sich sehr unwohl fühlen; Sie wirken ja richtig elend. Diese feminine Kleidung paßt ganz und gar nicht zu Ihnen.«

»Ach, finden Sie?« Autumn lächelte zuckersüß.

»Bestimmt.« Annee wandte sich wieder Brice zu und schien Autumn völlig vergessen zu haben. »Du hast mir gefehlt«, gestand sie ihm.

Annees Hand schloß sich besitzergreifend um Donovans Arm. Autumn bemerkte, wie sich sein dunkler Kopf zu Annee hinneigte, und war beeindruckt, wie wunderbar die beiden rein äußerlich zusammenpaßten.

»Was willst du?« fragte er Annee so leise, daß Autumn sich bemühen mußte, die Worte zu verstehen.

»Mein liebster Donovan, hast du jemals Zweifel daran gehegt, was ich wirklich will?«

»Ich habe eine Verabredung.« Er nahm ihre Finger vom Ärmel seines Jacketts, dann ließ er ihr Handgelenk los, als hätte er sich daran verbrannt.

Keineswegs eingeschüchtert, drehte Annee den Sonnenschirm an ihrer Schulter und fragte: »Mit wem?«

»Clarence Dillman.«

»Cla —, warum triffst du dich mit Dillman?«

»Das geht dich nichts an.«

Mit hochrotem Gesicht warf sie einen Blick auf Autumn. »Ich möchte mit Brice sprechen.«

»Bitte, jederzeit.« Autumn wich nicht von der Stelle, statt dessen lächelte sie.

»Aber allein«, zischte Annee durch zusammengepreßte Lippen.

»Das könnte sich als schwierig erweisen, in einer so belebten Straße.«

Annee knallte die Spitze ihres Schirms so heftig auf den hölzernen Gehsteig, daß Autumn die Vibration an ihren Füßen deutlich spürte, dann schaute sie in das Gesicht von Brice, der sich zu amüsieren schien, und fauchte: »Halte dich von Dillman fern!«

»Misch du dich lieber nicht in meine geschäftlichen Angelegenheiten, Annee.«

»Ich lasse es nicht zu, das sage ich dir.«

»Ich bin nicht dein Eigentum.«

Annees Gesicht wurde grau. Ihr Mund wirkte wie eine häßliche, rote Wunde, als sie schnarrte: »Ich habe zu lange gewartet, Donovan. Ich will dich nicht noch einmal verlieren.«

Seine Hände ballten sich zu bronzebraunen Fäusten,

und er warnte sie: »Komm mir nicht mit Drohungen, Lady.«

»Du wirst den Tag bedauern, an dem du geboren worden bist, das schwöre ich dir.«

Er schaute in ihre violetten Augen und lachte dann humorlos. »Sag mir lieber etwas, was ich noch nicht von dir gehört habe.«

»Bastard!«

»Aber ich bitte Sie, Madam Rose: Sie werden einen schlechten Eindruck hinterlassen, unter anderem bei Mrs. Donovan.«

Er sprach den Namen in einer Weise aus, daß Autumn von dem einen Schock in den nächsten fiel. Annee wurde noch blasser.

»Und nun« — Brice streckte langsam und mit Nachdruck die Hand nach Autumns Arm aus —, »gehe ich mit Mrs. Donovan in dieses Hotel. Wenn ich es wieder verlasse, sitzt du in deinem Buggy und bist nicht mehr hier in dieser Stadt. Haben wir uns verstanden?«

»Aber —«

»Wir können diese Diskussion zu einem späteren Zeitpunkt fortsetzen.«

Es schien, daß ihr keine andere Wahl blieb. Annee bewahrte den Rest ihrer Würde, schulterte den Sonnenschirm und marschierte auf ihre Chaise zu, die etwas weiter unten an der Straße stand. Brice, der Autumns Arm ein bißchen zu fest drückte, ging mit ihr zum Eingang der Herberge.

»Wir sehen uns später«, sagte er. Danach verschwand er in der entgegengesetzten Richtung wie Annee, und Autumn fragte sich, wer Clarence Dillman sein mochte.

Nachdem in der Herberge ein tränenreicher Abschied zwischen Bruder, Schwester und Schwägerin stattgefunden hatte, gingen sie zu Fuß die kurze Strecke bis zu den Docks, in einem Pulk mit anderen, die sich ebenfalls zu den Leichtern bewegten, um zur *America* gebracht zu werden. Mit jedem Schritt wurde Autumn die Kehle enger, das Band um ihre Brust schloß sich dichter. Ihre Augen und ihre Nase brannten, aber nicht von dem Gestank nach verwesendem Fisch oder den grauen Wolken der Zuckerfabrik, die sogar an diesem strahlenden, wolkenlosen Tag über der Stadt hingen.

Donovan war da, stand am unteren Ende der Docks und knabberte an einem Bonbon. Als sie sich zu ihm gesellten, spuckte er das Bonbon dem Mischlingshund hin, der auf den Planken lag, steckte die Hände in die Taschen und wartete, daß jemand zu sprechen begann.

Mary brach schließlich das Schweigen. »O Mr. Donovan, wir freuen uns ja so, daß Sie mitgekommen sind. Nicht wahr, Mitchell?« Sie gab ihrem Mann einen Rippenstoß.

»Ja«, sagte der und fuhr dann etwas kraftvoller fort: »Es gibt noch ein paar Dinge, Donovan, die ich Ihnen unter vier Augen sagen möchte.«

Brice war nicht im mindesten erstaunt.

Mitchell zog Donovan von den Frauen weg. Sie gingen ein kurzes Stück über das Dock, Schulter an Schulter, den Blick auf die Zehen gerichtet.

Schließlich hob Mitchell den Kopf. Er schaute aus zusammengekniffenen Augen auf die Mündung der Bay. »Ich liebe sie, müssen Sie wissen.« Das war alles, was er sagte.

»Ich weiß.«

»Und ich bin zutiefst verletzt, weil sie das getan hat.«

»Verständlich.«

»Sie war schon immer so — so furchtbar halsstarrig. Ich dachte, wenn sie einen passenden Mann findet, der genügend Geduld aufbringt, könnte sie vielleicht ihren Frieden finden. Sie hat Angst davor, Kinder zu bekommen, das ist es.« Er schüttelte den Kopf. »Es ist nicht normal — eine Frau, die keine Kinder kriegen will.«

Brice schaute in Autumns Richtung.

»Ich habe gedacht, ich könnte sie eines besseren belehren. Oder — mein Gott, ja, sie manipulieren. Sie erst einmal verheiraten — danach hätte sie kaum eine andere Wahl gehabt, als Kinder zu bekommen. Ich konnte nicht ahnen, daß sie mit einem Mann durchbrennen würde, nur um mir zu trotzen.«

»Ich kümmere mich um sie«, versprach Brice leise.

»Ja, Mann, aber Sie lieben sie nicht, und das bricht mir das Herz.«

Das Meer spiegelte die Sonne in einer Explosion von blendendem Weiß. Brice starrte auf die Wagenladung von Rumfässern, die bereit waren, zu dem fern liegenden Schoner gebracht zu werden.

»Warum haben Sie sie geheiratet, Donovan?«

Er dachte an den Brief. »Weil ich einsam war.«

»Aber warum ausgerechnet Autumn?«

»Sie war für mich — etwas Besonderes.« Die Worte von Roy. »Ich brauchte eine Partnerin, die mich sowohl im Bett als auch tagsüber ergänzt und unterstützt. Und sie war dazu bereit.«

»Wenn Sie ihr weh tun, bring' ich Sie um.«

»Ich tu' ihr nicht weh.«

Sie drehten sich um und gingen zurück zu den Frauen.

Brice erwähnte beiläufig einen erfolgreichen Bruder in Richmond im Staate Virginia, der weder Spieler noch Betrüger war und nur sehr selten log. Er machte, ebenso beiläufig, den Vorschlag, Mitchell könne ihn ja einmal auf seiner Tabakplantage besuchen.

Mary tupfte sich ein letztes Mal die Tränen ab. »Ich bin

eine fürchterliche Heulsuse, wenn's ums Abschiednehmen geht.« Sie schniefte in ihr Taschentuch.

»Alle Mann an Bord!« rief der Erste Maat vom Leichter.

Mitchell trat neben seine Frau. »Es ist Zeit«, sagte er, und seine Stimme klang gezwungen fröhlich und zuversichtlich.

Autumn schluckte hart.

Mary preßte sich eine Hand vor den Mund und gab wimmernde Geräusche von sich.

Autumn schaute ihren Bruder an, und all ihr Mut fiel von ihr ab, als sie sah, daß Mitchell weinte.

Sie warf sich ihm in die Arme; Tränen der Reue und des Bedauerns liefen ihr heiß über die Wangen und näßten die Vorderseite seines Sakkos. »O nicht!« schluchzte sie. »O bitte, nicht weinen.«

»Mein Gott, du wirst mir fehlen.«

»Nein, nicht.«

»Ich liebe dich, mein kleines Mädchen. Vergiß das nie. Ich könnte dich nicht mehr lieben, wenn du meine Tochter wärst.«

Sie weinte noch mehr.

»Ich habe mein bestes getan. Immer das Beste für dich, weil ich liebe. Ich wollte ja nur, daß du glücklich wirst.«

»Alle Passagiere an Bord!« rief der Mann vom Leichter her.

Mitchell berührte Autumns Gesicht mit dem seinen. »Werde glücklich!«

»Das — das werde ich bestimmt.« Sie versuchte zu lächeln.

»Ich habe viele Fehler gemacht.«

Ich auch, wollte sie sagen, aber er hatte sich schon umgedreht.

»Schreibst du uns?« fragte er über die Schulter.

Sie nickte, weil sie ihrer Stimme nicht traute.

Mitchell ging als erster an Bord des Leichters, dann Mary. Autumn, die Arme vor der Brust verschränkt, sah wie betäubt zu, wie sich das kleine Schiff vom Dock entfernte und immer kleiner wurde, je mehr es sich der *America* näherte. Sie sah Mary mit dem Taschentuch winken, sah Mitchells Hand, die er zögernd über den Kopf erhob, und dachte an all die schönen Zeiten, die sie miteinander verbracht hatten. Die schlechten Erlebnisse waren längst vergessen.

»O Gott«, fragte sie sich laut, »was habe ich getan?«

Brice hatte während dieses letzten Abschieds Distanz gewahrt. Jetzt kam er von hinten auf sie zu und legte tröstend eine Hand auf ihre Schulter. »Autumn —«

»Nicht!«

Er riß die Hand weg.

»Ich möchte allein sein, Mr. Donovan. Lassen Sie mich in Ruhe.«

Er gehorchte ohne ein Wort und wandte sich ab. Er schämte sich dafür, daß es ihm Kummer machte, weil Autumn ihn in ihrem Kummer nicht brauchen konnte. Aber er konnte allein essen, allein baden, allein schlafen. Er konnte sie bald allein am Wiederaufbau des Besitzes arbeiten lassen und zurückkehren nach Virginia — um dort allein zu essen und zu schlafen und ...

Ein Kind verkaufte Blumen. Er kaufte eine und schaute in das türkisblaue Wasser; dabei hielt er die zarte Blüte unter seiner Nase, und ihr starker Duft übertönte alle anderen, unangenehmen Gerüche.

Schließlich ging er zurück, suchte mit den Blicken nach dem lockigen, rostroten Schopf, dem prüden, hochgeschlossenen Kleid, in dem sie wie ein kleines Mädchen aussah. Schließlich kam er an die Stelle, wo er sie verlassen hatte. Autumn war nicht mehr da.

Sein erster Impuls war, im Wasser nach ihr zu suchen, und er kam sich albern vor, als er sich auf die Hände niederließ und unter das Dock spähte. Auch hier war keine Spur von Autumn. Brice stand auf, klopfte sich den Staub von den Händen und fragte sich, ob sie vielleicht auf dem Dock an ihm vorbeigeschlichen war und längst in der Kutsche saß. Dann schaute er in die andere Richtung, über das Dock und die Verkaufsstände hinaus.

Der Rock klebte ihr an den Knien. Sie lief den Strand entlang und hielt das Kleid mit den schmutzigen Händen so hoch wie möglich, während ihr die Wellen um die Beine schlugen. Ihr Haar hatte sich gelöst, die Kämme hatte sie beim Laufen verloren.

Brice lief hinter ihr her.

Sie rannte, bis sie nicht mehr konnte. Rannte, bis das Schiff, die *America*, die Anker lichtete und sich das Hauptsegel bauschte. Autumn glaubte, Mary winken gesehen zu haben, aber sie war nicht sicher, sie stellte sich vor, daß Mitchell an der Reling stand, in seiner steifen, aufrechten, korrekten Weise. Aber sie konnte ihn nicht sehen. Oh, wenn sie ihn nur hätte erkennen können!

»Leb wohl!« schrie sie hinaus. »Du wirst mir fehlen! Ich liebe dich. Oh, du fehlst mir so sehr. Ich habe gelogen, Mitchell. Dieser Mann ist nicht mit mir verheiratet. Es tut mir leid. Es tut mir so leid, und wenn ich noch einmal von vorn anfangen könnte, würde ich alles ganz anders machen. Ich würde jeden Mann heiraten, den du für angemessen hältst. Ich würde keine Breeches tragen oder im Herrensitz reiten. Ich würde meine Nase nicht in deine Angelegenheiten stecken und nur zu Hause sitzen und sticken und Mary bei der Planung der Menüs helfen.«

»Autumn.«

»Leb wohl!« Sie winkte dem Schiff zu.

»Autumn«, wiederholte Brice.

»O mein Gott, was habe ich getan?« Sie drehte sich um, stolperte, als ihr eine Welle fast die Beine fortriß. Donovan stand direkt hinter ihr an der Wassergrenze, die Jacke offen, das Haar — feucht vom Sprühwasser — klebte an seiner Stirn. »Was habe ich getan?« fragte sie ihn.

Er gab keine Antwort.

»Sie finden das vermutlich alles sehr komisch, wie? Sind Sie mir deshalb gefolgt, Donovan? Um — um mich weinen zu sehen?«

»Nein.«

»Also, jetzt wissen Sie's: Ich kann weinen.« Sie breitete die Arme aus und weinte wie ein Baby. »Schauen Sie mich nicht an.«

»Schon gut.« Aber er wandte nicht den Blick von ihr.

»Ich habe Angst. Ist es das, was Sie hören wollen?« Sie hob die Röcke und kämpfte gegen die Strömung an, war dann im Trockenen und schaute auf ihre nackten Füße. »Die Steine haben mir die Haut zerschnitten.« Sie schluchzte.

Er trat neben sie, in den feinen, nassen Sand, der an ihren Knöcheln klebte, und hob sie hoch. »Ruhig«, tröstete er sie.

»Ich bin eine solche Närrin.« Sie hustete, lehnte sich an seine Schulter.

»O nein, das bist du nicht.«

»Eine Verrückte. Jetzt habe ich niemanden, verstehen Sie das nicht?«

»Doch, das verstehe ich«, flüsterte er an ihrer Schläfe.

»Wie sollten Sie das verstehen? Wissen Sie, wie es ist, wenn man alles und jeden, den man liebt, verlassen hat?«

»O ja, das weiß ich. Ich schwöre es.«

Er ließ sich selbst auf den Sand nieder, behielt sie aber in seinen Armen.

»Er hat gesagt, daß er mich liebt. Das hat er mir nie zuvor gesagt.«

»Er hätte es früher sagen müssen.«

»Nur — nur einmal wäre schon genug gewesen.« Sie wischte ihre Nase an seinem Hemd ab.

Brice lächelte.

»Donovan?«

»Hm?«

»Und wenn ich es nicht schaffe?«

»Du schaffst es.« Er schaute auf ihre Beine. »Was machen die Füße?«

Sie zuckte mit den Schultern.

Der Wind sprang um. Jetzt kam er von Norden, und die Rufe der Verkäufer wurden in die entgegengesetzte Richtung getrieben. Brice und Autumn hörten dem Wasser zu, das zischte und seine blaugrünen Finger auf den Strand ausstreckte.

Autumn atmete zitternd und tief ein und betrachtete dann Donovans Hand. »Was ist das?« Sie berührte die Finger.

»Eine Blume.«

Sie kicherte leise. »Was ist denn mit der passiert?«

»Ich glaube, sie ist ein bißchen zerknittert.« Dann steckte er ihr die Blüte hinters Ohr. »Willkommen zu Hause«, sagte er und schaute in ihre funkelnden Augen.

»Meinen Sie das im Ernst?«

Er nickte.

Die Segel der *America* waren nur noch weiße Tupfen auf dem zurückweichenden Horizont. Brice drückte Autumn noch fester an sich, als die Tupfen ganz verschwanden. Ihr Körper bebte, und er fragte sich, wie ein so kleines Wesen so heftig weinen konnte — und dabei so leise blieb.

›Ja, Mann, aber Sie lieben sie nicht.‹ Diese Worte ihres Bruders kehrten in sein Gedächtnis zurück.

Hast du eine Ahnung! hätte er zu Mitchell Sinclair

sagen sollen. Aber er hatte es nicht getan, deshalb sagte er es jetzt, weich und leise und eigentlich nur zu sich selbst.

»Hast du eine Ahnung!«

12

In den folgenden Tagen beschäftigte sich Autumn mit Plänen zur Renovierung von Hunnington Hall. Auf diese Weise lenkte sie ihre Gedanken von Mitchell und Mary ab. Brice begleitete sie auf ihren Ausflügen nach Montego. Sie besuchten Mattie und bezahlten ihr die zwei Zemis. Dabei kauften sie bei ihr auch gleich Käse und Wein und picknickten auf einer Klippe hoch über den winzigen, unbewohnten Bogue-Inseln im Westen der Montego-Bay. Sie unterhielten sich hauptsächlich über geschäftliche Dinge. Donovan schien aufmerksam, obgleich manchmal ein wenig desinteressiert zuzuhören, wenn Autumn mit Begeisterung von den Zuckerrohrpressen und ihrer Hoffnung sprach, Hunnington Hall zu noch größerem Glanz und Umfang auszubauen, als es sich Patrick Donovan erträumt hatte.

Er erinnerte sie daran, daß das schon mehr Männer zuvor versucht hatten, zum Beispiel Charles Bovier, der sich bereits vor fünfzig Jahren auf der Insel niedergelassen hatte — zu einer Zeit, als die Ile de Cayemite nichts als Regenwald und einen Indianerstamm beherbergte. Mit der Hilfe von Sklaven und Indianern hatte er das Herrenhaus in weniger als zwei Jahren erbaut. Weitere fünf Jahre hatte es gedauert, bis er genügend Land gerodet hatte, um mit der Pflanzung beginnen zu können. Seine erste Ernte wurde durch andauernde Trockenheit vernichtet, die zweite durch ständigen Regen. Um genügend Geld zu bekommen und seine Bemühungen fortsetzen zu können, verkaufte er ein kleineres Stück Land auf der anderen Seite der Insel an Everard Barrett, in der Hoffnung, daß sich zwischen den beiden Männern eine persönliche Freundschaft und zugleich eine geschäftliche Partnerschaft entwickeln könnte. Doch dazu war es nie gekommen. Während Barretts Plantagen blühten, siechten die von Bovier an Pflanzenkrankheiten und Insektenbefall dahin.

»Aber warum sind die von Barrett gediehen und die von Bovier eingegangen?« fragte Autumn.

Brice richtete die grünen Augen auf die Bogue-Inseln und sagte: »Er hat einen Vertrag mit den Göttern gemacht.«

»Mit den Göttern?«

»Cayemite hat seine eigenen Götter.«

Fasziniert fragte Autumn weiter: »Und was war das für ein Vertrag.«

»Es ging um sein erstes Kind.«

»Sollte er es opfern?«

»Seine Seele.«

Brice erzählte Autumn von Ester Barrett, Everards Frau, die, als sie von seinem Pakt mit den Göttern erfuhr, ihr erstes Kind abgetrieben hat. Das Gerücht ging um, daß sie den Verstand verlor und Selbstmord beging: die Rache der Inselgötter für das, was ihnen angeblich gehörte. Er kehrte nach England zurück in der Hoffnung, eine zweite Frau zu finden, aber die Vorstellung, an einem so einsamen Ort leben zu müssen, gefiel den jungen Damen nicht, also kehrte er allein auf die Insel zurück.

Everard war ein gutaussehender Mann, und wie das Schicksal spielte, entstand zwischen ihm und der Frau von Charles Bovier eine innige Beziehung. Charles hatte zuviel damit zu tun, seine immer wieder bedrohte Ernte zu retten, um zu bemerken, was vor sich ging. Everards Hoffnungen jedoch richteten sich nicht nur auf die Barrett-Plantagen: Er wollte die ganze Insel in seinen Besitz nehmen. Er überzeugte Maureen Bovier davon, daß sie beide, wenn Charles erst einmal aus dem Weg war, heiraten und die Plantagen vereinigen könnten. Also starb Charles Bovier friedvoll im Schlaf, von Maureen langsam vergiftet.

Jetzt traten die Götter vor Barrett und erinnerten ihn an seinen Pakt. Maureen war damals an die Vierzig, genau wie Everard. Sie konnte keine Kinder mehr gebären. Also weigerte er sich, sie zu heiraten, und gestand ihr, daß er sich lediglich für den Besitz und nicht für sie interessierte. Doch Maureen Bovier weigerte sich, ihren Besitz an Everard Barrett zu verkaufen, und ging zurück nach Irland, von wo sie hergekommen war.

Everard, der seinen Buchhalter und Aufseher gefeuert hatte, weil er sich zu oft dem *clairin* hingegeben hatte, war jetzt der einzige weiße Mann auf der Insel. Um Gesellschaft zu haben, begann er das Indianerdorf am Trempe Mountain zu besuchen. Dort gab es genügend Frauen, die seine niedrigeren Bedürfnisse befriedigen konnten, und sie alle stellten sich vor, als Herrin in das Gutshaus von Barrett einzuziehen.

Barrett war entzückt, als ihm eine seiner jungen Lieblingsfrauen gestand, daß sie sein Kind im Leib trug. Jetzt, so schien es, konnte der Pakt erfüllt werden; vielleicht noch rechtzeitig, um die nächste Ernte zu sichern. Er brachte das Mädchen zum Herrenhaus, und wenn er sie auch nicht heiratete, behandelte er sie doch wie eine Königin. Er achtete darauf, daß sie keinesfalls das Kind verlor. Seine Tochter wurde sieben Monate später geboren.

Aber die Götter waren damit nicht zufrieden. Die Seele

des Kindes wehrte sich und bekämpfte sie bei jeder Gelegenheit. Ja, die Götter begannen sie zu fürchten; ihre Kraft war größer als die der Götter, und bald verließen die Götter des Lichts die Insel und überließen sie den Göttern der Dunkelheit — den gleichen Geistern, die die Insel in früheren Zeiten beherrscht hatten, als Cayemite noch in Nebel und Geheimnis dahindämmerte.

»Erzählen Sie mir von diesen Geistern.« Autumn war hingerissen von dem Märchen.

Donovan erklärte, daß hier vor langer Zeit und bevor die Indianer den Weg zu den Inseln gefunden hatten, eine große Schlacht zwischen Gut und Böse getobt habe. Die Inseln bebten, die Meere schwappten darüber und die Berge explodierten und spien Ströme von flüssigem Feuer aus. Besiegt, wichen die Götter des Lichts und überließen die Inseln der Macht der Dunkelheit. Tausende von Jahren lagen die Inseln eingehüllt in dichten Nebel. Dann kamen die Indianer und brachten ihre eigenen Götter mit: ihre Zemis. Die Geister der Dunkelheit tolerierten ihre Anwesenheit vor allem deshalb, weil sie faul geworden waren und allzu sehr ihrer eigenen Kraft vertrauten.

Aber die indianischen Geister, die Zemis, waren ihnen an Zahl überlegen, und sie waren so gut, wie die Götter der Dunkelheit böse waren. Als sie es nicht mehr ertrugen, wie die Götter der Dunkelheit ihr Volk plagten, erhoben sie sich gegen diese und verbannten sie von der Insel. Der Legende nach sind die dunklen Geister jedoch zurückgekehrt, und zwar in menschlicher und tierischer Gestalt, und warten nur darauf, bis die Zahl ihrer Streitkräfte groß genug ist. Die Alten sagen, daß es dann eine Schlacht gibt, bei der die ganze Insel zerstört wird.

Autumn lachte und fragte im Scherz: »Dann sagen Sie mir, wieso Ihr Vater sich entschloß, ausgerechnet auf einer solchen Insel zu leben.«

»Maureen Bovier war in ihren alten Tagen schwer verschuldet. Mein Vater hat ihr Bovier Hall abgekauft und den Namen zu Ehren meiner Mutter geändert — ihr Mädchenname war Hunt. Und daraufhin sind sie nach Cayemite gezogen.«

»Was ist aus Everard Barrett geworden?«

»Er ist seit zwanzig Jahren tot.«

»Und die junge Frau, die seine Tochter geboren hat?«

»Aus Furcht vor ihrer eigenen Tochter und in der Angst, sie könnte damit großes Übel auf die Insel gebracht haben, stieg sie auf den Berg und stürzte sich vom Gipfel.«

»Und — und Barretts Tochter?«

»Das ist Annee Rose.«

Tick, tick, tick. Warum waren die Uhren so laut in der Dunkelheit? Warum konnte sie nicht schlafen? Warum drehte ihr der Gedanke daran, wie Brice nach dem Abendessen das Haus verlassen hatte, den Magen und das Herz um? Daß er abends wegging, war schließlich nichts Neues. Sicher, tagsüber war er höflich und beehrte sie mit seiner Gesellschaft, aber sobald die Lichter ausgingen, hatte er es nur allzu eilig, sich davonzumachen ...

Autumn rollte sich herum, vergrub das Gesicht in den Kissen und wünschte sich, sterben zu können. Sie hatte Roy Donovan geheiratet, ohne ihn zu lieben, sogar ohne ihn zu kennen, hatte mit ihm ein Leben ohne persönliche Hingabe und vor allem ohne Kinder geplant, aber als dann Brice Donovan in ihr Leben trat, wurden ihre Knie weich und ihr Mund trocken wie Baumwolle. Ja, sogar ihre Zehen begannen zu kribbeln!

Sie stand auf und setzte sich in den Stuhl vor der Frisierkommode. Dann schaute sie ihre Zemis an. Sie erkannte die Ähnlichkeit zwischen ihr und den mageren

Geisterfigürchen. Aber sie strahlten eine Kraft der Verführung aus, die ihr fehlte — besonders der Zemi der Fruchtbarkeit. Das Haar der Figur war wild und aufgelöst. Ihre Augen waren schräger und hatten schwerere Lider.

Sie starrte den Zemi an. Der Zemi erwiderte das Starren. Vor dem Fenster rollte der Donner, und plötzlich begann es zu regnen. Mit dem Regen kam der Wind, drang durchs offene Fenster und brachte die Flamme der Kerze zum Flackern, die im Spiegel reflektiert wurde. Der Wind roch nach Staub, nach Zuckerrohr und Blüten. Er roch stark nach Tabak, und sie fragte sich, ob Donovan vielleicht wieder im Schatten stand und sie beobachtete wie in ihrer ersten Nacht auf Cayemite.

Donovan.

Sie starrte den Zemi an.

»Donovan.« Sie sagte es laut, und der Donner ließ das Haus erzittern.

Sie lächelte den Zemi an. Der Zemi lächelte zurück. Vielleicht war es auch nur das Spiel des Lichts von der zuckenden Kerzenflamme. Autumn stellte sich vor, daß die Statue, wenn sie es sich besonders stark wünschte, Donovan nach Hause bringen konnte. Der Gedanke an ihre Macht, Donovan aus Annees Armen zu ziehen, ließ sie wieder lächeln. Dazu begann ihr Herz zu pochen wie die Brandung, die gegen die Felsen der Bachus Bay schlug. Ihr wurde ganz schwindlig, so sehr bildete sie es sich ein. Sie kniff die Lider zusammen und sang leise »Donovan, Donovan«, und obwohl sie nicht sicher war, glaubte sie, daß auch der Zemi mitsang.

Ein starker Krach erschütterte das Haus.

Wie aus weiter Ferne hörte sie aufgeregte Stimmen, die sich verstärkten, als das Haus weiter zitterte. Dann merkte sie vage, daß sich die Jalousie aus ihrer Halterung löste und klappernd zu Boden fiel. Der Sturm war so stark, daß Autumn ins Stolpern geriet, und im selben Augenblick flog die Tür auf.

Donovan war da. Sein nasses Haar klebte an seiner Stirn. Das durchnäßte, weiße Hemd war durchsichtig und ließ die schwarze Behaarung seiner Brust durchscheinen.

»D-Donovan?« Sie wich zum Fenster zurück, ohne auf Regen und Wind zu achten, die gegen ihren Rücken trommelten. Ihre Blicke richteten sich erst auf den Zemi, dann auf den Mann an der Tür. »Donovan?«

Er lehnte die linke Schulter gegen den Türstock und versuchte erfolglos, sich aufzurichten, bevor er in den Raum taumelte. Er roch nach Alkohol und Rosenöl. »Zieh dich an«, glaubte sie ihn sagen zu hören.

»Anziehen?«

»Wir reisen ab. Zieh ... dich an.«

»Donovan, sind Sie betrunken?«

Er lachte schallend, bevor er zu dem Armoire stolperte, in dem sie ihre Kleider aufbewahrte. Er riß die Garderobentüren auf, ergriff ein paar ihrer Sachen und warf sie ihr vor die Füße. »Zieh dich an!« zischte er wieder.

»Ich denke nicht daran.«

»Und wie du daran denkst.«

Er betrachtete sie herausfordernd, die Beine gespreizt, die Hände in die Seiten gestemmt. Sie ließ sich davon nicht einschüchtern. »Nicht, bevor Sie mir gesagt haben, was das zu bedeuten hat.«

Langsam taumelte er auf sie zu, und sie wich zurück. »Immer eigensinnig, immer der sture Dickschädel«, fuhr er sie an.

»Kommen Sie mir nicht nahe!«

Er wischte die Bemerkung mit einer energischen Handbewegung weg. »Ich habe gesagt, du sollst dich anziehen.«

»Und ich habe nein gesagt.«

Seine Blicke waren so wild, daß Autumn nachgab. Sie versuchte, ihre Brüste mit den Händen zu verdecken.

Brice lachte. »Denk dir nichts dabei. Auch du hast nichts an dir, was ich nicht schon einmal gesehen hätte.«

»Sie Bas —«

»Vorsichtig«, unterbrach er sie. »Dein Konto wird immer größer — auf der Sollseite.« Er riß das Kinn hoch und lachte wieder. Dann kam er wieder einen Schritt auf sie zu. »Zieh dich an«, wiederholte er, »wir reisen ab.«

»Ich reise nirgendwohin mit einem Betrunkenen, Mr. Donovan.«

Er hob ihre Bluse und die Breeches auf und drückte sie ihr in die Arme. »Wenn du das nicht angezogen hast, bevor ich bis fünf gezählt habe, dann trage ich dich so, wie du bist, den nackten Hintern nach oben in den Regen gekehrt, ins Freie, Mrs. Donovan.« Immerhin besaß er so viel Anstand, sich umzudrehen, als er zu zählen begann: »Eins.«

Sie stampfte mit dem Fuß auf.

»Zwei.«

Sie steckte das eine Bein in die Breeches. »Wohin fahren wir? Das werde ich wohl noch erfahren dürfen.«

»Nach Hause. Drei.«

Sie steckte das andere Bein in die Hose. »Aber es ist Mitternacht!«

»Ich habe Plätze auf der *Venerable.* Die segelt um eins. Vier.«

»In diesem Sturm?«

»John Dearborne ist mein Freund und hat schon rauhere Stürme bezwungen. Viereinhalb.«

Ihr fiel nichts ein, was sie darauf hätte erwidern können, also erklärte sie nur aus Mutwillen: »Sie stinken nach Rum, Donovan.« Als ihn das nicht zu beeindrucken schien, fügte sie hinzu: »Und nach Annee Rose.«

Er verschränkte die Arme über der Brust und grinste. »Langsam, Mrs. Donovan. Sonst glaube ich noch, daß du eifersüchtig bist.«

Jetzt war sie es, die lachte. Ihre Reaktion kam so unerwartet, daß er zusammenzuckte. Angezogen, ging sie an ihm vorbei und nahm ihre Zemis in die Hand. »Eifersüchtig auf einen brutalen Ochsen wie Sie einer sind? Da überschätzen Sie sich aber gewaltig, Sir.«

»Zieh dich an«, zischte er.

Sie baute sich herausfordernd vor ihm auf und erwiderte: »Ich bin angezogen.«

»Ach?« Eine schwarze Braue bewegte sich nach oben. Er zeigte Autumn ein schiefes Grinsen. »Ist mir gar nicht aufgefallen.«

Loz Nelson erschien an der Tür, und Autumn schluckte ihre Antwort hinunter. Er schaute von einem zum anderen. »Dein Fahrer ist bereit.«

»Gut!« bellte Brice und betrachtete die Sommersprossen auf Autumns Nase.

»Wunderbar!« schleuderte Autumn seinem stoppeligen Kinn entgegen. Dann steckte sie sich unter jeden Arm einen Zemi, drehte sich um, stieg in ihre Stiefel, bückte sich, zog die Schäfte nach oben und stürmte zur Tür. »Ich kann es nicht erwarten, nach Cayemite zu kommen. Hoffentlich brauche ich Sie dann nie wieder zu sehen, Brice Donovan!«

»Das dürfte sich als schwierig erweisen, angesichts des Umstands, daß wir beide in einem Haus wohnen, Mrs. Donovan!«

»O bitte, erinnern Sie mich nicht daran!«

»Ja, nun ...« Er überlegte ein paar Sekunden, dann fuhr er fort: »Es gibt schließlich mehr als ein Haus zum Wohnen auf der Insel, vergessen Sie das nicht. Wenn Ihnen meine Gesellschaft so unangenehm ist, kann ich jederzeit ausziehen.«

»Großartiger Vorschlag!«

Aber sie meinte es nicht, und als sie die Treppe erreicht hatte, bedauerte sie, es gesagt zu haben.

»Sehr schön!« brüllte er ihr nach. »Also ziehe ich aus!« Er stieß mit dem Fuß nach der beschädigten Jalousie und verletzte sich dabei. Es tat weh, genau wie sein Kopf. Aber bei weitem nicht so sehr wie sein Herz.

Nur ein Blick auf die alte Brigg, und Autumn wußte, daß es schwierig werden würde. Sie war halb so groß wie die *America* und sah nicht so aus, als könnte sie mit den Wellen in einem Dorfweiher fertig werden, geschweige denn mit diesem Sturm und der aufgewühlten See. Die *Venerable* lag hoch auf dem Wasser, hatte also keine Fracht geladen, weshalb sie im Gegensatz zur *America* im Stande war, durch die trügerischen Riffs an der Mündung der Bay zu gelangen und direkt am Dock festzumachen. Der Kapitän war nicht dazu angetan, Autumns Bedenken zu zerstreuen. Mit einer Augenklappe über dem einen Auge und einem mehrere Tage alten Bart sah Dearborne aus, als ob er die Seeräuberflagge hissen würde, wenn sie die Bay verließen.

Alle Matrosen sahen so ungepflegt aus wie ihr Kapitän. Sie starrten Autumn an, als sie an Bord kam, wie jemanden mit drei Köpfen. Dabei wurde ihr klar, daß sie noch nie eine Frau in Breeches gesehen hatten. So ranzig, wie sie rochen, nahm sie an, daß sie normalerweise überhaupt keine Frauen zu Gesicht bekamen. Keine Frau, die auch nur einen Funken Geschmack hatte, würde einen solchen Mann auch nur auf Mastlänge an sich herankommen lassen.

Brice brachte Autumn nach unten, und dabei hielt er ihren Arm fest und machte ihr auf diese Weise klar, daß er keinen Streit vor den Männern dulden würde. Sie kamen durch einen schwach beleuchteten, schmalen Gang, in dem es nach Schweiß, Salz und Verwesung roch. Beide gerieten ins Stolpern, als das Boot schwankte. Autumn duckte sich mühelos unter einem Kreuzbaum hindurch, während Brice nicht so viel Glück hatte. Er stieß mit voller Wucht gegen den Baum, und das Geräusch, das dabei entstand, ließ Autumn stehenbleiben.

»Ist Ihnen etwas passiert?« Sie schaute über die Schulter nach hinten.

Er stöhnte, duckte sich und schubste sie weiter, vorbei an einer Tür mit der Aufschrift ›Kapitän‹ und zur letzten Kabine auf der rechten Seite. Sie öffnete die Tür und kam — in einen größeren Kleiderschrank.

»Und das soll meine Kabine sein?« fragte sie ungläubig.

»Ihr Heim, Mrs. Donovan, für den Augenblick.«

Autumn starrte auf die Koje, oder was man dafür halten konnte. »O nein. Darauf werde ich nicht schlafen.«

»Dann bleiben Sie wach.«

»Aber es sind — es sind Käfer darauf!«

»Wirklich? Wenn Sie sie nett fragen, machen sie Ihnen vielleicht Platz. Andererseits: Wenn man bedenkt, wieviel Platz Sie meines Wissens in einem Bett beanspruchen —«

Sie drehte sich um und starrte auf das jämmerliche Licht in der Koje.

Er dagegen zeigte auf einen verschmutzten Nachttopf in der Ecke. »Euer Thron, M'lady.«

»Sie sind widerlich.«

»Ich danke Ihnen.« Er ging rückwärts hinaus. »Und halten Sie die Tür gut verschlossen, Mrs. Donovan.«

»Nein, nicht!« Sie machte einen Satz auf die Tür zu.

»Ts, ts, ts, meine Liebe. Einen Fuß aus dieser Tür, und ich lasse Sie kielholen, auf der ganzen Fahrt bis Cayemite. Haben wir uns verstanden?«

»Bestie!«

»Ah, ja. Hals und Beinbruch.« Er blinzelte ihr zu und warf ihr eine Kußhand zu. »Gute Nacht, Liebste.«

13

›Werden Sie denn nie heiraten, Miss Autumn?‹

›Nein, Millie. Niemals.‹

›Ist das eine Schande. Nichts ist schöner als sich abends, wenn die Lichter aus sind, an einen Mann zu kuscheln.‹

›Hast du keine Angst, Millie?‹

›Angst? Wovor?‹

›Ein Baby zu bekommen.‹

›Herrgott, wäre das fein! Ich schaue in das Gesicht von meinem Kind und sehe die Augen von meinem Mann und die Nase von mir selber! Finde, es ist schon ein bißchen Schmerzen wert, wenn dann ein Teil von mir weiterlebt ...‹

Autumn erinnerte sich auch an die Worte ihrer Freundin Shelley: ›Eine Sehnsucht, die im Herzen beginnt und dann den ganzen Körper erfaßt ...‹

›Eines Tages wird ein Mann in dein Leben treten, dich übers Knie legen und dir auf deinen Breeches-Hintern eine ordentliche Tracht Prügel verpassen. Ich hoffe nur, ich lebe lange genug, um Zeuge dieses Geschehens zu sein.‹

Autumn bewegte sich im Schlaf und verwünschte den Tag, an dem sie zum erstenmal den Blick auf Brice Donovan gerichtet hatte.

Brice stand in der Tür und sah, wie ein haarfeiner Sonnenstrahl durch einen Riß in den Schiffsplanken drang und sich auf Autumns Gesicht legte. Als er sie jetzt beobachtete, kam er sich wieder wie ein junger Bursche vor, der noch nie eine Frau gehabt hat, sich aber so danach sehnt, daß ihn schon die Träume von ihr in unerträgliche Erregung versetzten. Noch vor drei Wochen war sein einziges Problem im Leben gewesen, Hunnington und seine Angelegenheiten in Ordnung zu bringen und danach zurückzufahren nach Richmond, zu seiner Tabakplantage. Jetzt mußte er sich erst mühsam daran erinnern, daß es ein Richmond im Staate Virginia gab und eine Tabakplantage, die er in zehnjähriger Arbeit mit Schweiß und Blut aufgebaut hatte. Zehn Jahre, um seinen Kindern ein Erbe zu hinterlassen — und nun wollte die einzige Frau, die je für ihn in Frage kam, keine Kinder haben — und ihn selbst auch nicht.

Brice ließ die Tür der winzigen Koje lautstark ins Schloß fallen.

Autumn fuhr hoch.

»Wir sind zu Hause«, beruhigte er sie und schaute zu, wie sie die Zemis losließ, die sie im Schlaf umarmt hatte.

»Gut geschlafen?«

»Sehr komisch, die Frage.«

Er streckte ihr eine Hand entgegen, als Autumn versuchte, sich von der Pritsche hochzuziehen. Sie achtete nicht darauf.

Tyler stand wartend am Dock. Er zog den Hut, als Autumn zur Kutsche eilte. Brice, der Autumn auf den Fersen blieb, fühlte, daß offenbar nicht alles in Ordnung war mit seinem — ihrem Aufseher.

»Na, endlich.« Hugh versuchte zu lächeln, als Mrs. Donovan in den Wagen kletterte. »Was haben Sie denn da?« fragte er und deutete auf die beiden Figuren in Autumns Hand.

»Zemis.«

»Zemis. Genau das, was wir hier brauchen. Noch mehr von diesen ›allmächtigen‹ Geistern.«

»Wie bitte?« Sie zog die Brauen hoch und starrte den Iren an.

Tyler senkte den Blick, wandte sich dann an Brice und erklärte: »Wir haben großen Ärger.«

»Was für Ärger?« fragte Autumn.

»Ärger mit Geistern«, antwortete er zu Brice. »Die Indianer glauben, daß der Jüngste Tag bevorsteht. Sie sind wie die verdammten Ameisen in die Berge gezogen.«

»Dann holen Sie sie eben einfach wieder zurück«, antwortete Autumn unbeeindruckt.

Beide Männer starrten sie ungläubig an. »Entschuldigen Sie, Mrs. Donovan, aber das ist nicht so einfach.«

»Nein? Und warum nicht, Mr. Tyler?«

»Es ist nun einmal so.« Er funkelte Donovan an.

»Sie können übrigens Ihre Antworten und Erklärungen auch an mich richten, Mr. Tyler. Ob Sie sich erinnern oder nicht, ich bin gleichberechtigter Mitbesitzer dieser Plantage. Und ich verstehe Sie ebensogut wie Mr. Donovan.«

Brice lächelte, Tyler nicht. Mit einem nachdrücklichen Räuspern kletterte er zusammen mit Brice auf den Kutschbock und nahm die Zügel.

Sie waren ein kurzes Stück gefahren und näherten sich einer Art Wegkreuzung, als ein scharfer Gestank, den der Wind ihnen entgegentrug, in ihre Nasen stach. Autumn verbarg ihr Gesicht im Stoff ihrer Bluse und versuchte nicht zu atmen.

»Was ist das?« fragte sie mit erstickter Stimme.

»Sehen Sie selbst, Mrs. Donovan.« Tyler gab die Antwort. Er hob eine seiner großen Hände und deutete auf die Lichtung.

Sie spähte durch die Finger, und was sie sah, drehte ihr den Magen um. In einem Kreis, den sieben Indianer bildeten, hing an einem Strick, aufgehängt an zwei Stangen, der verwesende Leichnam eines Keilers.

»Ein *baka*«, erklärte Donovan. »Erinnerst du dich an den Morgen unserer ersten Begegnung, als man mich zu einem Problem mit einem Keiler gerufen hat?« Er nahm ein Taschentuch aus seiner Breeches und reichte es ihr; sie preßte es sich gegen Mund und Nase. »Da der Keiler Menschen angegriffen hat, nimmt man an, daß er von einem bösen Geist beherrscht wird. Ein *baka* kann jede erdenkliche Gestalt annehmen — menschliche und tierische. Diese sieben Männer, vermutlich die mutigsten auf der Insel, haben den vermeintlichen bösen Geist, den *baka*, getötet und warten nun darauf, daß sich der böse Geist aus dem Leib entfernt.« Er zeigte auf den Aschenkreis rings um sie. »Geweihte Asche. Die pulverisierten Knochen der Toten. Der Böse kann nicht durch dieses Heilige Mehl entkommen.«

»Aber wie können sie den Gestank ertragen?«

»Ich wette, sie bemerken ihn gar nicht.«

Die Umgebung des Herrenhauses kam Autumn verändert vor, das Haus ebenfalls. Die meisten Jalousien waren aus den Fensterrahmen gefallen, und sogar die Steine auf den Treppen und Gehwegen hatten sich gehoben oder gesenkt. Der Boden war an manchen Stellen buckelig, als hätte jemand von unten die Erde aufgeworfen. Autumn betrachtete eine Linie aufgebrochener Erde, die durch die Mitte des vorderen Gartens verlief. Sie erstreckte sich, so weit man sehen konnte, und verschwand zwischen den Bäumen am Rand der Rasenfläche.

»Was, um alles in der Welt, kann so etwas verursacht haben?« fragte sich Autumn laut. Sie stieß mit dem Fuß nach der aufgeworfenen Erde, dann wandte sie sich wieder dem Haus zu.

»Vielleicht die Sackratten«, hörte sie Brice zu Tyler sagen.

»Oder des größe Murmeltier, das man je gesehen hat«, antwortete der Ire.

Und beide Männer lachten wie kleine Jungen, was so albern klang, daß Autumn nicht umhin konnte ebenfalls zu lächeln.

Sie wollte noch weiter fragen, als Celie ihr mit ernstem Gesicht an der Tür entgegentrat und offenbar die Begrüßung rasch hinter sich bringen wollte. Die Bediensteten hatten sich hinter ihr aufgestellt, steif und unbehaglich in ihren Livreen, die anscheinend schon längere Zeit in Schränken gelegen hatten. Autumn merkte, daß dies auch eine Art von offizieller Handlung war: Sie wurde als *Maîtresse* Donovan empfangen und war jetzt keine Fremde mehr, kein Gast. Eine Erkenntnis, die sie freute und ein Lächeln hervorrief.

»Ihr seht ja alle fabelhaft aus!« rief sie. Die Angestellten nahmen noch mehr Haltung an. »Und wie schön das Haus hergerichtet ist.« Dann hob Autumn ihre kleine Nase, schnüffelte ein bißchen und sagte: »Ist das Frikassee, was ich rieche, Celie?«

»Mhm.«

»Woher weißt du, daß Frikassee mein Lieblingsessen ist?«

»Hab' ich nicht gewußt.« Sie deutete auf Brice. »Es ist seines.«

»Donovan! Donovan!« Der kleine Pierre kam in die Halle, und sein Gesicht strahlte glücklich, als er mit weit geöffneten Armen auf ihn zukam und von Brice an der Hand genommen wurde.

Danach tauchte Jeanette auf, und Autumn fühlte, wie ihre Beine zu Gelee wurden.

Jeanette, ebenfalls in Livree, verneigte sich leicht vor Autumn und lächelte. »Willkommen daheim, *Maîtresse* Donovan. Ich hoffe, Sie hatten angenehme Tage auf Jamaica.«

Autumn starrte Brice und Pierre an, die sich glücklich

anstrahlten. Brice hatte den Jungen hochgehoben. Sie hörte nicht einmal die Frage.

»Hast du mich vermißt?« fragte das Kind.

»Natürlich«, antwortete er. »Und bist du ein braver Junge gewesen?«

Pierre verzog die kleinen rosa Lippen genau wie Donovan und nickte. »Du hast die ganze Aufregung von gestern abend verpaßt. Die Götter waren zornig und haben die Insel geschüttelt — einfach so.« Er wedelte mit seiner pummeligen kleinen Hand, um es zu demonstrieren.

»Aber du hast keine Angst gehabt«, sagte Brice ernst.

»*Non!*« Pierre schüttelte den Kopf, und sein Haar flog wie glänzende schwarze Federn um sein Puttengesicht. Dann streckte er die Arme aus und legte sie Brice um den Hals; dazu kicherte er und sagte: »Aber ich bin froh, daß du wieder da bist.«

Autumn drehte sich wortlos um und ging die Treppe hinauf. Sie war schon halb oben, als Donovan bemerkte, daß sie wegging.

»Autumn?«

Sie drehte sich nicht um.

»Wir sehen uns dann gleich«, klang seine Stimme herauf, und sie war so voller Liebe für das Kind, daß Autumn sich am liebsten übergeben hätte.

Ihr war übel. Das ständige Schwanken des Schiffs hatte sie genügend geschwächt, und die Szene mit dem halbverwesten Keiler hatte ihr den Rest gegeben. Jedenfalls bis ihr klarwurde — wie durch eine heftige, klatschende Ohrfeige —, daß Annee Rose nicht die einzige ›andere Frau‹ im Leben von Brice Donovan war. Es gab auch noch Jeanette. Und um alles zu komplizieren, hatten die beiden ein gemeinsames Kind. Natürlich war er nicht bereit, die Mutter seines Sohnes wegzuschicken.

Sie schlug die Tür hinter sich zu, und dabei kam sie sich

albern vor. Vergiß ihn! schalt sie sich stumm. Brice Donovan verkörpert alles das, was du immer gemieden hast. Er hätte sich zu ihr gesetzt, am offenen Kamin, und erwartet, daß sie ihm Literatur vorlas. Sie würde seine Socken stopfen müssen und ihm an Winterabenden Wollpullover stricken. Er würde sie Jahr für Jahr schwängern, bis ihr Körper von der Anstrengung zusammenbrach.

Sie hörte die Stimme von Brice, dann die von Jeanette. Die beiden waren am oberen Treppenabsatz. Autumn ging zum Fenster und hoffte, daß die frische Luft ihre Stimmung ein wenig besserte, bevor Donovan zu ihr kam. Doch vom Fenster aus klangen die Stimmen wie das Summen von Hummeln und waren nicht zu verstehen, also ging sie auf Zehenspitzen wieder zur Tür und preßte das Ohr gegen das Holz.

»Warum, zum Teufel, trägst du diese alberne Livree?« Die Stimme von Brice klang krächzend und sehr ärgerlich.

»Ich kenne meinen Platz hier«, antwortete Jeanette.

»Du bist in diesem Haus keine Dienerin, Jeanie. Laß mich mit Autumn sprechen und ihr erklären —«

»Nein, ich möchte nicht, daß sie mich anders betrachtet, und auch Pierre soll keinen anderen Platz einnehmen. Versprich es mir, Brice. Um des Jungen willen, bitte!«

Autumn hatte genug gehört. Sie entfernte sich von der Tür und ließ sich in einen Sessel sinken.

Sie nahm den Lunch allein auf der östlichen Terrasse ein. Ein friedvoller Platz, der wegen des Feuers vom bewohnten Teil des Hauses abgetrennt war. In der vergangenen Stunde hatte sie den Schaden registriert, den Roys betrunkene Unachtsamkeit verursacht hatte. Glücklicherweise bestand er vorwiegend aus geschwärzten und verschmauchten Stellen, die vom Rauch beim Brand der alten Draperien, der Teppiche und des Parketts verursacht worden war. Die Zimmer mit den schwersten Schäden waren abgeschlossen. Da Roy in einem von ihnen gestorben war, drängte es sie nicht allzu sehr, auch dort die Schäden in Augenschein zu nehmen.

Sie zwang sich, nur an den Besitz zu denken. Aber wo sollte sie beginnen? Es gab so viel zu tun. Die Renovierung des Hauses mußte warten. Erst einmal kam es darauf an, die Baracken der Arbeiter herzurichten und die Fabrik instand zu setzen: das Sudhaus, in dem der Zucker aus dem gehäckselten Rohr gekocht wurde, und die Destille in der die Flüssigkeiten in Fässern aufbewahrt wurden. Maureen Bovier hatte den Geruch von Sirup gehaßt und verlangt, daß die Fabrik so weit wie möglich vom Herrenhaus entfernt gebaut wurde. Charles war ihrem Wunsch nachgekommen und hatte sie drüben beim Trempe Mountain errichten lassen. Sicher zu weit entfernt, um von hier aus entsprechend überwacht zu werden.

Autumn warf einen Blick auf den Berg. Er erhob sich im Mittelpunkt von Cayemite, war am Fuß saftig grün und in der Mitte purpurn. Der Gipfel war meist in Wolken gehüllt. Auch jetzt zog eine Wolke über die Wipfel der Bäume, bis schließlich der Gipfel frei wurde und nackt und braun vor dem blauen Himmel stand. Von dort oben konnte man die ganze Insel überblicken: jede Bucht, jeden Strand, das bebaute und das unbebaute Land ... und Hunnington!

Auf einmal wußte sie genau, was ihre erste Tätigkeit als *Maîtresse* Donovan sein würde. Sie würde den Trempe Mountain besteigen.

Bedauerlicherweise waren die Indianer am Trempe Mountain nicht geneigt, ihrem Vorhaben zuzustimmen.

Die Eingeborenen schüttelten steinernen Gesichts ihre Köpfe und weigerten sich auch, als Autumn zum drittenmal versuchte, ihnen die Gründe klarzumachen, weshalb sie in ihr Dorf gekommen war. »Ich möchte, daß mich einer von euch als Führer auf den Berg begleitet«, erklärte sie.

Die Köpfe bewegten sich hin und her.

Autumn schaute über ihre Schultern hinweg auf den alten Mann, der auf einem Baumstumpf hockte, und fragte sich, ob er ihr Häuptling war. Er schien so alt zu sein wie die Insel; sein ledriges Gesicht war mit tiefen Furchen durchzogen. Er rauchte eine Pfeife. Seine Kleidung war zerfetzt, und neben ihm lag eine Krücke auf dem Boden.

Sie hörte, wie sich ein Pferd näherte, drehte sich um, und ihre Mißstimmung steigerte sich noch, als sie sah, wie Donovan aus dem Sattel glitt und auf sie zukam, das Gesicht dunkel und verschlossen, die Augen wie grüne Flammen. Ihr Instinkt riet ihr, davonzulaufen, aber sie tat es nicht.

»Mrs. Donovan, was, zum Teufel, soll das für ein Spiel sein?« fragte er sie.

»Ich bin hier, um mir einen Führer zu mieten.«

»Das hat man mir gesagt. Und wozu?«

Sie deutete auf den Berg.

»Wie bitte?«

»Ich möchte den ersten Sonnenuntergang nach meiner Rückkehr von dort oben beobachten.«

Brices Kopf sank in den Nacken, als er zum Gipfel des Bergs schaute. Der Trempe war kein übermäßig hoher Berg. Aber hinaufzusteigen würde den Rest des Tages beanspruchen und noch mehr. Dennoch: Zeit und Entfernung waren noch die geringsten der Probleme.

»Du findest keinen Führer unter diesen Leuten. Schon gar nicht für einen in ihren Augen so frivolen Zweck.«

»Ich bin bereit, gut zu bezahlen.«

»Tatsächlich?« Wieder betrachtete er Autumn. »Und

womit? Geld bedeutet diesen Menschen wenig. Sie haben keine Verwendung dafür.«

»Aber es muß doch eine Möglichkeit geben. Bitte, Brice ...«

Brice. Das Wort traf ihn wie ein Felsbrocken von zwei Tonnen Gewicht. Und sie wußte es, bei Gott! Sie stand da mit ihren Sommersprossen, das Haar flatterte im Wind, den Mund gerade so weit geöffnet, daß er die rote Zungenspitze hinter den Zähnen sehen konnte. Autumn Donovan konnte ihre Weiblichkeit bis zum letzten Atemzug verleugnen, aber sie genierte sich nicht, sie ins Spiel zu bringen, wenn sie etwas erreichen wollte. Es gab eine Bezeichnung für Frauen wie sie.

Brice atmete tief ein. »Was soll ich bloß mit dir tun?«

Autumn zuckte mit den Schultern. Donovan beobachtete die Sommersprossen in ihrem Mundwinkel, wie sie nach oben wanderte, als sie lächelnd antwortete: »Mich mit Geduld ertragen?«

»Das ist nicht unbedingt das, was ich mir vorgenommen habe«, sagte er mehr zu sich selbst als zu ihr. Aber sie hatte es gehört und zog die Stirn in Falten. Brice schaute sie noch einmal von der Seite an und zeigte nur den Anflug eines Lächelns, bevor er befahl: »Geh auf die Knie.«

»Wie bitte?«

Brice kniete sich nieder. »Du auch«, befahl er ihr.

Sie schaute auf den Schopf schwarzen Haars über seinem rechten Ohr, bevor er mit dröhnender Stimme Worte sagte, die sie nicht verstand.

»Atibo-Legba, l'uvri baye pu mwe, agor! Papa-Legba, l'uvri baye pu mwe. Pu mwe pase. Lo m'a tune, m salie loayo.«

»Was bedeutet das?« flüsterte sie.

»Es ist wie anklopfen.« Er neigte den Kopf ein wenig auf ihre Seite und grinste.

Der alte Mann gab Antwort. »Die Schranke ist offen. Ihr seid willkommen.«

Brice half Autumn aus ihrer knienden Position und klopfte ihr den Staub so sachte von den Knien, daß ihr Herz einen Satz machte. Dann, um ihre Verwirrung zu vervollständigen, nahm er ihre Hand in die seine und führte sie zu dem Alten. Dabei ließ er ihre Hand nicht los.

»Henri Touisannt.« Donovan lächelte seinen Freund an. »Und das ist *Maîtresse* Donovan.«

»A nu bel fam!« Henri klatschte in seine klauenartigen Hände.

»Ja, das ist sie.« Brice musterte Autumn. »Sehr schön.«

Henri langte nach seiner Krücke. »Gebt ihr mir die Ehre, unsere *mélange* zu teilen?«

»Glaubst du, wir würden Legba entehren?«

Henris alte Stimme war wie das Knirschen von Kies. »Nur wenn wir sehr dumm oder ahnungslos wären.«

Autumn merkte, daß sie von den Dorfbewohnern beobachtet wurde, vor allem von den Männern. Sie versammelten sich um sie, sprachen leise untereinander und deuteten immer wieder auf ihr Haar. Einmal, als der Wind hineinfuhr, sprangen sie so plötzlich zurück, daß einige davon zu Boden fielen.

»Es ist die Farbe«, erklärte Brice. »Sie haben noch nie zuvor eine Rothaarige gesehen. Sie glauben, daß du eine Leidenschaft fürs Feuer hast. Eine derartige Leidenschaft wirkt magisch auf diese Leute, und sie sind vermutlich hier, um dich zu ehren.«

Dann erschienen die Frauen. Sie waren nackt von der Taille nach oben. Autumn biß sich auf die Unterlippe und versuchte, sich ihre Verlegenheit nicht anmerken zu lassen, als die Frauen Brice mit Nahrung und Getränken versorgten. Sie wischten ihm das Gesicht mit einem kühlen, feuchten Tuch ab, dann kippten sie ihm eine halbe Kokosnußschale voll Wasser in den Mund. Als sie begannen, ihn zu füttern, bedankte er sich respektvoll und versicherte ihnen, daß er das lieber selbst tun würde. Enttäuscht hockten sie sich auf ihre Fersen und schauten ihm zu, wie er den Pfefferbrei löffelte.

Schließlich wandte er sich an Autumn und sagte: »Füttere mich.« Als sie zögerte, fügte er hinzu: »Anders werden wir sie nicht los.«

Sie nahm den Napf. Hielt ihn unter sein Kinn, tauchte zwei Finger in die fettige Masse und steckte ihm die Finger mit einem Stück davon in den Mund, wie sie es bei den anderen beobachtet hatte. Sie sah, wie er den Mund öffnete, und ihr drehte sich das Herz um. Als seine Lippen über ihre Fingerspitzen glitten, klopfte ihr Puls ganz oben in der Kehle. Als er mit einem leicht saugenden Geräusch ihre Finger in den Mund sog und die Zunge um ihre Fingerspitzen wickelte, war der Schock so stark, daß sie laut zu keuchen begann.

»Oh«, formten ihre Lippen. »O mein Gott.«

Seine Zunge sog wieder an ihren Fingern. Das Gefühl ging ihr durch den ganzen Körper bis hinunter zu den Zehen. »Mr. Donovan!« flehte sie zögernd, und Autumn fand, daß Mr. Donovan lächerlich formell klang angesichts dessen, was er mit ihren Fingern machte. Schließlich gelang es ihr, sie aus seinem Mund zu ziehen. Autumn schaute ihm in die Augen und wunderte sich, daß das seltsame Gefühl in ihren unteren Regionen nicht aufhörte. Der Mittelpunkt dieser Empfindung lag zwischen ihren Beinen, ein Ziehen, schmerzhaft und angenehm zugleich.

»Jetzt bist du mein«, sagte er mit einer so glatten und zufriedenen Stimme, daß sie erschauerte. Seine nächsten Worte jedoch rissen sie aus allen Träumen, und sie vergaß Finger und Zunge und die nackten Frauen ringsum, vergaß alles bis auf die Bedeutung seiner Worte.

Sie lauteten: »Jetzt hast du mich in den Augen dieser Menschen geheiratet.«

Sie versuchte zu lachen. Aber sie kannte Brice Donovan gut genug, um diesen ernsten, bestätigenden Ausdruck auf seinem Gesicht richtig zu deuten. Für ihn war das keineswegs ein Scherz.

Die Frauen seufzten, zuckten mit ihren braunen Schultern und gingen in ihre Hütten zurück. Die Männer lachten und klopften sich gegenseitig auf den Rücken.

Autumn stellte die Schüssel auf den Boden und erhob sich. »Ich bin hergekommen, weil ich einen Führer brauche«, erklärte sie ihnen. »Einen, der mich auf den Gipfel des Berges bringt.«

»Das kannst du vergessen«, meinte Brice, der hinter ihr stand.

»Ich bezahle gern und gut.«

»Sie können dich nicht verstehen«, erklärte Henri. Er stützte sich etwas fester auf seine Krücke und zuckte dann mit seinen mageren Schultern. »Aber selbst wenn sie dich verstünden: Es gibt keinen, der dich dort hinaufbegleiten würde. Es ist heiliges Land, verboten für alle bis auf diejenigen, die zum Sterben dort hingehen. Kein Mensch ist jemals von dort oben zurückgekehrt.«

»Dann bringt mich wenigstens zur Hälfte hinauf, bis an die Baumgrenze, wo die braune Erde beginnt. Von dort aus finde ich meinen Weg.«

Henri streckte ihr seine ausgebreiteten, schwieligen Handflächen entgegen. »Außerdem sind es sorgenvolle Zeiten, *Maîtresse.* Die Zemis, die auf dem Berg wohnen, sind gestört worden. Erst letzte Nacht hat die Insel gebebt, und dieser Berg hat vor Zorn gegrollt. Die Frauen unseres Volkes bereiten Opfer für die Geister vor, die dort oben wohnen, damit sie uns nicht noch mehr Unheil schicken.«

»Dann gehe ich eben allein«, beharrte sie eigensinnig.

Henri paffte etwas heftiger an seiner Pfeife.

Brice stellte seine Schüssel neben die von Autumn und erhob sich ebenfalls. Er nahm an, daß man dem Unvermeidlichen nicht entgehen konnte.

14

Brice verfluchte Autumn Sinclair Donovan zum drittenmal in ebenso vielen Minuten und fragte sich, was ihm Henri in seinen Pfeffertopf gegeben hatte, daß er verblödet genug gewesen war, einem solchen Ausflug zuzustimmen. Hätte er Autumn diese Tour allein machen lassen, wäre sie schon vor Stunden umgekehrt und längst zurückgekommen. So aber trottete sie hinter ihm her, das Haar verklebt und die Bluse so naß, daß sie ihr an der Haut klebte und alles zeigte, was darunter war.

Aber obwohl ihr Gesicht rot war vor Anstrengung, lächelte sie so strahlend, daß sie damit die untergehende Sonne beschämte.

»Ist etwas, Mr. Donovan?«

»Du gibst wohl nie auf?« fragte er, nachdem er Atem geschöpft hatte.

»Nein. Niemals.«

Er beobachtete sie noch einen Augenblick. Sie legte eine Hand über die Augen und schaute den Hang hinauf. »Von hier aus sieht der Berg wesentlich höher aus, nicht wahr, Mr. Donovan?«

Er zeigte ihr ein kurzes Lächeln. »Findest du nicht, daß du mich Brice nennen solltest? Immerhin sind wir verheiratet — zumindest denkt das dein Bruder.«

Ihre Hand fuhr rasch nach oben. »Das ist nicht

komisch. Die Ehe ist kein Scherz für mich, Mr. Donovan.«

»Nicht?« Brice kniff die Augen zusammen und schaute den Weg zurück, den sie gegangen waren. »Deine Ehe mit Roy zum Beispiel war doch ausgesprochen lächerlich.«

Er beobachtete Autumn, die so tat, als ob sie seine Bemerkung nicht gehört hätte. Aber ihre Schultern verrieten es: Sie kochte vor Zorn über das, was er besagt hatte.

Soll sie doch, dachte er. Er selbst war wütend auf sie, seit sie ihm gesagt hatte, er könne ihretwegen gern bei Annee wohnen. Da hatte er nun praktisch Willow Bend verpfändet, damit sie genug Geld zur Verwirklichung ihrer Traumvorstellungen bekam, und sie tat, als ob ihr das völlig egal wäre!

»Gehen wir nun weiter oder nicht?« fuhr er sie an, so barsch, daß sie ihn überrascht anschaute.

Dann hob sie das Kinn und erwiderte: »Natürlich, Mr. Donovan.«

Das ›Mr. Donovan‹ sagte alles.

Die hängenden Äste der riesigen Cieba-Bäume ließen nur einzelne Lichtstrahlen in das Dunkel. Autumn mußte sich oft bücken, um den Pfad zu erkennen, der immer wieder vom Unterholz überwuchert war, als sie durch diesen letzten Teil des Regenwaldes trotteten. Er war für sie in der vergangenen Stunde eine erstickende Gruft aus unendlichem Grün gewesen, und die Vegetation war hier so dicht, daß nicht einmal der Hauch eines Lüftchens sie erreichte.

Rechts von ihnen ging es steil nach unten, und auf der anderen Seite endeten die Baumwipfel dort, wo die Wurzeln der nächsten Reihe von Bäumen im Boden verschwanden. Die gewundenen, verdrehten Wurzeln ragten über die Erde heraus, bildeten Schlingen und brachten Autumn immer wieder zum Stolpern. Als sie wieder einmal das Gleichgewicht verlor, sank sie auf ein Knie. Instinktiv griff sie nach Donovans Bein und erwischte sein Fußgelenk. Er taumelte und ging ebenfalls zu Boden.

»Verdammt!« hörte sie ihn zischen.

Autumn begrub ihr Gesicht in der Beuge des Ellbogens. »Es tut mir leid«, sagte sie mit gesenktem Kopf. Sie wollte heulen und wußte nicht, warum. Ja, sie war müde. Ihr war furchtbar heiß, und sie wünschte, sie hätte nie ein so törichtes Vorhaben gefaßt wie dieses. Aber von Hunnington Hall aus hatte der Berg längst nicht so hoch ausgesehen. Jetzt hob sie den Kopf und fragte: »Möchten Sie umkehren?«

Brice funkelte sie an. »Umkehren? Ja, nichts lieber als das. Es war nie mein Wunsch, auf diesen verdammten Berg zu steigen.«

»Ich weiß.« Sie wischte sich die Nase mit dem Ärmel ihrer Bluse ab.

Brice setzte sich auf. »Es ist zu spät zum Umkehren. Wir haben höchstens noch eine Stunde Tageslicht, und ich weiß nicht, was du davon hältst, aber ich würde um nichts in der Welt in diesem verdammten Regenwald übernachten wollen.«

Sie legte den Kopf auf seinen Unterarm. »Hoffentlich ist der Weg nach unten leichter.«

Sie hörte, daß Donovan heftig atmete. Sie hörte das Säuseln des Windes in den Wipfeln der hohen Bäume und wußte, daß alles leichter sein würde, sobald sie diesen klebrig heißen Tunnel dichter Vegetation hinter sich gelassen hatten. Plötzlich bemerkte sie, daß außer dem Wind und ihrem eigenen, heftigen Atmen nichts zu hören war. Es herrschte unheimliche Stille in dem Wald, der zuvor noch, beim Aufstieg, eine Kakophonie von Vogelstimmen und summenden Insekten geboten hatte. Dann hörte Donovan zu atmen auf. Und der Wind schlief ein. Es war, als ob das ganze Universum den Atem anhielte.

Langsam hob sie den Kopf und starrte Brice an. Auch er hatte sie angeschaut, es war also nicht nur Einbildung gewesen. Auch er hatte die plötzliche Veränderung bemerkt. Sie lauschten auf die Stille, sahen sich an und warteten, wie man auf den Krach des Donners wartet, nachdem ein blendend heller Blitz den Himmel gespalten hat.

Aber es folgte — nichts.

Donovan sprang auf. Er packte Autumn an der Hand und lief den Pfad weiter nach oben, schneller, immer schneller, zog sie schließlich, weil ihre Beine nicht mehr mitmachen wollten. Ihre Lungen schmerzten. Die Haut an ihrer Hand, die er so fest in der seinen hatte, brannte von der Hitze, vom Druck und dem Schmutz, der wie Salz in die aufgeschürfte Haut gerieben wurde.

Dann nahm sie einen deutlichen Schwefeldunst wahr, wie faule Eier.

Sie liefen weiter nach oben, bis jeder Atemzug ein Kampf war, den sie verlieren würden, wenn sie nicht bald stehenblieben.

Der Tunnel war dunkler, aber der Himmel, jetzt zinngrau, schimmerte öfter durch die dünneren Baumwipfel und durch die Skelette toter Bäume und Äste. Autumn bedeckte Mund und Nase mit der Hand und fragte sich, ob vielleicht wieder ein Keiler in der Nähe verweste. Dann aber fiel ihr ein, daß die Indianer sich weigerten, auf den Trempe zu steigen, wenn sie nicht — sterben wollten!

O Gott, natürlich war dieser Gestank nicht . . .

Nebel hob sich vor ihnen, umgab sie, schien sich wie ein geheimnisvolles Leichentuch auf die abgestorbenen Bäume zu legen.

Eine gefährliche Luft, die ihre Lungen verbrannte, die betäubte und Magenschmerzen verursachte. Ja, dachte Autumn, sie würde sterben, hier in dieser verwesenden Vegetation, unter den Geistern der toten Indianer. Henri hatte sie gewarnt. Niemandem war es erlaubt, den Gipfel zu ersteigen. Die Götter hatten es verboten. Und das war nun ihre Strafe dafür, daß sie den geheiligten Boden entweihten.

Wieder stürzte sie und fragte sich, warum Donovan sie nicht verfluchte wie vorhin, warum er ihr nicht ihre Halsstarrigkeit vorwarf. Sie wollte sagen: ›Donovan, es tut mir leid — alles, was ich gesagt und getan habe, tut mir leid‹, aber sie brachte es nicht hervor. Die Worte und Gedanken drehten und wendeten sich in ihrem Kopf wie ein einziges, verrücktes Karussell.

Auf Händen und Knien starrte sie den Boden an, und sie bildete sich ein, daß er sich bewegte. »Don-o-van«, keuchte sie schließlich.

»Don-o-van.« Sie schluchzte.

Sein Bild stand vor ihren Augen. Dann ließ das Dröhnen, das sie schon die ganze Zeit mehr fühlte als hörte, den Boden vibrieren und schüttelte die Bäume so heftig, daß die Stämme ächzten. Die Blätter bewegten sich ohne Wind und fielen naß zur Erde. Ein paar landeten auf dem Rücken von Brice.

Autumn legte sich auf den Boden, streckte eine Hand aus und berührte Brice. »Es tut mir leid«, sagte sie, bevor sie die Augen schloß. »Es tut mir so leid.«

Die Luft roch frisch, ohne die gefährlichen, gashaltigen Dämpfe, die sie zuvor betäubt hatten und Übelkeit erzeugten. Autumn lag lange mit geschlossenen Augen da, den Kopf auf dem Kissen. Die Illusion, auf einen Berg gestiegen zu sein und sich der Rache wütender Götter ausgesetzt zu haben, war nichts als ein besonders schlimmer Alptraum. Brice war nicht tot, und wenn sie ihm den Traum erzählte, würde er ihr sein spöttisch-nachsichtiges Lächeln schenken und so etwas sagen wie: ›Was soll ich bloß mit dir anfangen?‹

Sie fröstelte und langte nach der Decke, bis sie merkte, daß es keine Decke gab.

Sie setzte sich auf.

Ein Stern blinkte über ihr, ein Licht am samtig schwarzen Himmel. Autumn starrte ihn mehrere Minuten lang an. Es war so kalt, daß sie glaubte, sie könnte ihren Hauch sehen, wenn es hell genug wäre.

Dann kamen die Erinnerungen zurück, und als ihr bewußt wurde, daß der Alptraum Wirklichkeit war, konnte sie nur mit Mühe einen Schrei unterdrücken.

Sie drehte sich auf den Bauch, kroch ohne zu denken vorwärts, tastete und suchte. »Donovan!« Der Ruf erzeugte Echos in der schwarzen Pechgrube, die sie umgab. Ihre Finger ertasteten seine Stiefel und hielten sich an seinen Beinen fest wie an einem Rettungsring, als sie sich über die Rückseite seiner Schenkel an ihm hochzog. »Donovan!«

Die Hände in den Falten seines Hemdes vergraben, drückte Autumn ihren Kopf gegen seinen Rücken, zwischen die Schulterblätter. »Donovan, Donovan, mein geliebter Donovan!«

Er antwortete mit einem Stöhnen.

Oder hatte sie es sich nur eingebildet?

Er stöhnte noch einmal.

Sie packte ihn an einer Seite und drehte ihn auf den Rücken. Es war nicht leicht. Dann flatterten ihre Hände über seine Schultern, seine Brust, den Hals entlang und über sein Gesicht; sie suchten nach einer Verletzung, aber das Schwarze an seiner Wange war Schmutz; sie wischte ihn fort. An seiner Stirn klebte ein Blatt; sie zupfte es weg.

Ah, welche Erleichterung: sein Atem an ihrer Hand, warm und beruhigend. Die Bartstoppeln an seinem Kinn. Zögernd senkte sie ihr Gesicht, berührte sein Haar mit den Lippen und flüsterte: »Donovan?«

Er legte einen Arm um sie.

»Ich dachte, du bist tot.« Jetzt lachte sie, aber sie weinte auch ein bißchen.

»Ist bei dir alles heil geblieben?« Seine Stimme klang, als ob er von irgendwelchen Drogen betäubt worden wäre. Sie preßte sich fester an ihn.

»O ja.« Sie weinte und lachte zugleich. »Ich — es geht mir gut. Ich habe mir solche Sorgen gemacht. Sorgen um dich, Brice, als ich merkte ...« Sie nahm seinen Kopf in beide Hände und schaute auf sein Gesicht hinunter, und obwohl sie nichts als die dunklen Umrisse sehen konnte, kannte sie jede Kurve, jedes Grübchen, jede Kante und jede Einbuchtung.

Er legte den anderen Arm um ihren Rücken und fuhr mit den Fingern durch ihr Haar. »Du hast dir Sorgen gemacht? Um mich?« wiederholte er. Seine Stimme klang rauh.

»Es ist alles meine Schuld. Es tut mir so leid, Brice. Ich wollte doch nur Cayemite von oben sehen. Die ganze Insel. Und dabei ist mir nicht klargewesen ... Was war das, was uns bewußtlos gemacht hat?« fragte sie.

»Sumpfgas.«

»Sumpfgas ... Auf einem Berg?«

»Ich habe keine bessere Erklärung dafür.«

»Und wenn etwas passiert wäre?«

»Psst.«

»Aber —«

»Es ist nichts passiert.« Er zog sie an sich. Sie ließ ihn eine Weile gewähren, dann machte sie sich frei. Nicht weil ihr diese Position unangenehm gewesen wäre, ganz im Gegenteil. Doch was in ihrem Inneren vor sich ging, war verwirrend und erschreckend; es machte sie wieder benommen und raubte ihr den Atem.

»Autumn.«

Es klang rauh im Dunkeln, schmerzlich und rauh.

Sie schaute in sein Gesicht und glaubte, ein Lächeln gesehen zu haben.

Autumn war sich nicht im klaren, was sie geweckt hatte. Sie rieb sich die Augen und starrte in das dichte Grau; dabei fragte sie sich, ob sie noch immer träumte. Es war, als treibe sie dahin. Über ihr war kein Himmel, unter ihr keine Erde. Lichter waren zu sehen, die aufleuchteten und wieder verschwammen, schimmernde Visionen ohne bestimmbare Formen, aber seltsam verlockend.

»Donovan?« Ihre Stimme klang gedämpft, auch in ihren eigenen Ohren.

Eine Brise strich über ihre Wangen. Die Finger des aufkommenden Windes hoben ihr Haar von den Schultern und drapierten es um ihr Gesicht. Ein Lied begann: die seufzende, unheimliche Melodie des erwachenden Lebens.

»Autumn!«

»Hier«, rief sie erleichtert. Donovan tauchte aus dem Dunst auf. Sie berührten sich, legten ihre Hände ineinander, und jeder fand Kraft im anderen. Autumn legte den Kopf an seine Brust, schlang ihre Arme um seinen Rücken und weinte.

Und dann begann der Himmel zu kochen, erst in Wirbeln von Grau und Weiß. So mußte Gott die Erde am Beginn ihrer Existenz gesehen haben, eine Zusammenballung von Masse ohne Form. Die Luft war erst kalt, dann warm, dann wieder kalt. Als sie nach oben blickten, schälten sich die Wolken vom Gipfel des Berges, ganz langsam, und enthüllten einen felsbedeckten Abhang aus Siena und tiefem Schwarz.

Autumn schaute fasziniert zu und wartete, bis die Nebel- und Dunstschwaden sich ganz verzogen hatten, blickte dann nach unten und erkannte die Gebäude von

Hunnington, die Obstgärten mit den Orangen-, Limonen- und Zitronenbäumen. »Donovan, da! Siehst du? Das ist der Küchengarten. Ich bin sicher, ich kann sogar Celies Süßkartoffeln und Wintermelonen von hier aus sehen!«

Donovan lachte und hielt sie fest. »Wenn du die von hier aus sehen willst, mußt du Habichtaugen haben, Liebste.«

»Da!« Sie sprang auf und deutete auf die Zuckerrohrfelder. »Dort beginnen wir mit der Neupflanzung — an dem Waldstreifen am Fuß des Berges. Und, oh!« Sie schmiegte sich an ihn und strich ihm übers Kinn. »O Brice, das Haus! Siehst du es? Dort drüben?«

»Ja, ich sehe es.«

Das Herrenhaus schimmerte gespenstisch weiß zwischen den Nebelfetzen. Dahinter war die Straße zu erkennen, die sich wie ein elfenbeinfarbenes Band übers Land bis zur anderen Seite von Cayemite, zu Barrett Hall.

Ja, Barrett Hall konnte sie auch sehen. Sein Anblick sollte sie wohl daran erinnern, daß Hunnington Hall das einzige war, was sie mit Brice Donovan teilte.

Die Wolke schien über dem Wasser hängenzubleiben, und Autumn und Brice warteten, bis der Ozean aus dem Nebel auftauchte.

Das graue Leichentuch kämpfte mit der Sonne, und die Sonne gewann. Sie verscheuchte die Dämmerung so plötzlich, daß Autumn und Brice im strahlend hellen Licht taumelten, das sich vom Himmel ergoß, weiß, gelb blendend. Brice hielt sich die Hand über die Augen. Autumn vergrub ihr Gesicht an seiner Brust. Die Sonne kam über den Horizont aus dem Wasser und badete die Erde in ihrer Hitze.

Und der Ozean verfärbte sich blutrot.

15

1. Mai 1831

Lieber Brice,
ich möchte keine Zeit mit Höflichkeitsfloskeln vergeuden und gleich zur Sache kommen. Ich brauche Deine Hilfe. Die Situation hier auf Cayemite ist zum Verzweifeln. Hauptproblem ist das Geld. Die Leute auf der Insel weigern sich zu arbeiten, und das haben wir Annee Rose zu verdanken. Sie hat die Eingeborenen davon überzeugt, daß sie, wenn sie für uns arbeiten, die Rache des Guede auf sich lenken. Sie will Hunnington haben, Brice, und ich bin sicher, sie wird vor nichts haltmachen, um es in die Hand zu bekommen. Kurz gesagt, ich befürchte, daß auch mein Leben in Gefahr ist.

Ich gestehe ein, daß ich selbst an dieser Situation nicht unschuldig bin und für vieles die Verantwortung trage. Aber Du mußt Dir vorstellen, wie mein Leben seit Vaters Tod gewesen ist. Die Bürde ist einfach zu groß. Dazu tagaus, tagein die Isolation vom wirklichen Leben, das ist mehr, als ich ertragen kann. Diese verdammte Insel und die Plantage sind unerträglich einsam. Ich habe mich natürlich bemüht, die Situation zu verbessern, und zu diesem Zweck habe ich mir eine Frau genommen, ein bezauberndes Kind mit cognac-braunen Augen. Sie heißt Autumn Sinclair, stammt aus Charleston. Als ich sie zum erstenmal dort sah, ritt sie im Herrensitz und ohne Sattel am Strand entlang, in einer Breeches, einem Männerhemd und ohne Schuhe, und dabei flog ihr das kupferrote Haar um die Schultern. Sie versteht soviel von Plantagen und ihrem Betrieb wie ihr vermögender Bruder. Bedauerlicherweise mußte ich sie in Charleston zurücklas-

sen, bis ich die Situation in Hunnington geklärt habe, aber ich nehme an, daß sie sich als ein guter Partner erweisen wird, sowohl im Bett als auch außerhalb, wenn ich sie nach Cayemite bringe.

Bruder, ich weiß, daß wir uns nie besonders nahegestanden haben, aber ich bitte Dich: hilf mir. Um unseres Vaters willen und um alles, wofür er gelebt und gearbeitet hat. Hunnington steckte nicht in diesen Schwierigkeiten, wenn Du auf der Insel geblieben und deiner Verantwortung als Patrick Donovans ältester Sohn nachgekommen wärst.

Roy

5. Juni 1831
Roy,
nach vier Jahren ohne ein Wort von Dir aus Cayemite kam überraschend Dein Brief. Du bittest mich um meine Hilfe, und ich werde sie Dir nicht versagen. Aber ich habe Verpflichtungen hier in Willow Bend, die mich für die nächsten Wochen hier festhalten. Wir sehen uns dann spätestens Mitte Juli.

Meinen Glückwunsch zu Deiner Heirat. Es hört sich so an, als sei Autumn Sinclair tatsächlich die perfekte junge Frau für einen Donovan, der sich vorgenommen hat, ein erfolgreicher Pflanzer zu werden ... Wenn ich das so lese, glaube ich fast, ich habe mich selbst schon in sie verliebt.

Brice

Brice faltete die Briefe zusammen und legte sie nebeneinander auf den Schreibtisch. › ... glaube ich fast, ich habe mich selbst schon in sie verliebt.‹ Er sah die Worte immer wieder in Gedanken vor sich. Das Gefühl hatte schon damals begonnen. Er hatte sich in ein Phantasiegebilde verliebt, das sich realisiert hatte und alles das war, was er sich jemals von einer Frau gewünscht hatte. Und diese Frau wollte nichts mit ihm zu tun haben!

Autumn konnte nicht schlafen; sie stieß die dünne Decke fort und öffnete die Augen. Das Licht vor ihrem Bett ließ sie hochfahren. Es waren einzelne Lichtpunkte, die über ihr wie Sternschnuppen am Nachthimmel dahinzogen. Sie tanzten in Kreisen, im Rhythmus der Trommeln, explodierten dann wie Feuerwerkskörper und trieben zu Boden, ehe sie sich wieder erhoben. Blink ... blink ... blink ... Die gelben und weißen Lichtchen blinzelten wie die Sterne am Firmament, Hunderte von Lichtern, so bezaubernd und hypnotisch, daß Autumn laut aufschrie.

Sie schob das Moskitonetz zur Seite und sprang aus dem Bett. Die Lichter erhellten ihren Körper, ließen phosphoreszierende Spuren hinter sich. Sie wirbelten um ihre Knie, und wenn sie versuchte, eines davon zu fassen, entwichen sie rasch, waren fort mit dem einen Lidschlag und tauchten mit dem anderen wieder auf.

Sie umkreisten den Zemi auf der anderen Seite des Raums. Als das Gesicht der kleinen Figur sie in der Dunkelheit anblinzelte, lief Autumn zur Tür.

Durch das ganze Haus schossen die kleinen Sternchen in der Dunkelheit, einige in Gruppen, andere einzeln und alle pulsierend im Rhythmus der Trommeln. Autumn stand am oberen Ende der Treppe und rief: »Donovan!« Die Lichter hüpften noch schneller die Treppe hinauf und hinunter und umschwärmten ihren Kopf. »Donovan!« wiederholte sie.

Irgendwo öffnete sich eine Tür.

»Donovan, kommen Sie schnell!«

Er tauchte am Fuß der Treppe auf. Ein Lichterkranz schien über seinem Kopf und erhellte sein Gesicht, als er zu Autumn heraufschaute.

»O Donovan, das ist das Schönste, was ich je im Leben gesehen habe.«

Brice blickte zu ihr hinauf, eine Erscheinung in Weiß, umgeben von Lichtpunkten, die um ihre Schultern tanzten. »Ja«, murmelte er mit belegter Stimme.

»Es ist wie tausend Sternschnuppen. Schau, wie sie tanzen!«

Langsam kam er die Treppe herauf.

Sie hatte den Saum ihres Nachthemds in der einen Hand und hielt sich mit der anderen am Geländer fest; so kam Autumn vorsichtig nach unten. Sie trafen sich auf halbem Weg. Wie an dem Morgen, als sie sich auf der Treppe im Haus der Nelsons begegneten, schauten sich Brice und Autumn an.

»Was ist das?« fragte sie und konnte einen Augenblick lang nichts sehen als seine Augen.

»Das sind Feen.«

»Feen?«

Er nickte. »Die Feen der Minetta.«

Ein Schwall von Lichtpünktchen zeigte, daß er lächelte. Erschreckt von der kleinen Explosion, stammelte Autumn: »W — wer ist Minetta?«

»Die Tochter des letzten regierenden Häuptlings auf dieser Insel. Sie war böse und hat ihren Vater getötet, weil sie selbst die Menschen hier beherrschen wollte. Die Zemis des Lichts schickten ihre Kinder, um Minetta von Cayemite zu vertreiben. Die Legende sagt, daß sie keine Ruhe fand, bis sie schließlich verrückt wurde.«

»Verrückt?«

Brice kam näher. »Ja, verrückt. Es gibt eine Legende über diese Insel und diese — Feen. Wenn man sie zu lange anschaut, verliert man den Verstand.«

»Glaubst du das?«

»Immerhin ist jeder Mann und jede Frau, die jemals

versucht haben, diese Insel zu beherrschen, der Legende nach verrückt geworden.« Autumn lachte. »Auch die Donovans?«

»Einige glauben, daß sich mein Vater das Leben genommen hat.«

Die Worte waren wie ein Schlag aus der Dunkelheit. Autumns Reaktion war instinktiv. Sie legte ihre Handflächen sachte an seine Wangen und wartete auf den nächsten Lichtschwall, ehe sie sagte: »O Brice, ich hatte ja keine Ahnung. Es tut mir so leid.«

»Und Roy ...« Er drehte den Kopf zur Seite und sagte in ihre Handfläche. »Und ich.«

»Du bist nicht verrückt.«

»Nein?« Er hielt sachte ihr Handgelenk, und sie versuchte, sich freizumachen. »Ich muß verrückt sein«, sagte er, und es war ein rauhes Flüstern.

Die Feen flogen um ihre Schultern und wirbelten in so engen Kreisen, daß sie eine dichte Kette von Sternenkugeln in der Dunkelheit bildeten.

Donovan drückte seine Lippen gegen die mit bläulichen Adern durchzogene Haut von Autumns Handgelenk, berührte sie mit der Zunge, ließ dann seine Lippen am Rand ihres dreiviertellangen Ärmels entlanggleiten. Sie schloß die Augen und sah dennoch das Bild von Donovan vor sich, erhellt vom weichen Pulsieren der tausend Lichter. »O Donovan«, stöhnte sie. »Donovan.«

Er war zu schwach, um Widerstand leisten zu können.

Brice legte einen Arm um ihre Taille, ging eine Stufe nach oben und drückte Autumn zugleich an sich. Dabei fühlte er ihre Brustwarzen wie harte Knöpfe an seiner Brust. Sie drückten sich durch den zarten Stoff ihres Nachthemds und durch sein Hemd. Autumn ließ den Kopf nach hinten fallen, entblößte dabei die blasse Kurve ihres Halses, und das offene, kupferrote Haar ergoß sich in Kaskaden bis zu ihrer Hüfte.

Seine Hände glitten über ihren Körper, über die empfindlichen, versteiften Spitzen ihrer Brüste hinunter über den Magen und zu der warmen Stelle zwischen ihren Schenkeln. Die Baumwolle wurde feucht, dort, wo er die Finger zart in die weiche Öffnung drückte, und obwohl Autumn die Beine zusammenpreßte, drängte er sein Knie dazwischen und zog den Stoff des Nachthemds straff dabei.

Wenn er sie so berührte, wie er jetzt tat, war sie hilflos — und sie wollte ihm auch keinen Widerstand leisten. Ja, als seine Hände die Kurve ihrer Hüfte bis zum schmalen Brustkorb nachzogen und dann die Brüste umspannten, wußte sie, daß es noch weiter gehen konnte. Viel, viel weiter.

Sie sah seine geschlossenen Augen, sah die langen, glatten Wimpern und die winzigen Fältchen an der Außenseite, die im flackernden Licht tiefer wirkten, als sie in Wirklichkeit waren. Er küßte sie. Erst war es nur eine sachte Berührung, dann öffnete sich sein Mund, und seine Zunge glitt über ihre Lippen in einer Weise, die dem Öffnen ihrer Schenkel mit seinem Knie entsprach. Als sie Anstalten machte, zu fliehen, als sie Angst bekam vor der Macht ihrer Erwiderung seiner Liebkosungen, die ihren ganzen Körper erfaßt hatten, umspannten seine Hände ihre Hinterbacken und drückten sie noch fester an sich, so fest, daß die ganze Länge seiner gewaltigen, harten Männlichkeit gegen ihren Bauch gepreßt wurde und sie spürte, wie sein Glied pulsierte, als hätte es ein eigenes Leben. Eine köstliche Wärme durchflutete ihren Unterleib, und er konnte es deutlich fühlen.

Den Körper angespannt und hart wie Stein, trat Brice zurück. Er warf einen Blick auf Autumns geschwollene

Lippen, auf die hochstehenden Brüste mit den steifen Spitzen, die sich wie Rosenknospen durch den Stoff des Nachthemds drückten. »Kommst du mit mir?« Die Frage verbrannte ihm fast das Innere seines Mundes. »Kommst du?«

»Wohin?«

Er lachte, ein abrupter, gepreßter Ton, der Autumn von den Zehenspitzen bis in die Haarspitzen zum Beben brachte.

Brice strich mit einer Fingerspitze über ihr Kinn und sagte leise: »Naivität steht dir gut, Liebste. Na schön, wenn du unbedingt dein Spielchen haben willst — mir macht es nichts aus. Du weißt, daß ich dich begehre, und ich bitte dich, mit mir ins Bett zu gehen.«

Autumn schloß die Augen. Er war zu nahe, viel zu nahe, als daß sie noch vernünftig denken konnte. Aber eigentlich waren sämtliche vernünftigen Gedanken schon von ihr gewichen, als sie Brice Donovan vor ein paar Wochen zum erstenmal gesehen hatte.

In diesem Moment begann das Pochen. Einen Augenblick lang dachte Autumn, daß das Pulsieren der Erwartung, das sie im ganzen Körper fühlte, mittlerweile auch die Ohren ergriffen hatte. Aber als Brice sich abwandte und die Treppe hinunterging, wurde ihr klar, daß jemand wie wild an die Haustür hämmerte.

»Donovan! Verdammt, Donovan, mach die Tür auf!«

Annee Rose.

Donovan erstarrte am Fuß der Treppe.

Der Schock, Annees Stimme zu hören, war für Autumn wie ein Guß kalten Wassers ins Gesicht. Sie hielt sich am Geländer fest und ging dann rückwärts die Treppe hinauf.

Brice wandte sich langsam um, schaute zu ihr herauf. »Autumn, bleib, wo du bist.« Der Türklopfer, ein Löwenkopf aus Messing, dröhnte durch die Dunkelheit. Die kleinen, blinkenden Lichtchen sammelten sich an der Decke der Halle und warfen ein unsicheres Licht auf Donovans Schultern. »Bleib!« bat er sie noch einmal.

Autumn drehte sich um, hob das Nachthemd bis zu den Knien und floh nach oben.

»Autumn!« Brice wollte die Treppe hinaufrennen und ihr folgen, aber das wahnwitzige Klopfen an der Tür hielt ihn zurück. »Autumn, ich bitte dich! Verdammt, Autumn ... Ach, zum Teufel!«

Der Zorn in ihrer Brust schwoll an. Autumn schlug die Schlafzimmertür hinter sich zu. Wie konnte sie es nur vergessen haben? Wie gelang es ihm, sie vergessen zu machen, daß es auch noch Annee Rose gab? Und Jeanette? Und Pierre! Sicher, sie genügten ihm nicht — o nein, er wollte sich einen netten kleinen Harem aufbauen, und sie hätte es beinahe zugelassen! Sie, die sich geschworen hatte, daß kein Mann sie jemals ausnützen durfte, hatte ihm den Körper dargeboten und ihn praktisch dazu eingeladen, sie zu entehren. Warum hatte sie sich, und sei es nur für einen Augenblick, eingeredet, daß er sie liebte? Wieso hatte sie geglaubt, es in seinen Augen zu sehen, an seiner Stimme zu hören?

Törichtes Mädchen! Sie würde es in Zukunft ebenso wenig glauben, wie sie glaubte, daß die Lichter Feen waren.

Jetzt schlug sie mit der Hand nach dem nächsten Lichtchen. Sie fühlte, wie ihre Handfläche gegen den kleinen Insektenkörper prallte, der daraufhin zu Boden fiel. »O mein Gott!« Die Hand an die Brust gedrückt, starrte Autumn entsetzt nach unten, während das Lichtchen zu ihren Füßen langsam erlosch. O Gott, sie hatte erwartet — ja, was hatte sie eigentlich erwartet? Sie ließ sich auf die Knie sinken. Sie hatte nicht grausam sein wollen, war nur so durcheinander ...

Autumn suchte nach der Kerze und zündete sie an. Wo zuvor der Zauber der Feen in der Dunkelheit gewirkt hatte, fiel das Kerzenlicht jetzt auf häßliche Käfer, die im ganzen Zimmer umherschwärmten und über die Möbel krochen.

Autumn sank gegen die Wand, rutschte dann auf den Boden, begrub ihr Gesicht in ihrer Armbeuge und weinte. So zerbrachen ihre Träume, einer nach dem anderen.

Annee Rose taumelte rückwärts, als Brice durch die geöffnete Tür auf sie zukam. Sie versuchte, das Gleichgewicht zurückzugewinnen, und zischte: »Wie kannst du es wagen, mir das anzutun!«, dann warf sie sich mit den zu Klauen gekrümmten Fingern an seinen Hals und grub ihre Nägel in sein Fleisch. »Wie kannst du mich in dieser Weise erniedrigen!« fuhr sie fort. »Mich in Jamaica ohne ein Wort einfach stehenzulassen!« Sie trommelte mit ihren geballten Fäusten gegen seine Schultern, die Brust und die Arme, dann gegen seinen Rücken, als er sich nach vorne beugte, um sich vor den Schlägen zu schützen. Und sie trommelte weiter auf ihn ein, bis er es nicht mehr länger ertragen wollte.

Er machte einen Satz auf sie zu wie eine Raubkatze in der Dunkelheit und erwischte sie unerwartet. Sie stolperte und fiel zu Boden, hob gerade noch schützend einen Arm, als er mit der Hand ausholte. Aber er verprügelte sie nicht, sondern blieb über ihr stehen, den Arm erhoben, und drohte: »Mach das noch einmal, du kleines Miststück, und es wird dir leid tun, das schwöre ich dir.«

»Du hast kein Recht, mir zu drohen«, fauchte sie.

»Ich bring' dich um, Annee, ich schwöre es bei Gott!«

»Was ist überhaupt los mit dir, mein kleiner Liebhaber? Habe ich dich gestört bei einem Tête-à-tête mit der

Witwe deines Bruders?« Annee warf den Kopf in den Nacken und stieß ein obszönes Lachen aus. Dann fragte sie: »Hat sie dich so schnell rumgekriegt, mein kleiner Donovan? Hat sie dich davon überzeugt, daß sie dich für den hinreißendsten Mann auf Erden hält, genau wie sie es mit Roy getan hat? Sie wollte nichts von Roy außer diesem Besitz, und sie hat ihren Körper benützt, um ihn zu bekommen. Jetzt will sie alles, nicht wahr? Und dazu führt nur ein Weg — über dich.«

»Halt den Mund.«

»Wie mir Roy sagte, war er nicht der erste bei ihr. Sie hatte einen so schlechten Ruf in Charleston, daß kein Mann sie haben wollte.«

»Roy —«

»Er hatte einen ebenso schlechten Ruf, also war es ihm egal. Außerdem war sie die erste Frau, der seine perverse Art Vergnügen gemacht hat.«

Brice bewegte sich nicht.

Annee erhob sich auf die Knie und zeigte ihr Klein-Mädchen-Lächeln; dabei fuhr sie fort: »Sie will ja nicht einmal Kinder kriegen. Sie haßt Kinder, hat Roy gesagt, genau wie er selbst Kinder haßte. Aber was wird dann aus deinen Träumen, Donovan? Was mit dem Haus, der Plantage, die du in Virginia aufgebaut hast? Wer soll den Besitz bekommen, wenn nicht dein Sohn?«

Er hob die Hände und preßte sie an seine Ohren. »Halt den Mund!« sagte er mit rauher Stimme.

Sie strich ihm mit der Hand über die Schenkel. »Ich kann dir einen Sohn schenken. Viele Söhne. Wir beide können es gut miteinander, Brice, das ist dir klar. Vergiß Autumn Donovan, die Frau deines Bruders. Denk daran, wie er sie benutzt haben muß. Willst du es hören?«

Mein Gott, sie lügt, sagte er sich immer und immer wieder. Doch er konnte nicht leugnen, daß er nachts im Bett schon selbst manchmal ähnliche Gedanken gehabt hatte, seit Autumn auf der Insel angekommen war.

Blink, blink, blink — die Glühwürmchen in den Bäumen bildeten einen Schwarm und flogen gemeinsam und still durch den Garten.

Brice starrte zu Boden. Er wollte Annee nicht glauben. »Sie will nicht dich, Brice.« Annee lächelte, als Donovan den Blick auf sie richtete. »Hast du denn keinen Stolz mehr im Leib, daß du dich von dieser Frau zum Narren machen läßt?«

Er wischte ihre Hand von seinem Schenkel. »Geh heim, Annee.«

»Nur, wenn du mit mir kommst.«

Die Lichtchen pulsierten und schwebten heran.

Brice fuhr sich mit einer Hand durch das schwarze Haar, knetete dann seine Nackenmuskeln. »Jetzt nicht«, lautete seine schwächliche Antwort. »Ich — ich muß erst einmal nachdenken.«

»Aber warum? Ich liebe dich, Donovan, schon seit wir Kinder waren. Jeder Mann, der mich nach dir besessen hat, bedeutete mir nichts.«

»Du liebst nur die Jagd«, sagte er. »Wenn wir heiraten würden, wärst du meiner bald überdrüssig, genau wie bei deinen drei Ehemännern. Außerdem habe ich nicht die Absicht, mich auf dieser elenden Insel länger aufzuhalten als unbedingt notwendig.«

Ihr Kopf fuhr hoch. Sie erhob sich auf die Füße und starrte Brice einen Augenblick lang an, bevor sie sagte: »Aber du hast doch vorgehabt —«

»Auf Cayemite so lange zu bleiben, bis die Angelegenheiten von Hunnington geregelt sind.«

Blink, blink, blink ...

»Ich lasse es nicht zu, daß du mich noch einmal verläßt.« Jetzt klang ihre Stimme tief und guttural. Genug, um Brice einen Schauer über den Rücken zu jagen.

Sie starrten sich in der Dunkelheit an, und Annees Drohung hing in der Luft wie das Seufzen winziger Flügel, die sich in der Stille der Nacht schneller zu bewegen schienen.

»Ich werde alles tun, was in meiner Macht steht, um dich auf dieser Insel zu halten«, fuhr sie fort. »Alles.«

Das erste Lichtchen flog dicht an ihrer Nase vorbei. Annee holte tief Luft und stolperte rückwärts. Ein zweites folgte, dann ein drittes, viertes und der ganze Schwarm. Er war so dicht an ihrem Gesicht, daß ihre entsetzten Züge taghell beleuchtet waren. Sie versuchte verzweifelt, die Leuchtkäfer wegzuwischen und zischte und knurrte dabei so wild und gemein, daß sich bei Brice die Haare im Nacken sträubten. »Sie sollen mich in Ruhe lassen!« kreischte sie. »Geht weg!« Und Annee drehte sich um und lief zu ihrem Pferd.

Blink, blink, blink. Die Feen folgten ihr.

16

Autumn und Hugh Tyler schauten voll Neugier und Überraschung auf die dunklen, erwartungsvollen Gesichter. »Was wollen sie?« fragte sie ihn.

»Den Tribut entrichten, nehme ich an.«

»Wofür denn?«

Tyler schaute sie von der Seite an. »Sie halten Sie für gesegnet.« Er deutete auf die Schüsseln mit Maismehl, getrockneten Früchten und Wurzeln, die sie in einem Halbkreis zu ihren Füßen aufgestellt hatten. »Da dies alles Opfergaben sind, wie man sie den Göttern darbietet, nehme ich an, sie halten Sie für göttlich, Mädchen. Sie sind auf den Gipfel des Berges gegangen und zurückgekommen, also müssen Sie göttlich sein.«

»Das liegt aber doch schon Tage zurück.« Sie massierte sich die Schläfen, die heftig pochten und schmerzten nach den schlaflosen Nächten seit ihrer Besteigung des Trempe Mountains.

»Haben Sie die Trommeln gehört, Tag und Nacht?« Als sie nickte, fuhr er fort: »Ihr Stammesrat hat die Sache erst besprechen müssen. Sicher hat Henri etwas von seinem Pulver geraucht und ist zu der Erkenntnis gekommen, daß einer, der auf den Berg steigt und zurückkommt, einem göttlichen Wesen ziemlich nahe kommt.«

Autumn schaute auf das *gammelle* voll Wasser, das man zu ihren Füßen hingestellt hatte. »Und was ist mit Donovan?« fragte sie Hugh leise. »Er war ja schließlich bei mir.«

»Ihre Götter sind nur weiblichen Geschlechts.«

»Und was soll ich jetzt tun?« Sie steckte die Hände in die Taschen ihrer Breeches.

»Was immer Sie wollen.«

Autumn schaute hoch. Ihre Blicke trafen sich. »Also gut«, sagte sie. »Sprechen diese Leute Englisch?«

»Ein paar von ihnen.«

»Sprechen Sie ihre Sprache?«

Er nickte.

»Dann sagen Sie ihnen folgendes: Ich möchte, daß sie für mich arbeiten und beim Aufbau der Zuckerfabrik und auf der Plantage helfen. Sie sollen das Zuckerrohr ernten. Für ihre Arbeit werden sie natürlich bezahlt.«

Hugh musterte Autumn. Er vermißte den Funken der Begeisterung, der sich sonst in ihrer Stimme und ihrem Verhalten ausgedrückt hatte. Jetzt ließ sie die Schultern ein wenig hängen, und ihre Augen wirkten überschattet.

Die Realität der Situation von Hunnington schien ihr auf der Seele zu liegen. Die Tatsache, daß Donovan aus dem Haus gezogen war, half auch nicht dazu, ihre Stimmung zu bessern.

Er wandte sich an die Indianer und sprach mit ihnen. Sie antworteten mit Schweigen. »Wahrscheinlich werden sie es sich erst einmal überlegen wollen«, erklärte er Autumn.

Sie und Tyler überließen die Eingeborenen sich selbst und gingen die Straße entlang und auf die wenigen Arbeiter zu, die sich bemühten, die Fabrik neu aufzubauen. Gott sei Dank, dachte Autumn, daß es noch ein paar Leute auf der Insel gab, die sich nicht von den Launen der Geister lenken ließen.

Das Lachen des Jungen ließ sie stehenbleiben, und obwohl sie versuchte, nicht zu dem kleinen Holzhaus hinter den Stallungen zu schauen, wandte sie unwillkürlich den Blick dorthin. Brice war da, mit Pierre und Jeanette. Er wohnte seit einer Woche bei ihnen.

Langsam kam ihnen Donovan entgegen, die Hände in den Taschen, die Augen auf den Boden gerichtet. Nach der Müdigkeit zu urteilen, die ihm ins Gesicht geschrieben war, hatte er in den letzten Nächten wenig geschlafen. Er hatte sich zumindest heute morgen nicht rasiert und trug noch dieselben Sachen wie tags zuvor.

»Tyler«, sagte er als erstes. Dann schaute er auf die schwarzen Arbeiter, senkte wieder den Blick und fügte seinem Gruß hinzu: »Mrs. Donovan.«

Alle standen schweigend da, als wollten sie hören, wie das Gras wuchs.

Schließlich räusperte sich Tyler. »Ich nehme an, die Zylinder kommen in den nächsten Tagen an.«

Brice verzog ein wenig den Mund und schaute Autumn an.

Sie wandte sich an Tyler.

Tyler war unbehaglich zumute und schaute von einem zum andern. »Meinen Sie nicht, daß man damit rechnen kann?«

Brice und Autumn nickten gleichzeitig.

Hugh fuhr fort. »Ich habe einen Wagen organisiert, der groß genug ist, um sie von Bovier zur Fabrik zu bringen. Wir müssen sie an einem Tag transportieren.«

Sie beobachteten die Männer, die sich bemühten, das Sudhaus wiederherzustellen, und Tyler dachte, daß er nie zuvor im Leben zwei eigensinnigere Menschen kennengelernt hatte: Autumn, die sich nichts sehnlicher wünschte, als daß Bricewieder in das Haus einziehen würde, und Brice, dessen Stolz es nicht zuließ, obwohl auch er keinen größeren Wunsch hatte.

Aber Brice war mit Hilfe von Annee davon überzeugt worden, daß Autumn die Männer nur ausnützte, außerdem selbst von den Männern ausgenützt worden war und weder das eine noch das andere bereute. Selbst wenn Brice ihre Vergangenheit hätte vergessen können, was für ihn kein großes Problem gewesen wäre — sie wollte weder ihn noch Willow Bend, weil sie alles, was sie jemals haben wollte, hier auf Cayemite zu finden glaubte. Alles, was sie sich noch wünschte, war seine Hälfte der Plantage. Doch die würde er nicht hergeben — noch nicht. Sobald er sie aufgab, gab er auch Autumn auf, und das war unmöglich. Trotz allem war es für ihn undenkbar.

Jetzt kehrte sie Donovan den Rücken zu und sagte zu Hugh: »Ich reite zu den Feldern im Osten, um zu sehen, ob das Abräumen vorangeht. Tullius soll mir ein Pferd satteln.«

»Aye, Herrin; ich lasse die Stute satteln, die Sie gestern geritten haben.«

Es war ein bedeckter Tag mit schmutziggrauen Wolken, die das Blau des Himmels verbargen. Autumn schaute einen Moment lang zum Berg, oder zu dem, was sie davon sehen konnte. In den letzten drei Tagen war sein Gipfel ständig in tiefhängende Wolken eingehüllt gewesen.

Da es in der vergangenen Woche keinen Tropfen geregnet hatte, nahm Autumn an, daß sie dankbar sein sollte für die Wolken. Die gnadenlose Sonne war unheilvoll für Mensch und Tier; sie sog ihnen die Kraft aus den Körpern und verschlang die Bäche und Flüsse mit ihrer höllischen Hitze. Autumns Haut bräunte bereits, sogar durch den Stoff ihrer Kleidung. Der Tropenhelm, den sie jetzt meistens trug, hatte bisher wenig geholfen, denn die Sonne wurde auch von der ausgetrockneten Erde reflektiert und hatte ihre Wangen honiggolden gefärbt.

Sie zügelte ihr Pferd und lauschte dem unveränderlichen Rhythmus der *Simidor*-Trommeln. Florilius, der jüngste Sohn von Tullius, blies dazu auf einer Muschel, und die Musik war so harmonisch, daß Autumn am liebsten abgestiegen wäre und getanzt hätte.

Die Arbeiter standen zu beiden Seiten des Baches, der gewunden durch die Mitte des Feldes verlief, das sie gerade zu roden begannen. Autumn stieg ab und band das Pferd zwischen zwei Bäume einer kleinen Gruppe, um die Zeremonie sehen zu können, der sich die Einheimischen unterzogen, bevor sie mit der Arbeit begannen. Da einer ihrer Hauptgötter im Wasser lebte und durch dieses Feld ein Bach verlief, mußte das Opfer dem *Maître Source* gebracht werden, dem Herrn der Quelle.

Am Rand des Baches hatten sie Schalen mit Öl, Bohnen und Kokosmilch aufgestellt. Henri, dem die Pfeife im Mundwinkel hing, hielt ein totes Huhn hoch und betete: »*Maître Source, moin mande puo ou gade jardin moin vini fait ici.*«

»Macht es Spaß, zuzusehen?«

»Brice!« Autumn fuhr herum und strahlte Donovan an, was ihn völlig aus dem Konzept brachte. »Was machst du denn hier?«

»Glaubst du, ich würde mir eine von Henris Vorstellungen entgehen lassen?« Er lachte leise. »Nie im Leben, Liebste.«

Autumn zwang sich, ihre Konzentration auf das Ritual zu lenken. »Was sagt er?« fragte sie Brice.

»Herr der Quelle, ich bitte dich, den Garten zu schützen, den ich hier anlegen will.«

»Faszinierend.«

»Ja.« Das Wort streifte ihr Ohr. Donovan stand sehr dicht neben ihr.

Sie hob das Kinn und fragte ihn: »Wie geht es Jeanette?« Großer Gott, dachte sie, mach nur so weiter und steck das Messer noch tiefer in die Wunde, Autumn.

Er schaute sie überrascht an. »Gut.«

»Und Pierre?«

»Auch gut.«

Sie sah noch eine Weile der Zeremonie zu.

»Pierre ist ein sehr hübsches Kind«, sagte Autumn gepreßt. »Du mußt sehr stolz auf ihn sein.«

Er zog die Brauen zusammen und schaute auf Autumns sommersprossiges Gesicht. »Er bedeutet mir sehr viel.«

Sie schluckte. »Verständlich.«

Brice zog die Stirn noch mehr in Falten.

Die Trommeln waren lauter geworden.

Autumn ging auf ihr Pferd zu, konnte nicht mehr sprechen.

Das Pferd scheute, als sie sich ihm näherte. Es warf den Kopf nervös nach hinten und machte einen Satz zur Seite, als sie aufsteigen wollte. Sie versuchte, das Tier mit leisen Worten und mit Streicheln zu beruhigen. Dann versuchte sie noch einmal, aufzusteigen. Brice trat hinter sie, stützte sie mit beiden Händen und hob sie in den Sattel. Ihre Wagen wurden rot wie Hibiskusblüten. Sie schaute hinunter zu Donovan und sagte: »Danke.«

»Es war mir ein Vergnügen.« Sie blickten beide auf seine Hand, die immer noch auf ihrer Hüfte lag. Er zog sie langsam weg.

Sie nahm all ihren Mut zusammen und fragte: »Sehen wir uns später am Haus?«

»Ist das eine Einladung?«

»Es gehört immerhin zur Hälfte Ihnen, Mr. Donovan. Sie brauchen keine Einladung, um es zu betreten.«

Ein halbes Dutzend Krähen erhoben sich von den Baumwipfeln und flogen unter lautem Flügelschlagen davon. Das Pferd wieherte. Das Blattwerk der Bäume raschelte seltsam, und für einen Moment hielt auch das Trommeln inne. Es herrschte bleierne Stille wie in den wenigen Augenblicken auf dem Berg, als die ganze Erde erstarrt zu sein schien. Sie warteten. Worauf?

Florilius war der erste, der sich dem Berg zuwandte und hinaufschaute. Seine Augen wurden ganz groß, und er deutete auf die in eine weiße Robe gehüllte Gestalt, die ein unwahrscheinlich weißes Pferd ritt; dazu rief er: »Ahhhiiie, Minetta!«

Donovans Pferd wieherte und bäumte sich auf; dabei riß es sich los von den Büschen, an denen es festgebunden war, und setzte über den seichten Bach. Weitere Krähen erhoben sich aus den Baumwipfeln, und ein Dröhnen wie ferner Donner schien den Boden vibrieren zu lassen.

Autumn fühlte, wie sich ihr Pferd anspannte. Als ob es plötzlich besessen sei, hob es den Kopf und machte einen Satz nach hinten, dann hob es die Vorderhufe in die Luft und schlug um sich, so daß Donovan gezwungen war, zur Seite zu springen und den Hufschlägen auszuweichen.

Autumn klammerte sich an die Mähne und grub die Knie in die Seite des Tiers, um nicht rückwärts vom Pferd zu fallen. Aber ihre Mühe nützte wenig, da das Pferd jetzt auszuschlagen begann, und obwohl sie sich verzweifelt festhielt, war ein Sturz unvermeidlich.

Die Welt war jetzt eine wahnwitzige Kakophonie von Geräuschen. Autumn hörte Donovan fluchen, hörte, wie er ihren Namen rief, als sie über den Rumpf des Pferdes rollte. Sie hörte die entsetzlichen Schreie der Arbeiter, als sie in den Bach liefen und den *Maître Source* anflehten, er möge sie vor Minetta bewahren. Das Dröhnen wurde lauter, und Autumn war nicht sicher, glaubte aber zu sehen, daß auch Donovan stürzte, als ob ihm der Boden unter den Füßen weggezogen würde. Doch, tatsächlich, er ging nach unten, genau wie sie, und noch bevor sie auf den harten Grund aufschlug, fragte sie sich, ob sie sich bei dem Sturz das Rückgrat brechen würde.

Sie träumte, daß sie in Charleston war. Mary und Mitchell waren da. Und Lollie sagte etwas wie: ›Sag ich dir doch, daß mal ein Mann kommt, der dich auf deinen Breeches-Hintern setzt!‹

O Lollie, Lollie, wie konntest du das wissen?

Mary und Mitchell stritten miteinander. »Aber sie liebt ihn doch«, rief Mary. »Es steht ihr ins Gesicht geschrieben.«

Woher wollte sie das wissen?

Mitchell schaute auf sie hinunter, Tränen in den Augen. »Er wird gut sein zu dir und für dich sorgen. Du mußt ihm eine Chance geben, Autumn.«

Wie kannst du so sicher sein?

Sie öffnete die Lider. Autumns Blick fiel auf den Himmel ihres großen Betts, und sie fragte sich, wie sie hierhergekommen war.

»Hallo«, flüsterte eine Kinderstimme nahe an ihrem Ohr.

Sie wandte den Kopf zur Seite und schaute in Pierres Augen mit den schwarzen Wimpern. »Hallo«, flüsterte sie.

»Ich habe Ihnen beim Schlafen zugeschaut und Sie bewacht.«

»Hast du?«

Er nickte, und eine Locke seines ebenholzfarbenen Haars fiel ihm in die Stirn. »*Oui.* Wissen Sie, daß Sie mehr als fünf Sommersprossen auf der Nase haben?«

»Wirklich?«

»*Oui.* Und wissen Sie auch, warum ich das weiß?«

»Warum weißt du es?«

»Weil ich nur bis fünf zählen kann und weil es mehr als fünf sind.«

»Ich verstehe.«

Er betrachtete sie einen Augenblick. »Ich bin wirklich froh, daß Sie nicht gestorben sind«, erklärte er dann.

»Bist du?«

»*Oui.* Und wissen Sie, warum?«

Ihr Kopf schmerzte, aber sie versuchte, ihn zu schütteln.

»Weil mir Ihr Haar so gut gefällt. Ich habe noch nie Haar wie Feuer gesehen.«

»Glaubst du immer noch, daß ich eine Hexe bin?« fragte Autumn leise.

Sein kleines Gesicht verzog sich zu einem nachdenklichen Ausdruck. Nachdem er sich die Frage durch den Kopf hatte gehen lassen, erklärte er: »Ja. Wir glauben alle, daß Sie einen guten Zauber auf die Insel gebracht haben. Ich mag Sie sehr gern. Genau wie meine *maman.*«

Autumns Augen schmerzten ebenso wie ihr Kopf, die Schultern und der Rücken.

»Ich habe etwas für Sie.« Pierres Stimme klang erwartungsvoll und gespannt. Er bückte sich, nahm das umgedrehte, große Glas vom Boden und hielt es mit kindlichem Stolz hoch. »Gefällt er Ihnen?« fragte er, und Autumn war den Tränen nahe.

Der Riesenschmetterling in Rot, Gelb und Schwarz bewegte seine hauchdünnen Flügel im gleichen Rhythmus wie ihr Herzschlag.

»Oh!« rief sie. »Ein Schmetterling!« Und vorsichtig berührte sie das Glas.

Er riß die Augen weiter auf, als eine Träne über Autumns Wange lief und auf das seidenbezogene Kissen fiel. »Mögen Sie keine Schmetterlinge?«

»O doch. Ich liebe sie. Weißt du, als ich noch ein Kind war, habe ich sie selbst gejagt. Aber meistens war ich nicht schnell genug und habe sie nicht erwischt.«

Der Junge drückte die kindliche Brust stolz nach vorn und erinnerte dabei so sehr an Donovan, daß sich Autumn auf die Lippen beißen mußte, um nicht loszuheulen. »Den hab' ich selbst gefangen«, sagte er.

»Wirklich!«

»*Oui!* Kommen Sie einmal mit mit mir zu meinem Geheimplatz in das Tal, dann können Sie auch einen fangen.«

Autumn lächelte. »Das wäre schön, ja.«

»Wenn Ihr Kopf besser ist, bringe ich Sie hin.« Er stand auf und ging zum Bett. »Ich muß jetzt gehen. Donovan hat mir gesagt, daß ich ihm sagen soll, wenn Sie aufgewacht sind.« Pierre schaute über die Schulter, und das vertraute Lächeln war auf seinen Lippen zu erkennen. »Ich glaube, Donovan mag Sie sehr gern.«

»Ach?« Ihr Herzschlag schien auszusetzen.

»Er war furchtbar aufgeregt, als er Sie hereingetragen hat. Ihr Gesicht war voll Blut.«

Mit den Fingerspitzen tastete sie nach der Beule an ihrer Stirn.

Pierre drückte den Glaskäfig gegen die Brust und fuhr

fort: »Er hat auf dem Stuhl geschlafen, hier neben Ihnen, die ganze Nacht.«

»Er war furchtbar aufgeregt?« wiederholte sie, als könne sie es nicht glauben.

»Ja.« Er ging zur Tür, zögerte und wandte sich noch einmal dem Bett zu. »Ich habe Donovan bis dahin nie weinen sehen.«

Autumn starrte noch fünf Minuten später völlig entgeistert auf die Tür, als sie geöffnet wurde und Donovan davorstand, ein Tablett mit Essen bei sich.

Brice blieb unter der Tür stehen. »Hallo«, sagte er, und es klang genauso wie vorhin bei Pierre.

Autumn lächelte als Erwiderung.

»Ich dachte, vielleicht hast du Hunger.«

»Ja«, log sie.

Er stellte das Tablett auf den Nachttisch, dann half er Autumn beim Aufsetzen und stopfte ihr Kissen hinter den Rücken. Anschließend steckte er eine Serviette unter den Kragen ihres Nachthemds und stellte das Tablett auf ihren Schoß. Schließlich setzte er sich neben sie und wartete darauf, daß sie zu essen begann.

Autumn betrachtete das Huhn.

»Du brauchst nicht zu essen, wenn du nicht willst«, versicherte er ihr, nahm das Tablett und stellte es zur Seite.

Dann saßen sie schweigend da.

Autumn hatte Kopfschmerzen, aber die waren nichts im Vergleich zu den Schmerzen, die sie in ihrem Herzen empfand. Donovan sah so — so ernst aus. Und müde, sogar erschöpft. Seine Kleidung war zerknittert. Er hatte sich immer noch nicht rasiert. Jetzt begrub er den Kopf in den Händen.

»Was ist los?« fragte sie leise und fürchtete die Antwort.

Er starrte zu Boden.

Autumn setzte sich auf, und ihre Finger berührten die starken Muskeln seines Oberarms unter dem rauhen Leinenhemd. Er fuhr so plötzlich hoch, daß sie erschrak. »Was ist los?« fragte sie noch einmal.

Brice schaute in Autumns Gesicht. Es war weiß bis auf die Sommersprossen und kleine, gerötete Flecken auf beiden Wangen. »Schau mich nicht so an!« bellte er laut.

»Wie schau ich dich denn an?«

»Unschuldig, mit deinen goldbraunen Augen.« Brice ging im Raum auf und ab. »Verdammt, ich war halb verrückt vor Sorge um dich.«

»Ach?«

»Ach«, imitierte er sie spöttisch. »Das wissen Sie ganz genau, Mrs. Donovan.«

»Bitte«, sagte sie leise. »Sag Autumn zu mir.«

Donovan erstarrte. »O nein. Du glaubst, daß du an dem Punkt angekommen bist, wo du mich um den Finger wickeln kannst — genau wie meinen Bruder. Aber in diese Falle gehe ich nicht, Mrs. Donovan.«

»Eine Falle?!«

Er reckte die Schultern nach vorn, und sie hatten sich noch nie so schwer angefühlt, als Brice ein letztes Mal allen Mut und alle Energie zusammennahm. »Ich möchte, daß du diese Insel verläßt.«

Ihre Augen brannten — genau wie ihre Kehle. Sie starrte auf die Decke, die ihren Körper und ihre Füße bedeckte, und schluckte hart. »Das weiß ich«, zwang sie sich zu antworten. Schließlich hob sie ihre tränennassen Wimpern, schaute Donovan an und sagte: »Ich weiß, daß Sie mich nicht ausstehen können, Mr. Donovan.«

Er funkelte sie nur an.

Autumn fuhr fort. »Sicher, solange mein Bruder hier war, haben Sie sich einigermaßen anständig verhalten mir gegenüber, obwohl ich mich oft gefragt habe, warum Sie meinen kleinen Schwindel mitgemacht haben. Aber vermutlich hatten Sie keine andere Wahl. Hunnington gehört nun einmal zur Hälfte mir, und da ich nicht die Absicht habe, meinen Anteil zu verkaufen . . . Nun, vielleicht dachten Sie, daß Sie mich auf diese Weise für sich einnehmen würden.«

Eine Locke fiel in seine Stirn und kitzelte ihn an der Nase. Er wischte sie mit einer Handbewegung weg.

»Oder vielleicht dachten Sie, daß Sie mich heiraten und damit alles in die Hand bekommen könnten.«

Er lachte.

»Jedenfalls, so läuft das nicht.« Ihre Stimme war hart geworden. »Ich lasse mich nicht benützen. Sie haben Annee und Jeanette für ihre abwegigen Gelüste —«

»Abwegig?«

»— und brauchen nicht auch noch mich dazu. Andererseits lasse ich mich nicht um meine Hälfte von Hunnington betrügen. Sie gehört mir!« Autumn schlug mit der Faust auf das Bett. »Ich denke nicht im Traum daran, diese Insel zu verlassen!«

Brice wünschte sich nichts sehnlicher, als die Diskussion an diesem Punkt abzubrechen. Aber er wußte, daß Autumn um ihrer eigenen Sicherheit willen die Insel verlassen mußte. Ein Dilemma, mit dem er kämpfte, seit Tullius ihn auf dem Feld gefunden und angekündigt hatte, daß *Maîtresse* Donovan auf Cayemite angekommen sei. »Aber es ist nicht sicher für dich hier«, versuchte er zu argumentieren.

»Also, wirklich, Mr. Donovan, da scheinen Sie denn doch etwas zu heftig zu reagieren. Ich habe eine Beule an der Stirn davongetragen, und Sie tun so, als ob uns die ganze Insel demnächst auf den Kopf fallen würde.«

Brice wandte sich zum Fenster. »Die Eingeborenen haben Ihr Pferd getötet.«

»Was?«

»Sie glauben, daß das arme, erschreckte Tier ein *baka* war, und haben es am Kreuzweg aufgehängt.«

Autumn sank in die Kissen. Die Vorstellung, daß die schöne Stute getötet und zwischen zwei Balken aufgehängt worden war, ließ sie wieder schwindlig werden.

Brice stützte die Hände gegen den Fensterrahmen und hörte dem leisen Zischen der Wellen auf dem Sand zu. Kaum zu glauben, daß tags zuvor diese heitere, blaugrüne, spiegelglatte Fläche so aufgewühlt war, daß sie heraufgespült wurde bis zur Straße. In all den Jahren, die Brice auf Cayemite verbracht hatte, war das Meer nicht einmal beim wildesten Sturm so weit ins Land eingedrungen. Aber gestern hatte kein Sturm geherrscht, im Gegenteil, alles war still gewesen bis auf das gelegentliche Zittern der Erde. Allein das hätte Autumn schon davon überzeugen müssen, daß es ratsam war, die Insel zu verlassen. Und doch stand er unentschlossen da, brachte den Mund nicht auf und konnte es ihr nicht auf vernünftige Weise klarmachen. Und er konnte sie nicht gehen lassen. Aber mit dieser Entscheidung kam die ernüchternde Erkenntnis, daß er sich dann überlegen mußte, wie er mit Annee fertig wurde.

Ein Problem, das nicht mehr hinausgeschoben werden konnte.

17

Die Zylinder trafen am folgenden Tag ein. Autumn kniete in den hüfthohen, purpurnen Blättern des Süßkartoffelbeets, als Pierre um das Haus herum gelaufen kam, mit funkelnden Augen, das Haar im Wind flatternd.

»Sie sind da!« rief er ihr zu. »Kommen Sie schnell, *Maîtresse*, die Zuckerrohrquetscher sind angekommen.«

Brice nannte sie Zuckerrohrquetscher, also nannte Pierre sie auch so.

Die Aufregung war spürbar, vibrierte in der Luft. Die Arbeiter, die mit dem Wiederaufbau der Fabrik beschäftigt waren, ließen alles liegen und stehen und liefen zur Straße. Die Hausangestellten kamen aus dem Haus, ein buntes Bild im Wind fliegender Röcke, die sich um die nackten Füße bauschten. Autumn trat zu ihnen, ergriffen von der allgemeinen Neugier und Vorfreude, die alle erfaßt hatte.

Dann tauchte der Kutscher auf, und sein weißes Hemd plusterte sich auf, als er gegen den Wind fuhr. Die Männer und Frauen machten ihm Platz auf der Straße, um ihn durchzulassen. Donovan zügelte sein schäumendes Pferd neben Autumn und streckte ihr die Hand entgegen.

»Ihre Rohrquetscher sind da, Madam«, sagte er und schaute in ihre wachsamen Augen. Seine Lippen zuckten und zeigten das bezaubernde Lächeln, das sie sogar vergessen ließ, daß er ihr erst gestern befohlen hatte, die Insel zu verlassen. Sie ergriff die Hand, die er ihr reichte, und er hob sie mit einer flüssigen Bewegung zu sich auf das Pferd.

Der Schoner, alle Segel gerafft bis auf das Hauptsegel, fuhr über die kleinen Wellen der tiefen, klaren Bucht und segelte dann in den Wind, um sich dem Dock zu nähern. Vom Deck blinkten die stählernen Zylinder in der Sonne, und Autumn hatte vor Aufregung die Arme um sich geschlungen.

»Ahoi, Leute!« rief der Kapitän. »Sind Sie die Leute von der Firma Donovan und Donovan?«

»Die sind wir!« rief Donovan zurück.

»Und haben Sie mich beauftragt, diese Maschinen von Montego Bay hierherzubringen?«

»Haben wir!« Brice zeigte Autumn ein schiefes Lächeln und brüllte in die Bay hinaus: »Wir haben zwei Rohrquetscher aus Jamaica bestellt!«

»Glauben Sie, daß es diese hier sind?«

»Ja, die sind es«, rief Autumn hinaus. »Die sind es in der Tat.«

Donovan und Donovan schauten sich an und lachten.

Innerhalb einer Stunde wußte die ganze Insel, daß *Maîtresse* Donovans Rohrquetscher eingetroffen waren; der Singsang von Florilius hatte es ihnen verraten. Die Eingeborenen kamen von den Hügeln und aus den Wäldern, die Frauen barbusig, die Kinder auf ihren Ziegen reitend. Und alle standen sie dann ehrfürchtig vor den funkelnden, runden Dingern, die mit Stricken auf der Ladefläche von Tylers Wagen befestigt waren. Hinter ihm fuhr ein kleinerer Wagen, beladen mit *taches* und Rinnen aus Blech. Neugierige Kinder kletterten hinauf, trotz der Warnung ihrer Eltern, zurückzutreten und nicht so nah hinzugehen.

Es war ein Tag, den Autumn nicht vergessen würde. Die Indianer, die ihre Position auf der Insel inzwischen diskutiert und bestimmt hatten, nahmen an dem festlichen Anlaß teil. Donovan freilich hielt Distanz. Mehrmals am Tag sah ihn Autumn leise mit Tyler sprechen. Und dann war da Jeanette: Die junge Frau schien betrübt und ärgerlich zugleich und hatte mittags so heftig mit Brice gestritten, daß dieser weggeritten war. Er kam ein paar Minuten später wieder, um die Diskussion in weniger erregtem Ton fortzusetzen.

Autumn überwachte die Installation von einem der Zylinder, als Jeanette auf sie zukam. »*Maîtresse?*« fragte sie mit ihrer weichen, leicht akzentuierten Stimme.

Autumn beobachtete die Arbeiter noch einen Moment, bevor sie sich zu Jeanette umdrehte.

»Ich muß mit Ihnen über eine außerordentlich wichtige Sache sprechen. Es geht um Donovan.« Sie schlenderten schweigend über das Gelände, bis Jeanette den Mut fand, um weiterzusprechen. »Er zieht heute abend zu Annee.«

Autumn, die nicht wußte, was sie mit ihren Händen anfangen sollte, verschränkte die Arme über der Brust und richtete den Blick auf einen Punkt in der Ferne. »Ich verstehe«, war ihre einzige Antwort.

»Und es macht Ihnen nichts aus?«

»Es geht mich nichts an.«

Jeanette legte den Kopf ein wenig auf die Seite und starrte in Autumns Gesicht, ohne zu blinzeln. »Dann ist es also wahr? Sie machen sich nichts aus Brice?«

»Meine Gefühle für Mr. Donovan haben, fürchte ich, wenig zu tun mit seinem Verhalten mir gegenüber.« Sie steckte die Hände in die Hosentaschen. »Das hat er unter anderem dadurch bewiesen, daß er zunächst zu Ihnen gezogen ist.«

Jeanette runzelte die Stirn.

Nach kurzem Zögern fuhr Autumn fort. »Ich bin sicher, wenn überhaupt jemand in der Lage ist, Donovan davon zu überzeugen, daß er besser zu Hause bleiben soll, dann sind das Sie und Pierre. Er scheint den Jungen sehr zu lieben.«

»Aber ich kann ihn nicht überzeugen. Er glaubt, wenn er zu ihr geht, wird Ihnen und der Insel kein Leid geschehen. Sie ist eine ganz üble Person, *Maîtresse*. Sie hat ihre drei Ehemänner getötet.«

Autumn erstarrte. Das Hämmern und Singen und die gebellten Befehle der *busha* waren auf einmal so gedämpft wie die Strahlen der Sonne, die durch die Blätter der Affenbrot- und Bananenbäume drangen. »Sie hat sie getötet?« wiederholte Autumn.

»Ja. Wir alle fürchten sie, *Maîtresse*, weil sie sich nichts dabei denkt, die Menschen dieser Insel zu quälen und zu töten. Wenn Donovan zu ihr geht, dann geht er damit in seinen eigenem Tod.«

Autumn dachte an Patrick Donovan.

Jeanette kam näher und beschwor sie: »Sie müssen ihn fortbringen von dieser Insel, *Maîtresse*, und ihn begleiten. Und nehmen Sie meinen kleinen Pierre mit!«

»Pierre?«

»Ja. Auf dieser Insel gibt es keine Zukunft für meinen Sohn. Sie wird ihn zerstören, wie sie alle anderen zerstört hat.« Sie sank auf die Knie, nahm Autumns Hand in ihre beiden Hände und schluchzte. »Ich kann nicht sterben, wenn ich weiß, daß meinem Sohn das gleiche Schicksal bevorsteht wie mir.«

O Gott! Autumn schaute in die Augen der zitternden Frau und sagte: »Sie sollten das besser mit Donovan besprechen. Als der Vater des Kindes —«

»Vater?« Jeanettes dunkles Gesicht wurde scharlachrot. Sie wischte sich die Tränen ab und wiederholte: »Vater? O nein... Nein! *Maîtresse*, Sie glauben doch nicht... Brice ist nicht der Vater von meinem Pierre. Pierres Vater war Roy!«

Das Bekenntnis warf Autumn beinahe um. Atemlos, das Gesicht blutleer, stammelte sie: »A-aber i-ich dachte, nachdem Sie die Ge-geliebte von Donovan sind —«

»Die Geliebte?«

»Ist es nicht so?«

»*Maîtresse*, Brice ist mein Bruder.«

Jetzt zuckte Autumn zusammen.

»Patrick Donovan war mein Vater.« Auch Jeanette war jetzt in Bewegung geraten. Mit allem Mut, den sie aufbrachte, erklärte sie: »Meine Mutter war eine Frau aus dem Dorf. Er hat sie als Dienerin in sein Haus genommen, noch bevor seine Frau gestorben ist. Ich bin aufgezogen worden wie Pierre heute, konnte kommen und gehen, wann ich wollte und hatte alle Freiheiten, aber er konnte mich nicht als seine Tochter anerkennen. Das wäre nicht schicklich gewesen.«

»Und Roy —«

Jeanette unterbrach sie. »Ich möchte nicht schlecht von den Toten sprechen, und ich weiß, er war ihr Mann, aber Roy war ein schlechter Mensch. Er war grausam zu allen diesen Leuten hier und hat uns gequält, wann immer er Lust dazu hatte. Er haßte den Gedanken, eine Kreolin zur Schwester zu haben, und dachte sich nichts dabei, mich zu mißbrauchen.«

Mit heißem Gesicht packte Autumn das Mädchen an der Schulter und fragte: »Hat er Sie vergewaltigt, Jeanette?«

»Ja, Herrin. Oft.«

»Aber wie konnte Brice das zulassen? Warum hat er nichts getan, um ihn aufzuhalten?«

Jeanette lachte — ein trauriges, kleines Lachen — und schüttelte den Kopf. »Hat Ihnen dieser starrköpfige Mann nichts über sich selbst erzählt? Nein? Brice hat diese Insel vor zwölf Jahren verlassen. Als junger Mann von achtzehn Jahren ist er erst nach Jamaica gefahren und hat dort in Montego Bay gelebt. Dann ist er nach Virginia gezogen. Dort hat er eine Plantage und ein ordentliches Heim für sich und seine zukünftige Familie geschaffen. Er kam nur deshalb nach Cayemite zurück, weil ihn Roy um Hilfe angefleht hat. Roy hatte alles verloren. Alles! Alle Banken zwischen hier und Charleston hatten ihm den Kredit gesperrt und drohten, Hunnington pfänden zu lassen!«

Autumn wandte sich ab. Ihr war einmal kalt, dann wieder heiß. Und als sie zu der fast fertigen Zuckerfabrik und den Feldern mit Zuckerrohr schaute, das sich im Wind wiegte und in der Sonne reifte, kam ihr der schreckliche Gedanke, daß in Wahrheit nichts davon ihr gehörte. Es war der Besitz von Brice. Er hatte die Darlehen mit seinem Geld bezahlt. Er hatte die Zylinder und die *taches* und die Blechrohre gekauft — sie gehörten ihm allein.

Jeanette berührte Autumns Arm. »Ich bitte Sie, bedenken Sie, was ich Ihnen gesagt habe. Donovan ist voll von Schuldgefühlen, weil Roy ihm eingeredet hat, daß nur, weil er die Insel verlassen hat und vor der Verantwortung geflohen ist, zum Niedergang von Hunnington geführt hat. Geben Sie ihm Grund, wieder an sich selbst zu glauben. Wenn Ihnen auch nur ein ganz klein wenig an ihm liegt, tun Sie es, ich bitte Sie.«

Autumn blinzelte. »Ich muß nachdenken«, sagte sie mehr zu sich als zu Jeanette.

Sie ging den Pfad entlang zu den Stallungen; dort ließ sie sich ein Pferd satteln. Dann ritt sie an einem Seidenbaumwollbaum vorbei, unter dem auf bunten Decken Kleinkinder und Säuglinge schliefen. Ihre Mütter arbeiteten im Küchengarten und kümmerten sich um die Kartoffel- und Bohnenbeete. Sie ließ die Zügel locker, ritt durch die Zuckerrohrpflanzungen und am Strand entlang, ewiges Blau zu ihrer Linken, ewiges Grün zur Rechten.

Das brillante Rot eines riesigen Poinsettia-Baumes rief ihre Aufmerksamkeit wach, und Autumn ritt darauf zu, kam in den tiefen Schatten des Waldes und tauchte bald danach wieder aus dem grünen Dunkel in den hellen Sonnenschein. Sie blinzelte, zügelte ihr Pferd, blinzelte noch einmal, weil sie ihren Augen nicht trauen wollte.

Die Poinsettia stand in der Mitte eines nackten, unbestellten Feldes. Eine Frau umschlang den dicken Stamm mit den Armen.

»Helft mir!« Die schwache Stimme wurde mit dem Wind vom Meer an Autumns Ohr getrieben. »So helft mir doch!«

Donovan hatte sich in dem mit Damast bezogenen Sessel ausgestreckt und lauschte auf das leise Klimpern von Kristall hinter sich. Gleich danach wurde ihm ein Glas über die Schulter gereicht; er nahm es und starrte auf den Cognac, ohne einen Blick auf die Frau neben sich zu werfen.

»Ich bin froh, daß du hier bist«, sagte sie leise und dicht an seinem Ohr.

Er trank einen Schluck.

Annee ging langsam zu dem Zweisitzer auf der anderen Seite des Raums. Ihr roter Hausmantel aus Seide bauschte sich ein wenig um die Knie und öffnete sich, als sie sich gesetzt hatte und Brice zuwandte. Sie trug nichts darunter. »Setzt du dich nicht neben mich?« fragte sie.

Sehr langsam stand er auf und kam zu ihr.

»Erinnerst du dich noch, als du um meine Hand angehalten hast?« Annee strich mit einer Hand über seine Brust bis hinauf zum Hals, faßte dann sein Kinn und drehte seinen Kopf zu sich. Dann fuhr sie mit dem Daumen über seine Unterlippe. »Ich habe dich hier im Salon warten und mit meinem Vater sprechen lassen, während ich mich anzog.«

Er hatte niemals um ihre Hand angehalten. Nie. Brice schaute ihr in die Augen und wartete.

»Weißt du, wie lange ich auf diesen Augenblick gewartet habe, mein geliebter Donovan? Seit dem Tag, als du Cayemite verlassen hast, stelle ich mir vor, daß du zu mir zurück kommst. Jetzt endlich bist du da, und ich frage mich, warum.« Sie küßte ihn leicht, ein kleiner, trockener

Kuß. Dann lächelte sie wissend. »Sie hat dich abgewiesen, ja?«

Er schüttelte den Kopf.

»Komm schon, Donovan, ich weiß, daß du sie haben wolltest. Jetzt erfährst du einmal, wie ich mich in all diesen Jahren gefühlt habe, mich an die schönen Zeiten erinnerte, die wir gemeinsam verlebt haben, und mich so sehr nach dir gesehnt habe, daß ich bereit gewesen wäre, alles zu tun, nur um dich zurückzubekommen.«

»Was hättest du denn alles getan, Annee?« Das tiefe Timbre seiner Stimme in dem stillen Raum war wie ferner Donner. Der kurzhaarige Hund an der Tür hob den Kopf, blinzelte Brice mit seinen gelben Augen an und knurrte leise.

»Gewartet, vor allem«, sagte sie einfach. Dann legte sie den Arm auf die Lehne des Zweisitzers hinter den Schultern von Brice, lehnte sich an ihn und lächelte. »Ich wußte, daß du letztlich keine andere Wahl haben würdest, als nach Hunnington zurückzukehren.«

»Nachdem mein Vater und mein Bruder tot waren.«

Annee zog eine Schnute. »Welche Folge unglücklicher Zufälle, nicht wahr?«

»Annee, ich glaube nicht, daß sich mein Vater das Leben genommen hat. Ich bin sicher, jemand hat ihn von dieser Klippe gestoßen. Er ist nicht freiwillig gesprungen.«

Sie lächelte und fuhr mit einem langen, gepflegten Fingernagel an seinem Kiefer entlang bis zum Kinn und dann zu seinen Lippen. Er schluckte und fuhr fort. »Ich glaube auch nicht, daß Roy versehentlich sein Bett in Feuer gesetzt hat. Ich bin sicher, er ist durch Drogen betäubt worden, und dann hat man sein Bett angezündet.«

»Roy war ein Trinker, mein Lieber, und Patrick war ein deprimierter alter Mann, dem endlich klargeworden war, daß er als Pflanzer ein Versager war.« Und um seine Bemerkungen noch mehr zu entwerten, sagte sie: »Du hast eine ausschweifende Phantasie, Donovan, und bist viel zu argwöhnisch. Das ist nicht gut für dich. Außerdem — wer könnte so etwas getan haben?«

Sie forderte ihn heraus, daher sagte er es. »Du.«

Der Hausmantel fiel auf und zeigte ihren Oberschenkel, während sich Annee zurücklehnte. »Ich?« erwiderte sie. Dann stand sie auf und ging in dem Salon auf und ab. »Wer hat dir bloß diese törichte Idee eingeblasen, Donovan? Es war der Alte, nicht wahr? Henri Tousainnt?«

»Nein.«

»Der alte Schweinehund haßt mich«, fauchte sie so wütend, daß sich der Hund noch mehr zusammenrollte. Den Hausmantel offen, die Beine gespreizt und die Hände in die Hüften gestemmt, fragte Annee: »War er es?«

»Nein«, wiederholte er.

»Wenn er es gesagt hat, ist er ein Lügner.«

Er hob den Kopf. »Henri ist dein Großvater.«

Ihre Augen waren wie violettes Feuer. Annee wischte mit der Hand über den am nächsten stehenden Tisch, daß das Porzellan, das darauf stand, auf den Boden geschleudert wurde und zersplitterte. »Ich streite es ab!« schrie sie und entblößte die Zähne.

Langsam erhob sich Brice. »Schrei nicht so, Annee. Ich habe keine Lust, mit einer Rasenden zu diskutieren.«

Jetzt warf sich Annee gegen ihn und jammerte: »Sie hassen mich, weißt du. Alle hassen mich. Meine Mutter hat mich so sehr gehaßt, daß sie sich das Leben genommen hat. Mein Vater hätte mich am liebsten diesen gottverlassenen Wilden und ihren heidnischen Riten übergeben, aber selbst die haben sich dann von mir abgewendet. Nun, ich hab's ihnen gezeigt, allen habe ich gezeigt, daß Annee Rose stärker ist als ihre Schwächlinge von Göttern und Geistern. Und jetzt habe ich sie in der Hand!«

Als wollte sie es beweisen, schlang sie die Arme um den Hals von Brice und zerrte sein Gesicht zu dem ihren herunter. Er küßte sie, nicht weil er wollte, sondern weil ihm nichts anderes übrigblieb. Aber er war das Spiel leid geworden. Es war an der Zeit, dem Ganzen ein Ende zu machen — so oder so.

Als Annee sich von ihm trennte, waren ihre Lippen feucht und kirschrot. »Schickst du sie weg?« fragte sie und meinte damit natürlich Autumn.

Brice nickte.

»Schwöre es.«

Er schloß seine Finger um ihren weißen Hals, lächelte kalt und hätte ihr am liebsten die Seele, falls sie überhaupt eine besaß, aus dem schönen Körper gepreßt. »Ich habe dir schon vor langer Zeit gesagt, daß Autumns Aufenthalt nur vorübergehend sein wird. Ich habe ihr zwei Monate gegeben, um Pflanzer zu spielen. Am Ende dieser zwei Monate packe ich sie auf das nächste Schiff, das nach Charleston fährt.«

Annee lächelte zufrieden. »Komm mit mir nach oben«, flehte sie.

Er schloß die Augen und redete sich ein, daß ihre Augen goldbraun waren wie feiner irischer Whisky und ihr Haar eine nach Jasmin duftende Wolke von kupferroten Locken. So würde es leichter sein für ihn.

Der Hund knurrte, und Brice schaute sich um.

Autumn stand in der Tür.

Ihre Augen begegneten sich, und Autumn wandte sich dezent ab, ließ ihren Blick durch den Raum schweifen.

Annee drehte sich zur Tür um und tat nichts, um ihre Nacktheit zu verhüllen. Sie lachte nur.

Jeder Blutstropfen schien aus Autumns Gesicht gewichen zu sein. Sie starrte Brice aus weit offenen, unschuldigen Augen an, so daß er sich am liebsten das Herz herausgerissen und ihr zu Füßen geworfen hätte. »Nun?« brüllte er mit seltsam hoher Stimme.

Sie zuckte zusammen, trat zurück, und zum erstenmal, seit sie sich begegnet waren, schien sie um Worte verlegen zu sein. »Oh, ich — ich wußte nicht . . .« Schließlich hob sie das Kinn, und ihre Augen blitzten. Sie schaute über Brice hinweg auf Annee Rose. »Ich bin gekommen, um ein Wörtchen mit *Maîtresse* Rose zu sprechen.«

»Ach, wirklich?« schnurrte Annee.

»Ja, wirklich. Wegen Myah!« bellte sie. Er hörte ein Scharren von Füßen. Plötzlich war neben Autumn ein junges Indianermädchen aufgetaucht, das die Schultern hängen ließ. Seine linke Schulter war blutbefleckt. Die Kleine hatte eine Hand um ihr linkes Ohr gelegt, und sie zitterte. »Madame Rose«, fuhr Autumn fort, »ich habe erfahren, daß Sie eine meiner Angestellten auf die empörendste Weise haben mißhandeln lassen. Ich habe Myah gefunden, und man hatte eines ihrer Ohren an einen Poinsettia-Baum genagelt.«

»Und was hat das mit mir zu tun?« fragte Annee.

»Sie sagt, daß es auf Ihre Anweisung hin geschehen ist.«

Autumn funkelte Brice an, und der starrte auf Annee.

»Ich habe sie erwischt, wie sie etwas gestohlen hat, was mir gehört«, erwiderte Annee schließlich.

»Und was hat sie gestohlen?« setzte Autumn das Verhör fort.

»Eine Banane.«

»Eine Banane? Nichts weiter? Sie haben dieses Kind gefoltert und gequält nur wegen einer Banane, von denen Millionen auf dieser Insel wachsen?«

»Es war *meine* Banane.« Annee hakte sich bei Brice unter und erklärte: »Über eines müssen Sie sich im klaren sein, *Maîtresse* Donovan: Jeder Mann und jede Frau, die etwas nehmen, was mir gehört, wird es bitter bereuen.«

Autumn kam einen Schritt näher. »Sie werden unter keinen Umständen weiterhin meine Leute in dieser Weise mißhandeln lassen. Wenn sie ein Gesetz verletzen, können Sie es mir mitteilen, und ich werde mich damit befassen. Aber wenn Sie in Zukunft auch nur die Hand an einen oder eine von meinen Angestellten legen, nehme ich Kontakt mit den Behörden in Jamaica auf und sorge dafür, daß Ihnen der Prozeß gemacht wird. Habe ich mich deutlich genug ausgedrückt?«

Brice fühlte den Schauder, der durch Annees steifen Körper lief. Sie erwiderte nichts auf Autumns Warnung, und er nahm an, es kam daher, daß sie sprachlos war. Annee Rose war es nicht gewohnt, Befehle oder gar Drohungen hinzunehmen, und obwohl er Autumn am liebsten in die Arme genommen und für ihren Mut geküßt hätte, wußte er, daß sie dafür würde bezahlen müssen.

Als sich Autumn umwandte und Myahs Schulter umfaßte, machte sich Brice von Annee frei und ging hinter ihr her. »Donovan!« schrie Annee. »Du verläßt mich doch nicht?«

Autumn schaute sich um, wandte sich dann wieder der Tür zu und konzentrierte sich darauf, dem verletzten jungen Mädchen zu helfen. Brice starrte auf das Blut, das auf den weißen Marmorboden tropfte, und sagte einfach: »Doch.«

»Aber unsere Pläne! Du hast mir versprochen, Brice —«

»Ich komme wieder.« Die Worte ließen Autumn zögern. Er bemerkte es und wiederholte: »Ich komme wieder.«

18

Jeanette klopfte sachte an Autumns Schlafzimmertür, trat dann leise ein, ein Tablett mit einem silbernen Service auf der nach oben gekehrten Handfläche. »Ich bringe den Tee, *Maîtresse.*« Autumn saß in der Badewanne; sie schaute sie nachdenklich durch den nach Jasmin duftenden Schaum an. Jeanette ging mit graziösen Bewegungen zum Nachttisch und stellte dort den Tee und den Korb mit Früchten ab. Dann, zu Autumn gewandt, sagte sie: »Ich möchte Ihnen danken, daß Sie sich so meines kleinen Jungen annehmen.«

Autumn lächelte und rutschte tiefer in die Wanne.

Jeanette fuhr fort: »Er hat Sie sehr liebgewonnen.«

»Und ich ihn ebenso.«

»Pierre ist ein liebenswürdiges Kind. Er hat ein gutes Herz — genau wie sein Onkel.« Ihre Hände zupften nervös an den Rüschen ihrer Bluse, während sie allen Mut zusammennahm und sagte: »Donovan hat seine Sachen gepackt.«

Autumn wandte rasch den Blick ab und schaute in die schaumigen, glitzernden Seifenblasen. Dabei fiel ihr ein, wie Donovan einmal in einer Wanne mit Seifenschaum gesessen hatte. »Und was soll ich Ihrer Meinung nach tun?«

»Ihn zurückhalten.«

»Und wie?«

»Notfalls betteln. Sie haben Annees Grausamkeit mit eigenen Augen gesehen. Sie wird Donovan zerstören. Die ganze Insel ist es nicht wert, daß er ihretwegen sein Glück oder sein Leben opfert.«

Autumn fröstelte. Das Wasser war kühl geworden. »Sie lieben ihn sehr, nicht wahr, Jeanette?«

»Er war immer gut zu mir. Seit seiner Rückkehr war er für Pierre wie ein Vater.« Sie senkte die dunklen Augen. Dann gestand sie leise: »Ja, ich liebe ihn. Er ist mein Bruder.« Minuten vergingen, bevor Jeanette weitersprach. »Mein Volk feiert die Ankunft des Lebens, da in Kürze Kinder geboren werden im Dorf. Sie beten zum Zemi des Lebens, daß er den Kleinen eine sichere Reise in die Welt der Sterblichen ermöglicht. Und sie beten zum Zemi der Fruchtbarkeit, daß er sie bald mit mehr Kindern segnet.« Jetzt warf Jeanette einen Blick zum Fenster und fügte hinzu: »Man kann es hören an den Trommeln, nicht wahr?«

Eins — zwei, klopften die Trommeln. »Ja.«

»Es ist warm heute abend«, sagte Jeanette, dann ging sie zum Kleiderschrank.

Autumn starrte auf das abgestandene Badewasser, während Jeanette das glatte, goldene Negligé quer über dem Bett ausbreitete. Dann ging sie auf ihren nackten Füßen geräuschlos zur Tür und schloß sie hinter sich.

Brice versuchte, sich dem Brief in seiner Hand zu widmen. Aber sein trunkener Zustand machte ihm jede Konzentration unmöglich, also legte er ihn wieder in die Schreibtischschublade und langte nach der Flasche. Wem machte er eigentlich etwas vor? Aller *clairin* zwischen hier und Jamaica konnten nichts an der Tatsache ändern, daß Annee Rose in Barrett Hall auf ihn wartete. Er hatte seine Entscheidung getroffen; es gab kein Zurück. Er würde tun, weshalb er hierher nach Cayemite gekommen war, würde Annees Wahnsinn ein Ende machen, ein Ende ihrer Besessenheit für einen Mann, den es gar nicht mehr gab, ja, den es nie gegeben hatte. Nie hatte er Annee geliebt, nie hatte er ihr einen Antrag gemacht, aber in ihrem verdrehten Gehirn redete sie es sich in all den Jahren ein, daß er sie liebte.

Mit großer Mühe erhob sich Brice aus seinem Sessel. Er trat ans Fenster und sah zu, wie sich die Schatten mit den dahintreibenden Wolken veränderten . . .

»Da sind sie!« Tylers unerwartete Worte ließen ihn herumfahren. Er schloß die Augen und atmete tief ein, ehe er sich ihm zuwandte.

Tyler starrte auf den Koffer, der neben dem Schreibtisch stand. »Na, na.« Hugh zog nachdenklich die Brauen hoch und sagte: »Sieht ganz so aus, als ob jemand vorhat, irgendwo hinzugehen.«

Donovan ließ sich gegen den Fensterrahmen sinken. »So sieht es aus, ja.«

»Sie sind ein Narr, Donovan.«

»Mag sein. Aber wenn Annee dabei glücklich ist . . .«

»O Herr, bewahre uns vor den Märtyrern, besonders vor denen, die sich selbst leid tun.«

Brice fuhr hoch.

»Die Wahrheit macht Ihnen keine große Freude, wie?« Hugh schaute über Brices Schultern aus dem Fenster und fragte, noch immer sehr nachdenklich: »Haben Sie gehört, was die Leute reden? Diese verdammten Wilden nehmen an, daß das Ende nahe ist, daß die Götter der Dunkelheit zurückgekommen sind und nur in den Wäldern warten, bis sie Verdammnis bringen können. Die Männer töten schon jedes verdammte Tier, das sie auch nur ein bißchen schief anschaut.«

Brice ging zum Schreibtisch und schenkte sich noch einen Schluck ein. »Ich habe es gehört«, erwiderte er.

Tyler schaute zu, wie Donovan den Cognac hinunterkippte, als ob es Wasser wäre. Dann sagte er: »Sie glauben, daß Annee Rose hinter allem steckt. Und sie hat es auch noch bekräftigt.«

»Siehst du, Tyler, deshalb sind wir zivilisierte Menschen: Weil wir es nicht glauben.«

»Möglich. Dennoch können Sie nicht abstreiten, daß hier etwas vor sich geht, Brice.«

»Das habe ich nie geleugnet.«

Hugh wischte sich mit der rauhen Hand über die Lippen. »Es kündigt sich schon seit langer Zeit an, vermute ich. Schon bevor Ihr Vater gestorben ist, hat es mit den Erdbeben angefangen. Aber seit dem vorletzten ist eine Weile vergangen; ein Jahr oder mehr, schätze ich.«

Brice starrte immer noch in sein leeres Glas. »Vielleicht dauert es auch wieder ein Jahr bis zum nächsten«, erklärte er geistesabwesend. Er dachte an Autumn.

»Mag sein.« Der Ire warf wieder einen Blick auf den Koffer, dann auf Brice. »Cayemite produziert genau das, was Annee Rose haben will und nicht mehr, ganz gleich, wer hier auf Hunnington der *Maître* ist. Ich rate Ihnen, was ich Ihrem Vater geraten habe und Ihrem Bruder, auch wenn dem nicht zu helfen war: Verkaufen Sie Hunnington an Annee Rose, und dann nichts wie weg von hier. Verdammt, meinetwegen schenken Sie ihr den ganzen Plunder. Sie brauchen das Geld nicht so nötig, Brice, wie es Ihr Vater gebraucht hat.«

Zum erstenmal seit Tyler hereingekommen war, schaute ihm Brice in die Augen und wandte sich nicht gleich wieder ab. »Wir wissen beide, daß sie nicht nur Hunnington haben will.«

»Ich sehe darin noch lange keinen Grund, sich ihr mit einer schönen, roten Schleife als Geschenk zu präsentieren. Denken Sie darüber nach«, fügte Tyler hinzu, bevor er den Raum verließ.

Brice schaute lange auf die Tür, nachdem Tyler gegangen war, und zum erstenmal fragte er sich, warum er sich eigentlich entschlossen hatte, zu Annee zu ziehen. Die Ausrede von gestern galt nicht mehr im Licht dessen, was Hugh ihm eben erst vorgehalten hatte. Auch wenn er den

Forderungen von Annee nachgab, löste das noch nicht die Probleme von Cayemite. Es ließ das Zuckerrohr nicht besser wachsen und vertrieb nicht den Aberglauben der Eingeborenen. Und es brachte ihm seinen Vater und seinen Bruder nicht zurück. Sie beide hatten Annee gekannt und gewußt, wozu sie fähig war. Aber sie waren auf Cayemite geblieben und hatten sich wie Liebende an Hunnington geklammert, weil sie nichts anderes hatten.

Brice ließ sich wieder in den Sessel sinken. Eine Brise, die Regen ankündigte, kam durch das Fenster und ließ die Kerzen über dem Kopf der Putten tropfen, daß ihnen der Wachs wie Tränen über die Gesichter lief. Donovan legte den Kopf auf den Schreibtisch und schloß die Augen.

Autumn ging geräuschlos die Treppe hinunter, blieb mehrmals in der Dunkelheit stehen und lauschte auf das Knarren und Klappern des alten Hauses, als der aufkommende Nachtwind an den Läden rüttelte und die Jalousien in ihren Rahmen ratterten. Zum hundertsten Mal stellte sie sich vor, wie es hier sein würde ohne Brice. Die vergangene Woche war, was das betraf, die reine Hölle gewesen.

»Donovan«, sagte sie leise vor sich hin, und in ihrem Kopf kämpfte die Vernunft mit dem Gefühl. Doch als sie auf Zehenspitzen über den Marmorboden der Halle ging, wußte sie, daß die Vernunft die Schlacht verloren hatte.

Er saß an seinem massiven Schreibtisch, den Kopf auf einen Unterarm gelegt, und schien zu schlafen. Sie betrat leise den Raum, ging über den Teppich zu dem gelblichen Lichtteich von der einzelnen Kerze, die noch über ihm am Kandelaber mit den Putten brannte.

Er stöhnte. Ein Geräusch, das Autumn durch den Körper fuhr wie ein Blitz und an allen Nervenenden zerrte. Sie schluckte und lauschte auf die weit entfernten Trommeln, die im Takt mit ihrem Herzschlag pochten, beobachtete, wie Brice die Schultern beim Atmen hob und senkte.

Eins, zwei . . . Eins, zwei.

»Donovan.«

Er bewegte sich.

»Donovan?«

O Donovan, wach schnell auf, bevor mich mein Mut verläßt.

»Donovan!«

Er hob den Kopf und schaute auf den Schreibtisch. Dann richtete er langsam, erst schläfrig, dann ungläubig den Blick auf sie.

Er starrte sie an.

Sie starrte ihn an.

Schließlich: »Au-Autumn?«

Die volle Stimme versetzte ihre Sinne in Schwingungen wie Wellen in einem Teich und erreichte jede verborgene Stelle in ihrem Körper.

Brice versuchte zu schlucken. Er wagte es nicht, zu blinzeln, weil er fürchtete, daß sie, wenn er nur eine Sekunde wegschaute, verschwunden sein würde. Bezaubernd, verzaubernd, hinreißend — das alles war Autumn Sinclair Donovan. Die Farbe ihrer Augen wurde betont durch die Aprikosenhaut, die von den Schultern bis zum Dekolleté zu sehen war — ein Dekolleté, das ihre Brüste kaum verbarg. Er schluckte und flüsterte dann: »O mein Gott!«

Ein scheues Lächeln stand in ihren Mundwinkeln. »Ich — ich konnte nicht schlafen, also dachte ich« — sie sah, wie sich seine Augen verengten — »ich hole mir ein Buch zum Lesen.«

»Dann haben Sie sich in der Tür geirrt, Mrs. Donovan.«

Ihre Blick erfaßte den Salon. »O ja, sicher. Aber . . .«

Ihr Herz bebte. Dann sah sie den Koffer, der neben seinem Schreibtisch stand, und nahm allen Mut zusammen, den sie aufbringen konnte.

»Sie — Sie verlassen das Haus? Sehe ich das richtig?«

Brice lehnte sich in seinem Sessel zurück. Der Putto mit der Kerze über ihrem Kopf tauchte Autumn in schimmerndes Licht. Es wurde von der Haut ihrer Schultern reflektiert, von ihrem offenen Haar und den elfenbeinweißen Spitzen, die ihre Brüste verbargen. Die Wirkung war wesentlich stärker als jedes Erdbeben. Donovan brachte kein Wort hervor.

Sag doch etwas, dachte sie.

Er versuchte es.

»Nun?« Wenn er nicht bald zu reden begann, würde sie die Wände hochgehen. »Ziehen Sie zu Annee Rose?«

Seine Blicke fielen auf die kleinen Hände, die zu Fäusten geballt waren, vor ihrem Nachthemd, und er begann zu begreifen. »Und wenn ich es täte?« Er betrachtete ihre Brüste.

»Ich — ich würde Sie bitten, es nicht zu tun.«

»Und warum?«

Die abrupte Frage riß sie aus dem Konzept. »Darum.«

Er zog die Augenbrauen hoch, und sein Blick richtete sich auf ihr Gesicht. »Warum darum?«

»Weil ich es nicht möchte.«

Ihre Direktheit war zum Rasendwerden. Sie kämpfte mit sich und sagte dann offen heraus: »Weil ich Sie bitte, es nicht zu tun.«

»Aha.« Brice trommelte mit den Fingern auf die Armlehne des Sessels. »Es ist nicht zufällig wegen eines Gesprächs zwischen mir und Madame Rose, das Sie mitangehört haben?«

»Ein Gespräch?«

»Unsere Diskussion über die Tatsache, daß ich beabsichtige, Sie von dieser Insel zu entfernen?«

Das Schlagwerk der großen Standuhr in der Halle ertönte in der Stille des Hauses. Autumn schloß die Augen und schwankte leicht vom Schock dieser erneuten Ankündigung. »Entfernen?« fragte sie mit gepreßter Stimme. »Mich von Cayemite entfernen? Aber — ich liebe Sie.«

Sie sagte es, ohne auch nur einen Moment zu zögern. Die Worte klangen so leicht und, ja, so glaubhaft, daß Brice erblaßte und ihm die Luft wegblieb.

»Ich ... ich liebe dich«, wiederholte Autumn und erkannte in diesem Augenblick, daß sie Brice Donovan wirklich liebte. Sie schloß die Augen und gestand ein letztes Mal: »Ja, ich liebe dich.«

Er schlang die Arme um sie, den einen um die Taille und den anderen um die Schultern, wo sich seine Hand in ihr Haar grub. »Hübsche, kleine Lügnerin«, zischte Donovan. »Du wirst deine Lüge noch bereuen.«

»Ich lüge nicht«, wollte sie sagen, doch die Worte blieben in ihrer Kehle stecken. Sie stand nur stumm da, in seiner eisernen Umarmung, und zitterte wie ein kleiner Sperling, während er sie mit den Augen verschlang. Dann küßte er sie roh und bedeckte ihre Lippen beinahe schmerzhaft mit den seinen, bis sie die ihren öffnen mußte, so daß seine Zunge kühn eindringen konnte.

Als Erwiderung schlang sie ihre Arme um seinen Hals, reckte den Körper nach hinten, um ihn fester an den seinen pressen zu können, und der Druck seines Arms an ihren Rippen verstärkte sich dabei. Er preßte seinen Mund auf ihre Lippen, bis er sich schließlich freimachen mußte, um Luft zu schöpfen.

Da hing sie an ihm, die Arme um seinen Hals geschlungen, den Körper nach hinten gebeugt, und er preßte die Lippen auf den fliegenden Puls ihrer Halsschlagader. Sein Atem fühlte sich feucht an auf ihrer Haut und heiß, heißer noch, als er ihr in das gerötete Gesicht schaute, ihre zitternden Lippen und die Wimpern sah, die wie Gold im Licht der Kerze schimmerten. Und während er sie beobachtete, quoll eine Träne durch diese Wimpern und rollte in das Haar an ihren Schläfen.

Schmerz, der sein Herz und seine Sinne erschütterte, überwältigte ihn. Autumn verachtete ihn so sehr, daß sie in Wirklichkeit nicht einmal seine Berührung zu ertragen schien. Er küßte sie noch einmal und schwor sich, daß es das letzte Mal sein würde. Lieber ging er zu Annee Rose, denn die liebte ihn wenigstens auf ihre verrückte Weise. Er küßte Autumn mit Gewalt, wollte seinen Geschmack, das Gefühl seiner Berührung hinterlassen, daß sie sich ihr Leben lang daran erinnerte, wie sich ihre Berührungen ihm eingeprägt hatten. In diesem Augenblick spürte er auch ihre Verzweiflung. Es war nicht leicht, einen Traum zu verlieren, und Cayemite gehörte ebenso zu ihrem Traum wie sie zu dem seinen. Der einzige Unterschied zwischen ihnen bestand darin, daß sie noch für ihren Traum kämpfte. Vielleicht sollte auch er noch nicht kampflos aufgeben ...

Autumn empfand deutlich die Veränderung seiner Gefühle. Sie brandete durch seinen starren Körper und flammte in seinen Augen. Sein schön geschnittener Mund verzog sich zu einem Ausdruck der Kälte, der ihr den Magen schmerzhaft zusammenzog. Etwas lag in der grünen Tiefe seiner Augen, das ihn an andere Augen erinnerte — ja, an Roy: ein Wahnsinn, der von Hoffnungslosigkeit genährt wurde, und eine Brutalität, die sie in ihrer Naivität in all den Monaten übersehen hatte. Sie erkannte es erst jetzt, weil es für sie ein bisher nie beobachteter Ausdruck in den Augen von Brice gewesen war. Und das erschreckte sie noch mehr.

Sie berührte sein Gesicht. »Brice, ich —«

»Halt den Mund!« Er schlug ihre Hand weg. »Jetzt

nicht«, stieß er durch die Zähne. »Und kommen Sie mir nicht mit Ihrem ›Brice‹, Mrs. Donovan, oder muß ich Sie daran erinnern, wen Sie da zu verführen versuchen?«

Betäubt von der Beleidigung taumelte Autumn rückwärts und fühlte sich plötzlich nackt vor seinen anklagenden, sie schändenden Blicken. Sie bedeckte ihre Brüste mit den Armen. »Ich — ich wollte doch nur —«

»Ich weiß genau, was Sie wollen«, unterbrach er sie in leisem, bösartigem Ton. »Sie wollen Hunnington. Aber um auch meinen Anteil zu bekommen, müssen Sie sich schon etwas mehr anstrengen als bei meinem Bruder.«

Autumn war sprachlos und konnte nur den Kopf schütteln. Als er hinter sie trat und die harten Muskeln seiner Schenkel gegen ihre Hinterbacken preßte, hielt sie sich die geballten Fäuste vor den Mund und biß sich in die Knöchel, um den Schrei der Verwirrung und des Schmerzes zurückzudrängen, der sich in ihrer Kehle bildete.

»Na, warum keuchen Sie nicht ein bißchen lauter?« drang die spöttische Stimme von hinten an ihr Ohr. Dazu streifte er den dünnen Träger ihres Nachthemds über ihre Schulter. Jetzt bedeckten seine rauhen Hände ihre Schultern; seine Daumen massierten den Halsansatz dicht unter der Haarlinie. »Mach schon«, trieb er sie an. »Annee wartet.«

O mein Gott! schluchzte sie innerlich. Lieber Gott! Sie wollte fliehen und konnte sich nicht bewegen. Und als seine Hand über die Schulter nach unten glitt, unter die Spitzen, die nur noch von ihren Armen gehalten wurden, und ihre Brüste umfaßten, wurden ihre Knie weich, und ihre Sinne verwirrten sich zu einem einzigen Chaos.

Sie stöhnte.

»So ist es schon besser«, sagte Donovan leise. »Das gefällt dir, was, mein Schatz?« Er fühlte, wie die Brustwarzen in seinen Händen steif wurden. »Wenn ich mich recht erinnere, macht dich das ganz besonders wild.« Dann ließ er die Hand nach unten gleiten, über ihren flachen Bauch, fühlte, wie sie zuckte und zitterte, und wußte schon, bevor er die Finger in den Seidenfalten ihres Nachthemds zwischen den Schenkeln begrub, daß ihre Öffnung warm und feucht sein und seine Berührung herbeisehnen würde.

Er stieß rauh die Luft aus, während sie wimmerte: »O Donovan ... Donovan ...«

Er riß sie herum.

Ihre Körper prallten zusammen. Genau wie ihre Blicke und ihre Lippen. Sie stand nicht mehr auf dem Boden, war in seinen Armen, als er sie wieder mit seinem besitzergreifenden, suchenden Mund berührte, als seine Zunge in die süße, weiche Höhle eindrang — ein Gefühl, das sie zum Wahnsinn trieb. Er ging in die Knie, erst auf das eine, dann auf das andere, drückte ihren Körper an seine Brust, während er sie auf den Teppich legte, wobei er seine Hüften auf die ihren legte und sie an den Boden preßte mit dem primitiven Rhythmus, der vom Wind hereingetrieben wurde und sich mit dem Rhythmus seines Herzens und seiner Lenden vereinte. Eins, zwei ... Eins, zwei ...

Er nestelte an seiner Hose.

Sie schloß die Augen. Natürlich war es Wahnsinn, dieses Verlangen, sich einem Mann hinzugeben, der sie nicht liebte, und einen überwältigenden Augenblick lang erkannte sie den Segen, den die Selbstaufopferung bringen konnte, das absolut verrückte Bedürfnis, diesem Mann, der ihr Gefühl so unwiderstehlich anstachelte, alles zu geben, gleichgültig, was er davon hielt. Und als seine Hände über die Innenseite ihrer Schenkel glitten, öffnete sie freiwillig die Beine und hielt die Luft an, während seine Finger in ihren Körper drangen.

Wie Blütenblätter umschloß sie ihn, glatt und feucht

und warm und so voller Duft, daß er kämpfen mußte, um nicht die Beherrschung zu verlieren. Er küßte ihre Brüste und saugte die rosigen Warzen sanft, aber unnachgiebig zwischen seine Zähne, bis sich Autumn auf dem Boden wand und wimmerte. Er vergaß seinen Zorn, vergaß, daß es eine andere Frau auf dieser Welt gab und einen anderen Mann, der sie schon gehabt haben mochte. Es war ihm egal. In diesem Augenblick wäre er bereit gewesen, ihr alles zu geben, wenn sie ihm gestattete, sie zu lieben: Hunnington, Willow Bend — und sein Herz, aber das hatte sie längst.

Sie gab dem weißglühenden Verlangen nach, das an allen ihren Nerven zerrte. Streckte sich und stöhnte unter seinen erfahren Händen, wand sich und öffnete sich, bis eine nie gefühlte Wärme tief in sie eindrang und sich zwischen ihren Schenkeln ansammelte.

Er fühlte es. Drückte mit dem ganzen Gewicht seines Körpers auf sie, schaute in ihre vor Leidenschaft trüben Augen, küßte flüchtig ihren Mund und drängte die Beine mit einem Knie weiter auseinander. Er fühlte die kühle Seide an seiner Haut, wo seine Hose offen und über die Hüften nach unten gerutscht war. Als sein geschwollenes Glied das dünne, flaumige Haar zwischen ihren Beinen berührte, wurde er von Verlangen überwältigt, so daß ein köstlicher Schmerz den ganzen Körper zum Vibrieren brachte. Er hob sich ein wenig und drang in sie ein.

Sie riß die Augen auf, als der erste Druck und der damit verbundene Schmerz ihre liebestrunkenen Sinne in die Realität riß. Die Erkenntnis dessen, was da geschah, schnitt so scharf in ihr Gehirn wie die alles zerreißenden Schmerzen, die ihren Unterleib zu sprengen drohten, als er in sie stieß. »O nein«, keuchte sie, »bitte nicht!«

Er begriff nicht. Verloren in diesem ersten, heißen Stoß, fühlte er nichts als die Verzückung des Besitzergreifens. Die Schranke war erstaunlich, ja frustrierend. Er stieß noch einmal zu, taub für die Schmerzensschreie, die aus ihrer Kehle drangen. Doch diesmal, als ihr zarter Körper auszuweichen versuchte und sich auf dem Boden wand, als sie die Lippen zurückzog vor Schmerz, als die seidige Barriere unter seinem Glied nachgab und ihn ganz umschlang mit schmerzlichem Druck, da wurde es ihm klar — und er erstarrte.

Autumn wandte das Gesicht ab, biß die Zähne zusammen und betete, daß die erniedrigenden Schmerzen nachlassen würden, bevor sie »O Gott!« schrie und dann immer wieder: »Bitte, bitte, bitte ...«

Mit einem Ton der Selbstverachtung schmolz Brice in Autumn und nagelte ihren Körper unter dem seinen auf den Boden. Er hatte Angst davor, sich zurückzuziehen und sie dabei noch mehr zu verletzen.

»Bitte!« Der Schrei erschütterte sein Trommelfell. »Bitte, hör auf!«

Er begrub sein Gesicht in ihrem Haar und murmelte: »Ich habe es nicht gewußt. Ich schwöre dir, ich habe es nicht gewußt.«

»Ich — ich hasse dich!« schrie sie.

»Nein! O nein, Autumn. Du hättest es mir sagen müssen. Warum hast du es mir nicht gesagt?«

Sie bohrte ihren Ellbogen so heftig in seinen Brustkorb, daß Donovan stöhnte. Als sie es noch einmal tat, packte er ihre Handgelenke und hielt sie fest. »Es tut mir leid«, flüsterte er. »Es tut mir ja so leid.«

Er lauschte auf die Trommeln. Hörte das leise, anklagende Schluchzen des Mädchens unter ihm, glitt sachte aus ihrem Körper und legte sich dann neben sie. Er lauschte auf den Wind und die ersten Regentropfen, die draußen vor dem Fenster auf die heiße Erde trafen.

»Autumn.«

Sie zuckte zusammen. Begrub ihr Gesicht im Teppich und zischte: »Rühr mich nicht an.«

»Ich lasse dich ja.« Dann rutschte er nach unten, so daß seine Lippen ganz dicht an ihrem Ohr waren. »Schau mich an«, flehte er.

»Nein.«

»Ich wollte dir nicht weh tun.«

»Lügner.«

»Ich habe nicht gewußt, daß du noch unberührt warst, ich schwöre es.«

Autumn schniefte und schlug die Augen auf.

»Du hättest es mir sagen müssen, Autumn.«

»Du — du hättest ja fragen können.«

Brice strich ihr feuchtes Haar über der Schulter glatt. »Du warst eine verheiratete Frau, Mrs. Donovan, oder hast du das vergessen? Ich dachte, du und mein Bruder —«

Autumn stützte sich auf einen Ellbogen und unterbrach ihn. »Da er mich am Altar stehengelassen hat, gab es für uns noch nicht einmal genügend Zeit, um uns ordentlich voneinander zu verabschieden, und das war auch gut so, denn wenn ich diesen widerlichen Akt mit Roy hätte erdulden müssen, wäre ich ihm sicherlich nicht nach Cayemite gefolgt, um eine Wiederholung herbeizuführen.«

Donovan atmete tief ein, dann stieß er die Luft aus. »Sag so etwas nicht.«

»Du selbst willst mich von der Insel — entfernen.«

»Vergiß das verdammte Cayemite.«

»Ich habe sonst nichts.«

»Ich werde alles tun, daß du die Insel vergißt«, erklärte Brice mit weicher Stimme.

Er stand auf, hob sie hoch, trug sie auf seinen Armen, eine Hand sachte unter ihren Hinterbacken, die andere besitzergreifend auf ihrer Brust, als er mit ihr die Treppe hinaufging. Obwohl sich ihr Körper krümmte in Erinnerung an die Schmerzen, die er ihr eben erst zugefügt hatte, war das Verlangen immer noch da, so betäubend und geheimnisvoll wie immer, wenn er in ihrer Nähe war, und obwohl ihr Herz wie wild klopfte, schmiegte sie sich an seine Brust und schloß die Augen.

19

Die Tür fiel leise klickend hinter ihnen ins Schloß. Der Raum lag in tiefen Schatten; alle bis auf eine Kerze waren gelöscht worden. Donovan ging zielbewußt zum Bett, und während der erste bläulich-weiße Blitz das Zimmer erhellte, legte er Autumn sachte auf die zurückgeschlagene Decke.

Der Sturm tobte über dem kochenden Wasser der Ravel Bay und ließ das Haus erzittern. Autumn, die nicht sprechen konnte, lag zusammengerollt innerhalb des schützenden Moskitonetzes, die Finger immer noch zu Fäusten geballt, die Knie hochgezogen bis fast zur Brust. Sie zitterte vor Angst, vor Erwartung und vor Bewunderung, als Donovan sich auszukleiden begann.

Langsam zog er die Hemdschöße aus dem geöffneten Hosenbund. Autumns Blick richtete sich auf den Streifen nackter Haut, der unter seiner Taille zu sehen war. Er streifte sich das Hemd über die Schultern, und sie richtete jetzt den Blick auf seine breite, bronzebraune Brust und fühlte eine seltsame Vorfreude, welche die Angst überlagerte und besiegte. Sonderbar, daß sie trotz der furchtbaren Schmerzen vor Verlangen nach ihm und seiner Berührung zitterte.

Das muß das wahre Verlangen sein, dachte sie. Das war das Bedürfnis, diesem Mann zu gehören, sich ihm zu opfern, alles mit ihm zu teilen. Zu lieben und geliebt zu werden. Oh, wenn er sie nur liebte!

Bei geschlossenen Augen hörte sie, wie ein Stiefel auf den Teppich des Bodens fiel, dann der zweite. Sie öffnete die Augen, scheu und langsam und unsicher, nicht vorbereitet auf den Anblick eines Mannes, dessen Hose über seine Hüfte glitt, über die Knie und schließlich bis auf die Füße. Ihr Herz trommelte, als er aufrecht und nackt vor ihr stand und sie durch die schmale Öffnung des Moskitonetzes betrachtete.

Ein Adonis: kühn und schön und vollendet. Brice Donovan.

Das Bett bewegte sich. Die Bettdecke glitt nach unten, wo sein Knie sich in die Matratze bohrte. Er suchte mit den Blicken nach ihrem Gesicht, lächelte und sagte: »Hallo.«

Ihre Unterlippe zitterte.

»Komm her zu mir.« Er streckte die Hand nach ihr aus.

Sie schüttelte den Kopf.

»Ich tu' dir nicht mehr weh«, versprach er.

»Bitte, ich halte das nicht aus.«

»Ich werde es gut machen für dich, *chérie.*«

»So etwas kann niemals gut sein.«

»Kann es doch.« Er hauchte nur: »Und wie gut es sein kann!«

»Ich — ich glaube, lieber möchte ich sterben«, log sie, und Brice lachte leise.

»Ja, meine Geliebte, du wirst tatsächlich ein bißchen sterben. Genau wie ich.«

Sie verstand nicht und schüttelte wieder den Kopf. Brice ließ die Hand sinken. »Also schön. Dann halte ich dich nur fest, nichts weiter.«

»Zieh dich erst wieder an«, befahl sie und hatte Mühe, ihren Blick auf sein Gesicht zu richten.

Er schüttelte den Kopf. »Nein.«

»Aber du — du berührst mich nicht wieder so wie vorhin?«

»Nein.«

»Versprichst du es?«

»Ich verspreche es.«

Autumn zog die Stirn in Falten, und Brice lächelte. »Ich glaube dir kein Wort«, sagte sie.

Donovan streckte sich auf dem Bett aus und legte den Kopf auf das Kissen neben ihrem Knie. Er schaute zum Himmel des Betts, lauschte auf den Regen und den Wind und wartete, bis Autumn sich entspannte.

Dummes Ding, schalt sie sich. Ein Teil von ihr hatte das Bedürfnis, aus dem Schlafzimmer zu rennen, der andere wollte nichts lieber als neben ihm liegen, die Wärme seiner Hand auf ihrer Haut und die köstlichen Liebkosungen seiner Lippen spüren. Es kostete einen Kampf, den Blicken zu untersagen, daß sie seinen ganzen Körper betrachteten. Mehr als einmal glitten sie über die dunkle Vertiefung seines Nabels, wo sich das Brusthaar zu einer schmalen, schwarzen Linie verengt hatte, nach unten; sie hatte Mühe, ihn wieder nach oben zu wenden, auf die glatte Haut seiner Brust, die im milden Kerzenlicht golden schimmerte, auf die muskulösen Arme, trainiert durch Jahre harter, körperlicher Arbeit, und schließlich auf seine Hände, diese Hände, hart, braun und und — so sanft.

Ihre Brustwarzen versteiften sich. Ihr Atem schien zu stocken. Langsam glitt sie hinunter und lag dann steif neben ihm, wartete — und wartete — und wartete. Schließlich schaute sie ihm über die Schulter. Seine Augen waren geschlossen. »Schläfst du?« Sie sah, wie sich seine Lider bewegten.

Donovan lächelte. »Ich habe dir etwas versprechen müssen.«

Die Minuten verstrichen. Dann drehte sich Donovan zur Bettkante und setzte sich auf. Autumn stützte sich auf einen Ellbogen, und als er aus dem Bett stieg, hielt sie ihn auf und rief erschreckt: »Brice!« Er erstarrte. »Geh nicht fort«, bettelte sie und erinnerte sich daran, daß er schon einmal ihr Bett mitten in der Nacht verlassen und wie einsam sie sich danach gefühlt hatte. Sie flehte ihn an: »Ich bitte dich, bleib!« Sie berührte die breiten Muskeln an seinem Rücken mit den Fingerspitzen. »Bleib bei mir.«

Er lachte, wandte sich um, schaute ihr ins Gesicht und sagte: »Ich wollte ja nur die Kerze ausblasen.«

Die Brauen über den Augen zusammengezogen, hauchte sie: »Oh!« Und als er noch einmal lachte, nahm sie sein Kissen und warf es ihm an die Schulter. Er lachte noch mehr.

Dann fiel Brice auf sie, nahm ihr das Kissen aus den Händen und schleuderte es zu Boden, zusammen mit der Bettdecke. Sie kämpften und waren in Laken und Kissen verschlungen, ein Durcheinander aus Beinen und Armen, bis sie schließlich unter ihm lag, das Nachthemd bis zur Taille nach oben geschoben und eine Brust nackt und seinen Blicken ausgesetzt. Er lachte immer noch.

»Du arroganter Kerl!« Sie meinte es halb scherzend, halb im Ernst. »Du kannst diesen Raum verlassen, wann immer du willst. Es macht mir überhaupt nichts aus.«

»Es macht dir doch etwas aus.«

»O nein. Du bist brutal, Brice Donovan. Einer, der unschuldige Frauen entehrt.«

»Unschuldig, von wegen, Mrs. Donovan. Du bist mit der Absicht in den Salon gekommen, mich zu verführen.«

Er schaute in ihre Augen.

»Küß mich«, flüsterte sie.

»Nein. Ich habe dir etwas versprochen...«

»Küß mich«, wiederholte sie, und das Verlangen war so deutlich in ihrer Stimme zu hören wie der Sturm draußen, der sich immer mehr verstärkte.

Die Berührung ihrer Lippen war kurz, zu kurz. Sie stöhnte, schloß die Augen und bettelte: »Noch einmal.«

»Autumn.« Es war ein Gebet, ein ehrfürchtiges Flüstern, zugleich warm und drängend.

»Donovan, Donovan. Mein geliebter Donovan.« Fast schluchzte sie es, ein Lobgesang auf die Nacht und den Mann, auf die Köstlichkeit ihres erwachenden Verlangens — ihrer Liebe. Sie wollte ihn, ja, sie wollte ihn ganz.

Ihr Körper schien aus sich selbst zu reagieren. Sie wölbte sich ihm entgegen, als er den Kopf zu ihren Brüsten neigte. Er nahm einem der harten Spitzen in seinen Mund, sog daran, schlang die Zunge um die geschwollene Knospe und benützte seine Zähne, bis sie mit weicher Stimme rief: »O Brice! Bitte!«

Ihre Finger fuhren durch sein Haar, drückten seinen Kopf noch fester gegen ihre Brüste, und sein Atem wurde rauh, die Muskeln seiner Arme zitterten vor Anstrengung, sich zurückzuhalten.

»Bei Gott!« keuchte er mit bebender Stimme. »Ich bitte dich nur um eines, Autumn: Schick mich nie wieder fort.«

Ihr Herz pochte gegen die Rippen, und Autumn berührte sein Gesicht, das so warm und so nah dem ihren war. »Dich — fortschicken? Lieber würde ich sterben, Mr. Donovan.«

Er wußte, wie sie es meinte.

Dann begann er, sie mit den Händen zu erforschen. Seine Finger strichen sachte über ihre schlanke Taille, dann weiter nach unten, zur Innenseite ihrer Schenkel, bis zu den Knien und wieder nach oben, so langsam, daß sich der Druck in ihrem Inneren ganz allmählich verstärkte und sie sich ohne Scham öffnete, ohne einen Gedanken daran, was danach kommen mochte — ohne Sorge.

Er berührte sie und legte zart seine Hand auf die feuchte Spalte. Seine Blicke suchten die ihren, bevor er das seidige Fleisch auseinanderdrückte. Sie versteifte sich, und er nahm die Hand weg.

»Langsam«, sagte er. »Wir können warten, Autumn. Wir warten, bis du bereit bist.«

»Ich bin bereit.« Überrascht von ihrem eigenen Eingeständnis, biß sich Autumn auf die Lippen und fragte sich zugleich, welcher Wahnsinn nicht nur von ihrem Körper, sondern auch von ihrem Verstand Besitz ergriffen haben mochte.

»Noch nicht. Du bist noch nicht bereit. Ich will, daß es das nächste Mal schön für dich ist. Ich möchte, daß du genießt.«

Er nahm ihre Hand und führte sie an sein gewaltig angeschwollenes Glied. Sie rollte den Kopf auf dem Kissen, als sie versuchte, die Hand wegzuziehen. »Nein! O Brice, ich kann nicht —«

»Bitte.«

Sie schloß die Augen und hielt den Atem an, als er ihre Hand sacht um den pulsierenden Schaft legte. Sie hätte die Hand wegziehen können, aber statt dessen begann sie instinktiv, sie auf und ab zu bewegen. Er stöhnte und zitterte. Der Kopf sank ihm auf die Brust, so daß sein Haar ihr Kinn und ihre Nase kitzelte.

»Hör nicht auf!« flüsterte er ihr ins Ohr. Dann begannen seine Hände aufs neue mit ihrer Entdeckungsreise, berührten sie sachte auf der Rückseite der Knie, unterhalb der Hinterbacken, strichen dann über die Unterseite ihres freien Arms vom Ellbogen bis zu den Schultern.

»Donovan«, murmelte sie in die Dunkelheit über seinen Schultern. »Donovan.«

Er hob den Kopf. Ihre Blicke fanden sich. Brice lächelte, und als draußen ein Donner über die Bay rollte, küßte er sie wieder und ließ seine Hand zwischen ihre Beine gleiten. Diesmal zuckte sie nicht zurück.

»Ganz ruhig«, flüsterte er. »Wenn es weh tut, höre ich sofort auf.« Dann stützte er sich auf die Hände und berührte mit seinem Glied ihre Schamlippen.

Sie öffnete sich.

Er drang in sie ein, langsam, wie er es beim erstenmal hätte tun sollen, und überwand die zarte Schwelle mit Geduld und Zurückhaltung. Die Schranke gab langsam nach, und dennoch umgab sie seinen Schaft so eng und wundervoll, daß er fürchtete, innerhalb von Sekunden zu explodieren, obwohl er sich bemühte, seinen Körper unter Kontrolle zu halten.

Ein Hauch von Schmerz huschte über ihre Züge, und er erstarrte. Autumn schloß die Augen und betete um Mut, aber auch darum, daß er jetzt nicht aufhörte, denn nun wollte sie es, gleichgültig, ob die Qual in ihr brannte und sie zu sprengen drohte oder nicht. Sie hatte solche Sehnsucht, ihm nahe zu sein, ihn festzuhalten in jeder erdenklichen Weise. Sie schlang ihre Beine um seine Oberschenkel und zog ihn tiefer in sich hinein, hob dann die Hüften, damit er noch weiter in sie eindringen konnte, so tief, daß ihre beiden Körper eins wurden.

Und dann war sie voller Flüssigkeit, geschmeidig, warm und verlockend. Sein Glied füllte ihren Leib aus, bis sie zu platzen drohte, und sie wollte vor Lust lachen und weinen, mit der unerklärlichen Freude der Vereinigung, die auf wundersame Weise in ihrem Herzen sang. »Das ist wundervoll!« schrie sie ihm ins Ohr.

Er lachte, ein tiefes, kehliges Lachen. »Das ist noch gar nichts, meine Geliebte. Es wird noch viel besser, glaube mir.«

Sie schaute ihn aus ihren unschuldigen Augen an, und er quittierte diesen Blick mit einem wilden, animalischen Knurren. Dann begann er sich zu bewegen, erst langsam, hinein und heraus, und dabei wiegte er sie in einem leichten Rhythmus, bis ihr Herz und ihr Körper ertranken in einem Wellengang höchster Lust.

Die Ekstase, der Höhepunkt kam plötzlich, so heftig und so herzbewegend, daß sie laut seinen Namen rief, bis er den Schrei mit einem Kuß erstickte. Sie klammerte sich an seine Arme, seinen Rücken, seine Hüften, als sie sich nach hinten neigte, um die Lust noch tiefer zu spüren und sich in den Abgrund zu stürzen, der ihre Welt in einem letzten Aufbäumen bis in die Grundfesten erschütterte.

Ganz allmählich kam sie zurück in die Wirklichkeit, wiegte sich in seinen Armen, hörte seine Koseworte in Französisch und Kreolisch. Auch er lag auf dem Rücken, starrte zur Decke und atmete mehrmals tief ein.

Autumn ließ ihre Finger unwillkürlich über das weiche Haar auf seiner Brust gleiten und schaute ihm ins Gesicht. »Ist etwas nicht so, wie es sein sollte?« fragte sie ihn.

Er sah ihr in die Augen und lächelte. »Nein. Es ist alles gut, wenn es dir Freude gemacht hat.«

Autumn erwiderte das Lächeln. »Ich hatte ja keine Ahnung . . .« Errötend gestand sie: »Es ist wundervoll, nicht wahr?« Fast scheu küßte sie ihn auf die Wange und fühlte die sprießenden Bartstoppeln an ihren zarten Lippen. »Danke«, flüsterte sie und fühlte sich verführerisch und schön und sehr weiblich.

Donovan stöhnte und schloß die Augen. Er schlang beide Arme um sie und zog sie auf seine Brust, so daß ihr Kopf unter seinem Kinn und ihre Knie auf seinen Schenkeln lagen. So umschlungen lauschten sie auf den Regen, bis das stetige Rauschen Autumn in den Schlaf sang. Danach lag Donovan stundenlang mit offenen Augen da, bis die Kerze niedergebrannt war und die beiden in Dunkelheit getaucht wurden.

Und die Sehnsucht in ihm wuchs.

20

Das erste, was sie sah, als sie erwachte, war der Zemi, der sie von der anderen Seite ihres Zimmers aus anstarrte. Mit verschwollenen Augen blinzelnd, erwiderte Autumn den Blick. Sie wußte, ohne nachzusehen, daß Brice noch neben ihr lag. Die Wärme seines Körpers war deutlich zu spüren und sehr angenehm.

Autumn bewegte sich, aber als sie die Augen wieder schloß und versuchte, noch ein bißchen zu schlafen, ließ sie das Krähen eines Gockels ganz nah an ihrem Ohr hochfahren. Der rot-weiß-grüne Hahn saß auf der Querstange des Himmelbetts und schüttelte das Gefieder, bevor er noch einmal krähte.

Eine Ziege meckerte, und jetzt setzte sich auch Brice auf.

Die Donovans starrten ungläubig auf die Menagerie in ihrem Schlafzimmer.

Die tiefe Stimme noch belegt vom Schlaf, donnerte Brice: »Was, zum Teufel, geht hier vor?«

Und dann flog die Tür auf. Celie, die Hände in die Hüften gestemmt, kam herein, und ihr dunkles Gesicht war so selbstgerecht wie das eines Pfarrers bei der Predigt.

»*Plaçage!*« bellte sie laut genug, um die Ziegen zur Tür zu treiben.

»Was du nicht sagst.« Brice riß sich das Laken hoch bis über die Hüften. »›*Plaçage*‹, von wegen.«

»Sie haben *koklo.*« Celie deutete auf den Gockel. »Sie haben Ziegen und Schwein und Pferd. Sie haben ein Haus, und jetzt haben Sie eine Frau. Sie haben *plaçage* — alles, was ein Mann braucht.«

Das Bettuch an die Brust gedrückt, das Gesicht feuerrot, schaute Autumn in die müden Augen von Brice und fragte: »Was heißt das — *plaçage?*«

Er sprach so beiläufig, daß ihm das Bettuch aus den Fingern glitt. »Wir sind gerade eben verheiratet worden, Liebste. Meinen Glückwunsch.«

Ihr Kopf schmerzte. Nicht nur der Kopf, auch die Augen und ein paar andere Stellen ...

Auf einen Ellbogen gestützt, fuhr Brice fort zu erklären: »Wenn ein Mann ein Haus besitzt, ein Feld, zehn bis zwölf Ziegen, ein paar Schweine und ein Pferd, so ist er heiratsfähig. Wenn er dann mit einer Frau lebt und eine Beziehung hat mit ihr, gilt das als Ehe.«

Autumns Gesicht wurde weiß. Ihre Augen funkelten wie dunkle Goldtopase, und sie riß den Mund auf.

»Was ist daran falsch?« fragte er.

Sie wußte es nicht, aber plötzlich sah all das Wundervolle, was zwischen ihnen in der vergangenen Nacht geschehen war, im Licht des Tages anders aus. Sie war müde, ihre Glieder waren schwer wie Blei, und sie hatte den Eindruck, daß sie schrecklich aussah. »Nichts«, antwortete sie schließlich.

Nachdem Celie das Schlafzimmer verlassen hatte, legte sich Donovan wieder zurück, streckte sich, gähnte und sagte schließlich scherzend zu Autumn: »Der typische postkoitale Verdruß. Der Punkt, an dem ich dir mein Herz zu Füßen legen und dir versichern soll, daß mir die vergangene Nacht etwas bedeutet hat, daß du eine ganz besondere Frau bist und daß wir von nun an bis an unser Ende in Glück und Zufriedenheit leben werden.«

Autumn zog die Beine hoch, stützte ihre Stirn gegen die Knie und schloß die Augen.

»Autumn?« Er strich ihr mit einer Hand über den Rücken, lachte und sagte: »Es war nur ein Scherz, Liebste. Komm her.« Er zog an ihrem Arm.

Sie machte sich frei. Den Kopf etwas schräg, schaute sie Brice durch den Vorhang ihres Haars an und fragte: »Willst du mich immer noch von der Insel ›entfernen‹?«

»Ja.«

»Wann?«

»Mit dem nächsten Schiff.«

Sie konnte ihn nicht anschauen, und als er sich zu ihr drehte und seine Lippen an ihren Rücken preßte, sprang sie wütend aus dem Bett.

»Hast du gedacht, daß ich meine Meinung ändere, nur weil ich mich von dir habe verführen lassen?« ertönte seine tiefe Stimme hinter ihr.

Sie scheuchte eine Ziege fort, die auf ihren Breeches stand.

»Vielleicht habe ich überhaupt nichts gedacht«, fuhr sie ihn an und wußte schon, als sie es sagte, daß es eine Lüge war. Sie hatte an nichts anderes als an Donovan gedacht, seit sie ihm zum erstenmal begegnet war.

»Willst du denn nicht einmal wissen, warum ich dich weghaben will von dieser Insel, Autumn?«

Sie zog sich das Herrenhemd über den Kopf, dann wirbelte sie herum und schaute ihm ins Gesicht. »Oh, natürlich weiß ich es. Damit du deine Affäre mit Annee Rose fortsetzen und Hunnington für dich allein haben kannst!«

Er stand ebenfalls auf und wickelte sich das Laken um seine schlanken Hüften. Dann zeigte er mit dem Finger auf ihr Gesicht und sagte: »Das ist das Dümmste, was ich Sie jemals sagen hörte, Mrs. Donovan. Sie sollten inzwischen wissen, daß mir Annee ebenso egal ist wie diese gottverdammte Plantage.«

»Und das soll ich Ihnen glauben, Sir?« Sie hob ihre Stiefel auf. »Nach all dem Geld, das Sie für die Renovierungen auf Hunnington ausgegeben haben? Ein Mann, dem etwas gleichgültig ist, gibt kein Vermögen dafür aus. Diese Plantage muß Ihnen doch eine Menge bedeuten, Mr. Donovan, wenn Sie bereit sind, so viel Geld hineinzustecken.«

Autumn ging mit energischen Schritten hinaus und warf die Tür knallend hinter sich zu. Dann sank sie gegen die Wand und fragte sich, was mit ihren Gefühlen los war. Sie preßte den Handrücken gegen ihre pochenden Schläfen und ging dann sehr unsicher die Treppe hinunter in die große Halle.

Die Abkürzung über den Westteil der Plantage und das jetzt trockene Flußbett war der kürzeste Weg zum Dorf. Dennoch kam er Autumn unendlich lang vor. Sie hielt einmal unterwegs ihr Pferd an, nicht weit von der Wasserlinie entfernt, und beobachtete die rötlich-schwarzen Krabben, die auf ihren kleinen, stacheligen Beinchen über den Sand zum Wasser marschierten und dabei ihre Scheren hoch in die Luft reckten. Sie waren so zahlreich, daß ein deutliches klickendes Geräusch über dem Strand hing, das entstand, wenn die gepanzerten Tiere über Steine und Muscheln und übereinander krochen. Einmal sah Autumn auch ein Krokodil, das bis auf den Kopf versteckt in einer sumpfigen Ausbuchtung lag.

Sie betrat das Dorf ohne die Erlaubnis von Henri Tousainnt. Die Indianer hatten sich alle vor einer Hütte versammelt und sangen ihre heiligen Lieder. Am anderen Ende des Dorfes, unter Affenbrotbäumen, saßen mehrere Eingeborene mit ernsten Gesichtern und schlugen die

Trommeln. Die beiden Gruppen bemerkten sie kaum, als sie den mit Bananenblättern gedeckten Schuppen betrat.

Eine Frau lag auf dem Rücken, die Beine hochgestellt und weit offen. Wimmernd vor Schmerzen schlug sie mit den Fäusten auf den Boden; sie lag in den Wehen. Henri war bei ihr, rauchte seine Pfeife und schüttete graues Pulver in eine Schüssel. Autumn betrachtete die von Schmutz starrende Umgebung und zog die Stirn in Falten. Die Falten vertieften sich noch, als Henri Wasser das Pulver goß und den Brei dann der Hochschwangeren einzuflößen versuchte.

»Hör auf damit.«

Henri blickte hoch.

»Seit wann hat diese Frau Wehen?« Autumn kniete sich neben ihn.

Er hielt zwei Finger hoch.

»Und was ist das?« Sie deutete auf den Brei in der Schüssel.

»Gegen die Schmerzen.«

»Gib ihr nichts mehr davon. Es verlängert nur die Zeit der Wehen.«

Er hob dennoch den Kopf der Frau an.

Autumn nahm ihm die Schüssel aus der Hand. »Die Wehen bringen sie nicht um, aber wenn ihr sie weiter mit dem Zeug da betäubt, werdet ihr sie töten.«

»Es ist so, wie es unsere Götter vorschreiben.«

»Aber es ist nicht meine Methode, und ich bin die Herrin von Hunnington Hall. Ich weiß, was gut ist für diese Frau.« Sie sah, wie sich seine Augen verdächtig verengten. »Vergiß nicht«, fügte sie hinzu, »ich bin auf den Berg gegangen, und du weißt ...« Dann schob sie die Schüssel mit dem Brei zur Seite und befahl: »Bring mir heißes Wasser und saubere Tücher, und —«

Vor der Hütte schrie jemand. Autumn sprang zur Öffnung, gerade als sich eine Frau zu Boden warf und sich in offensichtlichen Krämpfen wand. Bevor Autumn reagieren konnte, erklärte Henri: »Das ist die Mutter der Gebärenden. Sie nimmt der Tochter die Schmerzen und zieht sie in ihren eigenen Körper.«

Autumn schaute in die glasigen Augen der jungen Frau, die in den Wehen lag. »Das ist lächerlich«, murmelte Autumn. Wieder auf den Knien, sagte sie zu ihr: »Schrei, wenn dir danach ist.« Und als das Mädchen sie verwirrt anschaute, befahl sie Henri: »Übersetz ihr, was ich gerade gesagt habe.«

»Es ist nicht unsere Methode.«

»Übersetzt ihr, was ich ihr sagte!«

Autumn hörte zu, wie er leise zu dem Mädchen sprach. Die junge Indianerin riß die Augen weit auf und schüttelte den Kopf. Autumn war wieder bei ihr, strich ihr das Haar aus der Stirn, nickte, lächelte und versicherte ihr in weichem, tröstendem Ton, daß sie die Schmerzen nicht mehr unterdrücken mußte. Es würde dem Baby helfen, geboren zu werden, wenn sie nicht mehr dagegen ankämpfte.

Aber sie kämpfte weiter dagegen an, mit der letzten Kraft, die sie im Körper hatte. Bald jedoch wurde der Druck ohne die betäubende Wirkung von Henris Medikamenten so unerträglich, daß ihr nichts anderes übrigblieb, als ihren Schmerz laut hinauszuschreien.

Die Männer und Frauen vor der Hütte verschwanden zwischen den Bäumen.

Dann lachte die Gebärende vor Erleichterung, und bei den nächsten Wehen schrie sie noch ein bißchen lauter. Sekunden später war das Kind geboren.

Der Tag schien dunkler geworden zu sein, als sie die Hütte verließ. Obwohl gerade erst Mittag war, hatte sich der Himmel mit Wolken bedeckt, und die Hitze war erdrückend. Das Hemd und das Haar klebten Autumn am Rücken. Ihr Kopf schmerzte immer noch. Als Henri ihr Wasser anbot, trank sie in großen Schlucken, bat dann um mehr. Sie trank, goß den Rest in ihre hohle Hand und wusch sich damit das Gesicht.

Die Frau, die das Kind geboren hatte, erschien Minuten danach an der Tür der Hütte, das Baby, in schmutzige Decken gehüllt, in den Armen. Die anderen Frauen versammelten sich um sie, nahmen das Kind und legten es auf den Boden inmitten eines Kreises ausgestellter Schüsseln mit Opfergaben.

Danach legte man das Neugeborene in ein kleines Körbchen. Zu Autumns Überraschung nahm ein gelenkiger junger Mann das Körbchen mit dem Baby, klemmte es sich unter den Arm, kletterte einen Baum hinauf und plazierte das Körbchen in einer Astgabel. Das Jammern und Schreien des Neugeborenen war durch die Äste des Baumes zu hören. Autumn konnte kaum glauben, was sie mit eigenen Augen sah.

»Der Kleine bleibt neun Tage dort«, erklärte Henri, als sie ihm fragend in die alten, wäßrigen Augen schaute. »Er hätte erst dann zur Welt kommen sollen. Wenn er überlebt, bekommt er einen Namen.«

»Aber wovon soll er sich ernähren?«

»Von Wasser-Sirup. Eine Mischung aus Zuckerrohrsaft und Wasser.«

»Und wenn Tiere kommen?«

»Es ist der Wille der Götter, ob er überlebt oder nicht.«

»Laß sofort das Kind herunterholen.«

Sein alter Mund zog sich zusammen wie eine getrocknete Dattelpflaume.

»Herunter!« wiederholte sie.

Henri überlegte einen Moment, dann rief er zu dem Jungen im Baum hinauf: *»A té! A té!«*

Unter den Leuten entstand Bewegung, und sie murmelten. Dabei betrachteten sie Autumn äußerst argwöhnisch, und als sie ihre Blicke erwiderte, wandten sie sich ab.

»Sie haben Angst vor dir«, sagte Henri leise.

»Und du?«

Sie hörte, wie seine Bronchien beim Einatmen pfiffen. »Ich hatte einen Traum vom Feuer«, kam schließlich die Antwort. »Ogu war unter uns, und sie brannte.«

Autumn bemerkte, daß er den Blick auf ihr Haar gerichtet hatte. Und sie erinnerte sich, daß Brice gesagt hatte, die Eingeborenen würden glauben, daß sie eine Leidenschaft fürs Feuer habe. »Ist diese Ogu schlecht?«

»Nein. Sie ist stark, und sie wird uns vor der Bösen bewahren.«

»Und wer ist . . .?«

»Minetta.«

Der Junge legte das Körbchen und den schreienden Säugling Autumn zu Füßen. Sie hob das Körbchen hoch und wollte es der Mutter des Neugeborenen reichen. Doch die Frau achtete weder auf Autumn noch auf das Kind, sondern drehte sich um und verschwand in ihrer Hütte.

»Das Kind existiert noch nicht«, erläuterte Henri. »Wenn der Junge sein Leben verdient, wird er überleben.«

»Der Kleine braucht Nahrung und Windeln.« Sie schaute in Henris wachsame Augen und fügte hinzu: »Er braucht Liebe! Dieses Kind existiert genauso wie du selbst existierst. Ich kann deine Entscheidung nicht gutheißen. Du mußt die Leute überzeugen —«

»Du mußt sie überzeugen, Madame Donovan.«

Autumn schaute auf den Säugling.

»Was hast du vor?« fragte er, als sie das Körbchen samt dem Baby hochhob und in die Arme nahm.

»Ich bringe das Kind in neun Tagen zurück. Bis dahin gehört es mir.«

In den Sümpfen quakten die Ochsenfrösche, bevor Autumn die Strecke zum Haus auch nur zur Hälfte hinter sich hatte. Die Luft war feucht an ihrem Gesicht und stank so faulig, daß es ihr beinahe den Magen umdrehte.

Celie starrte Autumn und den Säugling im Korb entgeistert an, als diese in Hunnington Hall verkündete: »Wir kümmern uns die nächsten neun Tage um das Kind. Ich brauche natürlich eine Amme. Ich kann es nicht mit ansehen, daß sie den Kleinen aussetzen und verhungern lassen.« Sie lachte, als der Neugeborene den Kopf bewegte und angesichts von Autumns Brust eine Schnute zog, und fügte hinzu: »Du solltest dich beeilen, Celie. Ach ja, und das Zimmer neben meinem Schlafzimmer soll für den Kleinen hergerichtet werden. Wir bringen ihn dort unter, damit ich nachts nach ihm schauen kann.«

Sie verstummte, als Donovan hereinkam.

Er betrachtete das quäkende Bündel in ihrem Armen, und dabei zeigte sein Gesicht eine Mischung aus Überraschung und Neugier. Seine Anwesenheit durchdrang die Luft und ihren Körper und ließ die Atmosphäre im Raum wärmer werden.

»Es ist ein Baby«, sagte sie.

Er schnalzte mit der Zunge. »Tatsächlich? Hätte ich nie gedacht.«

»Die Indianer wollten es für neun Tage in einem Baum aussetzen.«

»Tolle Idee.«

»Der arme Kleine hätte verhungern können.«

»Zweifellos.«

»Ich dachte, wir könnten ihn in dem Zimmer neben unserem Schlafzimmer —«

»Unser Schlafzimmer?«

»Meines, wenn du willst.«

»Ja, das will ich.« Er steckte die Hände in die Taschen seiner Breeches, lehnte sich an den Türrahmen und sah so verführerisch und herausfordernd aus, daß Autumn errötete.

»Entschuldigst du uns?« fragte sie ihn.

»Nein. Wir müssen etwas besprechen.«

»Oh. Also gut, ich —«

»Du hast mir gefehlt.«

Seine Blicke richteten sich auf die Schatten im Raum, die sich rasch ausbreiteten.

»Wir müssen miteinander sprechen«, erklärte Brice. Er war jetzt näher, redete dringlicher auf sie ein.

Stimmen dröhnten durch das Haus, die eine ein gutmütig klingender Bariton, die andere erschreckend vertraut. »John Dearborne!« rief sie entsetzt. Sie drückte den jammernden Säugling an ihre Brust und schaute auf das sorgenvolle Gesicht von Brice. Alle Ängste und Befürchtungen, die sie den Tag über zurückgedrängt hatte, kamen wieder an die Oberfläche mit dem Schrei: »Er ist mit der *Venerable* hier, um mich abzuholen!«

»Er hat Clarence Dillman hergebracht.«

Dillman ... Dillman ... Wo hatte sie den Namen schon einmal gehört? Sie sah Annees wütendes Gesicht vor sich, als Brice sie mit der Ankündigung schockierte: »Er möchte Hunnington kaufen, Autumn. Ich bin dabei, mir sein Angebot zu überlegen.«

»Mrs. Donovan!«

Sie starrte in die Augen von Brice, als der untersetzte Mann hereinkam und ihr die Hand entgegenstreckte.

»Na, na, na, na«, gluckte er gutmütig angesichts des ängstlichen Babys. »Ist das ein prächtiger kleiner Bursche!«

Sie schauten alle auf den schwarzen Haarschopf des Neugeborenen.

»Ja«, antwortete Autumn und bemühte sich um einen gleichmütigen Ton, aber die Tränen erstickten ihre Stimme. Es nützte nichts, daß Brice sie sanft an den Handgelenken nahm und sie beruhigend drückte.

Autumn entschuldigte sich so höflich wie möglich.

Brice schaute ihr nach und bemerkte, daß ihre Schultern nicht so aufrecht waren wie sonst. Er fühlte, daß etwas im Inneren von Autumn gestorben sein mußte, nachdem er ihr noch einmal seine Absicht bestätigt hatte. Er hätte nicht so damit herausplatzen dürfen, jedenfalls nicht, bevor er sich zu ihr setzen und erklären konnte, warum er Dillmans Angebot in Betracht zog.

»Ist etwas nicht in Ordnung?« fragte Dillman, und Brice, der Autumn nachgeschaut hatte, nickte und dachte, daß wohl auch etwas in seinem Inneren gestorben sein mußte.

21

Sie stand am Fenster und beobachtete geistesabwesend den Eingeborenen, der in der Mitte des fernen Zuckerrohrfeldes stand. Er hörte immer wieder mit der Arbeit auf und schaute zum Haus.

»Autumn.«

Die Stimme klang so melodiös und so herzerweichend wie immer. Autumn hielt sich am Fensterbrett fest, versuchte, ihren Zorn unter Kontrolle zu bringen, und redete sich ein, daß sich seit ihrer Ankunft auf Cayemite nichts geändert hatte — weder sie selbst noch die Umstände.

Aber sie *hatten* sich geändert. Genau wie sie es immer

befürchtet hatte. Ihre Liebe zu einem Mann hatte ihre Kraft aufgesogen, sie von ihrem Ziel und ihr nichts gelassen als ein Prickeln in den Zehen und ein Herz, das Purzelbäume schlug in ihrer engen Brust.

»Geh weg«, brachte sie schließlich hervor.

»Erst wenn wir miteinander gesprochen haben.«

»Wir können nicht miteinander sprechen, Mr. Donovan. Das haben wir noch nie gekonnt.«

Er beugte sich über die Wiege, die linke Hand in der Hosentasche seiner Breeches, während er sachte mit den Fingern der rechten über den Kopf des Babys strich.

»Ich hätte nie gedacht, daß ich das einmal sehen würde«, sagte er mit verhaltenem Grinsen.

»Was denn?«

»Dich mit einem Baby.«

»Es ist ja nicht meines, und das ändert viel.«

»Du kannst mit Kindern gut umgehen. Pierre ist ganz hingerissen von dir.«

»Ich weiß. Er hat mich gebeten, ihn zu heiraten.«

»Und — hast du ja gesagt?«

»Ich denke noch über sein Angebot nach. — Übrigens hast du vergessen, anzuklopfen«, fügte sie hinzu, und ihre Stimme klang sehr nervös.

»Es ist mein Zimmer.«

»Nicht mehr.« Ihre Stimme war um eine halbe Oktave höher geworden. »Es ist *mein* Zimmer, und ich habe nicht die Absicht, es zu verlassen. Jetzt nicht und in Zukunft nicht.«

»Autumn.«

Sie hob den Arm und streckte ihn ihm abwehrend entgegen. »Bleib mir vom Leib, Brice Donovan. Du hast bekommen, was du von mir wolltest. Unser Vertrag ist erfüllt.«

»Vertrag?«

»Ja, Vertrag, und schrei nicht so; du weckst das Baby.«

»Vertrag!« wiederholte er und erstickte fast vor Wut.

»Das Kleingedruckte, wie du es, glaube ich, genannt hast.«

»Bist du deshalb gestern abend mit mir ins Bett gegangen?«

Sie hob das Kinn, straffte die Schultern und sagte: »Es war widerlich!«

»Das ist eine Lüge, Mrs. Donovan.« Er zeigte mit dem ausgestreckten Finger auf sie. »Weißt du, was ich glaube?« fuhr er fort. »Ich glaube, daß es dir ebenso viel bedeutet hat wie mir. Vielleicht sogar noch mehr, denn du hast dich zum erstenmal in deinem Leben als Frau gefühlt. Hat dich das geärgert, Autumn? Hast du nicht Vergnügen daran gehabt, zum erstenmal im Leben Frau zu sein?«

»Du gemeiner Bastard!«

»Tz, tz, Mrs. Donovan, spricht man so in Anwesenheit von Kindern?«

Sie ging vor Wut auf ihn los, wollte ihn berühren und von ihm berührt werden. Dabei schlug sie mit solcher Kraft nach ihm, daß er stöhnte und zurückwich.

Dann ergriff er ihre Handgelenke, hob ihren leichten Körper hoch, drückte ihn an sich und sagte: »Ich sollte dich auspeitschen, Mrs. Donovan.«

»Du hast ja nicht den Mut dazu«, triumphierte sie.

»Weißt du, was mir allmählich auf die Nerven fällt?«

»Ich bin sicher, es ist mir gleichgültig.«

»Frauen, die grundsätzlich den Boss spielen wollen.«

Wieder ging sie auf ihn los, diesmal mit dem Knie.

»Du und Annee, ihr beide zerrt mich hin und her wie ein Seil beim Tauziehen.«

»Ich habe das nie getan«, widersprach sie ihm.

»O doch, Autumn.«

Seine Stimme war so beunruhigend leise geworden, daß Autumn nicht anders konnten als den Blick zu heben und ihm in die Augen zu sehen. Ein Fehler, wie sie sofort bemerkte, als sie in den grünen Teichen ertrank. »Laß mich los«, flüsterte sie.

Brice hob sie mit einer einzigen Bewegung auf die Arme und ging auf das Bett zu.

»Nicht dort!« Autumn stieß wirkungslos nach seinen Beinen, als er mit der Schulter das Moskitonetz zur Seite schob und sie dann aufs Bett legte. Sie rollte sich auf die andere Seite, und er war schon über ihr. Öffnete ihre Bluse und flüsterte ihr liebkosende Worte ins Ohr, um ihren Widerstand zu erschüttern.

»Ich dachte, du bist hergekommen, um mit mir zu reden!« stammelte sie in die Matratze.

»Reden können wir später«, sagte er.

»Aber so etwas macht man nicht bei hellem Tageslicht.«

Donovan lachte so lasziv, daß ihre Ohren hochrot anliefen.

»Pst«, sagte er dann, »du weckst das Baby.«

»Brice Donovan, nimm sofort die Hände aus meiner Bluse! Wie kannst du es wagen! Au! Ah, das kitzelt! Hör auf ... Hör auf ... O Brice. Brice ...«

Das Bett knarrte unter dem Gewicht der beiden.

»Willst du immer noch, daß ich aufhöre, Autumn?«

Sie schloß die Augen, versank unter seinen Schultern und seiner Brust und spürte wieder den Druck seiner Hüften an den ihren. Ihre Breeches hatte er ihr schon abgestreift.

Seine Hand glitt langsam nach oben, unter die Bluse, zum Brustkasten, zu den Rippen, zu der Stelle, wo das Herz wild pochte. »Dein Herz — es rast«, sagte er leise. »Hier.« Dann hatte er ihr die Bluse über den Kopf gezogen. Er drückte die Lippen auf die Stelle unter ihrer linken Brust. »Hier.« Seine Finger schlossen sich um ihren Arm. »Und hier.« Dann wanderte sein Gesicht nach oben, und sein Mund lag auf ihrem Hals. »Und hier auch.« Autumn dachte, daß das nicht die einzigen Stellen waren ...

Und dann zeigte ihr Brice, was er mit seiner Zunge tun konnte.

Als sie glaubte, sie würde jeden Moment völlig den Verstand verlieren, ging Donovan wieder auf die Knie. Seine Finger nestelten an seinem Gürtel, am Verschluß seiner Hose, und als hätte sie ein Eigenleben, rutschte sie ihm bereitwillig über die Hüften und zu den Knien. Autumn faßte jetzt nach ihm ohne jede Scheu, dachte sich nichts dabei, nur, daß sie noch nie etwas Schöneres gesehen hatte wie den Penis von Brice, den sie mit beiden Händen umspannte.

Sie öffnete sich.

Er drang ein, und sie führte ihn.

Er legte sich mit seinem Gewicht auf sie, seine Hände versanken in der Matratze zu beiden Seiten ihres Kopfes, und seine Ellbogen drückten ihre Schultern nach unten. »Ah, verdammt!« stöhnte er. »Verdammt.« Und ihre Welt zitterte in diesem herrlichen Augenblick der Vereinigung.

Dann rollte er sich mit einem leisen Fluch zur Seite, so schnell, daß ihr Körper zitterte und sich leer anfühlte, weil ihr plötzlich seine Wärme fehlte. Er rutschte bis ans andere Ende des Betts, wandte ihr den Rücken zu und zog die Knie etwas nach oben. In dieser Stellung atmete er mehrmals tief durch, unregelmäßige Atemzüge, bis sich seine Rückenmuskeln und seine Schultern ein wenig entspannten.

»Donovan«, sagte sie. Sie berührte seinen Rücken, und er versteifte sich wieder.

»Nicht«, flehte er sie an.

Autumn achtete nicht darauf. Sie legte einen Arm um seine Taille und fragte: »Hab' ich etwas falsch gemacht?«

Brice schwieg und rutschte nur noch etwas weiter von ihr weg.

»Tut mir leid, wenn ich geschrien habe. Aber es war so — so —«

»— wundervoll.« Seine Stimme klang gepreßt.

Autumn lächelte. »Ja.«

Sie dachte, gehört zu haben, wie Brice stöhnte.

Das Baby begann zu schreien.

Autumn setzte sich auf und zog das zerknitterte Laken über ihre Beine und Hüften. Das Kind erinnerte sie an den eigentlichen Zweck des Aktes, den sie und Brice eben vollbracht hatten. Und dabei wurden ihr auch schlagartig die Konsequenzen klar. Sie wartete darauf, daß es sie mit voller Wucht traf. Aber es traf sie nicht, nur eine sich steigernde Wärme erfüllte ihren Körper, eine Wärme, die in ihrem Herzen entstand und sich danach im ganzen Körper ausbreitete.

Zum erstenmal seit ihre Mutter gestorben war, erfüllte die Vorstellung, das Kind eines Mannes — dieses Mannes — auszutragen ihre Gedanken, und sie war überrascht. In diesem Augenblick wußte sie, was ihr Hauptargument gegen das Verlassen von Cayemite sein würde.

Sie beugte sich sachte über Donovans Schulter, schaute auf sein starkes, männliches Profil und sagte: »Wirst du mich wirklich zwingen, Cayemite zu verlassen, Donovan, wo es doch immerhin sein könnte, daß ich dein Kind im Leib trage?«

Er drehte sich um und schmiegte seinen Kopf in ihre Arme. »Du bekommst aber kein Kind«, sagte er einfach, und ihr selbstsicheres Lächeln verschwand.

»Aber wir haben inzwischen dreimal —«

»Mein Gott, Autumn, bist du wirklich so ahnungslos?«

Sie schaute ihn an, als würde sie ihn nicht verstehen.

Seine grünen Augen funkelten. Sein Körper war angespannt. Er nahm ihre Hand und führte sie über seinen Bauch zu der seidigen Härte, die sie eben noch verrückt gemacht hatte vor Verlangen.

»Sieh doch selbst«, sagte er durch die Zähne. »Ich habe dir weder jetzt noch die beiden letzten Male ein Baby gemacht.«

»Aber —«

Brice stöhnte und wußte nicht, ob er so viel Ahnungslosigkeit verfluchen oder ob er darüber lachen sollte. »Ich bin, einfach gesagt, nicht fertig geworden, Autumn. Der Zauber, die letzte Erfüllung hat bei mir nicht stattgefunden. Ich weiß, was du vom Kinderkriegen hältst, und habe es deshalb nicht so weit kommen lassen.«

Es war kein Zauber gewesen für ihn. Wie war das möglich, wenn sie beinahe den herrlichsten Tod gestorben wäre, den sie sich denken konnte? Ihre Hand bewegte sich leicht auf und ab; Donovan schloß die Augen und flüsterte: »Hör nicht auf.«

Sie hörte nicht auf.

Als es für ihn auch zur Explosion kam, war sie natürlich nicht so wunderbar und herrlich wie bei ihr, weil er das Gefühl allein erlebte. Aber es war eine Erleichterung, und jetzt war Autumn auch klar, warum er ihr kein Kind gemacht hatte und es angesichts ihrer Gefühle auch nicht tun wollte. Und als er die Erleichterung fand, ohne daß sie daran teilhaben konnte, begann die Sehnsucht in ihr zu wachsen . . .

Autumn wußte in dem Augenblick, als sie erwachte, daß etwas verändert war. Brice war verschwunden. Der Nachmittag war hereingebrochen, die Schatten in den Ecken wurden tiefer, der Duft der Blüten stärker.

Die Tür ihres Kleiderschranks stand offen und knarrte ein wenig, wenn sie sich bewegte. Autumn saß kerzengerade im Bett und schaute durch das Moskitonetz auf die Garderobe, dann auf die Frisierkommode. Der Zemi der Fruchtbarkeit war verschwunden, ebenso wie der andere, der Glücksbringer, und die Kämme und Bürsten, die sie immer auf der Frisierkommode aufgestellt hatte. Auch das Baby war weg.

Sie zog sich schnell an und verließ den Raum. Draußen lauschte sie auf ein vertrautes Geräusch. Inzwischen hätte Celie mit den Vorbereitungen zum Abendessen begonnen haben müssen. Aber man hörte nichts — nicht einmal die Trommeln, wenn die Arbeiter nach Hause gingen.

Vom oberen Ende der Treppe aus sah sie John Dearborne und seinen ersten Maat, die das Haus verließen. Sie hörte Clarence nach Brice rufen, dann die Antwort von Brice.

»Ich danke Ihnen, Dillman. Daß Sie unterschrieben haben, ist mir eine große Erleichterung.«

Die Männer standen voreinander unter der Tür zur Bibliothek. Sie schüttelten sich die Hände, dann folgte Dillman dem Kapitän, blieb nur noch einmal kurz stehen, als er die Treppe hinaufschaute und Autumn sah. Er tippte an die Krempe seines Hutes und sagte: »Madam Donovan, wir treffen uns dann auf dem Schiff.« Und jetzt sah Autumn, daß ihre Koffer vor der Tür standen.

Sie mußte Cayemite verlassen!

Donovan wartete, bis Dillman in den Buggy gestiegen war, der ihn nach Bovier bringen sollte, bevor er zur Treppe kam.

»Wie kannst du nur?« fragte sie ihn leise.

Er schien zusammenzusinken.

»Schnell wird müde man der Jagd, wenn erst der Fuchs gefangen ist. Habe ich nicht recht, Mr. Donovan?«

Er schüttelte den Kopf.

Sie kam langsam die Treppe herunter, das Kinn hoch erhoben, die Hände am Geländer, um sich zu stützen. Als die beiden auf Blickhöhe waren, erklärte sie mit funkelnden Augen: »Ich werde nicht weggehen, Donovan. Du kannst mich nicht dazu zwingen. Die Hälfte des Besitzes gehört mir, und —«

»Sie wird dich töten, wenn du bleibst.« Er sagte es leise, mit hochroten Wangen, den Blick immer noch fest auf sie gerichtet. »Annee wird dich genauso töten, wie sie meinen Vater und meinen Bruder getötet hat. Und wenn sie es nicht tut, dann bringt dich die Insel um, wie meine Mutter, meinen Vater und meinen Bruder, aber auch Bovier und Barrett. Sie wird dich ersticken mit Einsamkeit. So lange, bis du hier drinnen zerbrochen bist, bis dein Herz blutet.« Er drückte den Zeigefinger auf ihre Herzgegend, und als ihr Mund weich wurde und sich vor Überraschung öffnete, hob er sie eine Handbreit vom Boden hoch. »Bei Gott, das lasse ich nicht zu. Ich liebe dich zu sehr.«

Sie fühlte sich wie in anderen Sphären, konnte es nicht glauben, war überglücklich. Einen Moment lang drückte sie ihre Lippen gegen seine Wange und nahm seinen Geruch nach Salz, Moschus und Brandy wahr.

»Nein, ich gehe nicht weg von hier. Wie könnte ich dich verlassen?«

»Wir treffen uns in Montego Bay.« Er küßte ihre Stirn.

»Komm jetzt gleich mit mir, Donovan.«

»Das geht nicht. Mein Gott, Autumn, ich bringe das zu Ende, weshalb ich hergekommen bin, sonst kann ich nicht in Frieden leben.«

»Dann laß mich auch bleiben. Ich habe keine Angst vor Annee Rose oder —«

»Du bist hier nicht sicher.« Brice schüttelte sie. »Selbst

wenn ich mit Annee zu einer Übereinkunft gelange, ist da immer noch diese Insel . . .«

»Ich glaube nicht an Legenden oder an Zemis, die das Leben der Menschen nach Gutdünken verändern können. Das sind doch alles Märchen, Brice, wie die Feen und die Keiler und die Menschen, die vom Guten oder vom Bösen besessen sind.«

Er packte sie am Handgelenk, zog Autumn die paar Treppen hinunter, quer durch die Halle und zur Tür hinaus. Dann drehte er sie um, so daß sie über die Insel blicken konnte. »Schau dir das an«, befahl er ihr. »Und dann sag noch einmal, daß das, was auf dieser Insel geschieht, nur Märchen sind.«

Eine schwarze Rauchwolke wurde vom Gipfel des Trempe ausgespien und zog über den westlichen Teil der Insel.

»Ein Feuer?«

»Ja. Aber im Inneren des Berges, Autumn. Der Trempe ist ein Vulkan, das erklärt auch, warum seine Gase uns beinahe erstickt hätten und warum die Pferde an seinem Fuß gescheut haben. Diese verdammte Insel zerbröckelt sozusagen unter unseren Füßen.«

»Aber das — das ist doch nicht möglich!«

In diesem Augenblick, als wollte Cayemite die warnenden Worte von Brice bestätigen, begann die Erde zu beben, ein Zittern, das zwischen ihren Füßen begann und sich ausbreitete bis hinunter zum Strand, dann wieder zum Haus, und, schneller, zum Berg zurücklief. Ein Geräusch wie ferner Donner war zu hören, und die Erde schwankte wie ein Schiff im Sturm. Brice hielt Autumn fest, bevor beide zu Boden fielen.

Aber im Gegensatz zu manchen früheren, ähnlichen Ereignissen hörte diesmal das Beben nicht auf, sondern rollte in die Mitte der Insel, den Trempe hinauf, der in einer Fontäne aus Steinen, Feuer und Gas zu explodieren schien. Die Diener liefen aus dem Haus. Die Arbeiter kamen von den Feldern und schauten entsetzt hinter sich, wo glühende Asche auf das Land regnete und zischend ins Wasser fiel, das zu kochen schien. Als sie nicht mehr laufen konnten, fielen sie auf die Knie. Und dann sangen sie vor Angst ein Lied, das die zornigen Götter des Berges besänftigen sollte.

Und das Beben und der Donner hörten auf.

Hätte Brice bis dahin noch irgendwelche egoistischen Zweifel gehabt, was den Aufenthalt von Autumn auf der Insel betraf, so wären sie jetzt geschwunden. Er half ihr auf die Füße, lief mit ihr zum wartenden Buggy und ließ die Koffer aufladen.

Als sie den Mund öffnete, um zu protestieren, deutete er mit dem Finger auf sie und zischte: »Jetzt nicht!«

Sie waren auf halbem Weg nach Bovier, bevor sie die Fassung soweit zurückgewonnen hatte, um sprechen zu können. »Komm mit mir«, sagte sie. Dann fügte sie, während sie auf der anderen Seite des Buggys zum Fenster hinausschaute, hinzu: »Bitte.«

»Ich habe Dillman Anweisung gegeben, daß er mir Helfer schickt, sobald er in Jamaica eingetroffen ist. Dann kann ich hier weg.«

»Aber warum mußt du bleiben?«

»Ich habe eine gewisse Verantwortung gegenüber den Leuten hier.«

»Und ich nicht?« Sie wandte sich ihm zu.

»Nein«, erwiderte er. »Du nicht.«

Rauch und Staub hingen über den Bäumen und wurden vom Südwind herangetrieben, der auch das kristallene Wasser bewegte. Die Sonne, die am westlichen Horizont unterging, glühte wie ein großer Feuerball hinter dem Vorhang des tiefhängenden Rauchs.

Als sie nach Bovier kamen, wurden Autumn und Brice von lebhaftem Treiben empfangen. Als die Eingeborenen Donovan sahen, eilten sie zum Buggy und riefen im Chor: »*Maître* Donovan, *Maître* Donovan!« und zeigten dabei auf den feuerspeienden Berg. Er schubste sie zur Seite und begleitete Autumn zum Dock, wobei beide über die Menschen stolperten, die nach ihnen griffen und sie um Schutz anflehten.

Seeleute holten Autumns Koffer ab. John Dearborne hatte sich am äußeren Ende des Docks aufgebaut und verhinderte, daß sich einer von den Eingeborenen an Bord stahl. »Ich bin besetzt, ihr feigen Wilden, *poussé allé!*« brüllte er ihnen zu.

Hinter ihm stand Clarence Dillman, bereit, an Bord zu gehen. »Mr. Donovan!« rief er. »Ich beschwöre Sie noch einmal, Mann: Verlassen Sie diese verfluchte Insel, bevor es zu spät ist!«

Jeanette und Pierre tauchten in der Menge auf. Der kleine Junge drängte durch die aufgeregten Menschen, und als er Autumn und Brice erreicht hatte, sank er auf die Knie und öffnete beide Arme weit.

Pierre rief: »*Maîtresse*, Sie dürfen nicht weggehen.«

»Sie fährt mit diesem Schiff«, übertönte ihn die Stimme von Brice in einem Ton, der keine Widerrede duldete. Dann wandte er sich an Jeanette und sagte: »Ich möchte, daß ihr beide, du und Pierre, ebenfalls mit diesem Schiff fahrt.«

»Ich nicht. Aber Pierre . . .!« Sie sah ihren Sohn an, dann Autumn und fügte mutig hinzu: »Bringen Sie meinen Sohn weg von dieser Insel, *Maîtresse.*«

»Neeeeein!« Der Junge wand sich aus Autumns Armen. Die Augen weit aufgerissen vor Angst, klammerte er sich an die Röcke seiner Mutter und weinte. »Wir dürfen doch Donovan nicht allein lassen! Ich kann ihn nicht allein lassen. Er holt Hilfe her, *Maman*, ich versprech' es dir.« Dann bettelte er Autumn: »Sie müssen auch bleiben, *Maîtresse*. Ich kann Ihnen nicht helfen, wenn Sie mit diesem Schiff wegfahren.« Dann warf er sich in Autumns Arme und sagte immer wieder: »Ich kann Ihnen nicht helfen, wenn Sie die Insel verlassen.«

Autumn begegnete dem Blick von Brice. »Bitte. Es ist einfach nicht fair«, sagte sie.

»Geh jetzt an Bord.«

»Bitte!«

Pierre entfernte sich, als Brice nach Autumns Hand griff. Er zog sie in seine Arme und sagte mit bewegter Stimme: »Ich will dich nicht an diese gottverdammte Insel verlieren. Diese Insel hat mir alles genommen, was ich früher geliebt habe. Sie soll mir nicht auch noch dich nehmen.«

»Heißt das, du liebst mich?«

»Ja, ich liebe dich.«

»Und doch bringst du es übers Herz, mich fortzuschicken.«

»*Weil* ich dich liebe.« Er nahm ihr Gesicht in seine beiden Hände. »Ich liebe deine Sommersprossen. Vor allem diese eine.« Und mit dem Daumen berührte er ihre Lippe.

»Mann, Donovan«, hörte man Dearborne schelten. »Bleibst du in alle Ewigkeit mit meinem Passagier dort unten stehen, oder was? Einen zweiten Aschenregen hält der alte Kahn hier nicht aus. Und wenn er erst Feuer fängt, wird niemand mehr dieses Höllenloch verlassen.«

Brice grinste Autumn an. »Wir sehen uns in Montego Bay.«

Ihr brach das Herz. »Schwöre es!« verlangte sie von ihm.

Ihre Stimme war rauh, und die Tränen traten ihr in die Augen.

»Ich schwöre es.«

Er küßte sie mit aller Leidenschaft, die er in seinem Herzen fühlte. Dann schob er sie abrupt von sich. »Goodbye.«

Sie wandte sich steif der Gangway zu, und als Pierres kleine Hand etwas in die ihre drückte, ein zusammengeknülltes Blatt Papier, mußte sie sich sehr beherrschen, um nicht laut loszuheulen.

Sie ging weiter, ohne nach rechts oder links zu schauen.

»Mrs. Donovan!«

Autumn blieb klopfenden Herzens stehen und schaute langsam zurück über die Schulter.

Er hatte die Hände in den Taschen. »Was hältst du von Virginia?« fragte Donovan.

»Ich habe Virginia nie gesehen«, gestand sie ihm.

Brice grinste. »Und was verstehst du von Tabakplantagen?«

»Gar nichts.«

»Aber vom Zuckerrohr hast du ja auch nichts verstanden, oder?«

»Ich habe es schnell gelernt.«

»Stimmt«, sagte er leise. »Du hast hier eine Menge gelernt.«

Ihre Füße waren wie Blei, ihr Herz war kaum leichter. Das Kratzen der Schiffsplanken, als sie an Bord kam, war ebenso herzzerreißend wie der Anblick von Donovan, der unten auf dem Dock stand, die Beine gespreizt und die Hemdsärmel im Wind flatternd.

Dearborne bellte seine Befehle, und die Mannschaft ging an ihre Plätze.

Der Wind war auf ihrer Seite. Als er das Hauptsegel blähte, glitt die *Venerable* sanft hinaus auf die ruhige See. Autumn klammerte sich so fest an die Reling, daß ihre Knöchel weiß wurden, und rief den kleiner werdenden

Gestalten auf dem Dock zu: »Also dann, bis in Montego, Donovan!«

Er antwortete etwas, aber der Wind fing die Worte und trieb sie an Land zurück.

»Hoffentlich gefällt mir der Anbau von Tabak!« rief sie und glaubte, sein Lächeln gesehen zu haben.

»Mir gefällt das Ganze nicht«, sagte Dillman, der jetzt neben ihr stand. »Kein Mensch macht so plötzlich sein Testament, wenn er nicht damit rechnet, daß ihm etwas passieren könnte. Dieser Mann wird die Insel niemals mehr verlassen, Mrs. Donovan, erinnern Sie sich an meine Worte.« Dann schaute er in ihr weißes Gesicht und fügte hinzu: »Hoffentlich lernen Sie tatsächlich bald, mit einer Tabakplantage umzugehen, meine Liebe.«

»Warum?« Ihre Stimme war ausgetrocknet.

»Weil Ihnen Donovan seinen gesamten Besitz testamentarisch vermacht hat.«

Sie beobachtete benommen, wie Dillman, aufgeregt und schwitzend, auf den Kapitän zueilte.

Das Stück Papier, das ihr Pierre in die Hand gedrückt hatte, fiel auf den Boden, wurde von einer Bö erfaßt und tanzte um ihre Füße. Erst jetzt wurde ihr bewußt, daß sie es fallen gelassen hatte. Als sich der Wind wieder drehte, wurde der Zettel aufgewirbelt, und sie griff wie im Traum danach.

Es war ein Brief.

›Roy‹, begann er, und er endete mit ›Ich glaube fast, ich habe mich selbst schon in sie verliebt.‹

Autumn schloß die Augen.

O Donovan. Mein über alles geliebten Donovan . . .

22

Er wußte, was Wahnsinn war: Dunkelheit und Verzweiflung. Und Schmerzen, so heftig, daß der Verstand zu brennen schien. Wenn man jemanden, den man liebte, festhalten wollte und ihn doch gehen lassen mußte, auch wenn man sich noch so sehr daran zu klammern versuchte.

Es war Wahnsinn, Autumn zu verlieren.

Er starrte aufs Meer, als Annee Rose ihn fand. Er saß allein auf einem Felsen, der Wind peitschte in sein Gesicht, und das türkisfarbene Wasser wurde von seinen Augen reflektiert.

»Sie ist weg«, sagte Annee.

Donovan senkte leicht den Kopf. Er starrte auf seine Hände.

»Armer Donovan. Es ist schrecklich, nicht wahr? Der Schmerz. Ja, ja, ich kenne es. Ich habe zwölf Jahre lang Nacht für Nacht geweint — seit du damals Cayemite verlassen hast.« Sie stand vor ihm, und ihre Röcke bauschten sich im Wind. Ihr Haar trieb wie eine schwarze Wolke um ihre Schultern. »Ich werde alles tun, damit du sie vergißt«, fügte sie leise hinzu.

Sie streichelte mit zarten Fingern über sein Gesicht, drückte seinen Kopf gegen ihren Busen und fuhr über sein dunkles Haar. »Armer Donovan«, tröstete sie ihn.

Sie blieben einige Minuten lang so, bevor sie fortfuhr. »Es war unvermeidlich, weißt du. Du warst dazu bestimmt, zu mir zurückzukehren. Du bist mein, bist es immer gewesen ... Genau wie Hunnington. Du und die Plantage, ihr seid jetzt mein, nachdem *sie* weg ist.« Sie wandte sich dem Wasser zu und lächelte. »Du kannst es gerade noch sehen. Da fährt ihr Schiff dahin. Sie ist weg. Für immer.«

Er ließ den Kopf in seine Hände sinken.

Annee lächelte strahlend und ging ein paar Schritte auf das Wasser zu, bevor sie Brice wieder anschaute. »Wir werden feiern. Heute abend! O Darling, es wird so sein, wie es immer gewesen ist, wir beide zusammen ... Es wird ganz wundervoll!«

Ihr Lächeln verschwand, als Pierre die Anhöhe erreichte. »Verdammt!« zischte sie so heftig, daß Brice überrascht hochschaute.

Pierre, mit unbeschwertem Kindergesicht, lächelte Donovan zu. »Ich bin da, um dich zum Haus zurückzubringen«, erklärte er seinem Onkel.

Annee wich zurück, als er sich Brice näherte.

Dann streckte der Junge Donovan die kleine Hand entgegen und sagte: »Denk dir nichts, die *Maîtresse* kommt zurück, ganz bestimmt. Ich verspreche es dir.«

»Sie kommt nicht zurück!« zischte Annee.

Pierre legte seine Hand auf Donovans Schulter, schaute Annee Rose in die Augen und sagte: »Geh weg, du.«

Ihre Augen verengten sich.

»Du sollst weggehen«, wiederholte er.

Sie wich ein paar Schritte zurück. »Sehen wir uns dann heute abend, Darling?«

Brice schaute wieder auf den Horizont. Das Schiff war verschwunden.

Brice stand in der Mitte des Salons, betrachtete die Möbel, sah Autumn, wie sie dies und jedes neu arrangierte, wie sie in dem Sessel mit der hohen Lehne saß und ein Bein über die Armstütze geschwungen hatte, als sie über den Neubau der Fabrik sprachen. Und dann wieder stand sie unter dem Leuchter mit den Putten, selbst ein Engel in ihrem Nachthemd aus goldener Seide und elfenbeinfarbener Spitze ...

Er ließ sich in einen Sessel fallen, eine Flasche *clairin* in der einen Hand, ein Glas in der anderen. Er trank, bis seine Augen glasig und geschwollen waren und sein Kopf so schwer wurde, daß er ihn kaum noch heben konnte.

Sie alle tauchten vor ihm auf: Er sah Patrick Donovans Gesicht und auch das Gesicht von Roy.

»Verdammt, Papa!« brüllte er. »Du hast gesagt, daß ich niemals zurückzukommen brauche. Hättest du mir geschrieben — o Gott, ein einziger Brief, und ich wäre wieder bei dir gewesen, hätte dir geholfen . . .«

Er schleuderte die Flasche in den Spiegel und hörte das Glas splittern, als er durch den Raum taumelte, um das andere Gesicht anzustarren. »Du verdammter Schweinehund!« brüllte er Roy zu. »Ich würde dich mit bloßen Händen erwürgen, wenn du noch am Leben wärst. Komm her, damit ich dich umbringen kann!« Er zielte mit dem Wasserglas aus Kristall nach der am Boden liegenden Flasche, traf aber nicht. Dann nahm er einen Briefbeschwerer vom Schreibtisch und schleuderte ihn gegen die Wand, danach noch ein Buch und einen Kerzenhalter. Schließlich packte er einen der Sessel, hob ihn hoch, kippte ihn um, ließ ihn zu Boden fallen und stieß mit dem Stiefel danach.

Jeanette erschien an der Tür, dazu einige Diener, die mit offenen Mündern und weit aufgerissenen Augen auf die Verwüstung starrten. Pierre klammerte sich an die Röcke seiner Mutter. Er weinte. »Er ist wie der Böse Mann, *Maman!* Er soll aufhören.«

Brice nahm eine blauweiße Porzellanvase und schmetterte sie gegen die Wand.

»Schnell!« befahl Jeanette ihrem Sohn. »Hol den Iren, Pierre. Lauf!«

Donovan umschloß ein hauchdünnes Glas mit einer Hand und fühlte, wie es in seinen Fingern zerbrach.

Kurz danach kam Tyler, gefolgt von Pierre, in den Raum. »Heilige Mutter Gottes, jetzt ist er ganz in Raserei verfallen. Bring starken Kaffee, Jeanette.«

Das Haar in der Stirn, drehte sich Brice ungelenk um und schaute seinen Aufseher an. »Mach, daß du rauskommst«, brüllte er.

»Es gefällt mir nicht, wie Sie sich aufführen, mein Junge.«

»Hab' ich dich hergebeten?«

»Ich weiß, daß Sie sich aufregen wegen Autumn —«

»Nicht!« Schon der Name ließ ihn zurückweichen zur Wand.

»Gut, ich sage nichts mehr.«

»Ich bin betrunken.«

»Ja, und Sie haben Schmerzen. Sie sind verletzt.«

Brice schaute zur Decke, lachte und schüttelte den Kopf. »Mein Gott, wie ich das hier alles hasse.«

»Dann lassen Sie es doch — lassen Sie es zurück. Sie hätten mit Autumn fahren sollen.«

»Nenne — ihren — Namen — nicht!«

»Warum sind Sie eigentlich geblieben?« fragte Hugh. »Nur um mit Annee ins reine zu kommen? Ist Ihnen nie der Gedanke gekommen, daß Sie sie, wenn Sie einfach die Insel verlassen, schneller und einfacher erledigen als mit einer Kugel, die Sie ihr zwischen die Augen ballern? Schauen Sie sich doch an, Brice. Sie bringen sich selbst um. Machen Sie die Augen auf und sehen Sie, was Sie sich antun.«

»Wenn ich damals nicht weggegangen wäre, würden sie vielleicht alle noch leben.« Seine Augen brannten vor Zorn und vor Erinnerungen, und Brice schaute Hugh direkt an und sagte: »Es ist, als ob *ich* sie umgebracht hätte.«

»Keiner hat auch nur einen von ihnen gezwungen, hierzubleiben. Sie hätten jederzeit die Insel verlassen können.«

Mit einer Handbewegung wischte Brice den Einwand weg. Dann drehte er Tyler den Rücken zu und versuchte, den Blick durch das Fenster ins Freie zu richten. Es war nicht leicht, die Augen auf die Ferne einzustellen. Die ganze Welt schaukelte wie ein Pendel, bevor es ihm gelang, sich mit beiden Händen festzuhalten. Er blinzelte, dann verfluchte er sich dafür, daß er so betrunken war und schon Halluzinationen bekam.

Autumn Sinclair Donovan kam zu Fuß die Straße entlang zum Haus.

Sie stand auf der letzten Stufe der Steintreppe zum Portiko, als Donovan aus dem Haus kam. Sein Gesicht war weiß, sein Haar zerwühlt, und er roch wie eine Destille, als er vor ihr stand.

Autumn, die Augen geschwollen vom Salzwasser, hob das Kinn und erwiderte den ungläubigen Blick von Brice. Das Haar klebte ihr am Kopf und an ihrer immer noch feuchten Kleidung. Sie kam ohne ihre Stiefel.

»Du —«

»Ich bin vom Schiff gesprungen«, unterbrach sie seine Frage mit rauher Stimme.

»Wahnsinn. Du hättest von einem Hai gefressen werden können.«

»Oder ertrinken.«

»Du bist zu eigensinnig, um zu ertrinken.«

Sie schaute Brice ins Gesicht und dachte, daß er nie zuvor so attraktiv ausgesehen hatte.

Er betrachtete Autumn und fand, daß sie nie zuvor so schön gewesen war.

Er schluckte. »Also bist du wieder hier. Erinnere mich daran, daß ich Dearborne kielhole, wenn ich ihn das nächste Mal sehe.«

»Es ist nicht seine Schuld. Ich habe allen gesagt, daß

ich in meine Kabine gehe und nicht vor dem Andocken auf Jamaica gestört werden will. Und ich bin einfach über die Reling ins Wasser gesprungen, als niemand in der Nähe war.«

Brice schloß kurz die Augen. »Du hättest ertrinken können«, wiederholte er.

»Aber ich bin nicht ertrunken. Donovan, bist du betrunken?«

»Nein. Nein, ich bin nicht b-b-betrunken.« Sie lachten beide. Dann gestand er: »Mein Gott, ich habe dich so vermißt.«

Sie kam näher. Ihre Lippen waren geschwollen und mit Salz verkrustet. In ihrem Haar hatte sich dünner Tang verfangen. »Führst du mich ins Haus?« bat sie Brice. »Ich bin so müde.«

Er wandte sich ab und schaute auf den westlichen Horizont, der noch immer von Staub, Rauch und Asche verhüllt war. Die untergehende Sonne schimmerte hinter den Wolken wie Feuer.

Dann faßte er sie, hob sie mit großer Mühe hoch — doch so sehr er sich um Erhaltung des Gleichgewichts bemühte, er konnte sie nicht hineintragen.

Sie taumelten und fielen zu Boden, ohne die Umarmung zu lösen. Dann wälzten sie sich im kühlen Gras, bis sich ihre Hände trafen und ineinander verschlangen.

»Ich liebe dich«, sagte er.

»Ich dich auch.«

»Heirate mich«, bettelte er.

»Ja.« Sie weinte. »Ich will. Ich will. Ich will Autumn Sinclair Donovan Donovan sein, wenn du mich haben willst.«

»Wenn ich dich haben will.« Er lachte und wiegte sie ein wenig hin und her. »Dummes kleines Mädchen.« Dann fügte er hinzu: »Du hättest ertrinken können.«

»Aber ich bin nicht ertrunken.«

Brice lag auf dem Rücken, und der Tau des frühen Abends befeuchtete sein Hemd. Er achtete nicht darauf und drückte Autumns Kopf gegen sein Herz. »Gott sei Dank«, flüsterte er. »Gott sei Dank.«

Das Haus war dunkel, als Hugh Tyler endlich die Treppe herunterkam. Er stolperte beinahe über die kleine, dunkle Gestalt auf der untersten Stufe.

»Hey, Junge, fast wär' ich über dich gefallen. Willst du die ganze Nacht da hocken bleiben, oder gehst du auch mal ins Bett?«

Ein Strahl des Mondes fiel auf Pierres Gesicht, als er es Tyler zuwandte. »Ich bleib' noch eine Weile«, erwiderte er.

»Na schön.« Tyler strich dem Jungen übers Haar und wünschte ihm eine gute Nacht.

»Tyler?« rief Pierre leise.

Hugh blieb stehen und drehte sich um.

»Geht es Donovan gut? Und Autumn?«

»Aye. Sie sind alle zwei ziemlich kaputt, aber morgen geht es ihnen wieder gut. Schlaf ist das beste für sie.« Hugh verschwand in den Schatten.

Der Wind stöhnte erleichtert.

Pierre saß auf der Treppe, die Arme um die Beine geschlungen, das Kinn auf ein Knie gelegt. Er zählte die Schläge der großen Standuhr — zehn, elf, zwölf —, beobachtete die Tür und wartete. Als sie aufging, erhob er sich.

»Sie ist wieder da«, flüsterte er.

»Nein!«

»Doch, sie ist wieder da.«

Annee Rose stand unter der Tür, die Blicke auf den Jungen gerichtet. »Du lügst! Ich habe gesehen, wie sie an Bord des Schiffes gegangen ist —«

»Sie ist jetzt wieder da und bei Donovan.«

Als sie das Haus betreten wollte, hob Pierre die Hand und sagte: »Geh weg!«

»Er gehört mir!« Annee schluchzte.

»Geh weg, und wenn du noch einmal herkommst, wirst du es bereuen.«

»Drohe mir nicht, Junge. Du bist nur ein Kind.«

»Bin ich das, Minetta?« Pierre lächelte. »Bin ich das?«

Sie wich zurück.

»Komm nie wieder hierher«, warnte er sie.

»Du wirst dafür bezahlen«, knurrte Annee. »Alle werdet ihr dafür bezahlen. Aber in erster Linie Donovan.«

»Geh!« Als er die letzte Stufe herunterkam, drehte sie sich um und floh. Nachdem Pierre die Tür hinter ihr geschlossen hatte, schob er die Riegel vor.

Autumn, die Augen immer noch brennend, schaute durch den Schlitz im Moskitonetz hinaus und versuchte sich zu erinnern, wie sie voll angekleidet ins Bett gekommen war, neben Brice. Das ganze Zimmer erhellte ein rötlicher Schein. Ein Blick auf die Uhr sagte ihr, daß es noch früh am Tage war. Und wo blieb das weiche, blasse Licht der Morgendämmerung? Wo war der Duft der Blüten und des Taus und der Geruch des Salzwassers, die sie immer beim Aufwachen erfrischt hatten? Sie erhob sich mühsam, ging zum Fenster und schaute hinaus.

Brice bewegte sich. Er stützte sich auf einen Ellbogen, als Autumn auf das Fenster zeigte, auf das Feuer, das den Himmel angezündet hatte. »Verdammt«, war alles, was er mit rauher Stimme krähte, bevor das Beben begann.

Die Kristallprismen der Kugellampen begannen zu klimpern wie kleine Glocken. Die Tür des Garderobenschranks ging auf. Das ganze, große Haus zitterte. Dabei ächzte und stöhnte es, und von oben fiel der Putz auf den

Boden und auf ihre Schultern. Der Boden selbst schien sich zu heben, und das Bett und die Frisierkommode rutschten durchs Zimmer.

Brice taumelte auf Autumn zu und kam ins Stolpern, als der Boden auf ihn zukam. Dann fiel er, genau wie Autumn, wie die Spiegel und Bilder an den Wänden und die Jalousie hinter dem Fenster. Das Grollen verstärkte sich, bis sie sich die Ohren zuhielten in Erwartung der Explosion, die mit Sicherheit folgen würde.

Aber es folgte keine Explosion, sondern Stille.

Jeanettes Stimme drang durch die Wand. »Brice!« rief sie. Sie versuchte, die verklemmte Tür mit Gewalt zu öffnen, und als sie hereinkam, rappelte sich Donovan gerade hoch. Jeanette warf sich ihrem Bruder an die Brust und weinte. »Pierre! Es ist wegen Pierre! Mein kleiner Junge ist verschwunden. Wir können ihn nicht finden! Und er hat nicht in seinem Bett geschlafen«, fügte sie hinzu.

Das Gesicht bleich vor Sorge und Angst, schob Donovan Jeanette zur Seite und ging auf die Tür zu.

Autumn blieb, wo sie war, bis ihr Zittern nachließ. Dann erhob auch sie sich langsam und ging hinaus.

Sie bahnte sich einen Weg durch die Verwüstung bis zu den Scheunen. Ein Schwarzer mit weit aufgerissenen Augen stand bei den verängstigten Pferden und versuchte, sie zu beruhigen. Sein Gesicht zeigte deutliche Erleichterung, als Autumn hinzukam. »Wohin ist Donovan geritten?« fragte sie ihn.

»Ins Dorf, Madam.«

»Sattle mir ein Pferd.«

»Aber Madam —«

»Tu, was ich sage. Wenn Donovan zurückkehrt, ich bin ins Tal geritten. Vielleicht ist Pierre dort hingelaufen.«

Er mußte es zweimal versuchen, ehe sich die nervöse

Stute satteln ließ. Autumn stieg rasch auf und ritt ohne ein weiteres Wort davon.

Die Luft roch faulig, und man konnte kaum atmen. Das Gas, der Rauch und der Staub verdunkelten den Himmel und legten sich erstickend wie ein Leichentuch auf die Insel. Je näher sie dem Berg kam, desto dichter wurde der Rauch, bis es schien, als sei die ganze Insel in tiefstes Zwielicht getaucht. Nur das Feuer leuchtete hell durch die schwarzen Wolken, das aus dem Krater des Trempe geschleudert wurde, ein rotes Glühen am Himmel.

Es dauerte nur Minuten, bis sie das Tal der Schmetterlinge erreicht hatte. Aber es gab keine Schmetterlinge und keinen Pierre. Das ganze Land war hier verbrannt, und die dickeren Äste glühten noch.

Autumn glitt vom Pferd auf den Boden und sank gleich auf die Knie. Ihre Benommenheit war schlimmer als zuvor. Als sie aufgewacht war, hatte sie gedacht, das wären die Nachwirkungen von ihrem anstrengenden Bad im Meer. Doch selbst das konnte sie nicht so erschöpft haben.

Sie kämpfte sich hoch und langte nach dem Zügel ihres Pferdes.

Der Speer kam aus dem Nichts, pfiff an ihrem Ohr vorbei und bohrte sich in die Brust der Stute. Das Pferd knickte vorn ein, warf noch einmal den Kopf hoch und sank dann zur Seite. Autumn blinzelte, begriff erst nicht, bis sie der Donner der sich nähernden Hufe vor der herankommenden Gefahr warnten.

Sie wurde zu Boden gestoßen von einer im Rauch fast unkenntlichen, weißen Masse. Und Autumn reagierte instinktiv. Sie rollte herum, kroch und versuchte, den rasiermesserscharfen Hufen zu entgehen. Es gelang ihr um Zentimeter. Wieder auf den Beinen, begann Autumn zu laufen über das verkohlte und noch rauchende Gras des weiten Feldes. Das Entsetzen betäubte sie und ließ sie an nichts denken als an den Wald vor ihr. Dennoch fragte sie sich im Unterbewußtsein, warum diese sonderbare Bestie nicht noch einmal angegriffen hatte. Denn das mußte es gewesen sein: ein riesiges, weißes Tier mit flammenden Nüstern und Hufen, unter denen sie hätte sterben sollen. Sie fiel in eine Senke am Rand des Waldes, die mit Mangroven bewachsen war, und versuchte, sich zu verstecken.

Der Portiko über dem Eingang zu Hunnington Hall war teilweise eingefallen. Die Trümmer lagen auf der mit Kopfsteinpflaster versehenen Plaza, auf der Donovan als Kind gespielt hatte. Tullius stand zwischen den Steinen und drehte seinen Hut in den Händen.

»Hat man Pierre inzwischen gefunden?« fragte Brice schon beim Näherkommen.

»Nein, *Maître*, Sir, nicht finden den Jungen.«

»Also weiter. Zu Annee Rose.«

Sein Pferd war schaumbedeckt, als er schließlich in Barrett Hall ankam. Das Herrenhaus schien unberührt von dem Pandämonium zu sein, und auch der Diener, der ihn empfing, schien sich keine Sorgen zu machen.

Donovan schob ihn zur Seite, stürmte durch die Halle und in den Salon. Dann drehte er sich um und fragte den Diener, der ihm gefolgt war: »Wo, zum Teufel, ist Annee?«

Der Schwarze schüttelte den Kopf.

»Ich suche nach einem Jungen, dem kleinen Pierre. Hast du ihn gesehen?«

»Nein, *Maître* Donovan. Hier ist kein Junge gewesen.«

Donovan zog eine Braue hoch und funkelte den Schwarzen so wild an, daß der Mann zurückwich. »Wenn du mich anlügst —«

»Nein. Kein Junge war hier. Noch nie.«

»Vielleicht schaue ich besser selbst nach.«

Der Schwarze schlug die weiß behandschuhten Hände

über dem Kopf zusammen. Brice verließ den Raum und lief über die breite, hochpolierte Mahagonitreppe in den ersten Stock und stieß dort alle Türen auf, an denen er vorüberkam. Die Räume waren unmöbliert und leer.

Als er die Suche im oberen Geschoß beendet hatte, ging er wieder die Treppe hinunter.

Das Parterre von Barrett Hall war das Reich von Annee Rose. Elegante, schwarze Lackmöbel deuteten auf Annees Vorliebe für orientalische Dekorationen hin. Brice ging von Raum zu Raum, fühlte aber, daß er nur seine Zeit vergeudete. Andererseits: Wie er Annee kannte, konnte man bei ihr mit allem möglichen rechnen. Sie war wütend, daß er sich nun doch wieder Autumn zugewandt hatte, und grausam genug, sogar ein Kind als Instrument ihrer Rache zu benützen.

Fast hätte er die schmale Tür übersehen in seiner Hast, die Durchsuchung hinter sich zu bringen. Sie lag im Dunkeln am Ende des langen, dunklen Korridors.

Sie öffnete sich zu einem Zimmer innerhalb eines Zimmers. Er blieb hinter der Tür stehen und starrte auf das lebensgroße Porträt, das an der Wand hing. Gekleidet in eine Robe aus weißer Seide stellte es eine Frau mit leblosen Augen dar, die durch Brice hindurchzuschauen schienen. Ihr Gesicht war weiß geschminkt, die Lippen rot. Auf dem Messingschild darunter stand MINETTA.

In allen vier Ecken des Raums waren übereinander angeordnete Kandelaber angebracht. Die ruhigen Flammen der Kerzen gaben offenbar Ruß von sich und hatten bereits die niedrige Decke geschwärzt. Die Tische waren mit schwarzen Tüchern bedeckt; schwarze Kissen lagen auf dem Boden vor dem Porträt. Es roch nach schwerem Parfüm und nach Rosen.

Von der Decke hingen Handfesseln an Ketten, wie funkelnde, schwarze und silbrige Schlangen.

Die Tür knarrte hinter ihm. Brice fuhr herum. Der Schwarze, der ihn begrüßt hatte, flüsterte: »Kommen Sie raus, Mann. Schlechter Platz. Es gibt viel Ärger wenn *Maîtresse* Rose Sie hier sieht. Kommen Sie raus.«

»Wo ist die *Maîtresse?*« Brice begann zu begreifen, und ein Schauder strich mit kalten Fingern über sein Rückgrat.

»Ist egal«, antwortete er. »Sie ist bald zurück. Gehen Sie jetzt. Gehen Sie!«

Brice verließ das Haus und ritt zurück nach Hunnington Hall.

Der Himmel stand in Flammen; kochende Dampfwolken verdunkelten alles bis auf die Fontänen von Feuer, die der Berg ausspie. Vor den Türen von Hunnington standen aufgeregte Menschen, als Donovan eintraf. Jeanette kam aus der Menge und begrüßte ihren Bruder mit einem erleichterten Lächeln.

»Mein Pierre ist in Sicherheit«, sagte sie. »Er ist in Celies Kartoffelhütte gekrochen und dort eingeschlafen. Bei all dem Lärm hat man ihn vor ein paar Minuten um Hilfe schreien gehört.«

Brice lachte und war ebenfalls sehr erleichtert.

Jeanette blickte zu Donovan und erkannte seine besorgte Miene, als er sich wieder dem Vulkan zugewandt hatte. »Glaubst du, es hört auf?« fragte sie ihn und meinte damit die Eruptionen des Trempe.

»Ich weiß es nicht.«

»Am meisten Angst habe ich vor dem Erdbeben«, gab sie zu. »Dann fürchte ich, daß sich die Erde öffnet und uns alle verschlingt.«

»Hilfe ist schon unterwegs. Die *Venerable* dürfte in Kürze in Montego anlegen, wenn sie nicht schon dort eingetroffen ist. Und Dearborne wird mit anderen Schiffen zurückkommen — dann können wir alle diesem gottverlassenen Ort Lebwohl sagen.«

Sie gingen wieder zurück ins Haus. »Wo ist Autumn?« fragte Brice. Er trat über zerbrochenes Geschirr, blieb kurz in der Halle stehen und schaute über Jeanettes Schulter in den Salon. Als er die Zerstörung erkannte, wurde sein Gesicht feuerrot.

»Ich habe sie nicht gesehen.«

Jeanettes Antwort riß ihn schnell in die Gegenwart zurück. Brice schaute die Treppe hinauf. Dann war er mit einem Satz an der Tür, und als Tullius hereinkam, rief Brice: »Wohin ist *Maîtresse* Donovan gegangen?« Es galt nicht nur für ihn, sondern für jeden, der es hörte.

Tullius zeigte sein breites, zahnloses Grinsen und antwortete: »Zu den Stallungen, *Maître.*«

»Wann?«

»Hm.« Er überlegte lächerlich lang, schließlich sagte er: »Sie ist Ihnen gefolgt, Monsieur.«

»Mir — gefolgt?«

Er verließ Jeanette, ging zur Rückseite des Hauses und ins Freie, wo die Arbeiter noch die Teppiche ausschüttelten und die Kinder die Hühner und Ziegen wieder in ihre Ställe scheuchten. Er rannte weiter, den Pfad entlang, schaute sich nach Autumn um und erschreckte die Pferde, als er den halb zusammengebrochenen Stall erreicht hatte.

Der Stallbursche sprang auf.

»Wo, zum Teufel, ist Mrs. Donovan?« herrschte er ihn an.

»Im Tal«, erwiderte der Junge. Er zeigte mit zitterndem Finger zur Tür und wiederholte: »Im Tal der Schmetterlinge.«

23

Autumn duckte sich ins dichte Unterholz, stundenlang, wie es ihr vorkam, und mußte sich auf die Lippen beißen, weil sie immer wieder von Mücken gestochen wurde. Sie wagte es nicht, sich zu bewegen oder einen Laut von sich zu geben. Einmal war ihr eine große schwarze Spinne das Bein hinaufgekrochen. Sie hatte die Augen geschlossen, dabei inbrünstiger als je zuvor in ihrem Leben gebetet, und als sie die Augen öffnete, war die Spinne verschwunden. Vielleicht, wenn sie nur fest genug betete, würde auch der Dämon verschwinden, der versuchte, sie zu töten.

Der Himmel war jetzt heller geworden, aber nicht vom Tageslicht, sondern vom Feuer. Ein rotgoldener Dunst schimmerte über der ganzen Insel, und der Berg war wie ein großes, glühendes Stück Holzkohle inmitten der rauchenden Asche. Mehrmals hatte das Beben wieder eingesetzt — nicht mehr als eine leichte Vibration des Bodens und ein Rascheln der Blätter an den Zweigen. Aber es reichte, um Autumns Herz schneller klopfen zu lassen und ihr Tränen in die Augen zu treiben.

Mehrmals war sie eingedöst. Von Sorgen und Ängsten ermüdet, war sie in eine Art Bewußtlosigkeit gesunken, und immer, wenn sie daraus erwachte, dachte sie, es sei nichts als ein böser Traum. Zweifellos, alles kam ihr vor wie ein Alptraum, aber einer, der nur allzu wirklich war. Jemand hatte versucht, sie zu töten, war vielleicht dort draußen und wartete, daß sie sich zeigte, um sie erneut angreifen zu können. Andererseits konnte sie nicht ewig hier bleiben. Und außerdem stellte Autumn fest, daß sie krank war, daß ihr Körper kochte von Fieber.

Sie kroch tiefer in den Dschungel und weinte leise, weil ihr jede Bewegung große Schmerzen verursachte. Zuletzt wünschte sie schon, dieser weiße Dämon würde sie finden und sie erledigen, damit ihr Leiden zu Ende war. Aber wenn sie ans Sterben dachte, dann dachte sie auch an Brice, und der Gedanke an ihn ließ sie weitermachen. Er wollte sie heiraten, weil er sie wirklich liebte — um ihrer selbst willen und nicht, weil es ihm um die Kinder ging, die aus dieser Vereinigung hervorkamen. Er hatte ihr gesagt, daß es ihm nicht darauf ankommt Kinder zu haben. Und er hatte es ihr bewiesen...

Auf Händen und Knien bewegte sie sich schneller durch Büsche und Lichtungen. Schließlich, nachdem sie sorgfältig ihre Umgebung beobachtet hatte, stand sie unsicher auf und schrie laut, als ihr die Schmerzen wie tausend Nadeln durch den Körper stachen. Sie begann zu rennen, und ihr stark entwickelter Selbsterhaltungstrieb half ihr selbst dann, wenn die Kräfte versagten. Jedesmal wenn sie zu Boden stürzte, war es schwerer, sich wieder zu erheben und noch schwerer, sich zum Weiterlaufen zu zwingen.

Und dann sah sie ihn, den Dämon — das Pferd, dessen weiße Mähne im Wind flatterte und dessen Vorderbeine mit den scharfen Hufeisen in die Höhe gingen. Sie wußte, daß er ihr die ganze Zeit über gefolgt war, und auf dem Rücken des Pferdes saß — der Tod? Schön und gespenstisch, das Gesicht eine weiße Maske, lächelte sie, als sie zu ihr herunterschaute.

Autumn rannte weiter.

Aber das Pferd kam näher.

Und die Trommeln. Jetzt konnte sie sie hören. Wieder auf Händen und Knien, kroch sie auf das Geräusch zu. Doch der ferne Laut schien sie von allen Seiten zu umgeben. Sie schaute zum Himmel und sah kein Licht, nur das

Gewirr der Äste. Dann fiel ihr ein, daß es keine Sonne mehr gab. In der Hölle gab es weder Tageslicht noch Dunkelheit.

Nein, sie war ja noch gar nicht tot, erinnerte sie sich. Der Tod war dort drüben, und er war so schön in seiner langen, weißen Robe, daß sie versucht war, ihm zu folgen, Aber immer, wenn sie bereit war, aufzugeben, fiel ihr wieder Brice ein. Er hatte sie geliebt, lange, bevor sie selbst Cayemite betreten hatte. Er brauchte sie, davon war sie überzeugt. Und sie würde seine Freundin, seine Geliebte, seine Partnerin und seine Frau sein. Sie hoffte, lange genug zu leben, um ihm ein Kind gebären zu können.

Jetzt hob sie den Kopf, und die Welt über ihr drehte sich langsam wie ein riesiges, grünes Karussell. Ihre Lider waren so schwer, daß sie sie kaum noch öffnen konnte.

Das Kind stand in einer Lichtung, ein Kind mit dem Lächeln von Brice. Es hob die Hand und winkte. »Hierher!« rief es.

Sie ließ den Kopf auf den Boden sinken und stöhnte, stürzte dabei tief in einen Tunnel ihrer Gedanken, und immer noch hörte sie die Stimme rufen: »Schnell, *Maîtresse*, ich bin hier, um Ihnen zu helfen.«

Sie langte nach seiner Hand.

Er versuchte, sie hochzuziehen.

»Pierre. Pierre.«

»Ich bin hier, um Ihnen zu helfen.«

Das Pferd kam näher; das Gesicht seines Reiters war eine Maske des Zorns.

Autumn zog sich hoch und begann noch einmal zu rennen.

Das Pferd war hinter ihr, und seine Hufe trappelten im Takt zu den Schlägen der Trommeln. Dann begann das Dröhnen. Die Erde neigte sich. Autumn hielt sich fest, ihre Finger gruben sich in Erde und Gras, als der Feuerblitz den Himmel in gleißendes Licht tauchte. »O Donovan!« schrie sie. »Donovan!«

»Sei ganz ruhig und laß mich dir helfen«, sagte Brice leise.

»Pierre! Ich muß Pierre finden!«

»Pierre geht es gut, Liebste. Autumn, mach die Augen auf und schau mich an.«

Ihre Lippen waren aufgesprungen und bluteten. Ihr Kopf, feucht vom Schweiß, rollte auf dem Kissen immer wieder von der einen auf die andere Seite. »Er ist da. Im Wald. Ich habe ihn gesehen.« Sie weinte.

»Du träumst. Pierre ist hier. Wenn du die Augen aufmachst, kannst du ihn sehen.«

Pierre berührte ihr Gesicht. »Es ist alles gut jetzt«, beruhigte er sie. Dann kam er näher. »Sie sind in Sicherheit, *Maîtresse.*«

Donovan warf einen Blick auf Jeanette. »Wir sollten ihr diese Sachen ausziehen.« Er streckte die Hand nach den schlammverkrusteten Breeches aus, aber seine Arme sanken auf die Decke, die er ihr über die Beine gelegt hatte. »Mein Gott, was hat sie bloß da draußen am Waldrand gemacht? Sie hätte umkommen können . . .« Seine Worte verstummten, und wieder langte er nach ihren Breeches.

»Rühr mich nicht an!« Autumns Augen waren wild und entsetzt, ein seltsames Rotbraun, als ob sie von innen beleuchtet wären.

»Du zitterst ja, Liebling.«

»Dann laß mich zittern.«

»Ich will dir doch nur helfen.«

Sie setzte sich auf und schrie so laut, daß Brice unwillkürlich aufsprang. Celie, die an der Tür stand und ein Tablett mit schwachem schwarzem Tee brachte, ließ alles fallen und floh auf den Gang. Mit zitternden Wangen jaulte sie: *»Diab! Monter diab!«* Dann rannte sie ins Freie.

Donovan blieb auf Distanz, obwohl das nicht leicht für ihn war, und näherte sich ihr nicht, bevor sie wieder in die Kissen gesunken war. Jeanette kam herein, die Arme voll feuchter Handtücher und mit einer Schüssel frischen Wassers. Ohne ihren Bruder anzusehen, sagte sie: »Die Diener haben uns verlassen, nachdem Celie ihnen berichtet hat, daß Autumn von einem Teufel besessen ist.«

»Es ist doch nur das Fieber.«

»Sie glauben —«

»Ich weiß, was sie glauben!« Brice warf einen Blick aus dem Fenster. Das Meer war grau und rauchverhangen. An der Wegkreuzung, wo sich die Buggy-Spur dem Wasser näherte . . .

Brice stöhnte. Jetzt war ihm erst klar, was Jeanette mit ihrer schrecklichen Andeutung gemeint hatte. »Du glaubst doch nicht . . .«, begann er. »Nein, nein. Das würden sie nicht wagen. Sie könnten es nicht tun.« Er schaute Jeanette an und fragte: »Oder könnten sie?«

Seine Blicke richteten sich noch einmal auf das Fenster, dann auf die Tür. Schließlich fragte er: »Wo ist Tyler?«

»In der Bibliothek.«

»Mit den Waffen?«

»Ja.«

Es machte ihm Mühe, seinen Blick wieder auf Autumn zu richten. Zu seiner Schwester gewandt, sagte er sehr leise: »Ich bringe jeden einzelnen von diesen gottverdammten Wilden um, bevor ich sie ihnen überlasse.«

Autumn stöhnte. Ihre Lider bewegten sich. Brice setzte sich aufs Bett, und seine Finger wischten eine Strähne rostigroten Haars weg, das mit getrocknetem Schlamm an ihrer Wange klebte. »Hallo«, sagte er, als sie die Augen aufschlug.

»Hallo.«

»Geht es dir besser?«

Sie schaute ihn verständnislos an, dann fragte sie: »Kann ich einen Schluck Wasser haben?«

Die Stunden schleppten sich dahin. Dunkelheit und bleischwere Stille erfüllten den Raum. Brice saß in seinem Sessel neben dem Bett, achtete auf das Heben und Senken von Autumns Brust und beugte sich jedesmal über sie, wenn die Atmung schwächer zu werden schien.

Einmal wandte sie ihm den Kopf zu und öffnete die Augen.

»Mr. Donovan.« Dazu bewegte sie kaum die Lippen.

»Mrs. Donovan«, war seine Antwort.

»Und wenn ich es nicht schaffe?«

»Du schaffst es.«

»Aber wenn nicht?«

Er berührte ihr Gesicht. »Das lasse ich nicht zu.«

»Ehrenwort?«

»Vor Gott.«

Dann schlossen sich ihre Lider, und sie schlief etwas ruhiger.

In den Vormittagsstunden stieg Autumns Fieber immer noch an. Brice tupfte ihr das Gesicht und die Arme ab, und als er sachte mit dem Schwamm ihre Brüste und den Bauch kühlte, atmete sie tief ein und murmelte etwas, das sich anhörte wie »Wundervoll, nicht wahr?«

Er lachte leise und dachte, es sei nur das Fieber, das aus ihr sprach. Aber als ihr Blick sich mit dem seinen traf, nahm er an, daß sie genau wußte, was sie sagte. »Ja, du kleine Nymphomanin.«

Sie zog die Stirn in Falten. »Immer lachst du mich aus, Donovan.«

»Wirklich? Tut mir leid, Liebste.« Dann strich er mit dem Daumen über ihre Unterlippe und sagte: »Gott, bist du süß.«

»Süß?«

»Wie Marzipan.«

»Oh, ich liebe Marzipan . . .«

»Ich auch«, flüsterte er. »Ich auch.«

Der nächste Morgen versprach einen klareren Tag. Die kräftige Brise von Westen trieb die Aschenwolken auf das offene Meer, und die Sonne drang wieder bis zur Erde durch. Der Trempe war ruhig, und seit Brice vor zwei Tagen bei einem Erdstoß betrunken aus seinem Sessel gefallen war, fand er den Vulkan nicht mehr ganz so bedrohlich. Er überblickte den von Hunnington Hall aus sichtbaren Teil des Meeres in der Hoffnung, ein Segel zu entdecken, aber er entdeckte nichts.

»Ich habe dir Frühstück gebracht«, sagte Jeanette hinter ihm. »Und etwas Brühe für Autumn.«

Er ignorierte sein Frühstück und nahm die Suppentasse für Autumn; dann steckte er einen Arm unter ihre Schulter, hob sie leicht an und sagte: »Sei ein gutes Mädchen und trink deine Suppe.«

Sie lag schlapp da, ohne Reaktion.

»Ach, du meine Güte«, seufzte er. »Immer noch eigensinnig.« Und nach einem Moment fuhr er fort: »Wenn du nichts ißt und nichts trinkst, mußt du sterben. Und wenn du stirbst, sterbe ich auch. Willst du dir das aufs Gewissen laden, Marzipan?«

»Sie kann dich nicht hören«, sagte Jeanette.

Er küßte Autumns Braue. »Wer weiß schon, ob sie mich hören kann oder nicht?« Dann hob er den Kopf mit dem geröteten Gesicht an und küßte sie auf die Lippen.

Jeanette schaute ihm ernst zu, als er das Gesicht dem Fenster zuwandte. Ein Sonnenstrahl fiel auf ihn. »Du brauchst Ruhe«, erklärte sie. »Ich rufe dich, falls sich an ihrem Zustand etwas verändert.«

Das erste Beben begann eine Stunde später.

Brice lag neben Autumn auf dem Bett. Jetzt zwang er sich, die schweren Lider zu öffnen, und während er noch zur Decke starrte, hörte er ein Grollen wie Donner. Er drehte sich auf ihre Seite und hielt ihren fiebernden Körper fest, während das Haus zitterte.

»Das Feuer ist auch wieder da!« Jeanette schaute zum Berg, und ihr Gesicht reflektierte das Rot und Gold der Flammen. »Wo nur Dearborne bleibt?« fragte sie sich laut.

»Ich wette, der hat Mühe, uns in dieser kochenden Brühe zu finden.«

Jeanette schaute auf den Ozean, der kaum hinter der Küstenlinie zu erkennen war. Sie sah Tullius, der barfuß den Strand entlangrannte. »*Maître* Donovan!« brüllte er, als er sich dem Haus näherte. »Kommen Sie schnell, *Maître* Donovan!«

Brice erhob sich.

Er traf Tyler auf dem Korridor. Sie liefen nach unten zur Haustür. Die verbarrikadierte Tür hielt sie gefangen, aber auch die Eingeborenen fern. Als sie sich dann öffnete, rieselte der Putz und der Stuck wie Schnee auf ihre Schultern. Tullius, den Hut in den Händen, hüpfte von einen Fuß auf den anderen und redete so zusammenhangloses Zeug, daß ihn keiner verstand. Dazu zeigte er immer wieder hinunter zum Strand.

»Schiff« — mehr brauchte Donovan nicht zu hören.

Er lief durch den Garten und durch die Dünen zum Strand, hielt dabei Ausschau nach Segeln im Wind, nach dem klobigen Äußeren der alten Brigantine von Dearborne, wie sie sich dem Hafen von Bovier näherte. Aber durch die dichte Aschenwolke konnte er gar nichts erkennen.

Was er sah, war Treibgut. Er lief langsamer, blieb

schließlich stehen. Der Sand war mit Holzresten übersät. Und an der Wasserlinie, immer wieder überspült von den Wellen — John Dearborne.

»Mutter Gottes«, sagte Tyler hinter ihm. »Sie haben es also nicht geschafft.«

Brice mußte gegen Übelkeit ankämpfen, bevor er sich zu Hugh umdrehte.

Tyler bückte sich und hob den Teil einer Schiffsplanke hoch, dann sagte er leise: »Die *Venerable* ist verbrannt.«

Und dann hörten sie den Singsang, hinter dem hochragenden Felsen. Donovan und Tyler liefen in der Deckung des Nebels nach oben und beobachteten in tiefem Schock das primitive Ritual. An der Wegkreuzung, wo einmal der tote Keiler gehangen hatte, hing jetzt eine Puppe, die eine Frau darstellte.

Donovan rannte zur Straße, gefolgt von Tyler. Nachdem sie das Haus betreten hatten, bemühten sie sich, die Barrikade an der Tür wieder anzubringen. Jeanette kam die Treppe herunter. »Ist Hilfe eingetroffen?«

»Die Hilfe kommt nicht«, erwiderte Brice grimmig. »Aber die Wilden kommen. Sie wollen Autumn.« Er schaute seine Schwester an. »Kannst du mit einem Gewehr umgehen?«

»Ich — ich weiß es nicht.«

»Willst du es versuchen?«

»Wenn ich muß.«

Mit Waffen in Händen warteten sie und befürchteten, daß sie zu dritt, wenn die Eingeborenen das Haus stürmten, trotz der Schußwaffen wenig ausrichten konnten. Als die Dämmerung hereinbrach, schaute Brice aus dem Fenster und sah die Gesichter der Männer, die das Haus bewachten. »Worauf warten sie noch?«

Tyler vermutete: »Wenn sie glauben, daß Autumn von einer Art *diab* besessen ist, überlegen sie es sich zweimal, bevor sie die Götter gegeneinander aufbringen. Vor allem, wenn sie der Ansicht sind, daß Autumn etwas mit dem Berg zu tun haben könnte.«

»Wir müssen sie davon überzeugen, daß sie nur Fieber hat.«

Autumn war bei Bewußtsein. Sie schaute ihn durch ausdruckslose, nur zu Schlitzen geöffnete Augen an und lächelte. Ihm brach fast das Herz, aber er erwiderte das Lächeln.

»Ich dachte, daß du gegangen bist«, klang ihre rauhe, leise Stimme.

»Wohin sollte ich gegangen sein?«

»Mit Dearborne.«

Brice schüttelte den Kopf.

»Kommt er denn nicht?«

Sie stirbt, dachte er. Was konnte da noch eine Lüge schaden? »Er wird bald hier sein, um uns abzuholen.« Dann setzte er sich auf den Stuhl neben dem Bett. Sie war zu schwach, um den Kopf zu drehen, also tat es Brice für sie.

»Ich habe geträumt«, sagte sie. »Von Marzipan.«

»Ein süßer Traum.«

Autumn lachte schwach. Dabei brachen ihre verklebten Lippen erneut auf und begannen zu bluten. »Bleibst du eine Weile hier?« fragte sie ihn. »Ich möchte gern wieder schlafen, aber ich habe Angst.«

»Du brauchst keine Angst zu haben. Ich bleibe immer bei dir.«

»Mach dir keine Sorgen«, erklärte sie ihm dann. »Wenn ich schon zu eigensinnig bin zum Ertrinken, dann bin ich erst recht zu hartnäckig um am Fieber zu sterben.«

»Darauf verlasse ich mich.«

»Weißt du, was ich mir wünsche?«

»Sag es mir.«

»Ich wünsche — ich wünschte, wir könnten heiraten. Ich wünsche mir . . .«

»Sag es mir, sag es mir schnell, Marzipan, bevor du wieder einschläfst.«

Aber sie war schon wieder eingeschlafen.

Der Gesang begann kurz vor Mitternacht. Brice stand am Fenster und betrachtete die Fackeln, die helle Lichtfahnen in der Dunkelheit waren. Jeanette betrat den Raum und blieb lange schweigend stehen, um Brice nicht zu stören.

Dann berührte sie mit sanfter Hand seine Schulter. »Hast du den Gedanken in Erwägung gezogen, daß Henri sie behandeln könnte?« fragte Jeanette.

Er mußte ein paarmal schlucken, bevor er antworten konnte: »Ich habe daran gedacht. Aber ich weiß nicht, ob ich schon so verzweifelt bin.«

»Sie wird sterben, wenn nicht irgend etwas unternommen wird.«

»Bist du sicher?«

»Ja. Es ist vielleicht sogar schon zu spät.«

Brice ging zum Bett, legte für ein paar Sekunden den Kopf auf das Kissen neben Autumn; dabei ruhte sein rechter Arm auf ihrer Brust. »Was meinst du, Marzipan? Sollen wir es mit ihm versuchen? Glaubst du, daß du bereit bist für ein bißchen Hokuspokus und Guinea-Pulver?«

»Marzipan«, erwiderte sie schwach.

Brice stand auf und nahm seinen Revolver.

24

Brice ging aus dem Haus und direkt auf die Eingeborenen zu. Ihr Schweigen schien vor Spannung zu vibrieren, als er vor ihnen stand, als der nächtliche Wind an seinen Ärmeln zerrte und die Zweige des Hibiskus um seine Schenkel wehten.

»Was wollt ihr?« fragte er sie.

Die Flammen der Fackeln bewegten sich in der Brise.

Dann, lauter, fragte er: »Warum seid ihr hier?«

»Du weißt, warum sie hier sind, mein Junge.«

»Ah, Henri. Gut, daß ich dich treffe.« Brice schaute in die Dunkelheit, entdeckte Henris ausgemergelten Körper unter einem Kokosnußbaum, und seine Pfeife warf in regelmäßigen Abständen einen orangeroten Schein auf sein Gesicht. »Ihr könnt alle zurückgehen ins Dorf«, sagte Donovan.

Henri paffte etwas heftiger an seiner Pfeife.

»*Maîtresse* Donovan ist krank«, verkündete Brice laut. »Sie hat ein Fieber — nichts weiter.«

»Die Leute verstehen dich nicht.«

»Dann erklär es ihnen.«

Henri schwieg.

Brice ergriff zugleich Zorn und Niedergeschlagenheit, aber er versuchte, beides zu unterdrücken. Ruhig ging er die paar Schritte bis zur Straße und stellte zufrieden fest, daß die Eingeborenen nervös zurückschreckten, als er sich ihnen näherte. Er ging ohne Zögern auf Henri zu.

»Du vergißt dich«, erklärte der Alte. Ein Auge funkelte im Licht der Fackeln.

»Legba ist nicht mehr willkommen auf Hunnington«, fuhr ihn Brice an.

Henri räusperte sich und wandte sein faltiges Gesicht in Richtung Ozean.

Brice kam näher und sagte: »Meinst du nicht, daß du diese Menschen lange genug manipuliert hast, Alter? Ihr beide, du und Annee, habt es erreicht, daß sie sogar vor ihrem eigenen Schatten Angst haben.«

»Es ist Sitte, so alt wie die Zeit.«

»Wessen Sitte? Die der Schwarzen? Der Indianer? O nein, es ist alles deine Erfindung. Du hast ein paar afrikanische Riten und ein paar indianische gemischt und daraus deine eigene Religion gebraut. Es gibt keinerlei Hintergrund für deinen Hokuspokus.«

»Leugnest du etwa die Überlieferung?«

Brice trat etwas näher zu dem Alten, streckte den Zeigefinger nach dem Trempe Mountain aus und sagte mit leiserer Stimme: »Da hast du deine Überlieferung. Ein Vulkan, nichts weiter. Es waren weder die guten noch die bösen Götter, die die Insel jahrelang in Dunkelheit gehüllt haben. Es war der Trempe, der genau das tat, was er jetzt wieder tut. Der Berg ist die einzige Ursache für die Erdbeben und die Reaktionen der Tiere. Es gibt keine *bakas* und *diabs*, es sei denn hier drinnen.« Und damit drückte er seinen Zeigefinger gegen Henris Stirn.

»Vorsichtig, mein Junge.«

»Du kannst mir keine angst machen, Henri. Du kommst jetzt mit mir ins Haus, und wenn ich es auch ungern tue, bitte ich dich — nein, ich befehle dir, zu tun, was in deiner Macht steht, um Autumn zu helfen.«

»Aber ich dachte, du glaubst nicht —«

»— an Geister mit scharfen Fängen und Fledermausflügeln, ja.«

Die Pfeife zischte zwischen den Lippen von Henri. Dann erklärte er: »Ich werde darüber nachdenken.«

Brice hakte den Revolver von seinem Gürtel, preßte die Mündung gegen Henris Kinn und erklärte mit kalter Stimme: »Dann denk schnell darüber nach. Wenn nicht, puste ich dir deinen Schädel in diesen Baum — zu den Kokosnüssen.«

Henri bückte sich und langte nach seinem Beutel.

Donovans Entschlossenheit welkte dahin, als er Autumn sah, deren Körper schweißnaß war. Ihr strähniges Haar fiel über die Bettkante und berührte fast den Boden.

Das flache Heben und Senken ihrer Brust war ein weiteres Zeichen für ihren sich rasch verschlechternden Zustand.

Brice zerrte Henri zum Bett und sagte: »Wie du siehst, befindet sie sich keineswegs im Zustand der Besessenheit. Sie ist krank, sehr krank, und ich rechne damit, daß du sie heilen wirst.«

»Und wenn ich es nicht kann?«

»Du kannst es. Ich habe dir bei der Arbeit zugesehen, vergiß das nicht.«

»Das ist viele Jahre her.«

Brice lachte leise, und seine Stimme klang müde, aber dennoch auch drohend. »Sag mir nicht, alter Mann, daß du begonnen hast, an der Wirkung dessen zu zweifeln, was du in diesem *paquett* an deinem Gürtel trägst.«

»Es kommt natürlich darauf an, was für eine Krankheit sie hat, eine natürliche oder —«

»Oder was?« Brice packte einen der mageren Arme und schüttelte Henri, wiederholte dann: »Oder was?«

»Wer würde den meisten Nutzen haben von ihrem Tod?«

»Willst du damit sagen, daß Annee Rose dahintersteckt, daß sie es war, die Autumn das angetan hat?«

Henri wandte sich Brice zu und zeigte ihm ein zahnloses Grinsen. »Wer kann das schon sagen? Wir werden es vermutlich nie erfahren. Wenn sie es überlebt, dann nicht. Und wenn sie stirbt ... Meine Mittel helfen nicht gegen das *ouanga*.« Er schaute auf Autumn hinunter, dann fügte er hinzu: »Es wird etwas kosten.«

»Zweifellos. Dein Leben, wenn sie stirbt.«

»Ich brauche Ruhe.«

»Ich lasse dich nicht mit ihr allein.«

»Dann setz dich und sei still.«

Aber Brice ging weiter auf und ab. »Was hast du vor?« fragte er den Alten.

„Als erstes nehme ich die Decken weg.«

Brice blieb stehen und fragte: »Was dann?«

»Sie hat zu lange auf dem Rücken gelegen. Ihre Lungen sind voll Wasser.«

Brice zog die Stirn in Falten und sagte: »Es paßt mir nicht, wenn du sie so abtastest.«

»Ihre Muskeln sind zu verspannt.«

»Was wirst du ihr geben?«

»Kohlwasser.«

»Warum?«

»Weil es hilft und gesund ist.«

»Und was machst du jetzt?«

»Jetzt zünde ich meine Pfeife an.«

»Geht ihr Fieber zurück?«

»Nein.«

»Geht es ihr überhaupt besser?«

»Nein.«

»Wird sie sterben?«

»Ja, ich befürchte es.«

Brice schloß die Augen. Zwischen zusammengepreßten Zähnen stöhnte er laut: »Es ist Annee, ja? Natürlich war sie es — die Frau im Wald, auf dem Pferd. Ich dachte erst, es seien Fieberphantasien, aber es war Annee. Gott verdamme sie, ich bring' sie um. Ich werde Annee Rose umbringen.«

Donovan verließ das Haus vor dem Morgengrauen. Der Himmel sah unheimlich aus und glühte rot am westlichen Horizont. Der Mond hing zwischen zwei gezackten, dunklen Staubwolken im Osten.

Brice stieg auf sein Pferd und ritt nach Barrett Hall. Annee Rose stand auf der untersten Stufe der geschwungenen, weißen Freitreppe in der Halle, und sie war nicht überrascht, ihn zu sehen.

»Hallo, Darling. Du siehst schrecklich aus«, erklärte sie.

»Ich bin durch die Hölle gegangen, Annee. Aber das ist dir ja nichts Neues.«

Sie zog eine kleine Schnute, dann seufzte sie. »Ja, dieser schlimme Vulkan hat die ganze Insel in Aufruhr versetzt. Andererseits dürfte die Asche Wunder wirken bei der nächsten Zuckerrohrernte.«

»Ich bin nicht hier, um mit dir über die Ernte zu diskutieren.«

»Nein?«

»Ich werde über uns diskutieren.«

Sie machte große Augen, und Brice grinste böse. »Komm schon, Annee, du glaubst doch nicht, daß ich dich diesmal wieder davonkommen lasse!«

»Davonkommen? Womit denn?«

»Mit Mord.«

»Ich habe niemanden ermordet.«

»Du hast meinen Vater von der Klippe gestoßen, du hast Roy in seinem Bett verbrannt, und jetzt . . . Was hast du mit Autumn angestellt?«

Die Überraschung ließ sie erröten. Annee kam die letzte Stufe herunter und warf sich gegen Brice. »Autumn ist tot?«

»Nein. Noch nicht. Aber sie wird sterben, hat man mir gesagt. Freut dich das?« Bevor sie antworten konnte, hatte Brice sie am Kinn gepackt, und seine Finger gruben sich so grausam in ihr Fleisch, daß Annee ein leises Wimmern ausstieß und zurückwich. »Gibt es ein Gegenmittel?« fuhr er sie an.

»Ich weiß überhaupt nicht, wovon du redest.«

Er schüttelte sie. »Du hast ihr Gift eingeflößt. So hat dein Vater Bovier umgebracht, nicht wahr — mit Gift? Nur, daß er es ihm in kleinen Dosen und nach und nach gegeben hat.«

Sie klammerte sich an seine Hände. »Du bist verrückt, Donovan.«

»Wenn das der Fall wäre, Madame Rose, würde ich an deiner Stelle nicht allzu weit gehen. Im Moment bist du in einer verwundbaren Situation. Ich rate dir, dich nicht gegen mich zu stellen.«

Annee lachte. Sie drückte sich an Brice und sagte: »Wenn ich wirklich so etwas getan hätte, warum sollte ich mich dann jetzt nicht gegen dich stellen?«

»Du gibst es also zu.« Seine Finger gruben sich noch tiefer in ihr Fleisch.

»Ich gebe überhaupt nichts zu. Aber bist du bereit, ihr Leben aufs Spiel zu setzen auf die vage Chance hin, daß ich es nicht getan habe?«

»Was, zum Teufel, verlangst du von mir?«

Die Frage dröhnte durch das ganze Haus. Annee lachte nur. »Deine Seele«, war ihre Antwort.

»Die kann ich dir nicht geben. Die liegt halbtot bei Autumn.«

»Dann deinen Körper, der reicht mir auch.«

»Und wenn ich ihn dir gebe?«

»Und wenn nicht? Alles, was ich jemals wollte, bist du, Donovan.« Jetzt nahm sie ihn bei der Hand und zog ihn die Treppe hinauf. »Caleb!« rief sie dem Schwarzen zu, der im Dunkeln wartete. »Bring uns Getränke — in einer Stunde. Bis dahin wollen wir nicht gestört werden.«

Tyler strahlte, als er den Raum betrat. Autumn, auf die Kissen gestützt, erwiderte, noch etwas schwächlich, sein Lächeln. Die Hände in die Hüften gestemmt, erklärte er: »Sie sind ein toller Anblick für müde Augen, Mädchen, und das ist die Wahrheit. Willkommen bei den Lebenden.«

»Sie sind sehr nett, Tyler.«

»Brauchen Sie irgend etwas?«

»Ein Bad.«

»Heißt das, Sie wollen, daß *ich* Sie bade?«

Sie lachte noch etwas zitterig und erwiderte: »Vielleicht — hauptsächlich sollten Sie das Wasser dazu besorgen.«

Jeanette kam herein, die Arme voll weicher, spitzenbesetzter Unterwäsche, die Autumn seit ihrer Abreise aus Charleston kein einzigesmal angehabt hatte. Als sie sie auf dem Bett ausbreitete, mußte Autumn unwillkürlich lachen. Es war zu komisch, sich vorzustellen, daß sie sich einmal davor gescheut hatte, diese hübschen, femininen kleine Dinge anzuziehen. Jetzt freute sie sich darauf. Das kommt von der Krankheit, dachte sie. Nach dem Fieber war sie zerbrechlich wie eine Porzellanpuppe.

Als Tyler zur Tür ging, fragte sie: »Ist Donovan aus dem Dorf zurückgekommen?«

»Nein, Mädchen.«

»Er ist ziemlich lang außer Haus, was?«

»Beim letzten Beben hat es viele und schwere Schäden gegeben«, fügte Jeanette hinzu.

»Aber ich habe ihn nicht gesehen, seit mein Fieber ausgebrochen ist.« Sie zog die Stirn in Falten. »Oder geht mir Mr. Donovan absichtlich aus dem Weg?«

»Nein!« riefen beide im Chor.

»Sie haben geschlafen, als er die letzten Male hiergewesen ist«, erklärte Jeanette.»Er wollte Sie auf keinen Fall stören.«

»Sagt ihm, daß er mich ruhig stören kann. Ich möchte ihn sehen — bitte!«

Tyler ging hinaus. »Ich besorge Ihnen Wasser zum Baden.«

»Tyler!«

»Aye, *Maîtresse*, ich sag es ihm, sobald ich ihn sehe.«

Jeanette folgte ihm auf den Korridor. »Sollten Sie das

nicht gleich tun?« fragte sie leise. »Sollten Sie nicht nach Barrett Hall reiten und mit Brice sprechen? Ich kann Autumn nicht mehr lange belügen.«

Hugh Tyler ging aus dem Haus.

Annee kam selbst an die Tür, als Tyler anklopfte. Gekleidet in einen Hausmantel aus königsblauer, fließender Seide, lächelte sie ihn strahlend an.

»Guten Morgen«, begrüßte sie ihn.

»Ich bin nicht hier, um mit Ihnen Freundlichkeiten auszutauschen, Annee. Ich bin hier, weil ich Donovan sprechen muß.«

»Also wirklich, Tyler, warum können Sie nicht die Entscheidung akzeptieren, die Brice getroffen hat? Er hat mich dieser verrückten Witwe von Roy vorgezogen, und dabei bleibt's.«

Sie versuchte, die Tür zu schließen. Tyler stellte den Fuß dazwischen. »Er ist seit drei Tagen hier, ohne daß er uns Nachricht gegeben hätte. Haben Sie ihn vielleicht auch umgebracht, Annee, wie die anderen?«

»Wie können Sie es wagen! Vergessen Sie nicht, Sir, wer Sie sind. Sie werden in Kürze für mich arbeiten, und es wäre gut, wenn Sie sich das immer vor Augen hielten.«

»Lieber schwimme ich bis Kingston, als für Sie zu arbeiten«, bellte er. »Da nehme ich es gern mit jedem Hai zwischen hier und Jamaica auf. Und jetzt bringen Sie mich zu meinem Boss.«

»Er will nicht gestört werden.«

»Lassen Sie mich —«

»Nein!«

Sie schlug Tyler die Tür vor der Nase zu.

Caleb stand in dem Schatten der Treppe, rang die Hände und sah zu, wie Annee sich mit dem Kopf gegen den Türrahmen lehnte. »Narren«, sagte sie laut. »Narren, wenn sie glauben, er würde zu ihnen zurückkehren. Er gehört mir, Caleb. Mir! Er ist schließlich freiwillig hergekommen. Niemand hat ihn gezwungen. Oder habe ich ihn gezwungen, zu mir zu kommen?«

»Nein, Madam«, lautete die etwas unsichere Antwort.

»Nein. Er ist hergekommen, weil er mich liebt. Er hat mich immer geliebt. Es hat nur einige Zeit gedauert, bis es ihm klargeworden ist.« Jetzt lächelte sie wieder freundlicher und gab ihrem Diener die Anweisungen. »Es ist Zeit für seinen Tee, Caleb. Sie wissen, Brice trinkt seinen Tee immer genau zu Mittag.«

»Ja, Madam. Ich bringe ihn gleich.«

»Und er soll gut heiß sein. Sonst löst sich der Zucker nicht so gut auf.«

Caleb nickte und eilte hinaus.

Sie ging in die Halle, und die blaue Seide bauschte sich wie eine Glocke um ihre Knie. Als sie den Salon betrat, holte sie tief Luft, lächelte und sagte liebenswürdig: »Guten Morgen, Darling.« Dann ging sie zu ihm hin und kniete sich vor ihn auf den Boden. »Ich habe eine traurige Nachricht für dich. Man hat Autumn begraben.« Sie seufzte. »O mein Lieber, ich weiß, wie schlimm das für dich ist. Aber bitte sei nicht böse auf mich. Ich schwöre dir, daß ich nichts damit zu tun hatte. Es war ein Fieber, und sie ist daran gestorben. Ich wäre nicht auf die Idee gekommen, sie zu vergiften. Außerdem würde ich niemals etwas tun, was dich in Gefahr bringen könnte.«

Sie begrub ihren Kopf zwischen seinen Schenkeln und kicherte dann wie ein kleines Mädchen. »Ist das nicht wundervoll? Jetzt wird alles wieder wie früher sein, nur wir zwei in Papas Salon ... Wir könnten Pläne schmieden für unsere Hochzeit. Da kommt Caleb mit deinem Tee. Stell ihn hierher«, befahl sie dem Diener. Er stellte das Tablett mit dem Teeservice auf den Tisch, aber als er

Zucker und Milch in Donovans Tasse geben wollte, verhinderte sie es und sagte: »Das mache ich selbst.« Und als er zögerte, fuhr sie ihn an: »Danke, das ist alles.«

Caleb blieb noch an der Tür stehen, schaute über die Schulter zurück und sah, wie Annee zwei gehäufte Löffel Zucker in die Tasse von Brice gab. Der schwarze Diener drehte sich schnell um.

Das Bad erfrischte sie. In sauberer Wäsche, das Haar gebürstet, ruhte Autumn in ihren Kissen und kämpfte gegen die Erschöpfung an, die sie im Lauf des Tages immer wieder eindösen ließ. Sie war entschlossen, lange genug wach zu bleiben, um Brice noch zu sehen.

Celie kam herein, zögerte an der Tür und beobachtete Autumn, ob an ihr irgendwelche Anzeichen für Besessenheit von Teufeln zu erkennen waren. »Komm rein«, sagte Autumn, dann scherzte sie etwas schwach: »Keine Angst, Celie, ich werde mir bestimmt keine Hörner und keinen zackigen Schweif wachsen lassen. Was hast du denn da?« Sie zeigte auf das Tablett, das die große Frau auf ihrer Handfläche balancierte.

»Zuckerkuchen.«

Bevor Celie zum Bett kommen konnte, fing das Beben wieder an, und die Glasprismen an der Lampe neben dem Bett begannen zu klimpern.

»Zuckerkuchen.« Autumn seufzte. »Wie wundervoll, Celie. Seit es mir bessergeht, habe ich ein großes Verlangen nach Süßigkeiten.«

Das Beben setzte sich fort, im Haus, aber auch draußen. Der Trempe spie eine Fontäne von Feuer und Asche aus.

»Mein Gott«, sagte Autumn mit gepreßter Stimme. Sie schaute besorgt zu Celie hinauf und schlug vor, daß sie das Tablett abstellte, bevor sie es fallen ließ.

»Das ist eine schlimme Sache, *Maîtresse.*«

»Bald sind wir erlöst. Ich rechne damit, daß jetzt jeden Tag Hilfe aus Jamaica eintrifft, und —«

»Es kommt keine Hilfe, weder von Jamaica noch von anderswo«, entgegnete die große, füllige Schwarze. Dann rang sie die Hände und flüsterte: »Die böse Frau, sie hat uns alle hier festgenagelt. Sie sagt, Minetta schickt das Feuer und den Rauch, um die Respektlosen von der Insel zu entfernen.«

»Aber Minetta ist tot. Sie ist vor mehr als zweihundert Jahren gestorben.«

»Sie ist zurück. Henri sagt, sie kämpft gegen die Gesegnete.«

»Und wer ist die Gesegnete?«

»Weiß ich nicht. Das weiß niemand.«

»Aber John Dearborne —«

»Das ist wirklich schlimm. Ganz schlimm. Sie haben Glück gehabt, Madam, daß Sie auf diese Weise auf die Insel zurückgekommen sind.« Celie drehte sich um und ging zur Tür.

»Glück — wieso?«

Celies Knopfaugen wurden ganz rund, und sie runzelte die Stirn. »Wissen Sie denn nicht? Sein großes Schiff ist verbrannt. John Dearborne ist unten an der Kreuzung begraben — das heißt das, was die Fische und die Krähen von ihm übriggelassen haben.«

Jetzt ergriff Autumn die Angst, mächtiger als jeder Erdstoß, der die Insel erschüttert hatte. Sie streckte eine Hand nach Celie aus, bevor die Frau den Raum verlassen konnte.

»Warte. Warte.« Als sich das dunkle Gesicht wieder ihr zuwandte, zwang sich Autumn, die Frage zu stellen, die in ihrer Kehle brannte und deren Antwort sie fürchtete. »Donovan ... Wo ist Donovan? Er — er ist doch nicht auch tot, oder?«

»Hat man Ihnen denn gar nichts erzählt?« fragte Celie überrascht.

»O Gott. O mein Gott.«

»Vor drei Tagen ist er hinübergeritten, und er ist noch nicht zurück.«

»Hinüber? Wo hinüber? Celie, wohin ist Donovan geritten?«

»Nach Barrett Hall.«

»Zu Annee.«

»Es war nur eine Frage der Zeit. Die Böse Frau hat noch immer mit jedem Mann gemacht, was sie will, und noch mehr. Erst Patrick Donovan, dann Roy. Wenn Sie nicht gekommen wären, hätte sie sich *Maître* Brice schon lange gefügig gemacht. Sie hat so ihre Art mit den Männern, es ist ein Zauber, möchte ich sagen.« Und damit verließ Celie den Raum.

Ich will es nicht glauben. Autumn wiederholte diese Worte immer und immer wieder, aber wie konnte man Donovans plötzliches Verschwinden sonst erklären?

Donovan war bei Annee.

Wie konnte er nur?

Als Jeanette und Tyler den Raum betraten, hätte das Feuer in Autumns Augen selbst den Trempe beschämt. Jeanette zögerte an der Tür und fragte: »Sie wollten uns sprechen?«

»Setzt euch.« Autumn zeigte auf die zwei Stühle neben dem Bett. Als sie sich niedergelassen hatten, begann sie etwas weniger hart: »Ich danke euch beiden dafür, daß ihr so gut für mich gesorgt habt, als ich hilflos war. Es war zweifellos eine schwere Krankheit, die mir viel von meinen Kräften geraubt hat. Jetzt, da es mir bessergeht, frage ich mich allerdings, warum ihr mir den wahren Grund für die Abwesenheit von Donovan verschwiegen habt.«

Jeanette und Tyler tauschten einen Blick.

»Wo ist er?« fragte Autumn.

»Im Dorf«, erwiderte Tyler und zuckte unter der Lüge zusammen.

Jeanette senkte den Blick. »Sie wissen es, nicht wahr?« fragte sie Autumn.

»Celie hat mich informiert. Ich habe von ihr auch erfahren, daß es die *Venerable* nicht bis Jamaica geschafft hat.«

»Wir wollten Ihnen die Aufregungen ersparen«, erklärte Jeanette. »Sie waren so furchtbar krank.«

»Dann ist es also wahr, und Donovan hat dem Drängen von Annee zuletzt doch nachgegeben.« Ihr Mund verzog sich zu einer bitteren Grimasse. »Aber warum?« sagte sie zur Decke des Raums. »Hatte er so wenig Vertrauen in mich?«

»Henri hat ihm gesagt, daß Sie sterben werden. Er sagte ihm auch, daß Annee schuld an Ihrer Krankheit ist.«

»Und was erwartete er sich davon, daß er zu ihr ging?«

»Rache«, war Tylers knappe Antwort.

»Aber warum hat er sie dann nicht einfach umgebracht und ist wieder herhergekommen? Warum hat er sich entschieden, bei ihr zu bleiben?«

Sie saßen alle drei da in lastendem Schweigen und lauschten auf die Brandung, deren Rauschen zwischen den einzelnen kleinen Beben des Berges zu hören war. Schließlich wandte sich Autumn völlig niedergeschlagen an Jeanette und Tyler.

»Dann stimmt es also, was sie sagen?« fragte sie die beiden. »Daß sie große Macht hat über die Männer? Brice ist so stark — sein Wille — ich kann es einfach nicht glauben, daß er . . . Vielleicht ist er tot?«

Hugh zog den Kopf ein. »Ich habe ihn heute vormittag gesehen. Ich kann in diesem Punkt Ihre Sorgen erleichtern: Glauben Sie mir, Donovan ist am Leben.«

Ohne den letzten Funken Hoffnung, der sie bis dahin geführt hatte, schloß Autumn die Augen und wiederholte: »Erleichtern. Ja.«

Als der Schlaf wieder über sie kam, brachte er keine Erholung. Autumn träumte und weinte im Schlaf. Ihre Kraft schmolz dahin unter der Verzweiflung darüber, Brice endgültig verloren zu haben.

25

Pierre lief am Strand entlang, die Wangen gerötet, die grünen Augen vor Aufregung blitzend. Er drehte sich um, lief auf Autumn zu und machte jeweils einen Bogen um die schaumgekrönten Wellen, die zischend auf dem Sand endeten.

Autumn stand auf dem Felsen, wo sie am ersten Morgen nach ihrer Ankunft auf Cayemite gesessen hatte, und starrte aufs Meer. Sie fragte sich, ob es jemanden gab, *irgend jemanden*, der bereit war, ihnen zu helfen.

Sie folgte Pierres Spuren im Sand, ging dann weiter, wo er umgekehrt war, die Schultern gegen den Wind geneigt, und schaute zu, wie der Sand gegen das Treibholz geweht wurde.

Es war reiner Zufall, daß sie Brice begegnete. Sie hatte den Spaziergang nicht unternommen mit der Absicht, ihn zu sehen. Aber da stand er, die Wellen spielten um seine nackten Füße, und der Wind trieb ihm den Sand gegen die Hosenbeine. Eine Hand hatte er in der Tasche seiner Breeches, in der anderen hatte er einen Muschel und hielt sie sich ans Ohr.

Hatte er gefühlt, daß sie dort war? Er wandte sich ihr zu, und ihre Blicke begegneten sich. Seine Augen, kalt und grau wie die Wolken über ihnen, schienen sie nicht zu sehen. Das waren nicht Donovans Augen.

Er starrte sie unbewegt und ohne zu blinzeln an, bis allmählich das vertraute Grinsen über seine Züge huschte und das blasse, eingefallene Gesicht ein wenig auflockerte. Der Wind trieb Sprühwasser und Sand in kleinen Wirbeln den Strand entlang und zwang Autumn, ein paar Sekunden das Gesicht mit dem Arm zu schützen. Als sie den Arm wegnahm, war Annee bei Brice.

»Was machst du hier?« fragte ihn Annee vorwurfsvoll. »Ich hab' dir gesagt, du sollst nie ... Sie! Was haben Sie hier zu suchen?« zischte sie Autumn an. »Verlassen Sie sofort diesen Strand. Das ist mein Grund und Boden. Caleb! Caleb! Hol sofort die Hunde. Weg da! Verschwinden Sie von meinem Strand!« Sie hob einen Stein auf und schleuderte ihn nach Autumn.

Ein wildes Gebell kam über die Anhöhe. Autumn wich zurück, die Augen auf Brice und auf die Frau gerichtet, die ihn wütend in die Dünen zerrte. Autumn, die nicht wußte, wie sie den Hunden entkommen konnte, rief laut: »Donovan!«

Er wandte sich nicht um. Brice ließ den Kopf hängen, schleppte die Beine merklich nach und ging weiter nach oben.

»Brice!«

Er zögerte. Sein Herzschlag beschleunigte sich. Und als er über die Schulter schaute, stand so viel Verwirrung in seinen Augen, daß Autumn in diesem Moment bewußt wurde, wie wenig dieser Mann seiner Sinne mächtig war.

Die Hunde kamen über den letzten Dünenkamm mit angelegten Ohren und gefletschten Zähnen. Autumn erstarrte, schloß die Augen und machte sich auf den Angriff gefaßt. Aber die Tiere blieben stehen, legten sich in den Sand und jaulten leise.

»Wirklich, *Maîtresse*, Sie müssen sich mehr in acht nehmen, wenn Sie hier spazierengehen.« Pierre schaute zu Autumn hoch und nahm ihre zitternde Hand in die seine. »Außerdem bekommen Sie wieder das Fieber, wenn Sie nicht auf sich aufpassen.«

Die Kehle zugeschnürt vor Schrecken, brachte Autumn nur heraus: »Die Hunde!«

Pierre lächelte. »Die kennen mich. Vergessen Sie die Hunde.«

»Aber —«

»Die tun Ihnen nichts«, versicherte er ihr. Dann lachte er und fügte hinzu: »Ich lasse es nicht zu.«

Der Ausflug an den Strand hatte sie sehr geschwächt.

Dennoch stand Autumn in der Mitte des Salons und schaute Jeanette und Tyler an.

»Ich habe Donovan heute vormittag gesehen. Etwas ist nicht in Ordnung mit ihm.« Sie schwankte; das Zittern, das sie ergriffen hatte, als sie Donovan sah, kroch jetzt wie ein Fieber über ihren ganzen Körper. Sie mußte sich an einen Tisch lehnen, ehe sie fortfuhr: »Er braucht unsere Hilfe.«

»Aber er hat seine Entscheidung getroffen —«

»Hat er das?« Autumn schaute auf ihre sandigen Stiefel und schüttelte den Kopf. »Er ist mir vorgekommen wie ein Schlafwandler.« Dann fragte sie mit erhobenem Kopf: »Ist euch schon einmal der Gedanke gekommen, daß Donovan vielleicht gegen seinen Willen in Barrett Hall festgehalten wird?«

In diesem Augenblick kam Celie herein. Alle sahen schweigend zu, wie die Schwarze Kaffee für alle einschenkte. Während sie Autumn eine Tasse reichte, sagte sie: »*Mapou.*«

Autumn warf Celie über die dampfende Tasse hinweg einen Blick zu. »Was ist *Mapou?*«

»Der Heilige Baum. Man glaubt, daß die Geister des immerwährenden Friedens in ihm wohnen. Die Indianer bereiten ein Getränk aus seinen Wurzeln, das sie glücklich macht, wie Donovan, wenn er seinen *clairin* trinkt. Die Ardas benützen es auch, und sie nennen es ›glückliche Wurzel‹.« Damit watschelte die wuchtige Frau hinaus.

Sekunden später explodierte der Trempe.

Die Eingeboren schienen jede Hoffnung aufgegeben zu haben, die erzürnten Götter durch Gebete besänftigen zu können. Männer, Frauen und Kinder liefen zum Meer und legten die langen Kanus nebeneinander, als es Lava und glühende Asche zu regnen begann.

Der Ostflügel von Hunnington Hall war beim letzten Beben eingestürzt. Autumn und Jeanette standen entsetzt in der Ruine und sahen zu, wie sich der Boden hob und senkte, wie er sich auftat und die Scheunen, Ställe und alles verschlang, was von der Fabrik übriggeblieben war. Als Tyler aufs Pferd stieg, lief sie ihm entgegen und stolperte dabei über einen Balken, der einmal die massive Decke des Hauses getragen hatte.

»Ich komme mit!« brüllte sie über das Donnern des Trempe.

»Sie gehen zusammen mit Jeanette und Pierre zum Strand und besteigen ein Boot. Um Donovan kümmere ich mich allein.«

»Aber Annee —«

»Um die Lady kümmere ich mich auch.« Er klopfte auf den Revolver an seinem Gürtel, dann grub er dem Pferd die Absätze in die Flanken und ritt in Richtung Barrett Hall.

Unterwegs zum Strand trafen sie Henri. Er saß auf einer halb zusammengefallenen Mauer, die Krücke neben sich und den Pfeifenstiel im Mund. Er schien sich völlig wohl zu fühlen.

»Setz dich in ein Boot«, sagte Autumn.

»Ich glaube, ich hab' mich geirrt«, erwiderte er.

»Worüber?«

»Über Sie. Sie sind doch nicht gestorben.«

»Nein, bin ich nicht. Setz dich jetzt in ein Boot.«

Er lachte so fröhlich, daß Autumn ihn ungläubig anschaute.

Ein Schwarzer galoppierte auf sie zu. »Sind Sie Mrs. Donovan?« fragte er mit starkem Akzent.

»Die bin ich.«

»Sie müssen kommen. Donovan und *Maîtresse* Rose sind verletzt. Sie brauchen Ihre Hilfe.«

Der Boden bebte. Autumn hielt sich am Bein des Mannes fest, um das Gleichgewicht wiederzufinden. »Wo ist er?«

Der Schwarze deutete in Richtung Berg.

»Dort?« Sie schaute ihn argwöhnisch an. »Ich glaube Ihnen kein Wort.« Als er das Pferd wendete, um wieder davonzureiten, hielt sie ihn zurück. »Ich komme.«

»*Maîtresse*, tun Sie das nicht!« Pierre sprang aus seinem Kanu und entkam der Frau, die ihn festhalten wollte.

Der Schwarze reichte Autumn den Arm und zog sie nach oben auf das Hinterteil seines Pferdes.

»*Maîtresse*, Ihr dürft nicht gehen!« rief Pierre und rannte, so schnell ihn seine kleinen Beine trugen, den Strand herauf. »Es ist eine Falle.«

Autumn schaute über die Schulter zurück und konnte bei dem Krachen und Rumpeln des Berges kein Wort verstehen. »Geh zurück zum Boot!« rief sie dem Jungen zu, dann schlang sie die Arme um den Schwarzen, und sie ritten in Richtung Berg.

Caleb stand in der Halle, rang seine weißbehandschuhten Hände und duckte sich unter den Beschimpfungen von Tyler. »Verdammt, Mann, ich frag nicht noch mal. Wo, zum Teufel, steckt Donovan?«

Endlich brach Caleb zusammen. Er fiel auf die Knie und beschwor den Iren. »Gnade, Herr, ich habe nichts damit zu tun. Es war sie, die Tochter des Bösen, sie hat uns dazu gezwungen. Sie hat meinen Bruder im Zuckerrohrfeld erschlagen, weil er nicht getan hat, was sie von ihm wollte. Mit ihren eigenen Händen —«

»Wo, zum Teufel, ist Donovan?«

Mit zitterndem Finger deutete er auf die Rückseite des Hauses.

Hugh zerrte den Mann am Kragen hoch und knurrte: »Zeig es mir.«

Sie duckten sich, als der große Lüster über ihnen nach unten stürzte und auf den Marmorboden krachte. Das Haus schwankte, die Wände neigten sich, fielen aber nicht ein.

Caleb suchte in der Tasche und zog seinen Schlüssel heraus. Er fummelte eine Ewigkeit am Schloß herum, bis die Tür endlich aufschwang.

Donovan blickte hoch, und ein Lächeln der Erleichterung war in seinen Mundwinkeln zu erkennen.

»Wurde ja auch allmählich Zeit«, sagte er.

»Heilige Mutter Gottes, ich kann es noch nicht glauben, auch wenn ich es mit eigenen Augen sehe.«

»Glaub es — und dann mach mich hier los. Bitte.«

Tyler zerrte Caleb in den Raum. »Immerhin hat Autumn recht gehabt«, sagte er.

Brice blinzelte sich den Schweiß aus den Augen, dann beobachtete er, wie Caleb die stählernen Fesseln um seine Handgelenke löste, hörte, wie Tyler entsetzt und überrascht murmelte, verstand aber nicht alles, was der Ire sagte, bis er das Wort ›Autumn‹ gehört hatte. Die Ketten fielen klirrend zu Boden, als Brice nach oben schaute und fragte: »Was hast du gesagt?«

»Autumn hat gewußt, daß etwas nicht in Ordnung war, als sie dich heute vormittag gesehen hat. Sie hat es uns berichtet —«

»Autumn.« Er begann zu zittern.

»Aye. Erinnerst du dich an das hübsche, rothaarige Mädchen mit den Sommersprossen?«

»Lebt sie denn?«

Die buschigen Brauen über der Nase zogen sich zusammen, als Tyler in das weiße Gesicht von Brice schaute und ihn an den Schultern packte. »Mein Gott, Mann, du schaust ja aus, als ob du ein Gespenst gesehen hättest.«

»Sie hat mir gesagt, daß Autumn tot ist.«

»Ich leugne nicht, daß sie nahe dran war. Und es war ein verdammtes Wunder, daß sie am Leben geblieben ist. Aber das Mädchen lebt, das steht fest.«

Als sie das zusammenstürzende Haus verließen, zitterte wieder die ganze Insel; der Trempe begann zu explodieren und erfüllte den Himmel mit Feuer und Lava und schwarzem, giftigem Rauch. Ein heftiger, heißer Windstoß trieb die Flanke des Trempe herunter und erfaßte die beiden Männer, schleuderte sie zu Boden und versengte ihr Haar. Doch bei allem konnte Brice nur das eine denken: Autumn lebt. Sie ist nicht tot!

Mit Mühe war es ihnen gelungen, Tylers scheuendes Pferd zu beruhigen, als Brice auf die Straße schaute. Er blinzelte und fragte sich, ob Annees *mapou*-Saft immer noch wirkte.

»Donovan!« Pierre machte sich von Henris Hand frei, sprang vom Rücken des dahintrottenden Ochsen und warf sich Brice in die Arme.

Er umarmte den Jungen. »Was machst du denn hier? Warum bist du nicht bei deiner Mutter und bei Autumn?«

»Meine Mutter ist in Sicherheit, aber Autumn ist zu *ihr* geritten.« Er trat einen Schritt zurück, schaute Donovan, der sich zu ihm hinuntergebeugt hatte, in die Augen und erklärte: »Zu Annee.«

Tyler legte eine Hand auf die Schulter von Brice und fragte so ruhig wie möglich »Wohin ist sie geritten?«

»Ich weiß es«, sagte Henri. Er saß auf dem Rücken des Ochsen, paffte an seiner Pfeife und grinste Brice gelassen an.

Sie starrten den Alten an und warteten. Schließlich deutete er auf den Berg.

Brice hob Pierre auf den Rücken von Tylers Pferd. »Bring ihn weg von der Insel«, war alles, was er sagte.

Die Gestalt stand vor ihr, mit weißem Gesicht und roten Lippen, eine Maske der Ruhe in dem höllischen Sturm, der den Boden unter ihren Füßen erzittern ließ. Autumn war jetzt sicher, daß sie die erste Begegnung nicht geträumt hatte.

»Annee, was haben Sie mit Brice gemacht?« fragte sie.

»Ich bin Minetta.«

»Also schön, Minetta — was haben Sie mit Brice gemacht?«

Annee ließ das Pferd im Paßgang gehen. »Ich wollte Sie nicht töten, wissen Sie. Wir beide haben vieles gemeinsam: Wir lieben Hunnington und Brice. Wenn Sie die Insel mit Ihrem Bruder verlassen hätten, wäre das alles nicht geschehen.«

»Ich frage nach Brice«, drängte Autumn. Die Hitze wurde allmählich unerträglich.

»Sie glauben doch nicht im Ernst, daß ich Brice etwas antun könnte? Wir werden heiraten. Er hat es mir versprochen. Wir verbringen den Rest unseres Lebens hier auf Cayemite und machen die Insel zur ertragreichsten Zuckerrohrplantage der Welt.«

Autumn schaute nervös auf den Hang des Berges. Sie wußte, daß sie ruhig bleiben mußte und Annee Rose nicht aufregen durfte. »Annee, die Insel bricht unter unseren Füßen zusammen. Wenn Sie Brice lieben, dann sehen Sie zu, daß er diese Insel so schnell wie möglich verläßt.«

»Ich bin Minetta!« schrie sie, und Autumn taumelte in die Arme des Schwarzen, der sie auf dieses Plateau am Fuß des Berges gebracht hatte, das Annee zu einer Art Tempel oder Anbetungsstätte gemacht hatte.

Jetzt teilte sich die weiße Seidenrobe, und Annee zog eine funkelnde Machete hervor.

Autumn kämpfte in den Armen des Schwarzen; ihr Entsetzen vor Annee war größer als das Entsetzen und die Angst vor dem Berg. »Und was wird Brice sagen, Annee? Er wird Sie zur Rede stellen, wenn Sie mich töten.«

»Er nimmt an, daß Sie längst tot sind.« Annee lächelte und betastete fast verehrungsvoll die blitzende Klinge der Machete.

Eine heftige Explosion erschütterte die Luft, und Autumn und der Schwarze, der sie festhielt, wurden zu Boden geschleudert. Autumn befreite sich aus seinem Griff, als Feuer und Asche vom Himmel fielen. Bevor sie auf die Beine kam, war Annee über ihr. Ihr weißer Mantel brannte an mehreren Stellen, und die dicke, weiße Puderschicht zeigte schon Spuren von Schweiß und Tränen. Der Lippenstift hatte sich in den Mundwinkeln verschmiert. Annee hielt die Machete hoch über dem Kopf.

»Diesmal kommst du mir nicht davon!« schrie sie in höchsten Tönen.

Und plötzlich war Donovan da, ein Schatten im Aschenregen, und er warf sich auf Annee und hielt ihren

Arm fest. Die beiden fielen zu Boden in einem Durcheinander aus weißer Seide und langem, rabenschwarzem Haar. Autumn versuchte, auf die schwachen Beine zu kommen, sah, wie der Mann und die Frau nach der Waffe griffen, stieß einen Schrei aus, als Annee die Machete in Brices Schulter stach und die Klinge tief ins Fleisch eindrang, fast bis zum Knochen. Schließlich sprang Annee hoch, hob die Machete über den Kopf und schaute hinunter auf Brice.

»Geh fort!« Die kleine Stimme war in dem Getöse wie ein sanftes Lied im Sturm. »Geh fort!«

Die Glut der näher kommenden Lava wurde von der Machete reflektiert und traf Pierres Augen. Der Junge stand auf dem Felsenplateau und hatte den Blick fest und hypnotisierend auf Annee gerichtet.

»Du!« schrie sie entsetzt. »Du kannst mir nichts tun. Ich schleudere dir den ganzen Berg auf den Kopf, mein Kleiner. Du bist nur ein Kind.«

»Ist es das, was du glaubst, Minetta?«

Brice rollte auf Autumn zu und ergriff ihren Arm. Dann zog er sie zu sich her und krallte die blutigen Finger mit schmerzhafter Wildheit in ihr rotes Haar.

Die Augen wild in den Höhlen rollend, starrte Annee auf die beiden hinunter. »Caleb! Caleb! Hol die Hunde!« Der Boden zitterte. Steine fielen dicht neben Annee, doch sie bewegte sich nicht. Dann drehte sie sich um, hatte sich jetzt dem Berg zugewandt, dem sich nähernden Feuerbett, und schrie: »Töte sie! Töte sie alle! Ich befehle dir, sie alle zu töten — jetzt!« Und damit wirbelte sie zu Autumn und Brice herum und hob die Machete.

Der Feuerstoß kam von nirgendwo, ein Sturm, der vor dem flüssigen Steinfluß hergetrieben wurde, und das Geräusch war wie ein Chor von tausend kristallklaren Stimmen, die so laut waren, daß sie fast körperlich gegen die

Menschen anbrandeten. Das Geräusch ließ Annee erstarren, wo sie stand, die entsetzten Augen auf das Kind gerichtet, das die Hand erhoben und den Kopf zurückgeworfen hatte und einen unhörbaren, verzweifelten Schrei um Gnade vor den Göttern ausstieß.

»Avatar! Avatar!« So hörte es sich an.

Brice erhob sich mühsam und zog Autumn ebenfalls hoch, drückte sie fest an sich. Dann packte er Pierre, schlang den heil gebliebenen Arm um den Jungen, und die drei stolperten in den Wald, zögerten nur noch so lange, um einen Blick zurückzuwerfen. Annee, mit dem Rücken zu ihnen, hatte sich dem Bett aus geschmolzenem Stein zugewandt, die Arme erhoben, und der weiße Mantel wehte im Feuersturm um ihre Gestalt. Die Hitze setzte ihr Haar in Flammen wie eine lebende Fackel und schien ihren Körper in Sekundenschnelle bis auf die Knochen auszutrocknen. Augenblicke später war sie in der Lava versunken.

Sie trafen Henri auf dem Weg nach unten. Er hockte auf einem Baumstumpf, die Pfeife im Mundwinkel, und sein altes Gesicht zeigte ein belustigtes Lächeln. »Es gibt ein Boot«, sagte er, »unten am Barrett-Kai. Es ist im Schilf versteckt. Meine Enkeltochter hat nicht so unbedingt daran geglaubt, daß ihre Macht imstande war, den Göttern zu widerstehen.« Er richtete den Blick auf das Kind, dessen Kopf schlaff an der Schulter von Brice lehnte.

»Es war nur der Wind«, erklärte Brice dem Alten, »nicht die Götter.«

Henri kicherte, dann sagte er: »Dummer Junge.«

Brice wußte, daß der Alte jede Hilfe ausschlagen würde; sein Glaube würde ihn friedvoll von der einen Welt in die andere führen.

Sie trafen Tyler, mit Caleb im Schlepptau. Der Ire

nahm Brice den Jungen ab und reichte ihn Annees Hausdiener.

Das Boot war tatsächlich im Schilf versteckt, wie Henri es gesagt hatte. Tyler half Autumn hinein, dann Brice und Pierre. Schließlich schubste er noch den zitternden Caleb auf das Boot zu und sagte: »So viele Leute wird es wohl tragen.«

Autumn stand von ihrem Sitz auf und brachte dabei das schmale Boot fast zum Kentern. »Tyler, steigen Sie ein.«

»Nicht genug Platz, Mädchen. Ich reite noch mal nach Hunnington und sehe nach, ob alle wegkommen.« Er warf Brice einen Blick zu. »Schließlich bin ich lange genug für diese Leute verantwortlich gewesen, *Maître.* Ich kann sie jetzt nicht im Stich lassen.«

»Gibt es denn noch ein Boot für Sie, Hugh?«

»Aye.« Er gab ihrem Kanu einen Schubs, so daß es in die kabbelige See glitt. Dann brüllte er Caleb zu: »Nimm die Paddel und paddel wie der Teufel!«

Caleb nahm ein Paddel, Brice und Autumn nahmen ebenfalls jeder eines.

Donovan hielt freilich nicht allzu lange durch; seine Verletzung am Arm gestattete ihm nicht mehr als zwanzig schwache Schläge. Doch das schmale, lange Boot war auf Schnelligkeit gebaut, und es dauerte nicht lange, bis Autumn und Caleb einigen Abstand zwischen das Boot und das zurückweichende Land gelegt hatten.

Sie hörten das Ende, bevor sie es spürten. Der rollende Donner, ähnlich den Vibrationen, die in den letzten Tagen die Luft erschüttert hatten, durchdrang das Meer und den Himmel, ließen Wirbel um das kleine Boot entstehen, bis es wieder in Richtung Land getrieben wurde und die erschöpften Insassen zu fürchten begannen, daß all ihre Mühe umsonst gewesen sei. Die Paddel wurden ihnen aus der Hand und in das aufgewühlte Wasser gerissen. Und dann hob sich der Meeresboden.

Die Eruption zerriß ihnen fast das Trommelfell. Caleb duckte sich ganz nach unten. Brice drückte sich den wimmernden Pierre an die Brust und sank dann zurück in Autumns Schoß. Sie umschlang alle beide und ließ sich auf den Boden des Kanus sinken, das Gesicht in Donovans Haar vergraben, die Finger in sein Hemd gekrallt, als die erste Schwaden des erstickenden Rauches über sie hinwegtrieben.

Sie dachte an Tyler und wußte, daß er nicht entkommen war. Sie dachte an Henri, der sicher noch auf dem Baumstumpf saß, mit Legba sprach und glaubte, daß der Wächter der Tore und der Häuser ihn beschützen würde. Sie dachte an Hunnington, und sie weinte um alle.

Die Sonne schien ihnen ins Gesicht. Es war eine angenehmere Hitze als die von den Feuern auf Cayemite. Autumn blinzelte in das goldene Licht, das durch ihre geschwollenen Lider drang. Blinzelte noch einmal und schaute verständnislos in den saphirblauen Himmel. Wie lange war es her, daß sie blauen Himmel gesehen hatte?

Nach und nach wurde ihr bewußt, wo sie war. Das Boot glitt über die sanften Wellen. Brices Kopf auf ihrem Schoß. Lächelnd berührte sie sein Gesicht, das rauh war von Stoppeln, dann fiel ihr die Wunde an seinem Arm ein. Sie setzte sich auf, berührte seine Schulter. Die Blutung hatte aufgehört, und obwohl er den Arm an die Brust drückte, schien er bequem zu ruhen.

Pierre saß aufrecht da. Er schaute aufs Meer und hatte Autumn den Rücken zugewandt. »Sie ist fort«, sagte er. Dann wandte er ihr den Kopf zu. »Die Insel Cayemite ist verschwunden.«

Autumn wandte sich um. Vor ihnen erstreckte sich unendlich der türkisblaue Ozean. »Wie willst du das wissen?« fragte sie ihn. »Wir können meilenweit dahingetrieben sein.«

Er zeigte zum Himmel. »Da, die Vögel. Können Sie sie sehen?«

Sie hielt sich die Hand vor die Augen, um sie vor der Sonne abzuschirmen, und beobachtete die Möwen, die in einer Wolke über dem Wasser kreisten.

»Sie suchen nach Land — nach Cayemite.« Er schaute Autumn an und ergänzte: »Nach ihrer Heimat.«

Und die Insassen des schmalen, kleinen Bootes fragten sich in den nächsten beiden, schrecklichen Tagen, ob sie jemals wieder Land sehen würden.

Der erste Hinweis darauf, daß sie nicht mehr allein waren, kam mit dem Dröhnen einer Stimme. »Ahoi! Ihr Schiffbrüchigen, seid ihr die Firma Donovan und Donovan?«

Autumn und Brice blinzelten skeptisch nach oben und fragten sich, ob ihnen die langen Stunden ohne Nahrung und Wasser schließlich den Verstand geraubt hatten. Aber als sie sich aufrichteten, riß der Chor aus begeisterten Rufen ihre Köpfe herum.

Das Schiff war schon fast bei ihnen, strahlend weiß und unter voller Takelage. Es war dasselbe, das die Zylinder nach Cayemite gebracht hatte.

Loz Nelson, die weinende Shelley neben sich, schaute von dem Schoner herunter und rief dann dem Kapitän zu: »Bei Gott, sie sind es! Wir haben sie gefunden!«

Wenn in ihrem Körper noch ein Funke Energie gewesen wäre, dann hätte Autumn geweint, als Brice sie jetzt an seine Brust drückte. Caleb, die dunkle Haut jämmerlich grau, umarmte den kleinen Pierre mit seinen nackten Armen. Das nächste Paar, das sich über die Reling beugte, ließ einen Schrei in Autumns ausgetrockneter Kehle entstehen. »Mitchell!«

»Bei Gott, Brice Donovan, Sie sind mir eine Menge Antworten schuldig!«

Mary, die tränenreich ihr Taschentuch in der Luft flattern ließ, fügte hinzu: »Oh, es tut mir so leid, Mr. Donovan, aber ich habe unser kleines Geheimnis verraten. O Gott, meine liebste Autumn, geht es dir gut?«

»Verdammt, Kapitän, ich verlange, daß Sie diesen Mann verhaften, weil er sich für meinen Schwager ausgegeben hat.«

»Ach, hör doch auf damit, Liebster. Ich bitte dich!« Autumn schaute Donovan in die Augen. »Kann er das tun?« fragte sie ihn besorgt. »Kann er dich festnehmen lassen, weil du dich für Roy ausgegeben hast?«

»Gib mir fünf Minuten mit einem Pfarrer, und das Problem ist gelöst.«

»Willst du mich denn immer noch haben?« Sie berührte seine Wange. Trotz seines von der Sonne verbrannten, mit Bartstoppeln überwucherten Gesichts war er für sie der schönste Mann den sie jemals auf dieser Erde gesehen hatte. »Immerhin«, fuhr sie fort, »Hunnington ist weg — und ich weiß, wie sehr du meine Hälfte haben wolltest.«

Er schaute sie einen Moment lang an und dachte, daß sie trotz des strähnigen Haars, das bis zum Boden des Bootes hing, noch sie so schön gewesen war wie in diesem Augenblick. »Schon deshalb möchte ich dich heiraten«, sagte er.

»Weshalb?«

»Deshalb.« Er hob den von der Sonne verbrannten Zeigefinger und berührte damit sachte die Sommersprosse in Autumns Mundwinkel. »Komm her«, sagte er.

Und sie schmiegte sich in seine Arme.

26

Sie heirateten zwei Wochen später an der Stelle, wo sie einmal beim Picknick gesessen hatten, auf einer Klippe über der Montego Bay und den Bogue-Inseln. Shelley und Loz Nelson waren die Trauzeugen, während Mary und Mitchell und Pierre und Jeanette als Hochzeitsgäste mitgekommen waren.

Autumn trug ein hellgelbes Kleid, ein Geschenk von Shelley. In ihr Haar waren rosa Blüten geflochten, die zu dem Brautbukett in ihrer Hand paßten. Sie stand an der Seite von Brice, hielt seinen Arm, und er drückte ihre Hand, als der Pfarrer von Lieben und Ehren und von guten und schlechten Tagen sprach. Autumn dachte, daß sie Brice Donovan lieben würde, auch wenn er der häßlichste Mensch auf Erden wäre und keinen Cent hätte.

Sie kehrten zu den Nelsons zurück, wo sie die Hochzeit feierten, aber bevor die Dämmerung hereinbrach, verließen Brice und Autumn das Haus und fuhren nach Montego Bay zurück. Clarence Dillman hatte ihnen als Hochzeitsgeschenk die Benützung seines Stadthauses am Meeresufer angeboten. Dazu hatte ihnen der Anwalt versichert, daß er nach zweieinhalb Tagen als Schiffbrüchiger in der nächsten Zeit kein großes Bedürfnis mehr nach einem Ozeanpanorama hatte.

Das Haus war angenehm wohnlich, aber nicht übermäßig groß. Bei weit geöffneten Fenstern und Terrassentüren kam eine frische Brise herein, beladen mit dem Duft von Hibiskus und Tang, und füllte die Räume mit einer schwindelerregenden Süße.

Brice stand auf der Veranda, ein Glas Champagner in der einen Hand, die Flasche in der anderen. Die Tür hinter ihm öffnete und schloß sich wieder. Er drehte sich um.

»Also«, sagte er.

»Also.« Autumn lehnte sich an die Tür und lächelte ihren Mann an.

»Dillman hat uns mit so viel Champagner versorgt, daß er für mindestens zwei Wochen reicht.«

»Ist das alles, was du bemerkt hast?« Ihre Stimme klang ein wenig rauchig.

Brice hatte die Flasche auf den Boden gestellt. »Hübsches Kleid, Mrs. Donovan.«

»Es gehört Shelley.«

»Trotzdem hübsch.«

»Danke.«

»Bitte.«

Autumn ging auf ihren Mann zu. »Ich habe etwas für dich, Liebster.«

Brice grinste, und er zwinkerte mit den Augen.

Autumn nahm das Geschenk hinter ihrem Rücken hervor und legte es ihm in die Hand. »Es ist von Mattie. Du erinnerst dich doch an das kleine Geschäft in der Stadt?«

Brice wickelte das Geschenk aus und hatte den Zemi mit dem langen, fließenden Haar in der Hand. Sein Gesicht war auf einmal zornrot, und er funkelte Autumn an. »Ich dachte, diesen Unsinn hätten wir endlich hinter uns.« Er stellte die Figur auf den Tisch.

Dann legte er seinen Arm um Autumns Taille und zog sie näher zu sich her. »Darf ich jetzt meine Frau küssen?« fragte er.

»Ich wäre sehr beleidigt, wenn du es nicht tätest.«

Die Umarmung war atemberaubend. Als sich ihre Lippen trennten und sie sich in die Augen schauten, sagte er: »Ich liebe dich.«

»Dann tu es doch.«

Autumn nahm seine Hand und dachte an die Schmetterlinge, und wie sie sie als Kind gejagt hatte. Donovan war eine ihrer schönsten Phantasien, und sie würde ihn nicht entfliehen lassen wie die Schmetterlinge.

»Eigentlich mag ich dich in Breeches doch lieber«, neckte er sie, als er ihr den zweiten und dritten Petticoat auszog. Sie half ihm, da ihn die Wunde über seinem Ellbogen behinderte, und seine und ihre Kleider fielen auf den Boden. Als beide nackt voreinanderstanden und Brice versuchte, sie mit Küssen zu überschütten, hielt sie inne.

»Nicht, Donovan.«

Sie führte ihn zum Bett und legte sich auf ihn. Die explosive Wärme begann in ihrem Herzen und schmolz bis in den Magen. Sein Mund öffnete sich unter ihren Lippen und gewährte Autumn die Freiheit, diesmal die Führung zu übernehmen. Sie ließ die Hand über seine Schultern gleiten, dann die Zunge, und er stöhnte vor ungewohnter Lust. Ihre Hände entdeckten seine Brust, die Schenkel und schließlich das Zentrum seines schwellenden Verlangens. Aber es waren nicht ihre Finger, die ihm den Atem raubten, daß er die Zähne zusammenbeißen mußte und seine Bauchmuskeln sich anspannten, als hätte ihm jemand einen Fausthieb versetzt.

»Jesus Christus«, stöhnte er. »Oh, Autumn, Liebste. Liebste, was machst du?«

Ihr Gesicht hob sich lächelnd, umgeben von dem roten Haar. »Ich zeige dir, was ich mit meiner Zunge alles tun kann, Mr. Donovan.«

Er ließ den Kopf auf die Kissen sinken. Seine Finger krallten sich in die Laken, und sein ganzer Körper war wie von Tausenden winziger Lustpunkte überströmt, daß er am liebsten laut geschrien hätte.

Sie war wieder über ihm, die aprikosenfarbenen Schultern bedeckt von ihrem kupferroten Haar, lächelte und sagte: »Du hast mir zum erstenmal im Leben das Gefühl gegeben, eine Frau zu sein; du hast mich die passive Hinnahme von Liebkosungen gelehrt, und dieses unendliche Vergnügen will ich dir nicht vorenthalten.«

Sie hob ihren Körper, und sein Schaft spießte sie auf, drang in sie ein und ließ beide dahingleiten in jenen köstlichen Zustand der Vergessenheit, den nur solch intime körperliche Nähe bringen kann.

»Autumn, Autumn, Liebste, ich kann es nicht mehr zurückhalten!« Er legte einen Arm um ihre Schultern und wollte sich zur Seite drehen.

»Nein.« Sie drückte seine Schultern aufs Bett. Sein Atem zischte durch die Zähne; er schaute ihr in die Augen und sagte: »Du weißt nicht, was du tust.«

»Ich weiß genau, was ich tue.«

Er stöhnte, warf den Kopf von der einen auf die andere Seite, und sie wußte, daß er so nahe am Orgasmus war wie sie selbst. Sie nahm seine Hand und drückte sie, flüsterte dazu: »O Donovan. Mein geliebter Donovan. Ich bin deine Frau, und ich liebe dich.«

Und dann kam die Flut — eine Explosion, ein Erdbeben, blendend, atemraubend, himmlisch. Sie wanden und bäumten sich ein letztes Mal auf, und das Tempo der Natur fesselte sie in höchster Ekstase. Er schrie ihren Namen und sie den seinen — es war Erfüllung in ihrer äußersten Form. Und als das pulsierende Leben seiner Lenden ihren Schoß füllte, empfand sie mehr Liebe, mehr Erfüllung — und mehr Hoffnung als je zuvor in ihrem Leben.

Autumn kuschelte sich an ihren Mann. Sein Arm umschlang sie. Seine Hand vergrub sich in ihrem Haar. »Bist du sicher, daß du das gewollt hast?« fragte Donovan.

Autumn lauschte auf das heftige Pochen in Donovans Brust und wußte, daß er den Atem anhielt.

»Mehr als alles andere«, antwortete sie und seufzte vor Erleichterung und Liebe.

Es gab ein raschelndes Geräusch, als der Wind durch die offene Tür drang und die Vorhänge und das Moskitonetz bauschte. Ein Schmetterling tanzte in dem Luftstrom und landete auf der Figur mit dem fließenden Haar und den weit auseinanderstehenden, wachsamen Augen.

Autumn lächelte dem Zemi zu.

Und der Zemi erwiderte das Lächeln.